ΚΟΚΚΙΝΙΑΣ

Rafael Navarin

Sonne hinter Tränen

Kommissarin Phaní Papadea ermittelt in Südgriechenland

Roman

ΚΟΚΚΙΝΙΑΣ

Ereignisse, Umstände, Personen, Unternehmen und Organisationen des vorliegenden Romans sind frei erfunden, jegliche Ähnlichkeiten mit der Realität sind rein zufällig.

Der Auszug aus dem Gedicht
›Epitaphios‹ *von Jiannis Ritsos, 1936*
wurde verwendet mit freundlichem Einverständnis des Verlags
© Ekdosis Kedros, Athen
Die Übersetzung der aufgeführten Zeilen stammt vom Autor selbst.

Originalausgabe
Mai 2010

Satz, Layout und Umschlaggestaltung: Ralf Hochstrasser
Druck und Bindung: K. Pletsas - Z. Kardari O.E., Athen
Printed in Greece
ISBN 978-3-033-02337-6

www.rafaelnavarin.com

in Erinnerung an Ramona.

1

Das Telefon klingelte mit einer nervtötenden Beharrlichkeit. Es war einer dieser Tage, an denen alle Zeichen auf Sturm standen, und nicht nur was das Wetter betraf, denn auch dieses trug kein bisschen dazu bei, dass sich Phaní's Stimmung an diesem Tag bessern würde. Die ganze Nacht hatte es wie aus Eimern geschüttet, und zu allem Überfluss setzte am frühen Morgen noch dieser beißend kalte Nordwind ein, der in Sturmböen durch die Straßen Kalamatas fegte. Es war eindeutig Januar in Südgriechenland.

Phaní stolperte aus dem Badezimmer in Richtung Küche, wo das Telefon stand. Sie stieß sich den Fuß an einer Kiste mit Werkzeug. Der Klempner hatte sie am Abend zuvor dagelassen, weil er es nicht an einem Tag zustande brachte, den Abfluss zu reparieren. Das Wasser stand nun schon nahezu eine Woche lang knöcheltief im Badezimmer und lief nur langsam ab. Phaní wagte schon gar nicht mehr zu duschen. Zuerst hatte sie fast eine Woche gebraucht, den Klempner dazu zu überreden, sich das Problem anzusehen. Er hatte immer wieder versprochen sogleich vorbeizukommen, erschien dann aber einfach nicht. Nach dem Grund gefragt, weshalb er nicht kam, erzählte er die lahme Geschichte, dass seine Frau, die hochschwanger war, in den nächsten Stunden ihr Kind zur Welt bringen würde – und das fast eine Woche lang. Nun war das Kind endlich da – das behauptete der Klempner jedenfalls –, und gestern war er tatsächlich erschienen. Nachdem er sich die Rohre eine halbe Stunde lang angesehen hatte, kam er zu dem tiefschürfenden Schluss, er habe nicht das richtige Werkzeug bei sich und müsse am anderen Tag noch einmal kommen. Phaní zweifelte jedoch ernsthaft daran, ob er bei dem Wetter erscheinen würde.

Phaní hielt sich den Zeh und fluchte, bis sie endlich den Hörer abnahm und völlig entnervt ins Telefon krächzte:

»*Nä!*«

»Na, endlich! Ich dachte schon, du wärst bereits zur Arbeit gefahren. Ich wollte dich gerade auf deinem *kinitó* anrufen.«

Phaní vernahm Geräusche von schwatzenden Leuten und klappernden Tassen im Hintergrund.

»Wo bist du, *mamá*?«

»Im Nationalgarten. Ich gönne mir einen Kaffee beim Zappio.«

»Aber, *mamá*, wie kannst du mich von dort ...?«

»Dein Bruder hat mir sein altes *kinitó* geschenkt. Ist das nicht toll!«

Soweit sich Phaní erinnern konnte, war das alte Mobiltelefon, wovon die Rede war, nicht älter als ein halbes Jahr, also um einiges neuer als ihr eigenes. Und es bedeutete weiter, dass sich ihr Bruder Stelios wieder einmal ein neues *kinitó* zugelegt hatte, sicher mit dem allerneuesten Schnickschnack, den er niemals brauchen würde, und all das, obwohl er schon seit Jahren keinen regulären Job mehr hatte.

»Das ist toll«, sagte Phaní und verdrehte ihre Augen.

»Du bist ja wieder goldig aufgelegt heute, mein Kind. Wir haben nicht einmal richtig Zeit gehabt uns zu unterhalten, seit du aus Athen weggezogen bist«, klagte die Mutter deutlich verstimmt. Es herrschte eine Weile

Stille am anderen Ende des Telefons. Phaní atmete tief durch, gab sich einen Ruck und versuchte sich zusammenzureißen.

»Gut, du hast recht, *mamá*. Was kann ich für dich tun?«

Ihre Mutter reagierte wie aufs Stichwort.

»Ja, wenn ich dich schon mal am Telefon habe, kannst du mir vielleicht weiterhelfen«, begann ihre Mutter, und Phaní dachte, das hört sich ja wenigstens wichtig an. Die Mutter fuhr fort:

»Ich habe immer noch nicht ganz begriffen, wie ich Nachrichten schreiben kann, auf dem *kinitó*, weißt du. Ich finde die Abstandstaste nicht, und auch die Satzzeichen ...«

»*Mamá! Se parakaló!*«, schnaubte Phaní in den Hörer.

In diesem Moment läutete Phaní's *kinitó*. Sie konnte erkennen, dass es die *Diévthinsi*, ihre Dienststelle war. Phaní atmete auf, es war eines der wenigen Male, dass sie erleichtert war zur Arbeit gerufen zu werden.

»*Mamá*, ich muss auflegen. Es tut mir leid. Mein *kinitó* läutet und es ist die *Diévthinsi*. Es scheint dringend zu sein!« Phaní konnte das Stöhnen deutlich hören. Am liebsten hätte ihre Mutter sich jetzt eine halbe Stunde mit ihr über das blöde Nachrichtenschreiben unterhalten. Phaní wusste ja, dass die Frau vor Langeweile umkam. Es war schon fast fünfundzwanzig Jahre her, seit Phaní's Vater gestorben war, dann gingen die Kinder aus dem Haus, und nun, wo Phaní auch noch aus Athen weggezogen war, war ihre Mutter völlig auf sich allein gestellt. Denn Phaní's Bruder Stelios war ja nie da, wenn man ihn brauchte. Aber im Moment konnte sie sich nicht um ihre Mutter kümmern.

»Schon gut, ich verstehe. *Jiá!*«, sagte ihre Mutter enttäuscht und legte auf.

Phaní nahm den anderen Anruf entgegen.

»*Nä.*« Sie hörte für einige Minuten zu, dann sagte sie erschrocken:

»Was! Ich komme sofort!« Sie überlegte noch einen Moment, dann fragte sie:

»Das ist das alte Haus an der *odós* Pharon, wo ich hinkommen muss?« Sie nickte und legte auf.

Phaní zog sich schnell irgendwelche Kleider an, nur warm mussten sie sein, darüber die dickste regendichte Jacke, die sie finden konnte. Leider entsprach ihre Kleidung nicht den neuesten Modevorstellungen und war etwas bunt. Phaní warf noch kurz einen Blick in den Spiegel neben der Wohnungstür. Wenn nur dieser Klempner endlich seine Arbeit erledigen würde, dachte sie. Denn mit so zerzausten Haaren konnte sie nicht mehr lange auf Respekt bei ihren Mitarbeitern zählen. Sie kämmte sie kurz durch, formte sie zu etwas, was einer Frisur entfernt ähnlich sah, und riss die Tür auf. In diesem Moment stieß sie mit Jiorgos, dem Klempner zusammen.

»*Kaliméra*, ich wollte gerade …«, stammelte er.

Wie man sich irren konnte, dachte Phaní. Nun ist er doch tatsächlich bei diesem Hundewetter gekommen. Sie überlegte kurz, was sie mit ihm anstellen solle.

»Sie wissen ja, wo das Problem liegt. Ziehen Sie die Tür einfach zu, wenn Sie gehen.« Sie ließ den Mann eintreten und stürmte dann aus der Wohnung. Sie drehte sich nochmals schnell um.

»Fassen Sie nur nichts an! Vergessen sie nicht, ich bin Polizeibeamtin!« Sie grinste ihn kurz an und rannte weiter.

Als sie draußen unter dem kleinen Vordach stand und sah, dass es immer noch regnete, überlegte sie, ob sie zurückgehen und einen Schirm holen sollte, den sie natürlich vergessen hatte. Ach was, dachte sie, es sind nur höchstens fünfzig Meter bis zum Auto.

Sie nahm zwei Stufen auf einmal, als sie die Treppe zum Platz vor der großen Ipapandi Kathedrale hinuntereilte. Am Rande des Platzes stellte sie immer ihren Citroën Xsara ab, gleich unter den strengen und wachenden Blicken der in einer Reihe aufgestellten, auf Pilastern ruhenden Büsten der hiesigen obersten orthodoxen Würdenträger der letzten Jahrzehnte.

Als Phaní in Rekordzeit bei ihrem Wagen war, die Tür aufschloss und sich hineinsetzte, merkte sie erst, dass sie doch sehr nass geworden war. Wasser tropfte ihr von der Stirn. Sie warf einen Blick in den Rückspiegel und musste einen lauten Seufzer ausstoßen. Dagegen sah sie ja vor Verlassen des Hauses noch gestylt aus!

Wütend über die widrigen Umstände und das miese Wetter warf sie den Motor an und setzte mit Karacho zurück, sodass sie beinahe einen hinter ihr durchhuschenden Popen überfuhr. Im heftigen Regen konnte sie weder hören noch erkennen, was er ihr zu sagen versuchte, oder ob er sie vielleicht gerade verfluchte. Hoffentlich nicht! Schließlich eilte er weiter in die Kirche. Das hätte gerade noch gefehlt, dass sie heute auch noch einen Geistlichen ins Jenseits beförderte.

Vorsichtig fuhr sie vom Vorplatz der Kirche auf die vorbeiführende Straße. Der anhaltende Regen hatte diese in einen Sturzbach verwandelt. In den Vertiefungen hatte sich Wasser gesammelt und wenn Phaní hindurchfuhr – mit einer gewissen kindlichen Freude versteht sich –, spritzte das Wasser links und rechts meterhoch. Als jedoch die Batterieanzeige aufzuleuchten und der Keilriemen zu quietschen begannen, beschloss Phaní, sie hätte sich genug amüsiert und sollte bei diesem Wetter lieber keine Panne riskieren.

Also fuhr sie brav zu dem kleinen Platz mit dem Rondell in der Mitte und umrundete ihn. Es war der erste

Mittwochmorgen nach den *Jiortés*, also Weihnachten und Neujahr, und der Verkehr beträchtlich. Die Sicht war schlecht und Phaní fuhr weiterhin vorsichtig. Nach ein paar Abzweigungen bog sie rechts in die *odós* Pharon, die von der Altstadt Kalamatas in nordsüdlicher Richtung bis zum Hafen führt.

Ihr kam in den Sinn, dass sie vor lauter Telefonaten und sonstigen Begebenheiten nicht dazu gekommen war, ihren morgendlichen *ellinikó glikó* zu trinken. Sie brauchte aber das süße Getränk, um den Tag anzugehen. Also bog sie schnell links in eine der Nebenstraßen und stellte ihr Auto an einem kleinen begrünten Platz ab – in zweiter Reihe mit eingeschalteten Warnblinkern selbstverständlich. Sie ging in eines der kleinen Lokale an der Pharon, wo auch die Handwerker der nahe gelegenen Schreinereien oder Eisenwerkstätten ihren Kaffee tranken. Zum Glück kannte sie hier niemand und ihr Aussehen spielte keine Rolle.

Während Phaní ihren sehr heißen Kaffee nippte, ertönte über ihrem Kopf aus dem Fernseher an der Wand die hektische Erkennungsmusik einer Sonderberichterstattung. Die blonde Ansagerin verkündete in dramatischem Tonfall den Tod der bekannten Sängerin Nana Nikolakea. Ein mit tränendrückenden Geigenklängen unterlegter Bericht folgte, der Bilder von ihrem Wohnhaus hier in Kalamata zeigte, wo sie heute Morgen tot aufgefunden worden war. Drei, vier Mal wurde immer wieder dieselbe Sequenz von Bildern abgespult. Zuletzt schaltete die Ansagerin sogar einen Berichterstatter vor Ort hinzu, der die noch dürftigen Informationen aufzubauschen versuchte. Phaní fluchte innerlich. Wie konnten die Medien schon davon erfahren haben? Irgendjemand bei der Polizei hatte offensichtlich einen allzu guten Draht zum Fernsehen. Denn genau diese

Nachricht, dass Nana Nikolakea heute Morgen tot in ihrem Schlafzimmer vorgefunden worden war, hatte sie selbst erst vor einer halben Stunde von Panos erfahren. Mehr wusste noch niemand darüber. Jetzt verfügte aber das ganze Land über diese spärliche Information und es reichte, die Polizei – genauer gesagt Phaní als Leiterin der *Asphália*, der Kriminalpolizei – gehörig in Erklärungsnot zu bringen. Was waren denn das für Zustände, wenn die Polizei ihre Fälle jetzt quasi aus dem Fernsehen erfuhr? Die Leute von den Kanälen waren zugegebenermaßen unheimlich schnell. Aber wie konnte das nur möglich sein? Phaní's Überlegungen über die Symbiose von Polizei und Medien wurde von Gedanken an die Tote verdrängt.

Nana, wie alle sie liebevoll in Kalamata und auch in ganz Griechenland nannten, war eine der wenigen wirklichen Berühmtheiten, die Messenien hervorgebracht hatte, wenn man einmal vom Schmusebarden Yianni absah. Nana hatte eine Karriere als herausragende Sängerin und Theaterschauspielerin hinter sich, bevor sie sich in späteren Jahren vorwiegend mit Politik befasste. Sie hatte immer eine starke Verbundenheit mit Messenien und Kalamata verspürt, war sie doch in einem kleinen Dorf nur zehn Kilometer nördlich von hier geboren. Somit war es zu erwarten gewesen, dass sie sich während ihrer politischen Aktivitäten um hiesige Belange kümmerte, besonders im Bereich Umweltschutz. Sie hatte das Ansehen und Selbstvertrauen sich Gehör zu verschaffen. Und dieses hatte sie sich verschafft! Denn ihre Wutausbrüche, wenn sie gegen die sture Front der Bürokratie ankämpfen musste, waren legendär.

In Gedanken versunken ging Phaní zu ihrem Wagen zurück und merkte nicht einmal, dass der Regen schwächer geworden war. Sie fuhr die *odós* Pharon weiter in

Richtung Hafen, bis linker Hand ein altes neoklassizistisches Patrizierhaus auftauchte, das unter den eher farb- und gesichtslosen heutigen Gebäuden herausstach. Davor standen kreuz und quer mehrere weißblaue Streifenwagen mit blinkendem Blaulicht. Ein paar Uniformierte versuchten eine kleine Ansammlung Schaulustiger und vor allem die Reporter in Schach zu halten, denn sonst wäre der eine oder andere bestimmt imstande gewesen einfach ins Haus zu stürmen, um die Tote zu filmen. Die Fernsehreporter kannten allmählich keine Grenzen mehr, die sie nicht bereit waren zu überschreiten, um für ihre Kanäle die saftigere Geschichte zu erhaschen.

Das Haus war Phaní jedes Mal aufgefallen, wenn sie hier entlangfuhr, wohl auch aus dem Grunde, weil es eines der letzten, besonders gut erhaltenen *neoklassiká* in diesem Teil der Stadt war. Phaní zwängte ihren Wagen in eine Lücke vor dem Haus. Sogleich kam ein uniformierter Polizist schimpfend auf sie zu und sagte in barschem Ton, dass hier ein Tatort sei und sie schleunigst abzischen solle. Mit einem müden Lächeln zeigte Phaní ihm ihren Dienstausweis, den sie erst kürzlich von der *Diévthinsi Kalamátas*, dem Polizeihauptquartier, bekommen hatte. Der Polizist blickte verlegen und entschuldigte sich mit einem leisen *signómi*. Phaní hoffte nur, dass nicht ihre strähnigen Haare schuld daran waren, dass der Beamte sie nicht erkannt hatte, sondern einfach die Tatsache, dass sie noch ziemlich neu war bei der hiesigen Polizei. Die Meute der Reporter hatte die Szene beobachtet und stürmte sofort auf Phaní zu. Alle schrieen durcheinander und wollten wissen, ob es schon neue Entwicklungen gab. Phaní winkte missmutig ab und sagte nur:

»Nicht jetzt, später!« Das hätte ihr noch gefehlt, dass

sie so, wie sie im Moment aussah, auf allen Fernsehbildschirmen des Landes zu bewundern wäre.

Der Regen hatte inzwischen fast aufgehört. Sie betrat das Grundstück durch die mannshohe Gartenmauer. Der wachhabende Polizist am Eingang grüßte sie, nachdem er angewiesen worden war sie durchzulassen. Hatte sie da ein Grinsen in seinem Gesicht entdeckt? Sie ging weiter durch den Vorhof mit grünem Rasen bis zu einem Sitzplatz mit Pergola, die den Seiteneingang zum Haus überdachte.

Als sie schließlich das Haus betrat, fiel ihr auf, dass es im Inneren sehr dunkel war, und das, obwohl der Kontrast bei dem bedeckten grauen Himmel draußen nicht so groß sein konnte. Phaní hielt eine halbe Minute inne, denn ihre Augen mussten sich zuerst an die Dunkelheit gewöhnen. Dann konnte sie erkennen, dass sie in der Küche stand. Durch einen kurzen Flur erreichte sie das Foyer und die Treppe zum Obergeschoss. Sie hörte aber keine Stimmen, und es war niemand da, der ihr das Zimmer zeigen konnte, wo die Tote lag. Da blieb ihr nur eins übrig:

»Pano! Wo bist du?«, rief Phaní lauthals. Kurz darauf kam ihr Mitarbeiter *ipastinómos* Panos Kiriakoulis halbwegs die hölzerne Treppe herunter.

»Ah, *kaliméra*. Hier oben sind wir«, sagte er und ging voraus. Phaní folgte die knarrende Treppe hinauf in den ersten Stock. Durch die Läden eines Fensters an der Treppe drangen feine Streifen Lichts in das Innere des Hauses. Phaní vermutete, dass unterdessen die Sonne durch die Wolkenschicht gedrungen sein musste, doch mit Sicherheit konnte sie das von hier drinnen nicht sagen. Soweit Phaní erkennen konnte, war das Haus schlicht eingerichtet. Das Innere war typisch für die Häuser des neunzehnten Jahrhunderts, die Böden im Erdgeschoss waren mit Marmor ausgelegt, diejenigen der oberen Zimmer mit Holz. Die Wände waren zurückhaltend farbig gestrichen, die Räume sehr hoch, und der Decke entlang liefen Ornamente aus Stuck. Panos führte sie durch ein Studierzimmer mit großer Bibliothek. Auch hier waren bei allen Fenstern die Läden geschlossen und die Vorhänge zugezogen. Durch die Bibliothek gelangte Phaní ins Schlafzimmer, welches, wie zu erwarten, auch dunkel war. Die Polizei hatte ein paar Lampen aufgestellt, um den Raum zu erhellen. Gut, dachte Phaní, dass niemand die Läden aufgerissen hat. Das Zimmer muss möglichst unverändert bleiben.

Ein großes Bett, sehr einfach und eher modern, beherrschte den Raum, und Phaní konnte sehen, dass eine Frau reglos darauf lag. Doch noch bevor sie sich die Tote näher anschauen konnte, erblickte sie einen ziemlich in die Jahre gekommenen, klein gewachsenen Mann, der die Leiche untersuchte, und Phaní glaubte, sie könne ihren Augen nicht trauen: Es war doch tatsächlich *iatrodikastís* Photeas, der hiesige Gerichtsmediziner und ihr ganz spezieller Freund!

2

Phaní packte Panos am Ärmel und zog ihn zu sich heran.

»Was macht er denn hier? Soll das ein Witz sein?« Panos zuckte die Schultern.

»Er ist nun mal der offizielle Gerichtsmediziner und wurde von der Zentrale hinzugezogen.« Phaní griff sich die dünnen Gummihandschuhe, die ihr Panos reichte und zog sie aufgebracht an.

»Wenn das wieder so ein Katz-und-Maus-Spiel wird wie das letzte Mal, dann fang ich an zu schreien!«, sagte Phaní und ging auf Photeas zu. Sie zwang sich höflich zu sein und setzte ein Grinsen auf, als sie neben ihn trat.

»*Kaliméra, iatré*. Welch unerwartetes Vergnügen.«

Photeas schaute von seinen Notizen auf, die er in seiner krakeligen Schrift in ein kleines Buch kritzelte. Er brummte kurz *kaliméra* und setzte seine Aufzeichnungen fort.

Das kann ja interessant werden, dachte Phaní. Trotzdem war sie neugierig, was er in sein Buch schrieb. Sie schielte über seine Schulter und versuchte etwas zu entziffern. Photeas musste ihre Bemühungen bemerkt haben und sagte in wohlwollendem Ton:

»*Agapití kiría astinóme* Papadea, gerne verrate ich Ihnen, was meine Untersuchungen bisher erbracht haben. Sie brauchen mich nur zu fragen.« Er räusperte sich und fing an zu berichten, während er sich wieder über die Tote beugte. Erst jetzt betrachtete Phaní sie sich auch genauer. Nana Nikolakea lag ausgestreckt auf dem Rücken, die Hände auf dem Schoß übereinander gelegt. Sie war völlig bekleidet, und es sah so aus, als hätte sie sich für ein Nickerchen hingelegt und wäre danach einfach nie mehr aufgewacht. Sie musste Mitte siebzig sein und war immer noch wunderschön. Ihr berühmtes Lachen hatte zwar tiefe Falten um ihren Mund gezogen, trotzdem ließen ihre Gesichtszüge noch etwas Verschmitztes und Jugendliches erahnen. Erst jetzt empfand Phaní ein starkes Gefühl des Bedauerns, diese Frau nie persönlich kennengelernt zu haben, denn wenn sie von jemand behaupten konnte, sie wirklich bewundert zu haben, so war es Nana Nikolakea. Phaní musste feststellen, dass ihr Beruf sie wohl doch etwas abgestumpft hatte, weil sie für die Opfer von Verbrechen nicht so leicht Mitgefühl aufkommen lassen wollte. Sie versuchte möglichst zu vermeiden, dass persönliche Gefühle die Oberhand gewannen. Ihre Gedanken wurden von Photeas' gleichmäßigem Sermon unterbrochen.

»Es kann nicht länger als acht bis zehn Stunden her sein.«

»Was kann nicht länger her sein?«, fragte Phaní und wusste genau, dass sie hätte zuhören müssen, was er ihr berichtete. Prompt folgte auch ein fragender und zugleich tadelnder Blick von Photeas.

»Darf ich fragen, ab wann Sie meiner Erklärung nicht mehr folgen konnten?«, fragte er betont gönnerhaft.

Da kam ihr Michalopoulos, der Mann der *Símansi*, der am Tatort die Spuren zu sichern hatte, zur Hilfe. Denn genau in dem Moment betrat er mit seinem Assistenten den Raum. Kaum war er im Zimmer und hatte *kaliméra* gesagt, fing er an zu niesen, sodass sein großer Schnauzbart wie eine Tanne im Wind wackelte.

»Ich glaube, Michalopoulos würde auch interessieren, was Sie mir gerade erzählt haben. Könnten Sie es bitte wiederholen, *iatré* Photea«, sagte Phaní betont höflich und versuchte unschuldig zu lächeln. Photeas verdrehte die Augen, stöhnte und fing von vorne an.

»Also, bisher kann ich zu der Ursache von *kiría* Nikolakea's Ableben nicht viel aussagen. Es sind keinerlei äußere Einwirkungen von Gewalt zu erkennen ...«

»Sie kann somit eines natürlichen Todes gestorben sein?«, unterbrach Phaní Photeas ungeduldig.

Dieser seufzte.

»Darauf, liebe Kollegin, möchte ich mich nicht festlegen ...«

»Also gibt es doch Anzeichen, welche Sie an einer solchen Annahme zweifeln lassen?«, bohrte Phaní hartnäckig weiter und wunderte sich über ihre eigene geschraubte Ausdrucksweise. Photeas stöhnte.

»Wenn Sie mir vorhin Ihre ungeteilte Aufmerksamkeit geschenkt hätten, wüssten Sie, dass ich in der rechten Armbeuge eine, wie mir scheint, frische Einstichstelle ausmachen konnte.« Photeas schob den rechten Ärmel der Toten hoch und zeigte auf eine schwach sichtbare Anschwellung der Haut um einen dunkelroten Punkt herum.

»Damit meinen Sie also, dass es durchaus auch Mord gewesen sein könnte?«, gab Phaní keine Ruhe, Photeas stöhnte aus tiefster Seele.

»Ich weiß, ich weiß, dazu können Sie nichts sagen«, versuchte Phaní ihn schnell zu beschwichtigen. »Könnte es denn auch Selbstmord ...« Nun schien Photeas völlig die Geduld zu verlieren.

»Ich darf doch sehr bitten, *kiría astinóme*, wir befinden uns hier nicht in einer Quizsendung!«, fuhr er sie gereizt an. Phaní erschrak und trat einen Schritt zurück. Photeas beruhigte sich wieder.

»Wie Sie selbst sehen können, befindet sich der Einstich an einer Stelle, die auch für die Tote, zwar unter großen Schwierigkeiten, zugänglich gewesen wäre.«

Phaní schluckte und versuchte zu lächeln.

»Und der ungefähre Zeitpunkt des Todes?«, wagte sie schüchtern zu fragen.

»Wie bereits erwähnt, kann der Tod vor nicht länger als acht bis zehn Stunden eingetreten sein. Genaues kann ich jedoch erst nach eingehenden Untersuchungen und der Autopsie mit Gewissheit sagen«, schloss Photeas, es herrschte Schweigen.

Phaní musste unweigerlich an seinen letzten Autopsiebericht denken und hoffte, dass dieser jetzt etwas ausführlicher ausfallen würde. Sie nickte. Michalopoulos hatte sich schon daran gemacht, den Raum nach Spuren abzusuchen. In diesem Moment war er gerade dabei von der Tür zum Zimmer Fingerabdrücke zu nehmen. Phaní trat zu Panos, der sich Notizen machte.

»Es ist also noch nicht zu erkennen, ob wir es hier mit Mord oder Selbstmord oder was weiß ich zu tun haben«, resümierte Phaní.

»Das wird ja ein gefundenes Fressen für die Medienmeute sein.« Phaní stöhnte und setzte sich auf einen Stuhl.

»Wir müssen äußerst vorsichtig sein und dürfen keine Fehler machen, denn jetzt schaut uns die ganze Nation auf die Finger«, sagte Phaní mehr zu sich selbst als zu Panos. Nach einer Weile fragte sie:

»Wer hat die Tote eigentlich gefunden?«

»Das wissen wir nicht …«, fing Panos an.

»Was soll denn das heißen?«, platzte Phaní aufgebracht heraus.

»Wir haben heute Morgen in der *Diévthinsi* einen anonymen Anruf erhalten. Als die Kollegen der Streife hierherkamen, um dem Hinweis nachzugehen, war die Tür zum Haus angelehnt, und drinnen haben sie die Tote gefunden.« Phaní fing an zu grübeln. Das war ja äußerst seltsam. Aber es konnte auch eine ganz einfache Erklärung geben, aber welche? Sie kam mit ihren Gedanken nicht weiter.

»Schauen wir uns etwas im Haus um. Notiere, was dir auffällig erscheint.« Panos nickte und begann sich im Zimmer umzusehen. Phaní betrachtete nachdenklich den Raum: die Tote, wie sie dalag, als würde sie ein Nickerchen machen, das Bett sorgfältig hergerichtet, die Lektüre mit Lesebrille noch auf dem Nachttisch liegend. Phaní stand mit einem Ruck auf und ging zum Tischchen. Sie nahm das obere der zwei Bücher, die darauf lagen, in die Hand und fing an darin zu blättern. Es war das *Epitáphios* von Jiannis Ritsos. Sie schlug es an der Stelle auf, wo ein Buchzeichen steckte. Sie las ein paar Zeilen. Das Gedicht stammte aus einer Zeit, als Griechenland ununterbrochen kämpfte, sei es gegen sich selbst oder später, im zweiten Weltkrieg, gegen Eindringlinge. Die Gedichte aus dieser Zeit waren immer sehr heroisch, kämpferisch und sollten den einzelnen Bürger dazu auffordern, sich gegen Unrecht zu wehren. Bis in die frühen Siebzigerjahre traten immer wieder Phasen in Griechenlands Geschichte auf, wo solche Gedichte und Lieder dringend nötig zu sein schienen, bis das Land nach der Militärjunta endlich eine Republik wurde. Die inneren Spannungen wurden schwächer, und somit konnten die Griechen von Phaní's Generation und besonders die noch Jüngeren diesen Heroismus nicht nachvollziehen, auch wenn sie die Gedichte selbst und das Werk eines Ritsos durchaus schätzten. Aber für jemanden wie Nana Nikolakea mussten die kämpferischen Gedichte von Ritsos eine besondere Bedeutung gehabt haben, denn sie war in die Zeit nach dem Griechisch-Türkischen Krieg und der kleinasiatischen Katastrophe geboren worden, eine Zeit also, als Griechenland über eine Million griechischstämmiger Flüchtlinge aus Kleinasien aufnehmen musste. Sie hatte außerdem den Weltkrieg, den Bürgerkrieg und eben auch die Junta in vollem Bewusstsein miterlebt. Soweit sich Phaní erinnern konnte, hatte Nana auch einige von Ritsos' Gedichten, mit der Musik von Theodorakis, gesungen. Sie hatte eine wunderbar herbe Stimme. Phaní schaute sich den Gedichtband noch einmal an.

Danach winkte sie Michalopoulos zu sich, der nach einem weiteren heftigen Niesen kam.

»Gesundheit mein Freund, stecken Sie mich bloß nicht an!« Michalopoulos grinste hilflos.

»Ich nehme dieses Buch mit. Können Sie das irgendwo festhalten und bitte eine Quittung dafür ausstellen«, fügte sie hinzu.

»Es werden ja wohl keine Spuren darauf sein, die den Fall im Nu lösen könnten.« Michalopoulos reagierte überhaupt nicht und notierte sich Titel und Verfasser. Phaní schob das Buch in eine Plastiktüte und steckte diese in die Tasche ihrer Jacke.

»Schauen Sie auch darauf, ob es Spuren von gewaltsamem Eindringen gibt, oder ob die Haustür mit einem Schlüssel geöffnet wurde.« Michalopoulos nickte und sagte ihr damit, dass er wisse, worauf er achten müsse. Er wollte sich gerade umdrehen, da fragte Phaní noch:

»Haben Sie vielleicht Haarlack dabei?« Michalopoulos schien nichts zu überraschen. Er ging zu seiner Tasche, zog eine Spraydose heraus und reichte sie Phaní.

»Hat denselben Effekt«, bemerkte er trocken.

Phaní verschwand schnell im angrenzenden Badezimmer und stieß mit Thomaidis, dem Polizeifotografen zusammen. Wie es aussah, machte er gerade detaillierte Aufnahmen vom Inhalt des Badezimmerschrankes und ließ sich durch Phaní's Anwesenheit überhaupt nicht beirren. Phaní beobachtete ihn eine Weile, wie er gemütlich und akribisch die einzelnen Flaschen ablichtete, doch sie verlor bald die Geduld.

»Das reicht, das reicht, Thomaidi! Geh woanders fotografieren, von mir aus in die Küche!« Thomaidis sah sie vorwurfsvoll an und verließ schließlich kommentarlos den Raum.

Nach fünf Minuten kam sie aus dem Badezimmer zurück, drückte Michalopoulos die Spraydose in die Hand und beruhigte ihn:

»Ich habe nichts angefasst. Wann kann ich mit einem ersten Bericht rechnen?«

»Morgen früh«, sagte Michalopoulos ohne Umstände.

»Gut!« Phaní ging zu Photeas und stellte ihm dieselbe Frage. Unerwartet freundlich antwortete dieser:

»Eigentlich nicht vor übermorgen, aber ich versuche Ihnen bis morgen einen vorläufigen Bericht zukommen zu lassen.« Phaní war überrascht, wollte sich dies aber nicht anmerken lassen, also nickte sie und ging weiter zu Panos.

»Schau dich noch um, wir treffen uns in zwei Stunden in der *Diévthinsi*. Ich brauche etwas frische Luft.« Panos nickte und Phaní verließ das düstere und deprimierende Zimmer. Sie würde sich heute Abend das Haus nochmals in Ruhe ansehen.

Als sie ins Freie trat, wurde sie von einer intensiven Sonne geblendet, deren Strahlen hell durch die Wolken brachen. Der Regen hatte völlig aufgehört und die nassen Blätter der Bäume glitzerten im Sonnenlicht. Seltsam, dachte Phaní, die Welt bewegt sich weiter, nur Nana Nikolakea wird daran nicht mehr teilhaben. Wie erwartet drängten sich die Vertreter des Fernsehens und der Presse sogleich um Phaní, als diese das Grundstück verließ. Sie war froh, dass sie ihre Haare etwas in Ordnung gebracht hatte.

Sie hielt inne und hob ihre Hand, um alle zum Schweigen aufzufordern.

»Eine offizielle Presseerklärung wird demnächst in der *Diévthinsi* abgehalten werden.« Ein Raunen ging durch die Reihen.

»*Kiría astinóme*, können Sie uns nicht schon etwas sagen? War es Mord?«, fragte eine wasserstoffblonde Reporterin von einem Athener Fernsehsender.

»Nana Nikolakea ist tot. Mehr kann ich mit Gewissheit

in diesem Augenblick nicht sagen, Weiteres bei der Presseerklärung. Wir werden Sie über den genauen Zeitpunkt informieren. Danke.« Phaní kämpfte sich mit Hilfe eines uniformierten Polizisten durch die Meute, stieg in ihr Auto und fuhr mit Karacho davon. Sie dachte, natürlich hätte sie jetzt schon einige Details ausplaudern können, aber irgendwie machte es ihr Spaß, mit den Medien zu spielen. Es war auch eine gewisse Machtdemonstration ihrerseits, das gab sie unumwunden zu. Sie wusste jedoch ganz genau, dass sich dieses Spiel blitzschnell als Schuss in den eigenen Fuß herausstellen konnte. Aber im Moment war ihr das egal.

Phaní fuhr auf dem gleichen Weg zu ihrer Wohnung, den sie gekommen war, ohne spritzende Pfützen versteht sich. Sie hoffte, dass Klempner Jiorgos sein Werk vollbracht hätte und sie endlich duschen könnte. Sie sprang mit Elan die Stufen von der Kathedrale zur Wohnung hinauf, doch als sie die Tür aufschloss, begriff sie schnell, dass sie sich zu früh gefreut hatte. Sie konnte deutlich das Klirren der Werkzeuge hören. Jiorgos war immer noch am werkeln. Die Hände in die Hüften gestemmt, stellte sie sich neben ihn, als er gerade einen langen gewundenen Draht durch den Wasserablauf im Badezimmer stocherte. Er fluchte leise vor sich hin, denn so wie es aussah, war der Draht irgendwo stecken geblieben und er konnte ihn weder vor noch zurück bewegen. Erst jetzt bemerkte er Phaní.

»Wie lange braucht denn das noch?«, fragte Phaní ungeduldig. Jiorgos zuckte die Schultern.

»So etwa eine Stunde, oder zwei.«

»Und dann ist der Abfluss frei?«, fragte Phaní noch ungeduldiger. Erneut zuckte Jiorgos nur mit den Schultern und sagte:

»Wer weiß, wir werden sehen.« Das war nicht die Antwort, die Phaní hören wollte, aber was sollte sie machen. Sie drehte sich um und eilte aus dem Bad. Nach einer halben Minute kam sie zurück und fragte:

»Wollen Sie auch einen Kaffee?« Jiorgos räusperte sich. Er schien leicht verlegen, schaute auf sein Werk und seine schmutzigen Hände und sagte schließlich fragend:

»Einen *ellinikó*?«

»Ja, was denn sonst? Etwa Nescafé oder *fíltrou*?«, entgegnete Phaní fast etwas gereizt. Jiorgos nickte enthusiastisch.

»Wie trinken Sie ihn?«

»*Glikó*«, antwortete Jiorgos.

»*Brávo sou!*«, fand Phaní, lächelte und verschwand.

Nach einer Weile kam Jiorgos in die Küche, er wischte sich die Hände an einem Lappen ab. Mit dem Kopf wies er in Richtung Bad und bemerkte:

»Ich habe Schwefelsäure in die Rohre gekippt. Die muss etwas wirken.« Phaní nickte. Jiorgos schaute um sich und schien unruhig, als ob er etwas fragen wollte.

»Sie sind doch *astinómos* bei der Polizei in Kalamata?« Phaní nickte erneut, während sie konzentriert das langstielige Kupferpfännchen auf dem Campinggaskocher beobachtete und immer wieder darin rührte.

»Untersuchen Sie den Mord an Nana Nikolakea?«

Phaní blickte auf und sah ihn fragend an.

»Meine Frau, die immer noch im *Nosokomío* liegt, hat alles im Fernsehen verfolgt. Sie rief mich vorhin an.«

Phaní schaute Jiorgos an und lächelte.

»Ach ja, das Baby. Was ist es denn geworden?«

»Ein Junge. Wir werden ihn Spiros nennen, nach dem Vater meiner Frau.« Phaní beobachtete wieder den kochenden Kaffee.

»So hieß auch mein Vater«, bemerkte sie mehr zu sich selbst. Nach einem Moment blickte sie Jiorgos an.

»*Na sas sísi to pedáki!* Alles Gute für den Kleinen!«

Jiorgos nickte und bedankte sich. Nach einer Weile fuhr er fort:

»Als ich Ihren Namen erwähnt habe, Sie wissen schon, vor meiner Frau, und ihr sagte, dass ich heute bei Ihnen den Abfluss repariere, wurde sie gleich hellhörig. Meine Frau weiß nämlich über alles Bescheid, was in Kalamata so läuft, müssen Sie wissen. Und als sie vom Mord an Nana erfuhr, war sie natürlich völlig entsetzt ...«

»Wir wissen noch gar nicht, ob es sich um Mord handelt«, unterbrach Phaní den Mann schnell und versuchte ihn zu bremsen, bevor er Gerüchte in die Welt zu setzen begann.

»Meine Frau ist sicher, dass es Mord gewesen sein muss, und sie hat für solche Sachen einen guten Riecher«, fuhr Jiorgos unbeirrt fort. In diesem Augenblick stieg der Kaffeeschaum im Pfännchen hoch, Phaní nahm es von der Flamme und goss das Getränk in zwei kleine Porzellantässchen. Sie reichte Jiorgos eine Tasse und beide setzten sich an den kleinen Tisch in der Küche. Es herrschte eine Weile Schweigen, während die beiden am heißen Kaffee nippten.

»Ich war auch einmal in Nana's Haus, hier in Kalamata«, bemerkte Jiorgos.

»Sie hatte dasselbe Problem, wie Sie. Einen verstopften Abfluss. Und die Rohre in dem alten Haus waren in einem ganz schön schlechten Zustand. Das System bestand noch gänzlich aus den alten Zementfaserrohren, die so spröde sind und nach einer Weile zerbrechen. Sie, ich meine *kiría* Nana, kam dann auch einmal in die Küche, wo ich arbeitete.« Ganz Polizistin fragte Phaní instinktiv:

»Wann war das? Ist es lange her?« Jiorgos schob sein Kinn zunächst ratlos vor.

»Ich glaube, das muss im Sommer vor zwei Jahren gewesen sein.« Dann schien ihm etwas einzufallen:

»Ja, genau. Es war Juli oder August, und ein besonders heißer Tag. Ich lag auf dem Küchenboden und versuchte einige Rohre zu lösen, und ich schwitzte wie ein Schwein. Als *kiría* Nana die Küche betrat, war sie sehr elegant gekleidet. Ich dachte aber auch noch, ob sie wohl nicht heiß hätte, mit langärmeligem Kleid und langen Hosen. Sie war sehr nett und überhaupt nicht hochnäsig oder so. Wir haben uns etwas unterhalten. Sie musste gerade aus dem Garten gekommen sein, denn sie trug eine große schwarze Sonnenbrille.« Jiorgos hielt inne. Diese Erinnerung an Nana Nikolakea schien ihn zu berühren und ihm wichtig zu sein. Er nippte wieder an seinem Kaffee.

Phaní konnte verstehen, was Jiorgos meinte. Nana hatte diese Eigenschaft, quer durch alle Bevölkerungsschichten beliebt zu sein. Sie war für ihre Unkompliziertheit bekannt und hatte sich besonders während ihrer politischen Tätigkeit immer wieder darum bemüht, den Kontakt zu den einfacheren Leuten zu suchen. Eigentlich ist es in Griechenland üblich, dass sich die verschiedenen Parteien aufs Eifrigste bekriegen, allen voran die zwei größten: *PASOK* und *Néa Dimokratía.* Das Land ist bisweilen, besonders während der Wahlen, in mindestens zwei Lager geteilt, und man akzeptiert einen Politiker nur, wenn er für eigene Maßstäbe in der richtigen Partei ist. Nana dagegen genoss Respekt von allen Seiten, vielleicht weil sie selbst keiner bestimmten Partei angehört hatte. Phaní war neugierig, was Jiorgos darüber zu sagen hatte.

»Was hielten Sie denn von Nana's politischen Aktivitäten?«

Jiorgos kniff das eine Auge zu und drehte seine aufgerichtete Hand um das Gelenk hin und her. Mit anderen Worten, er hatte seine Bedenken.

»Sie war Sängerin. Sie sang wunderschöne Lieder. Aber in die Politik hätte sie sich nicht einmischen sollen. Das sagt auch meine Frau.« Seine Frau musste ja auf alles eine Antwort haben, dachte Phaní.

»Es war gut, dass sie die Schulen zu unterstützen versuchte, aber das andere, ich weiß nicht.«

»Welches andere?«, fragte Phaní, die neugierig wurde.

»Na ja, dieser ganze Naturschutz, den sie durchsetzen wollte. Das war nicht vernünftig von ihr. Da hat sie nicht weit genug gedacht.«

»Das versteh ich nicht ganz.« Phaní stellte sich etwas schwer von Begriff.

»Na, sie wollte doch einige Gebiete in Messenien unter Naturschutz stellen, mit Hilfe der Europäischen Union. Das Land hätte nicht mehr anderweitig genutzt werden dürfen, weder für Ackerbau, noch für Tourismus. Das können wir uns nicht leisten, wir sind darauf angewiesen.« Phaní's Gedanken schweiften ab. Sie hatte von ihrem guten Freund Bernard, der sich hier in der Gegend vor fünfzehn Jahren ein Häuschen gebaut hatte, solche Geschichten um Nana gehört. Diese war einigen Unternehmern und Investoren offensichtlich gehörig auf die Zehen getreten. Aber reichte das für Mord?

»Ich werd' mal sehen, was die Schwefelsäure macht«, sagte Jiorgos und ging ins Bad. Phaní hörte im Hintergrund, wie er ein paar Mal die Toilette spülte und anschließend fluchte. Bald danach stand Jiorgos wieder in der Tür und gestand:

»Es scheint etwas hartnäckiger zu sein. Ich muss noch mehr Schwefelsäure holen. Ich komm morgen wieder.«

Phaní hätte eigentlich aufgebracht sein und ihn anschreien müssen, um dem Mann Beine zu machen, denn sonst würde sie an Ostern noch nicht duschen können. Sie nickte aber nur geistesabwesend und stand auf. Jiorgos packte sein Werkzeug zusammen, stellte es in eine Ecke und ging zur Haustür. Offensichtlich war ihm nicht ganz wohl dabei, dass er den Abfluss noch nicht reparieren konnte. Seine Berufsehre war etwas angeschlagen. Phaní hing immer noch ihren Gedanken nach und schob den Mann fast zur Tür hinaus, als dieser noch sagte:

»Denken Sie daran, was meine Frau gesagt hat: Es war sicher Mord.«

Nur aus Neugierde wollte Phaní wissen:

»Hat Ihre Frau auch verraten, wer ihrer Ansicht nach Nana ermordet hat?« Jiorgos war ganz überrascht und freute sich, dass Phaní Interesse zeigte.

»Sie sagt, es ist immer der Ehemann.«

3

Als Jiorgos gegangen war, schlug sich Phaní mit der flachen Hand gegen die Stirn. Jiorgos hatte recht, Nana hatte ja einen Ehemann zurückgelassen. Da die griechischen Medien aber immer nur über Nana berichtet hatten, und in den letzten Jahren vor allem ihre politischen Aktivitäten im Mittelpunkt des Interesses standen, war ihr Mann immer im Hintergrund geblieben. Das ging so weit, dass sich einige Griechen fragten, ob er denn überhaupt noch am Leben wäre, da er gut zehn Jahre älter war als Nana. Und ehrlich gesagt wusste Phaní auch nicht mit Bestimmtheit, ob er wirklich noch lebte.

Sie griff schnell zu ihrem *kinitó* und rief Panos an.

»Hast du versucht, Nana's Ehemann zu erreichen?«, fragte sie ohne Umschweife. Sie konnte sogar durch das Telefon hindurch spüren, dass Panos verwirrt war. Er reagierte jedoch schnell:

»Lebt er denn noch?« Genau, wie Phaní gedacht hatte, der Mann war fast unsichtbar hinter Nana geblieben.

»Finde es heraus. Wenn er noch lebt, versuche ihn zu erreichen. So oft, wie die Meldung von ihrem Tod schon über den Bildschirm gelaufen sein muss, hat er sicher davon erfahren.« Sie überlegte kurz.

»Ich bin in einer halben Stunde in der *Diévthinsi.*« Sie wartete seine Antwort nicht ab und legte auf. In diesem Moment piepste ihr *kinitó*, sie hatte eine Nachricht bekommen. Phaní drückte ein paar Tasten, um die Nachricht zu öffnen. Als sie diese las und einigermaßen entziffern konnte, musste sie unweigerlich anfangen zu lachen.

AGAPIMOU.HABEDIBHIMFEQNSEHENGESEJE
N,WASHASTDUMITDFINENHAARENGEMACHT.
FILIÁ,MAMÁ.

Obwohl Phaní im Moment nicht die Ruhe hatte zu antworten, fand sie es süß, dass ihre Mutter mit der Zeit zu gehen versuchte und SMS verschickte. Sie nahm sich fest vor, ihre Mutter öfters anzurufen und wollte heute Abend damit beginnen.

Phaní stürmte aus dem Haus, die Treppe hinunter zu ihrem Wagen, fuhr wie am Morgen zu dem kleinen Rondell in der Nähe der *platía* 23. Martiou. Sie stellte ihr Auto auf der Bushaltestelle ab, unerlaubterweise versteht sich, ließ den Motor laufen und rannte zu dem kleinen Imbiss, wo man einen Snack kaufen konnte. Sie wählte zwei *krouasán* ohne Füllung und ging zum Auto zurück. Ihr gesetzeswidriges Parken hatte keine großen Folgen, der Bus kam gerade erst und der Fahrer winkte ihr zu, als er sah, dass sie gleich losfuhr. Das gelegentliche Hupen galt nicht ihr.

Fünfzehn Minuten später war sie in der *Diévthinsi*. In ihrem Büro angelangt, saß Panos schon hinter seinem Schreibtisch. Phaní bemerkte gleich, dass ihn etwas zu beschäftigen schien. Sie setzte sich an ihren Tisch, nahm ein *krouasán* aus der Papiertüte und fragte:

»Was gibt's?«

»Ich habe mir das Hirn zermartert, wie ich den Ehemann finden kann. Heute Morgen im Haus haben wir ihn nicht angetroffen. Ich habe keine *kinitó*-Nummer ausfindig machen können, weiß also auch nicht, wie ich ihn telefonisch erreichen kann. Und hier bei der Einwohnermeldestelle konnten sie mir nur seinen Namen verraten, und Informationen, die wir im Moment nicht brauchen, wie Geburtsdatum, Herkunftsland etc.«

Phaní war von Panos' Wortschwall überrascht. Es schien ihn wirklich zu ärgern, dass er nicht weiterkam.

»Schon gut. Eines nach dem anderen«, versuchte Phaní ihn zu beschwichtigen.

»Wie heißt der Mann eigentlich?«

»Howard Curwen. Geboren 1921 ...«

»Er ist also schon über achtzig?«, unterbrach ihn Phaní, Panos nickte.

»Amerikaner, soviel ich weiß?« Panos nickte wieder.

»Und im Haus hast du nichts gefunden, ein Adressbuch mit Telefonnummern vielleicht?«

Panos hob seinen Kopf und schnalzte leise, was ›nein‹ bedeutete.

»Wir können nicht warten, bis er sich bei uns meldet«, schloss Phaní.

Jetzt müsste man einen guten Draht zur Presse haben, dachte sie, die wissen doch bestimmt, wo sich der Ehemann aufhält. Der einzige Reporter, der ihr in den

Sinn kam, war ein Freund von Bernard, ein gewisser Leonidas. Phaní nahm den Hörer ab und rief Bernard an. Sie war froh, dass ihre Freundschaft mit ihm durch den letzten Fall keinen Schaden genommen hatte. Bernard antwortete bald. Sie tauschten ein paar Neuigkeiten aus, wie unter Freunden üblich, doch Phaní kam schnell zum Punkt.

»Bernard, du hast mir doch einmal einen Freund von dir vorgestellt, einen Leonidas, der bei einer Athener Zeitung arbeitet. Kannst du mir seine Nummer geben?« Bernard kannte Phaní gut genug, um nicht lange zu fragen, wieso und warum. Er holte gleich sein Adressbuch und gab ihr die Nummer durch. Zum Schluss sagte er ihr noch:

»Grüß ihn von mir. Er ist wirklich ein anständiger Kerl.« Phaní legte auf und rief sogleich Leonidas in Athen an. Bernard hatte ihr zum Glück die *kinitó*-Nummer gegeben. Als Leonidas antwortete, konnte Phaní aufgeregte Stimmen und Straßenlärm im Hintergrund hören. Leonidas klang etwas einsilbig:

»*Nä*, wer ist dran?« Phaní stellte sich vor, doch er unterbrach sie schon nach den ersten Worten:

»Ich kann Sie nicht verstehen. Wer spricht da?« Phaní fing an ihre Geduld zu verlieren, also schrie sie ins Telefon, wer sie sei und von wem sie seine Nummer habe. Leonidas' Ton änderte sich sofort, als er begriff, wer anrief.

»Ah, *kiría astinóme* Papadea. Das ist ja ein Zufall, ich wollte Sie heute noch anrufen, um ...«

»Ich suche den Ehemann der verstorbenen Nana Nikolakea. Wissen Sie vielleicht ...«, begann sie, als Leonidas nun sie unterbrach.

»Haben Sie einen Fernseher in der Nähe?«, fragte er, für Phaní völlig aus dem Zusammenhang gegriffen.

»Ja, aber ich will jetzt keine dieser blöden Klatschsendungen schauen.« Sie hörte, wie Leonidas am anderen Ende lachte.

»Nein, das sollen Sie auch nicht. Ich stehe gerade vor dem Athener Haus von Nana. Ein Vertreter des Paares wird in wenigen Minuten eine Erklärung abgeben.« Phaní war kurz sprachlos. Dann fuchtelte sie in der Luft herum und machte Panos Zeichen, er solle den Fernseher anstellen.

»Leonida, ist Curwen demnach im Haus?«

»Ja, und es soll ihm sehr schlecht gehen.« Plötzlich konnte Phaní hören, dass die Stimmen im Hintergrund aufgeregter und lauter wurden. Als sie auf den Fernseher schaute, konnte sie begreifen, warum. Gerade kam der Vertreter des Paares ins Bild, und Leonidas sagte prompt:

»Ich muss jetzt Schluss machen.«

»Ich weiß, ich weiß«, sagte Phaní noch und legte auf. Panos drehte sofort den Ton lauter und Phaní konnte nun dieselben Stimmen im Hintergrund hören, wie vorhin am Telefon mit Leonidas. Ein Mann Mitte dreißig mit gepflegter Frisur und tadellosem Anzug trat aus der hohen zweiflügeligen Eingangstür von Nana's Athener Haus. Er kam langsam die wenigen Stufen zum Vorgarten herunter und ging durch das Tor auf die Meute der Reporter zu. Entschlossen stellte er sich hin, hob seine Hand und bat um Ruhe. Die Kamera zoomte auf den Mann zu, im Vordergrund schwenkten die verschiedenen Reporter Mikrofone oder Mobiltelefone vor seinem Gesicht, als er in schön formulierten Sätzen seine Verlautbarung begann. Unter dem Bild wurde der Name K. Adamopoulos eingeblendet, und dass er in seiner Funktion als Anwalt des Ehepaares Nikolakea-Curwen sprach.

»In der Nacht auf heute hat unsere geliebte Nana in ihrem Haus in ihrer Heimatstadt Kalamata den letzten Atemzug getan. Die Umstände, die zu ihrem Tode geführt haben, werden bereits von der dortigen Polizei untersucht.« Phaní schaute Panos unweigerlich mit einem vielsagenden Blick an. Der Anwalt sprach weiter:

»Die Nachricht hat Nana's Ehemann heute Morgen hier in Athen erreicht. Daraufhin hat er einen Schwächeanfall erlitten. Sein Hausarzt ist zurzeit noch bei ihm.« Adamopoulos machte eine Pause, um seinen nächsten Worten mehr Bedeutung zu geben.

»Im Gedenken an die von uns allen geliebte Nana und im Namen des von Trauer überwältigten Ehemannes, möchte ich die Medien bitten, die schwierigen Umstände zu respektieren und die Privatsphäre des Witwers zu achten.« Er machte wieder eine Pause.

»Ich bin überzeugt, dass für weitere Auskünfte die den Fall bearbeitenden Polizeibeamten zur Verfügung stehen werden. Vielen Dank.« Es folgte ein Geprassel durcheinander gestellter Fragen, wie: ›Können Sie Näheres zur Todesursache sagen?‹, ›Wann wird der Ehemann sich an die Öffentlichkeit wenden?‹, oder auf ganz drastische Weise: ›Stimmt es, dass Nana ermordet wurde?‹, ›Tappt die Polizei wie üblich im Dunkeln?‹.

Adamopoulos ließ sich auf keine der Fragen ein, lächelte nur kurz und verschwand wieder im Haus. Danach wurde sofort ins Studio zurückgeschaltet. Phaní gab Panos ein Zeichen, er solle den Ton leise stellen.

»Versuch dich mit diesem Adamopoulos in Verbindung zu setzen. Es ist wichtig, dass wir so bald wie möglich mit Curwen sprechen, auch wenn das bedeutet, dass wir nach Athen fahren müssen.« Phaní machte eine kleine Pause, während sie überlegte.

»Auch diesen Hausarzt müssen wir kontaktieren,

denn er entscheidet, wann Curwen vernehmungsfähig sein wird.«

Phaní hielt sich mit beiden Händen den Kopf und strich ihre Haare nach hinten, die Ellenbogen auf den Tisch gestützt.

»*Pópopo!* Das wird lustig!« Panos blickte verwirrt von seinen Notizen auf. Er wusste nicht, was er von dieser Bemerkung halten sollte. Da schaute Phaní Panos plötzlich mit einem fragenden Gesichtsausdruck an:

»Was ich dich längst fragen wollte ...« In diesem Moment klingelte Phaní's Telefon, das Läuten ließ sie kurz zusammenzucken. Sie nahm den Hörer ab.

»Ah, *kírie dievthintá*. Ihren Anruf habe ich erwartet.«

Es trat eine kurze Pause ein, dann erwiderte sie:

»Ich komme gleich zu Ihnen.« Sie legte den Hörer auf, erhob sich, rieb mit einer Hand ihre Stirn, als ob sie sich an etwas zu erinnern versuchte.

»Wo war ich?«, fing sie an. »Hab es glatt vergessen. Na ja, kommt mir auch wieder in den Sinn.« Sie ging um ihren Schreibtisch herum und blieb bei Panos stehen.

»Dragoumis will mich sprechen. Er hat wohl auch die Nachrichten gesehen. Fang doch schon mal an Adamopoulos aufzuspüren. Sag ihm, dass wir ihn unbedingt sprechen müssen. Mach ihm Dampf! Wenn es irgendwie möglich ist, lass ihn hierherkommen. Nur wenn es gar nicht anders geht, fahren wir für einen Tag nach Athen.«

Sie ging zur Tür und drehte sich noch mal um.

»Lass dich nicht von dem großartigen Gerede beeindrucken. Anwälte sind so.« Sie lächelte und verschwand. Panos nickte und griff zum Telefon.

Auf dem Weg zu Dragoumis' Büro im zweiten Stock versuchte sich Phaní den Fall und die bisher bekannten Umstände vor Augen zu führen. Irgendwie war sie darüber erstaunt, wie sehr die Zustände der Hauptstadt schon die Provinz ereilt hatten. Bisher war die Provinz, wie eben Messenien, eher am Rande des Geschehens geblieben, auch was die Verbrechen anbelangte. Athen war der unbestrittene Mittelpunkt. Sogar Thessaloniki fiel dagegen kläglich ab. Als logische Folge war das Hauptbetätigungsfeld der Medien Athen, dort geschah etwas, dort gab es saftige Geschichten. Die Provinz war gut für Katastrophenmeldungen, wie etwa, wenn im Frühling das Hochwasser ganze Hänge ins Meer spülte, wenn abgelegene Dörfer in den Bergen von der Außenwelt abgeschnitten wurden, weil in der Nacht ein Meter Schnee gefallen war, oder wenn im Sommer während einer Hitzeperiode ganze Wälder abbrannten. Die restliche Zeit interessierten sich die Medien wenig für die Provinzen, wie die Regierung im Übrigen auch.

Doch mit diesem Fall schien es sich anders zu verhalten, den Eindruck hatte Phaní ganz deutlich. Die Umstände um Nana's Tod versprachen eine zu gute Geschichte zu werden, als dass die großen Kanäle der Hauptstadt sie den kleinen lokalen Sendern überlassen würden.

Allmählich begannen die Sitten und Gebräuche, die man in Athen schon als selbstverständlich hinnahm, wie zum Beispiel der Sensationsjournalismus, auch langsam auf Provinzstädte wie Kalamata abzufärben.

Phaní kam im zweiten Stock an. Dragoumis' Sekretärin *kiría* Gogo war wie so oft nicht an ihrem Platz. Also ging Phaní direkt zur Tür seines Büros und klopfte. Es folgte das bestimmte und ihr auch mittlerweile bekannte ›*nä, peráste*‹, und sie trat ein.

Dragoumis stand auf und bat Phaní Platz zu nehmen. Dann setzte er sich wieder und kam ohne Vorgeplänkel zum Punkt.

»Sie wissen sicher, warum ich Sie sprechen wollte.«

Phaní nickte.

»Also, ich bin mir bewusst, dass Sie noch ganz am Anfang Ihrer Ermittlungen stehen. Ich möchte Ihnen nur ein paar Anmerkungen mit auf den Weg geben.« Innerlich spannte sich Phaní etwas an, denn nun schien es wichtig zu werden. Es klang beinahe wie eine Gardinenpredigt. Sie hörte aufmerksam zu, als Dragoumis nachdrücklich weitersprach.

»Tun Sie alles, was Sie für richtig halten, um den Fall zu lösen. Lassen Sie sich nicht von irgendwelchen Behörden bei Ihren Ermittlungen beeinflussen, und lassen Sie mich sofort wissen, wenn Ihnen Steine in den Weg gelegt werden oder wenn Sie Rückendeckung benötigen.«

Er machte eine kleine Pause, erwartete aber nicht von Phaní, dass sie sich zu seinen Bemerkungen äußerte.

»Nehmen Sie keine Rücksicht auf Presse und Fernsehen. Ich werde versuchen, Ihren Kontakt mit den Medien auf ein Minimum zu reduzieren.« Phaní fing an zufrieden zu lächeln. Dragoumis hatte anscheinend gemerkt, dass sie keine Leuchte im Umgang mit den Medien war, ihr fehlte das diplomatische Feingefühl. Trotzdem verstand sie auch, dass man der Meute ab und zu Häppchen zuwerfen musste, um sie zufriedenzustellen.

»Ich habe den Eindruck«, fuhr er fort, »dass Sie auch in Athen werden ermitteln müssen, dafür bekommen Sie alle Befugnisse, und ich setze mich heute noch mit *dievthintís* Avramopoulos vom Athener Polizeihauptquartier in Verbindung.«

Dragoumis schien gesagt zu haben, was er wollte und entspannte sich leicht. Er lächelte sanft, Phaní lächelte zurück. In seiner direkten und auch etwas offiziellen Art war Dragoumis doch sehr angenehm. Schließlich fuhr er fort:

»Nun erzählen Sie mir, wie sich der Fall verhält. Ich

vermute, der Polizeiinspektor für Südgriechenland will heute noch in Athen eine Pressekonferenz abhalten.«

Phaní zählte die Fakten auf, die sie bisher kannte, unter anderem, dass die Todesursache bisher unbekannt war und lediglich am rechten Unterarm der Toten eine Einstichstelle gefunden wurde. Es wäre demnach eindeutig zu früh irgendwelche Vermutungen anzustellen. Die Leiche sei in das hiesige *Nosokomío* gebracht worden, wo sie von *iatrós* Photeas zurzeit untersucht würde. Mehr wusste sie zu diesem Zeitpunkt nicht.

»Gut. Das werde ich dem Polizeiinspektor mitteilen«, bemerkte Dragoumis und machte sich ein paar Notizen.

Er schaute auf:

»Danke.« Danach erhob er sich und die Unterredung war somit beendet.

»Dann werde ich mich gleich an die Arbeit machen.«

Phaní stand vom Stuhl auf.

»Ich werde Ihre Worte beherzigen und Sie auf dem Laufenden halten.« Dragoumis nickte, Phaní ging zur Tür und sagte noch, bevor sie den Raum verließ:

»Danke für die Rückendeckung.«

Etwas hin und her gerissen kehrte Phaní in ihr Büro zurück. Einerseits hatte Dragoumis' Kampfesrede ihr Mut gemacht, andererseits wusste sie genau, dass dieser spezielle Fall eine harte Nuss werden würde, das sagte ihr eine gewisse Vorahnung. Außerdem fand Sie es etwas ironisch, dieses Mal von Dragoumis die Befugnis erhalten zu haben, in Athen zu ermitteln, war es doch bei ihrem letzten Fall genau umgekehrt gewesen. Ihr früherer Athener Chef Avramopoulos würde sicher nicht schlecht staunen.

Als sie ihr Büro betrat, war Panos noch am Telefon. Er schien eine Nachricht zu hinterlassen und legte dann auf. Phaní zog einen Stuhl heran und setzte sich ihm gegenüber vor seinen Tisch.

»Und, sag, hattest du Glück mit Adamopoulos?« Panos kniff den Mund zusammen und hob seinen Kopf.

»Ich wurde von einer Stelle zur nächsten weitergereicht, bis ich schließlich bei seiner Sekretärin gelandet bin, die mir hoch und heilig versprochen hat, dass er mich anruft, sobald er wieder im Büro ist. Nur sei er ein sehr beschäftigter Mann und es werde vielleicht bis morgen dauern.« Phaní reagierte nicht gleich, sie wusste, wovon er sprach.

»Du bist einfach zu nett, du musst mit den Leuten bestimmter umgehen, sonst krümmen sie nicht mal den kleinen Finger für dich!« Panos' Gesichtsausdruck verfinsterte sich leicht. Phaní lächelte.

»Ich weiß, das hört kein Mann gern, schon gar nicht von einer Frau. Aber beherzige, was ich gesagt habe und du wirst den Unterschied erkennen.« Als sich Panos' Gesicht nicht merklich entspannte, fügte sie noch hinzu:

»Ich war nicht immer so eine Kratzbürste, auch ich musste lernen mich durchzusetzen.« Sie stand auf und glaubte auf Panos' Gesicht endlich so etwas wie ein Lächeln zu erkennen. Sie griff sich ihre Tasche und sagte noch bevor sie durch die Tür verschwand:

»Ich gehe zurück zu Nana's Haus. Und du rufst Adamopoulos' Sekretärin noch mal an und machst ihr Dampf. Dann komm nach. Wir schauen uns gemeinsam dort weiter um.«

Als Phaní aus der *Diévthinsi* trat, bemerkte sie erst, wie dunkel der Himmel schon war, und dass es inzwischen wieder begonnen hatte zu regnen. Der eisige Nordwind fegte immer noch durch die Straßen. Phaní dachte, wenn das so weitergeht, würde es sicher noch anfangen zu schneien. Obwohl erst halb vier am Nachmittag, war die Sonne für heute schon hinter einer dicken Wolkendecke verschwunden. Wegen der Winterzeit waren die Tage ohnehin kurz, doch bei dem Sauwetter hatte man schon jetzt den Eindruck, es wäre Abend. Langsam fuhr Phaní in Richtung Hafen, durch die Likourgou und Kritis bis zur Pharon, bog dort links ab, bis sie nach ein paar hundert Metern wieder bei Nana's Haus ankam. Ein wachhabender Polizist stand vor dem Eingang. Er führte gerade eine lebhafte Unterhaltung an seinem *kinitó* und ging vor dem Haus auf und ab, um sich die Zeit zu vertreiben. Als er Phaní erblickte, beendete er schnell das Gespräch und grüßte sie höflich. Phaní musste lächeln, es war derselbe Polizist, der sie heute Morgen beinahe weggejagt hätte.

Als Phaní das Haus betrat herrschte völlige Dunkelheit. Sie tastete nach einem Lichtschalter und fand ihn schließlich. Auch wenn die Eingangshalle nun beleuchtet war, machte das Haus einen düsteren Eindruck. Vielleicht lag es am Wetter draußen. Hier drinnen konnte sie wirklich nicht sagen, ob Tag oder Nacht war. Genau das war ihr schon heute Morgen aufgefallen. Von der Halle ging sie durch den Korridor und landete in der Küche. Auch hier herrschte Dunkelheit, bevor Phaní das Licht anknipste. Sie konnte noch gut diejenigen Elemente der ursprünglichen Küche aus der Zeit, als das Haus gebaut worden war, erkennen. Nur die veralteten Geräte, wie Kochplatten, Herd und Kühlschrank waren durch moderne ersetzt worden, dieser Gegensatz gab der Küche eine besondere Note. Phaní fragte sich, ob Nana überhaupt noch viel Zeit in ihrem Haus in Kalamata verbracht hatte, oder ob sie meistens in Athen wohnte. Denn das Haus machte auf Phaní den Eindruck, als ob die Bewohner verreist wären. Oder lag es nur daran, dass alle Läden verschlossen waren? Vielleicht war Nana gerade aus Athen zurückgekommen, ohne ihren Ehemann, wie es schien. Eine weitere Frage kam Phaní in den Sinn: Hatte Nana eine Angestellte gehabt, die vielleicht sogar im Haus wohnte, oder war sie am Abend ihres Todes allein gewesen, und die Köchin oder Haushälterin kam nur während des Tages? Phaní versuchte sich diese Punkte zu merken, um später den Fragen nachzugehen. Für einen Moment dachte sie, wie bequem es doch war, wenn Panos sie begleitete, weil er sich immer Notizen machte. Vielleicht sollte sie ja auch damit anfangen. Phaní kramte in ihrer Tasche nach Stift und Papier, konnte aber nichts finden und gab auf. Sie schaute sich weiter um. Von der Küche führte der Hinterausgang zum Garten. Was hatte Jiorgos, der Klempner, gesagt? Nana sei vermutlich gerade aus dem Garten gekommen, als sie mit ihm in der Küche gesprochen hatte, denn sie trug ihre Sonnenbrille.

In dem Moment hörte Phaní ein Geräusch. Es war ein Knarren und wenn sie sich nicht irrte, kam es aus dem oberen Stock. Phaní's Körper versteifte sich. Aber wie konnte jemand am Polizisten vor dem Eingang vorbeigekommen sein? Vielleicht war dieser wieder durch eines seiner Telefonate abgelenkt gewesen. Phaní ging auf Zehenspitzen zur Eingangshalle zurück und wartete. Da hörte sie das Geräusch erneut. Ganz bestimmt war jemand im oberen Stock. Leise ging sie die Treppe hinauf und versuchte kein Knarren zu verursachen. Jetzt konnte sie Schritte hören. Der Eindringling musste sich sicher wähnen und hatte keine Ahnung, dass noch jemand im Haus war. Auf dem oberen Treppenabsatz angekommen, lauschte Phaní wieder, um herauszufinden, wo sich der Kerl befand, doch es war nichts mehr zu hören. Dafür sah sie nun, dass in der Bibliothek Licht brannte. Sie schlich zur Tür des Raumes und blieb dort stehen, konnte aber niemanden entdecken. Gerade als sie den Raum betreten wollte, hörte sie deutlich Schritte hinter sich und jemanden sagen:

»Ach, hier sind Sie.«

4

Phaní zuckte zusammen und drehte sich blitzartig um. In dieser Hundertstelsekunde schossen ihr diverse Möglichkeiten zur Verteidigung durch den Kopf, bis sie sich in einer weiteren Hundertstelsekunde darüber klar wurde, dass sie in Panos' unschuldiges Gesicht blickte. Die Angst machte der Wut Platz und unweigerlich versetzte sie ihm einen heftigen Hieb.

»Verdammt Pano, tu das nie wieder! Schleich dich nie wieder so an mich heran!«

Phaní erholte sich jedoch schnell von ihrem Schreck und musste sich das Grinsen verkneifen, als sie sah, wie Panos sich die Brust hielt und seinen Schmerz zu verstecken suchte. Sie hatte ihn offensichtlich ganz schön erwischt.

»Das geschieht dir recht und wir haben doch gesagt, dass wir uns duzen!« Sie konnte das Lachen nun nicht mehr zurückhalten, doch fasste sich bald wieder.

»Das nächste Mal rufst du laut meinen Namen, verstanden?« Panos nickte und murmelte:

»Ja, tut mir leid.«

»Also, tun wir das, weswegen wir hier sind.« Phaní ging in die Bibliothek und ließ den Vorfall hinter sich.

»Und, hast du mit Adamopoulos' Sekretärin noch mal

gesprochen?«, fragte sie, während sie sich in der Bibliothek umsah.

»Jaa ...«, erwiderte Panos zögernd.

»Und?«, hakte sie nach, während sie sich die Schallplatten in einem der Regale anschaute.

»Na ja, er hat Zeit für uns und könnte sich am Freitag mit uns treffen, um elf«, berichtete Panos schließlich.

Phaní schaute von den Platten auf.

»Nana hatte schon in den Fünfzigerjahren einige Platten mit Liedern von Chazidakis aufgenommen. Die sind alle hier. Die komplette Sammlung, wie es scheint.« Sie zog eine der Platten heraus und betrachtete sie eingehend.

»Das sind alles erste Pressungen, Originale aus den Fünfzigern, und sogar nummeriert. Was die wohl Wert sein mögen?« Nachdenklich schob sie die Platte zwischen die anderen zurück und schaute sich weiter um.

Im nächsten Regal standen viele Bücher über Griechenland, einige davon Bildbände, zum Beispiel ein Buch eines deutschen Fotografen mit stimmungsvollen Schwarz-Weiß-Aufnahmen von den antiken Ruinen in Olympia aus den Dreißigerjahren.

»Und, kommt er nach Kalamata?«, fragte sie beiläufig. Panos fasste sich an den Hinterkopf.

»Na ja, das ist das Problem ...«

»Wir müssen also nach Athen fahren«, bemerkte Phaní ruhig und ging weiter. An einer Wand hingen einige Poster von Nana's größten Erfolgen ihrer Theaterkarriere, Eugene O'Neills 'Süßer Vogel Jugend' war einer davon. Phaní blieb vor einem Poster stehen, auf dem Nana den Betrachter auf ihre charmante, verführerische Art direkt anschaute.

»Das habe ich mir schon gedacht. Gut gemacht, Pano«, bemerkte sie schließlich. Panos war von ihrer Reaktion überrascht. Er war zwar erleichtert, zugleich jedoch erstaunt. Phaní betrachtete weiterhin Nana's Poster. Es ging eine starke Faszination von diesen strahlenden Augen aus, die sogar beim bloßen Betrachten der Fotografie eine heftige Wirkung auf sie hatten. Mit ihrem Blick schien sie Phaní direkt aufzufordern, die Umstände ihres Todes aufzuklären.

Phaní ging weiter und gelangte zu einer Stelle der Bibliothek, wo einige Bücher mit Howard Curwens Theaterstücken standen. Es waren eher einfache, dünne Büchlein mit packpapierfarbenem Umschlag, teilweise stark abgenutzt. Phaní musste sich eingestehen, dass sie kein einziges der Stücke kannte. Sie wusste nur, dass er in den Fünfzigerjahren in den Vereinigten Staaten eine gewisse Berühmtheit erlangt und mit namhaften Theaterregisseuren gearbeitet hatte. Er gehörte zu einer Bewegung, die das amerikanische Theater revolutionieren wollte. Als er kurz darauf die USA verließ und eine Karriere in Europa begann, verlor er aber bald an Bedeutung. Nachdem er schließlich Ende der Sechzigerjahre Nana geheiratet hatte, war er irgendwie nur noch ihr Ehemann. So viel wusste Phaní über das Ehepaar, das meiste hatte ihr ihre Mutter erzählt.

Panos räusperte sich im Hintergrund. Phaní drehte sich zu ihm um und schaute ihn an. Sie fragte sich, was ihm auf der Seele brennen möge, denn er sah verwirrt aus.

»Was ist los? Habe ich etwas gesagt?«

»Sie, äh ... du hast mir doch eingeschärft, der Anwalt solle hierherkommen, und nun, wo es mir nicht gelungen ist, erwartete ich, du würdest außer dir sein. Aber nichts dergleichen!«

»Ach, das ist es, Pano *mou*. Ich musste dich doch etwas anstacheln, sonst hätte dich die Sekretärin um den kleinen Finger gewickelt und wir hätten erst nach Ostern einen Termin mit Adamopoulos erhalten.« Nach einer Weile bemerkte sie:

»Ich hätte nicht gedacht, dass er so schnell Zeit für uns finden würde. Freitag ist gut.« Sie lächelte und schaute sich weiter im Raum um.

»Fällt dir hier noch etwas auf?«, fuhr sie fort. Panos fasste sich ans Kinn, schaute sich um und machte ein hilfloses Gesicht.

»Es geht mir genauso. Ich weiß nicht, wonach ich suchen soll. Gehen wir, dieses Haus deprimiert mich zu sehr.« Trotzdem trat Phaní noch einmal durch die Tür ins Schlafzimmer und betrachtete den Raum sowie das jetzt leere Bett. Nur durch das Licht, das von der angrenzenden Bibliothek in das Zimmer fiel, konnte man einige Gegenstände und Möbel erkennen. Irgendwie unheimlich, dachte Phaní.

Beide gingen die Treppe ins Erdgeschoss hinunter.

»Morgen befragen wir die Nachbarn, ob ihnen etwas aufgefallen ist. Die können uns vielleicht auch sagen, wann und wie lange Nana hier für gewöhnlich gewohnt hat.« Panos nickte.

Vor dem Haus verabschiedeten sie sich, und Phaní erklärte, sie würden morgen früh den Fall weiterhin in der *Diévthinsi* besprechen. Sie lächelte dem wachhabenden Polizisten zu, der schnell sein *kinitó* in der Jackentasche verschwinden ließ, und stieg in ihr Auto.

Es hatte aufgehört zu regnen, aber der kalte Wind war geblieben. Phaní fuhr die Pharon nordwärts. Die Laternen und die Lichter der entgegenkommenden Autos spiegelten sich im nassen Straßenbelag. Es war zwar nicht später als halb sechs, aber schon stockdunkel. Sie hielt noch kurz vor einem hell erleuchteten Supermarkt an, um Teigwaren zu kaufen. Am Wochenende hatte

Phaní sich eine der dicken Wochenzeitungen gekauft und in der Kochbeilage ein ziemlich einfach erscheinendes Rezept für Tagliatelle mit Brokkoli gefunden. Denn in der Zeit, in der sie nun in Kalamata wohnte und ihren Mann Dimitris nur alle paar Monate sah, also eine Art Fernbeziehung unterhielt, hatte sie mit Erschrecken zweierlei Dinge festgestellt: Erstens hatte sie gemerkt, wie oft und wie gut Dimitris all die Jahre hindurch in ziemlich regelmäßigen Abständen gekocht hatte. Phaní musste sich eingestehen, dass ihr diese frei gelieferten Gourmetmenus jetzt fehlten. Der zweite Punkt ihrer Erkenntnis war, dass sie jetzt selbst zu den Pfannen greifen musste, weil sie es sich nicht leisten konnte, immer auswärts essen zu gehen. Früher hatte sie nur hin und wieder gekocht, wenn der Anlass dazu gegeben war oder wenn Freunde zu Besuch kamen. Am meisten überraschte sie jedoch, dass sie jetzt eine gewisse Freude und Genugtuung beim Kochen empfand, was früher nie vorgekommen war. Ob dies ein erstes Anzeichen einer beginnenden Altersmilde war? Bei dem Gedanken musste Phaní unweigerlich schmunzeln. Denn mit dem Kochen hatte es sich bis jetzt bei ihr etwa so verhalten, wie mit der Religion. Durch die regelmäßigen Kirchenbesuche, zu denen ihre Mutter sie und ihren Bruder Stelios mitgeschleppt hatte, kannte sie alle Rituale, Namen der Heiligen, deren Bedeutungen und Feiertage, die den Ablauf eines jeden Jahres bestimmten, hatte sich aber nie besonders dafür interessiert. Genauso hatte Phaní als Kind oft ihrer Mutter bei der meist zu einer Zeremonie ausartenden Tätigkeit des Kochens zugeschaut und auch mitgeholfen. Sie hatte dadurch die meisten Handgriffe ganz natürlich erlernt und könnte auch eine Vielzahl der typischen griechischen Gerichte zubereiten, wenn man es von ihr verlangen würde, und diese würden ihr bestimmt auch gelingen. Trotz allem hatte sie, auf dem Gebiet des Kochens, bisher keinen besonderen Ehrgeiz entwickelt, zu brillieren.

Doch während der letzten Monate hatte sie festgestellt, dass sie sich beim Kochen sehr gut entspannen konnte, und zudem gab es ihr Zeit über den jeweiligen Fall, an dem sie arbeitete, nachzudenken.

Wie immer in einem Supermarkt verbrachte sie zu viel Zeit damit, im flimmernden Neonlicht durch die langen Reihen der Regale zu irren, um die paar Produkte aufzustöbern, die sie in einem herkömmlichen, kleinen *pantopolío*, einem Krämerladen, in zwei Minuten gefunden hätte. Und wenn sie jemanden fragen wollte, war natürlich niemand zur Stelle, also musste sie auch noch nach der Verkäuferin suchen.

Eine halbe Stunde später saß Phaní wieder in ihrem Auto und fuhr weiter in Richtung Altstadt. Auf den Straßen war wenig Verkehr, doch viele Leute waren zu Fuß unterwegs. Alle nutzten die Regenpause, um ein paar Besorgungen zu machen. Nach einem Zickzackkurs durch die engen Einbahnstraßen östlich der großen *platía*, erreichte Phaní schließlich ihr Ziel und quetschte ihr Auto in eine kurze Parklücke nahe beim kleinen Platz 23. Martiou. Sie ging schnellen Schrittes zu einem Gemüseladen hinter der kleinen Kirche Agii Apostoli. Die alte Frau dort, ganz in Schwarz, war stets sehr herzlich und schien sich wirklich zu freuen, wenn sie Phaní sah.

»Ah, *kiría astinóme*. Ich habe ganz frischen Spinat. *Éla*, komm!«, sagte die Alte und winkte Phaní schon von Weitem heran.

»Nein. Ich suche frischen *brókkolo*. Haben Sie noch welchen?« Die Frau drehte nur ihren Kopf zur Seite, was ›ja‹ bedeutete und verschwand in dem keinen Lagerraum im hinteren Teil des Ladens. Von einem Laden konnte man eigentlich nicht sprechen, es gab nur gerade so viel Platz, um sich einmal umzudrehen. Früchte und Gemüse waren größtenteils auf Tischen vor dem Laden an der Straße aufgestapelt und durch Markisen vor dem Wetter geschützt. Nach einer Weile kam die Frau mit einem großen frischen Brokkoli aus dem Lager zurück und hielt ihn Phaní stolz hin. Diese prüfte ihn und nickte zufrieden. Die Frau wog ihn, rechnete den Preis aus und begann zu reden, während sie darauf wartete, dass Phaní die paar Euro aus ihrer Geldbörse kramte.

»Schlimme Sache, mit der lieben Nana.« Sie machte eine kleine Pause.

»Arbeiten Sie an dem Fall?« Phaní bejahte. Die Frau nahm das Geld entgegen und bedankte sich, dann fügte sie hinzu:

»Ich glaube ja, dass das Unglück mit dem riesigen Hotel am Strand von Skala zu tun hat. Sie wissen, was ich meine, die riesige Golfanlage, die dort seit Jahren geplant ist.« Als Phaní die Frau fragend anschaute, fuhr diese erklärend fort:

»Tja, Nana war diesen Herren wohl ein Dorn im Auge.«

Phaní wusste, dass wohl jeder Bewohner Kalamatas eine Theorie zur Hand hatte, warum Nana gestorben war, würde er nur danach gefragt. Trotzdem wurde Phaní neugierig und hakte nach.

»Welche Herren?« Die Frau kam näher, schaute zuerst links und rechts bevor sie sprach und raunte schließlich:

»Na, ich will nichts gesagt haben, aber Sie wissen schon, diese Investoren eben. Denen ist doch alles zuzutrauen!« Die Frau ging wieder etwas auf Abstand und bemerkte verächtlich: »Die können sich doch alles erlauben! Die werden sogar von der Regierung unterstützt!«

Nach einer Pause fügte sie noch hastig hinzu:

»Aber ich will nichts gesagt haben! Was weiß ich denn schon?« Die Frau lächelte verlegen.

Das hörte sich für Phaní stark nach Verschwörungstheorie an, und daher hakte sie nicht mehr weiter nach. Sie lächelte zurück und verabschiedete sich von der Frau, die ihr freundlich ›*na pas sto kaló*‹ nachrief.

Als Phaní ihr Haus betrat, sah sie sogleich, dass die Werkzeugkiste und das Material von Klempner Jiorgos immer noch dort standen. Schmerzlich wurde sie daran erinnert, dass ihr Abflussproblem ja nach wie vor noch nicht gelöst war. Phaní seufzte innerlich und schimpfte leise. Sie nahm sich jedoch fest vor sich nicht aufzuregen, denn ob sie sich jetzt darüber ärgerte oder nicht, die Arbeit würde deswegen auch nicht schneller erledigt. Das war der Lauf der Dinge. Sie wusste aber auch, dass dieser Anfall von Stoizismus nur von vorübergehender Natur war.

Nachdem Phaní den Brokkoli im Kühlschrank verstaut und mit ihm auch ihre Pläne heute zu kochen auf später verschoben hatte, setzte sie sich mit einem Total-Joghurt und einer Packung *biskótta* vor den Fernseher. Es war erst kurz nach acht und einige der kommerziellen Sender zeigten Nachrichten. Nana Nikolakea's Tod war das Thema des Tages und die Bilder glichen stark denjenigen, die sie schon am Morgen gesehen hatte. Einer mit Geigenmusik untermalten Kurzbiografie der großen Künstlerin folgte eine Sequenz mit der Bekanntmachung ihres Anwalts, *dikigóros* Adamopoulos. Das einzig Neue an dem Beitrag war die kurze Verlautbarung von Phaní's Chef, *dievthintís* Dragoumis. Als sie diese gesehen hatte, gestand sie sich ohne Weiteres ein, dass sie niemals eine so gute Figur gemacht hätte. Danach folgte eine weitere Stellungnahme, und zwar von

Phaní's oberstem Chef, dem Innenminister höchstpersönlich. Diese Tatsache ließ keinen Zweifel mehr daran aufkommen, dass die Angelegenheit als eine Affäre von nationaler Bedeutung eingestuft worden war. In Phaní tauchte eine Fülle von Fragen und Befürchtungen auf, wie zum Beispiel jene, ob ihr die oberste Polizeistelle in Athen nicht den Fall wegschnappen könnte. In deren Augen war sie jetzt auch nicht mehr, als eine kleine Polizeikommissarin aus der Provinz, auch wenn sie einmal selbst zur *Asphália* in Athen gehört und ihre Arbeit dort überaus erfolgreich erledigt hatte. Aber Phaní wusste, dass die lieben Kollegen in Athen diesbezüglich ein sehr kurzes Gedächtnis hatten und keine Gelegenheit sausen lassen würden, sich selbst in den Vordergrund zu rücken. Sollte ihr hingegen niemand den Fall streitig machen, befürchtete sie wiederum, dass sie ins Kreuzfeuer irgendwelcher politischen Ambitionen geraten könnte. Die große Oppositionspartei würde sicherlich jeden kleinen Fehler, welcher der Polizei von Kalamata, genauer Phaní, unterlief, ausschlachten und als politische Munition gegen die momentane Regierungspartei benutzen, da diese den jetzigen Innenminister stellte.

Phaní stöhnte, ging in die Küche und schenkte sich ein Glas *tsípouro* ein. Das Zeug war bekanntlich reiner und auch stärker, als der landläufig beliebte *oúzo*, und somit genau das Richtige für ihre momentane Stimmung.

Nachdem sie sich schon drei Gläschen genehmigt hatte, läutete das Telefon. Sie nahm ab, es war Dimitris.

»Hast du auch die Nachrichten gesehen?«, platzte sie geradeheraus.

»Ja. Bearbeitest du den Fall oder übernimmt Athen?«

Dimitris hatte ganz offensichtlich schon ähnliche Gedanken gehabt wie Phaní.

»Bis jetzt ist es mein Fall, soweit ich weiß. Und ich muss

mich wohl ins Zeug legen, damit das auch so bleibt.« Als von Dimitris keine weitere Reaktion kam, fragte Phaní schließlich:

»Und wie geht es dir? Es scheint schon so lange her, dass ich über die Feiertage bei dir war, und trotzdem bin ich erst seit vorgestern wieder hier.«

»Mir geht's gut«, bemerkte Dimitris kurz.

»Du hast doch was, Dimitri!« Phaní klang etwas aufgebracht, weil sie spürte, dass er mit irgendetwas hinterm Berg hielt.

»Nein, mir geht es wirklich gut. Du fehlst mir natürlich ...«

»Du mir auch, ich weiß! Aber wir haben uns nun mal für diese Lösung entschieden. Du warst doch auch damit einverstanden«, unterbrach ihn Phaní.

»Na ja, es blieb mir ja nichts anderes übrig ...«

»Komm schon, Dimitri! Das haben wir doch alles durchgesprochen.« Phaní machte eine Pause. »Und sowieso, Freitag muss ich für den Fall nach Athen kommen, und den Samstag werde ich sicherlich auch noch benötigen. Ich bleibe dann einfach das ganze Wochenende. Was sagst du dazu?«

»Toll«, antwortete Dimitris, jedoch nicht mit allzu großem Enthusiasmus.

»Was ist denn los mit dir, Dimitri? Geht es dir nicht gut?« Phaní wurde plötzlich besorgt.

»Doch, doch. Nur, ich hätte gern mit dir angestoßen.«

»Worauf denn angestoßen?«, bohrte Phaní, die langsam ihre Geduld verlor.

»Man hat mir eine Stelle als Assistenzprofessor am *Politechnío* in Athen angeboten ...«

»Was?!«, platzte Phaní heraus, »warum sagst du das denn nicht gleich? Das ist doch großartig!« Sie überlegte kurz und fügte hinzu:

»Wir können doch am Freitagabend feiern. Ich ruf gleich morgen unser Lieblingsrestaurant an, du weißt den Franzosen in Petralona.«

»Gut«, stimmte Dimitris zu, und nach ein paar weiteren Worten war das Telefonat zu Ende. Wieder einmal hatte Dimitris es geschafft, sie mit diesem seltsamen Gefühl im Bauch zurückzulassen, einem Gefühl von Schuld, Wut und Unzufriedenheit. Nun hatte er auch diesmal nicht viel gesagt, und es wieder eher mit dem, was er nicht sagte, fertiggebracht, dass Phaní frustriert war.

Manchmal hatte sie den Eindruck, sie hätte Dimitris eine riesengroße Ungerechtigkeit angetan, als sie nach Kalamata gezogen war. Dann wollte sie am liebsten die Koffer packen und das Unrecht wieder gutmachen. Darauf kam die Wut in ihr hoch. Er hatte doch dem Plan zugestimmt, dass sie die Stelle in Kalamata annahm. Doch anscheinend war er damit nicht wirklich einverstanden. Aber wieso sagte er ihr denn nicht geradeheraus, was er dachte und was er wollte? Er war doch selber schuld, wenn er mit der Situation nicht glücklich war. Sie hatten schließlich lange darüber gesprochen, er hätte seine Einwände nur vorbringen müssen.

Um das nun einsetzende Gefühl von Unzufriedenheit nicht allzu stark werden zu lassen, ging sie nochmals in die Küche, um sich ein weiteres Gläschen *tsípouro* zu gönnen.

Gerade als Phaní es sich mit zwei Wärmflaschen im Bett bequem gemacht hatte und sich den neusten Krimi dieses sizilianischen Autors zu Gemüte führen wollte, läutete abermals das Telefon. Phaní's erster Gedanke war, dass Dimitris nochmals anrief, weil ihm bewusst geworden war, in welcher Verfassung er sie zurückgelassen hatte und jetzt die Wogen etwas glätten wollte. Sie nahm ab, sagte ganz lieb ›*nä*‹ und war überrascht die

Stimme ihrer Mutter zu hören. Ungerechterweise, darüber war sie sich im Klaren, konnte sie nicht verhindern, dass ihre Stimmung umschlug und ihr Ton enttäuscht klang.

»*Éla, mamá*. Was gibt's?«

»Ich habe gerade die Elfuhrnachrichten gesehen und dachte, dass du doch sicher mit dem Fall von Nana's Tod beauftragt worden bist – bist du doch, oder etwa nicht?«

»Ja, *mamá*, sie haben mir den Fall gegeben«, erwiderte Phaní etwas trocken.

»Aber warum warst du nicht bei der Pressekonferenz? Man hat nicht einmal deinen Namen erwähnt ...«

»*Mamá*, du weißt doch, was für eine Figur ich vor der Presse abgebe ...«

»Aber Kind, du musst dich mehr in den Vordergrund drängeln. Als Frau in deinem Beruf musst du gegenüber deinen männlichen Kollegen herausstechen. Sonst gehst du unter ...«

»*Mamá*, ich bitte dich! Halte mir nicht zu so später Stunde einen Vortrag wie ich meinen Beruf ausüben soll. Ich bin zu müde dafür.«

Eine Zeit lang herrschte Schweigen am anderen Ende der Leitung, was ganz und gar untypisch für Phaní's Mutter war.

»*Mamá*, ich muss jetzt schlafen, morgen habe ich einen strengen Tag vor mir.« Phaní versuchte das Gespräch abzukürzen.

»Ja, du hast recht, Phaní *mou*, ich sollte dir keine Vorhaltungen machen«, lenkte ihre Mutter plötzlich sehr verständig ein. Phaní war über diesen Stimmungswandel überrascht.

»*Mamá*, ist bei dir alles in Ordnung?«, hakte sie besorgt nach. Ihre Mutter antwortete leise:

»Ja, ja. Mit mir ist alles in Ordnung. Ich sollte jetzt auflegen ...«

»*Mamá*, sag schon, was hast du?« Phaní fiel auf, dass sie schon zum zweiten Mal an diesem Abend aus ihrem Gegenüber am Telefon eine Information herauslocken musste. Was war heute nur los, fragte sie sich.

»Ich weiß nicht. Es kommen manchmal so alte Erinnerungen auf. Ich musste heute immer wieder an deinen Vater denken.« Phaní schwieg. Es war vielleicht ganz natürlich, dass von Zeit zu Zeit solche Erinnerungen aufstiegen, überlegte Phaní. Ihr ging es ja genauso, wenn auch nicht so oft, weil sie in ihrem Beruf sehr eingespannt war. Doch während der letzten vier Monate, die sie nun in Kalamata wohnte, kamen auch ihr wieder häufiger Bilder von ihrem Vater vor Augen.

»Vielleicht hat auch Nana's Tod mich daran erinnert, dass er, wenn er noch leben würde, im gleichen Alter wäre, wie sie jetzt«, fuhr ihre Mutter fort.

»Ja, *mamá*, ich weiß«, versuchte Phaní sie zu beschwichtigen, denn sie wurde plötzlich von einer starken Müdigkeit überwältigt. Doch ihre Mutter ließ sich nicht davon abbringen, ihre Gedanken weiterzuführen:

»Vielleicht hat es auch damit zu tun, dass dein Vater oft von Nana erzählte, zum Beispiel aus der Zeit, als sie zusammen zur Schule gegangen waren ...«

»Was sagst du da?«, platzte Phaní völlig perplex heraus und war wieder hellwach.

»Das wusstest du nicht?«, fragte ihre Mutter überrascht. »Du warst wohl noch zu klein, um das zu begreifen. Dein Vater hatte Nana gekannt, seit seinen Kindertagen. Und sie hatten auch regelmäßig Kontakt, bis zu dem Zeitpunkt, als er starb.«

5

Die Nacht war unruhig und das lag nicht nur an dem peitschenden Regen, der um zwei Uhr morgens eingesetzt hatte und mit voller Wucht gegen die Fensterläden prasselte.

Irgendwann hatte Phaní es satt, sich von einer Seite auf die andere zu wälzen und stand auf. Sie wollte sich eigentlich nur eine heiße Schokolade machen, sah aber dann den Brokkoli, wie er im Kühlschrank wartete. Phaní überlegte nicht lange, nahm das Gemüse heraus und begann es zu zerschneiden. Und schon kreisten ihre Gedanken wieder darum, was ihre Mutter am Abend zuvor am Telefon gesagt hatte und unweigerlich auch um einen der Gründe, warum sie eigentlich, allen Widerständen zum Trotz, die Stelle bei der hiesigen Polizei angenommen hatte. Was hatte damals, vor über dreißig Jahren, ihren Vater veranlasst plötzlich aus Kalamata wegzuziehen, und warum war er in Athen so unglücklich gewesen? Denn wenn Phaní versuchte sich ihren Vater vor Augen zu führen, war besonders ein Eindruck in ihrem Gedächtnis geblieben: eine latente Traurigkeit, die alle seine Handlungen begleitete. Natürlich hatte sie diese mit dem Blick eines Kindes wahrgenommen und eigentlich eher nur gespürt.

Ohne sich dessen bewusst zu sein, hatte Phaní schon den Brokkoli sowie die Tagliatelle gekocht, die Oliven in Stücke geschnitten, Kapern, Parmesan und Gewürze dazugegeben und das ganze vermischt.

Um sich abzulenken, setzte sie sich mit Teller und Weinglas vor den Fernseher, und auf einem der Sender fand sie schließlich auch einen amerikanischen Film aus den Achtzigern, gerade das Richtige, um ihre schweren Gedanken zu verscheuchen.

Am anderen Morgen wachte Phaní dementsprechend benommen auf. Sie hatte den Film irgendwie in ihren Traum eingebaut, konnte sich aber nur noch verschwommen an Film und Traum erinnern. Beide hatten entfernt mit Untoten zu tun, die nur nachts herumgeisterten. Das passte ja wieder hervorragend, dachte sie.

Sie ließ Jiorgos, den Klempner, seine Arbeit beginnen – das wurde schon fast zur täglichen Routine. Erst draußen bemerkte sie, dass der kalte Wind sich gelegt hatte, und der Regen in feinen Schnee übergegangen war, der über Nacht ganz Kalamata mit einem leichten Flaum bedeckt hatte. Natürlich würde die magere weiße Pracht nicht lange anhalten. Die Luft war kalt, klar und rein, sodass Phaní unweigerlich ein paar Mal tief durchatmete. Sie fuhr schleichend zur *Diévthinsi* und fand Panos bereits an seinem Schreibtisch vor. Nach einem kurzen *kaliméra* ging sie schnell zum Heizkörper und stellte diesen auf die maximale Stufe. Danach setzte sie sich fröstelnd an ihren Schreibtisch und legte erst dann die Windjacke ab.

»Und, gibt's was Neues?«, fragte Phaní ohne Umschweife.

»Heute Morgen hat eine Frau angerufen. Sie war ganz außer sich und sagte, dass sie vierzig Jahre lang Nana's Köchin und Haushälterin gewesen sei.«

»Und weiter?«

»Mehr weiß ich auch noch nicht. Ich habe sie gebeten, gleich herzukommen …«

Phaní lächelte. Das war gut, denn dann musste sie bei dieser Kälte nicht in der Stadt herumfahren.

»Gut gemacht, Pano!«, lobte sie ihn und nahm schnell den Hörer ab.

»Dann bestelle ich mir noch einen Kaffee und ein *krouasán*, solange wir warten müssen. Willst du auch ...?« Sie merkte, wie Panos etwas zu sagen versuchte.

»Was ist?«, fragte sie.

»Die Frau wartet bereits draußen im Flur.«

Phaní legte den Hörer auf und reagierte leicht gereizt: »Warum sagst du das nicht gleich! Bring sie rein!« Panos stand auf, verließ das Büro und kam mit einer älteren, hageren Frau zurück, die ganz in Schwarz gekleidet war. Panos holte ihr einen Stuhl, und sie setzte sich bedächtig hin. Phaní lächelte. Die Frau lächelte zurück und begann gleich zu reden:

»Ich bin *kirá* Leni, mein eigentlicher Name ist Eleni Karlaki, aber alle nennen mich immer nur *kirá* Leni. Ich bin sogleich hierhergekommen, nachdem ich mit dem jungen Mann gesprochen hatte.« Sie lächelte Panos an, dann fuhr sie fort:

»Es war ja so furchtbar, als ich gestern in den Nachrichten von *kiría* Nikolakea's Tod hörte. Sie war so eine nette Frau, und überhaupt nicht hochnäsig. Sehr freundlich ...«

»Ja, das glaub ich Ihnen«, unterbrach Phaní sie. »Kann ich Ihnen etwas zu trinken kommen lassen?« Eigentlich suchte sie nur nach einem Vorwand, sich selbst den dringend benötigten *ellinikó* zu bestellen. Die Frau schaute verlegen und antwortete zögernd:

»Bitte eine *portokaláda*, eine Orangenlimonade, wenn es keine Umstände bereitet.« Phaní hob verneinend ihren Kopf und griff zum Hörer. Während sie wählte schaute sie Panos fragend an und machte mit dem Kopf eine kurze Hin- und Herbewegung, was hieß ›willst du auch etwas?‹. Dieser schnalzte kurz, was ›nein‹ bedeutete. Nachdem Phaní die Bestellung aufgegeben hatte, wandte sie sich wieder der Frau zu.

»Erzählen Sie, was Sie uns mitteilen wollten.« Die Frau schaute Phaní etwas hilflos an, dann schien sie sich zu erinnern. Ganz aufgeregt begann sie ihre große bunte Umhängetasche zu kneten, während sie redete.

»Also, ich habe vierzig Jahre für *kiría* Nikolakea gearbeitet. Vierzig Jahre! Und ich glaube, in der Zeit habe ich sie etwas besser kennengelernt, als die meisten.« Die Frau lächelte verlegen und schaute auf ihre Tasche.

»Ich will damit sagen, ich konnte mit der Zeit ganz gut erkennen, in welcher Stimmung sie sich befand, konnte ihr manche Wünsche von den Augen ablesen. Sie behandelte mich auch eher wie eine Freundin, nie wie eine Angestellte ...«

»Worauf wollen Sie hinaus?«, fragte Phaní, um der Frau auf die Sprünge zu helfen, da sich diese offensichtlich schwer tat auf den Punkt zu kommen.

»Na ja, ich weiß nicht, ob es von Belang ist ...«

»Erzählen Sie. Alles kann wichtig sein«, munterte Phaní sie auf.

»Ich kann mich auch irren ...« Die Frau hielt wieder inne, wusste aber, dass Phaní von ihr erwartete weiterzusprechen.

»Es war so etwa vor einem Jahr, da hat sie mich zu sich gebeten und mir ohne Vorwarnung gesagt, dass sie mich nicht mehr brauche und sie mich entlassen müsse.«

»Hat sie Ihnen erklärt, warum?«, fragte Phaní. Die Frau zuckte die Schultern.

»Nein. Das kam so unerwartet. Ich hatte keine Ahnung gehabt. Es tat ihr schon leid, das konnte ich ihr ansehen. Doch, doch. Aber als ich fragte, was der Grund sei, wurde sie sogar etwas schroff. So hatte sie sich mir gegenüber in den ganzen vierzig Jahren noch nie verhalten. Ich habe dann nicht weiter gefragt und bin gegangen.« Die Frau schwieg und schaute traurig auf ihre Tasche.

»Und Sie glauben, dass das veränderte Verhalten Ihnen gegenüber etwas mit ihrem Tod zu tun hat?«, fragte Phaní. Die Frau überlegte.

»Ich weiß es nicht. Nur, wenn ich so zurückdenke, hatte sie sich in der letzten Zeit, die ich noch bei ihr arbeitete, irgendwie verändert.«

»Inwiefern?«

»Sie war stiller und ernster geworden. Ja, das kann man sagen.«

»Haben Sie eine Vermutung, was der Grund dafür gewesen sein könnte?« Phaní nahm an, dass *kirá* Leni sich bestimmt eine Erklärung zurechtgelegt hatte. Aber *kirá* Leni zögerte. Sie schaute scheu um sich und traute sich nicht zu sprechen. Phaní begriff, dass sie die Frau ermutigen musste.

»Alles, was Sie uns sagen, wird vertraulich behandelt. Sprechen Sie offen.« Endlich setzte die Frau zum Reden an, als plötzlich die Tür des Büros aufsprang. Ein junger Mann mit dicker Jacke betrat den Raum. Er brachte die Getränke auf einem runden, silbernen Tablett, welches er an einer langen Stange in der Mitte trug.

»Wer hat eine *protokaláda* und einen *ellinikó* bestellt?« Phaní seufzte innerlich, da sie die Frau fast so weit gehabt hatte, ihre Vermutung auszusprechen, andererseits konnte sie nicht mehr länger auf ihren Kaffee warten. Sie winkte den Mann ungeduldig zu sich, nahm ihm die Getränke ab und steckte ihm fünf Euro zu. Er begann auf seinem Tablett umständlich nach Wechselgeld zu suchen, bis Phaní schließlich die Geduld verlor, ihm sagte, es sei gut so, und er grinsend darauf den Raum verließ. Phaní gab der Frau ihren Orangensaft, die ihn dankend annahm, und sie selbst nippte schnell am heißen Kaffee.

»Also, *kirá* Leni, was glauben Sie hat die Veränderung

bei *kiría* Nikolakea ausgelöst?«, fragte Phaní geradeaus und hoffte, die Antwort käme genauso prompt. Die Frau zögerte nur kurz. Das Bedürfnis ihre Meinung mitzuteilen war nun offensichtlich größer als ihre Vorbehalte.

»Ich glaube, es war wegen ihres Mannes«, antwortete *kirá* Leni kurz und unerwartet entschlossen. Das überraschte Phaní nun doch. Als sie schon nachfragen wollte, was sie zu dieser Annahme gebracht habe, fuhr die Frau von selbst fort.

»Er ist Amerikaner, wissen Sie. Und er ist irgendwie anders. Nicht dass ich etwas gegen Ausländer habe, großer Gott, nein! Aber er war einfach so streng mit ihr, so unnachgiebig. Er konnte nicht einmal eine Fünf gerade sein lassen. Und besonders, was *kiría* Nikolakeas's Beruf anbelangte, das Singen, da machte er ihr ständig Vorhaltungen. Sie war ein Naturtalent, wissen sie, sang immer mit Gefühl, mit ihrem Herzen. Sie sang so wunderschön! Aber ihm war das nicht genug. Nein! Sie solle mehr ihren Verstand benutzen, hat er immer wieder gesagt. Sie müsse zuerst nachdenken und nicht so impulsiv handeln. Er wusste immer alles besser. Ich meine, ich höre auch Musik, was so im Radio läuft, zum Beispiel. Ich liebe unsere Volkslieder, egal wer sie geschrieben hat. Aber immer, wenn er in die Küche kam, hat er die Augen verdreht und mir einzureden versucht, ich solle auch einmal bessere Musik hören, irgend so ein klassisches Zeug, äh, Bach hat er immer angebracht. Was weiß ich, was Bach ist?« Merklich zufrieden ihrem Ärger Luft gemacht zu haben – den sie offensichtlich schon eine Zeit lang mit sich herumgetragen hatte –, schaute *kirá* Leni Phaní an. Diese musste die Informationen erst einmal verarbeiten.

»Aber wieso sollte das Einfluss auf ...«, fing Phaní an, als die Frau sie schon unterbrach.

»Na, das ewige Genörgel hat sie mürbe gemacht. Sie begann an sich zu zweifeln, denn seine Meinung war ihr immer sehr wichtig. Was weiß ich, warum. Und so hat sie sich verändert. Abgekapselt. Zuletzt ging sie gar nicht mehr aus dem Haus. Das wäre früher undenkbar gewesen! Sie liebte es, sich unter Menschen zu begeben!«

Mit Genugtuung schaute *kirá* Leni Phaní und Panos an. Nach einer Weile fragte Phaní, weil ihr nichts anderes einfiel:

»Wissen Sie, ob sie nach Ihnen jemand anderen eingestellt hat?« Die Augen von *kirá* Leni begannen nun feucht zu glitzern. Sie schaute betrübt auf ihre Tasche und knetete sie immer fester.

»Meine Cousine, die fast täglich auf ihrem Weg zur Arbeit an dem Haus vorbeikommt, hat mir gesagt, sie habe dort manchmal jemanden gesehen. Es sei irgendeine Ausländerin, Bulgarin oder Rumänin, oder so etwas.«

Plötzlich kramte *kirá* Leni hastig ein Taschentuch aus ihrem Beutel und drückte es fest vor den Mund. Danach fing sie an zu schluchzen. Erstickt kamen vereinzelte Worte heraus, die immer mehr zu einem lauten Wehklagen anschwollen.

»Warum? Warum hat sie mir das angetan? Ich habe doch so gerne für sie gearbeitet? Wer will mich denn jetzt noch einstellen, wo ich alt bin? Ich brauche doch das Geld! Ach, mein Gott!« Nun begann sie laut zu weinen. Phaní blickte hilflos zu Panos.

»Aber, aber, *kirá* Leni. Das wird doch schon wieder«, versuchte Phaní sie zu trösten. Aber sie wusste auch, dass es eigentlich nichts half. Phaní stand langsam auf und fasste die Frau unter den Arm. Diese erhob sich ebenfalls und folgte Phaní weiterhin schluchzend zur Tür. Dort blieben beide für eine Weile stehen. Als *kirá* Leni schließlich die Tür öffnete, war sie plötzlich still, nur ein seltenes Schnüffeln war zu hören. Dann sagte sie mit unerwarteter Härte und Überzeugung:

»Ich würde mich nicht wundern, wenn er hinter allem steckte, dieser Amerikaner!« Dann ging sie.

Phaní schaute Panos fragend an. Was hatte sie damit wohl gemeint? Panos hingegen schüttelte seine Hand kräftig aus, denn während des plötzlichen Redeschwalls von *kirá* Leni hatte er fleißig versucht mit dem Schreiben seiner Notizen nachzukommen.

»*Lipón*, wir müssen unbedingt mit Nana's Ehemann sprechen«, folgerte Phaní, die nichts anderes zu sagen wusste. Sie trat ans Fenster und betrachtete die schneebedeckten Hänge des Taïgetos Gebirges. Ein eisig erscheinender Schleier verhüllte die höchsten Gipfel.

Phaní drehte sich entschlossen wieder zu Panos.

»Am besten fahren wir heute noch nach Athen, und zwar bald. In Arkadien liegt bestimmt schon Schnee.« Phaní fröstelte innerlich. Sie hasste es, auf Schnee oder noch schlimmer auf glatten Straßen zu fahren. Sie stieß den Gedanken von sich, zog ihre Windjacke an und griff sich ihre Tasche.

»Ich hole dich in zwei Stunden bei dir zu Hause ab. Nimm deine Aufzeichnungen mit, und alle Unterlagen, die wir im Gespräch mit Anwalt Adamopoulos und Nana's Ehemann benötigen.«

»Photeas und Michalopoulos haben übrigens einen vorläufigen Bericht abgegeben«, bemerkte Panos. Phaní nickte zufrieden.

»Gut! Bring die Berichte auch mit, die sehen wir uns während der Fahrt an.«

Phaní stürmte zur Tür. Dort blieb sie stehen und drehte sich noch einmal um.

»Ruf zur Sicherheit Adamopoulos nochmals an und sag ihm, dass wir unbedingt mit Curwen sprechen müssen.

Wenn wir schon den weiten Weg nach Athen machen, soll es sich auch lohnen.« Phaní lächelte kurz und verließ das Büro. Sie ging direkt zu ihrem Wagen und fuhr nach Hause. Jiorgos, der Klempner, hatte gerade eine Pause eingelegt, saß am kleinen Tisch in der Küche und trank Kaffee aus einer Thermoskanne. Als Phaní ihn dort sitzen sah, blieb sie an der Tür stehen und schaute ihn vorwurfsvoll an. Dieser erhob sich sofort und trat zur Seite, als sie zur Spüle schritt.

»*Éla, re* Jiorgo! Wieso hast du dir nicht einfach einen *ellinikó* gebraut? Ist doch alles da!« Phaní nahm die Dosen mit Kaffeepulver und Zucker aus dem Regal und hielt sie Jiorgos unter die Nase. Dieser winkte ab.

»Nein, nein. Das ist kein Problem.«

»Willst du noch einen frischen?«, fragte Phaní, die schon Kaffeepulver in das langstielige Pfännchen schüttete. Jiorgos schnalzte kurz, was ›nein‹ bedeutete. Während der Kaffee kochte ging Phaní ins Schlafzimmer und packte schnell ein paar Sachen zusammen. Von dort rief sie:

»Und, Jiorgo, wird das noch etwas mit dem Abfluss?«

»Ja, natürlich. Machen Sie sich keine Sorgen …«

»Ich werde für ein paar Tage in Athen sein. Meinst du, wenn ich zurückkomme hast du das Problem behoben?«

»Sicherlich!«, beteuerte Jiorgos voller Überzeugung.

Als Phaní ihre Tasche gepackt hatte, stellte sie diese zur Eingangstür und kam gerade rechtzeitig in die Küche, als der Kaffee im Pfännchen aufzuschäumen begann. Mit der kleinen Tasse *ellinikó glikó* setzte sie sich schnell an den Tisch und schlürfte das heiße Getränk genüsslich.

»Fahren Sie mit dem Auto nach Athen?«, erkundigte sich Jiorgos mit besorgtem Tonfall. Phaní nickte.

»Seien Sie bloß vorsichtig! In ganz Griechenland soll

es heute Abend weitere Schneefälle geben, besonders in den bergigen Regionen.« Phaní winkte ab.

»Die Hauptstraße über Tripoli ist bestimmt frei«, erwiderte sie, vor allem um sich selbst zu beschwichtigen.

»Haben Sie Ketten?«, fragte Jiorgos. Phaní hob verneinend ihre Augenbrauen. Bisher war sie im Winter immer nur in Athen unterwegs gewesen, und dort brauchte man keine Schneeketten.

»Sie müssen sich unbedingt welche besorgen, bevor Sie fahren«, beharrte Jiorgos. »Mein Cousin hat eine Tankstelle, die letzte rechts vor der Abzweigung nach Messini. Er hat Ketten. Sagen Sie ihm, ich hätte sie geschickt. Er macht Ihnen einen guten Preis.« Phaní nickte dankend.

Auf dem Weg zu Panos' Wohnung fing es wieder leicht an zu regnen. Ein paar Grad weniger, und es wäre wieder Schnee gefallen. Phaní beglückwünschte sich, dass sie den erdenklich besten Tag im Jahr erwischt hatte, um quer durch die Peloponnes zu fahren. Hoffentlich stellte sich die Reise nicht als Schlag ins Wasser heraus, denn bis jetzt hatte Phaní im Fall Nana nur wenige Anhaltspunkte. Sie musste unbedingt den Anwalt zum Reden bringen. Anwälte wussten immer mehr, als sie zugaben. Und hoffentlich war Curwen in der Lage ihre Fragen zu beantworten. Sie hatte zuvor noch kurz mit ihrem Chef Dragoumis telefoniert. Er hatte ihr zwar weiterhin seine volle Unterstützung zugesichert, aber auch geradeheraus gesagt, dass er sie nur weiter abschirmen könne, wenn Phaní bald erste Ergebnisse und Verdächtige liefern würde. Der Innenminister habe ihn am Morgen persönlich angerufen und ungeduldig nach neuen Resultaten gefragt. Denn diese hatte der Minister bei seiner Presseerklärung gestern Abend großspurig versprochen.

Als Phaní vor dem Apartmenthaus hielt, in dem Panos

wohnte, stand dieser schon im geschützten Eingang des Gebäudes bereit und eilte sofort auf Phaní's Auto zu, als er es erblickte. Der Regen war intensiver geworden und die Sonne hinter dicken Wolken verschwunden. Obwohl es erst drei Uhr nachmittags war, lag die Stadt in einem schummrigen Licht.

Als Nächstes machte Phaní an der Tankstelle von Jiorgos' Cousin Halt und kaufte sich Schneeketten. Als der Cousin ihr zeigen wollte, wie man sie anbringt, winkte Phaní ab und sagte, sie werde sich schon zu helfen wissen. Sie hatte ganz einfach weder Lust noch Geduld, sich Nachhilfe im Schneekettenbefestigen geben zu lassen.

Dann brauste sie weiter in Richtung Tripoli. Die Sicht war noch einigermaßen gut, die Straße gerade, und Phaní beabsichtigte so schnell wie möglich ein großes Stück Wegstrecke hinter sich zu bringen. Aus ihren Augenwinkeln konnte sie sehen, wie sich Panos an der Tür und manchmal auch am Armaturenbrett festhielt, sie musste sich das Grinsen verkneifen. Um ihn abzulenken, erkundigte sie sich nach dem Bericht des Gerichtsarztes.

»Was hat Photeas denn herausgefunden?« Panos räusperte sich, ließ die Tür los, griff schnell in seine Aktentasche und zog ein paar Blätter heraus.

»Also, Photeas konnte den Zeitpunkt, an dem der Tod eingetreten sein musste, auf 23 bis 24 Uhr in der Nacht von Dienstag auf Mittwoch eingrenzen. Weiterhin steht, dass auch bei seiner genaueren ersten Untersuchung keine Anzeichen von äußerer Gewalteinwirkung zu finden gewesen ...«

»Ja, ja, das wissen wir ja schon. Gibt's nichts Neues, was uns weiterbringen könnte?«, unterbrach ihn Phaní ungeduldig. Panos räusperte sich wieder, las lautlos weiter und fasste dann zusammen.

»Er hat bereits den Inhalt der Spritze analysieren können, es handelt …«

»Welche Spritze? Von einer Spritze höre ich das erste Mal!«, unterbrach ihn Phaní erneut und diesmal deutlich ungehalten. Verärgert schaute sie zu Panos hinüber, bis ein laut hupender Sattelschlepper ihnen auf seiner Fahrbahn entgegendonnerte. Phaní riss das Steuer nach rechts, um wieder auf ihre Seite der Straße zu gelangen und konnte so dem Ungetüm gerade noch ausweichen. Panos ließ vor Schreck die Berichte fallen und warf Phaní einen vorwurfsvollen Blick zu. Sie beschloss sein Verhalten zu ignorieren.

»Also, was hat es mit dieser Spritze auf sich?«, fuhr sie fort, als wäre nichts geschehen. Panos ordnete aufgebracht die losen Blätter.

»Ein Mitarbeiter der *Símansi* hat, nachdem Sie gegangen waren, eine gebrauchte Spritze im Mülleimer in der Küche gefunden. Michalopoulos hat diese noch am selben Tag nach Fingerabdrücken untersucht und am Abend für eine Inhaltsanalyse zu Photeas geschickt«, erklärte Panos. Phaní wollte ihn nicht wieder unterbrechen und blickte kommentarlos auf die Fahrbahn. Panos fuhr schließlich fort:

»In der Spritze konnte Photeas Spuren einer Kaliumlösung nachweisen.« Phaní stutzte.

»Kalium? Ist sie daran gestorben?«

»Das schreibt Photeas nicht. In einer Fußnote erklärt er lediglich, dass ein erhöhter Kaliumgehalt im Körper post mortem nicht nachgewiesen werden kann, da der Körper an sich schon die Kaliumproduktion …«

»Eine Spritze würde aber zu der Einstichstelle an Nana's Arm passen. Schreibt er etwas darüber?«, unterbrach sie nun Panos doch wieder. Dieser überflog schnell den Bericht.

»Nur, dass die schon am Tatort identifizierte Einstichstelle in der rechten Armbeuge relativ frisch sei und sich keine weiteren am Körper befänden.« Panos zeigte auf einen roten Punkt, mit dem auf einer beigelegten Zeichnung eines menschlichen Körpers der rechte Arm markiert war, und hielt Phaní das Blatt so hin, dass sie es sehen konnte. Er bereute dies jedoch sogleich, denn Phaní, die den Blick erneut von der Fahrbahn nahm, schrubbte schon bald mit dem rechten Rad am Straßenrand. Panos krallte sich reflexartig am Türgriff fest. Phaní begriff sofort und brachte den Wagen mit einem Ruck auf die Spur zurück.

»Entspann dich Pano! Bis jetzt habe ich noch keinen Unfall gebaut, wenigsten keinen nennenswerten. Vertrau mir!« Wieder konnte sie Panos' wütenden Blick auf sich spüren und beschloss erneut, diesen einfach zu ignorieren.

»Ich muss unbedingt mit Photeas sprechen, wenn wir aus Athen zurück sind.« Phaní war frustriert.

»Schreibt er sonst noch was?« Panos nickte.

»Der rechte Oberarm der Verstorbenen weist Druckspuren auf, die vermuten lassen, dass er kurz vor ihrem Tod abgebunden wurde, was zu der frischen Einstichstelle am selben Arm passen würde. Zudem meint er, dass sie als Rechtshänderin den Arm schwerlich selbst abgebunden haben könnte, und daher Selbstmord mit ziemlicher Sicherheit ausgeschlossen werden könne.«

Phaní stutzte.

»Endlich wird er mal etwas konkreter. Doch ... woher weiß Photeas, dass sie Rechtshänderin war?« Panos zuckte die Schultern. Als Phaní keine weitere Frage stellte, fuhr Panos fort:

»Es wurden außerdem Fusseln von schwarzem Wollstoff an Nase und Mund der Toten gefunden. Abschließend erwähnt er, dass an mehreren Stellen der Haut eine schwache Vernarbung zu erkennen sei. Er glaubt aber nicht, dass dies irgendetwas mit ihrem Tod zu tun habe.« Panos machte eine kleine Pause.

»Das ist soweit alles von Photeas.«

»Na ja, ausführlicher als sein Bericht, den ich von ihm zum letzten Fall erhalten habe«, bemerkte Phaní mit halblauter Stimme.

»Das heißt also, dass noch offen ist, woran Nana starb. Nur Unfall oder Selbstmord sind allem Anschein nach auszuschließen«, resümierte Phaní.

»Wir müssen aber trotzdem den Anwalt oder Ehemann fragen, ob sie Suizid gefährdet war, auch wenn es nicht sehr angenehm sein wird, diese Frage zu beantworten.«

Die Straße begann sich hinaufzuwinden, sobald sie das Talbecken von Messenien verließen. Es wurde bereits dunkel und der Regen ging zum Teil in matschige Schneeflocken über. Die Sicht wurde immer schlechter. Phaní fluchte innerlich und wünschte, sie wären früher losgefahren. Um sich und auch Panos vom schlechten Wetter und den folglich miesen Fahrbedingungen abzulenken, fragte sie weiter:

»Was schreibt Michalopoulos von der *Símansi*?« Panos kramte ein weiteres Blatt hervor.

»Er hat zahlreiche unbekannte Fingerabdrücke im ganzen Haus gefunden, ebenso auf der besagten Spritze, und bisher nur diejenigen der Toten eindeutig zuordnen können ...«

»Wir müssen also die Fingerabdrücke von Curwen und Adamopoulos bekommen, mach dir eine Notiz«, unterbrach Phaní Panos' Bericht. Dieser nickte, zog sein Notizbuch aus der Tasche und versuchte zu schreiben.

Nachdem sich die Straße sehr kurvenreich zum Hochtal von Megalopoli gewunden hatte, sah Phaní jetzt eine gerade Strecke vor sich und trat aufs Gas. In ihrer eher unlogisch anmutenden Denkweise, dessen war sie sich halbwegs bewusst, fand sie: Je schneller wir diese Hügellandschaft der zentralen Peloponnes hinter uns gelassen haben, umso besser. Schlechte Sicht und zunehmender Schneefall schienen bei dieser Überlegung keine allzu große Rolle zu spielen. Panos saß nun aufrecht und völlig verkrampft auf dem Beifahrersitz und konnte nur noch eines, und zwar auf die Straße starren. Als Phaní das bemerkte, fragte sie leicht ungeduldig:

»Ist das alles, was er schreibt?« Panos zwang sich, auf das Blatt zu schauen und berichtete zaghaft weiter:

»Sonst, ähm – hat er geschrieben, dass das Schloss der Eingangstür unbeschädigt sei und keine Spuren eines gewaltsamen Eindringens aufweise ...«

Genau in dem Moment überholte ein gelbes Athener Taxi mit halsbrecherischer Geschwindigkeit Phaní's Citroën. In den wenigen Sekunden, die er brauchte, um vorbeizufahren, konnte Phaní das Gesicht des Lenkers kurz erkennen – und er schien sie anzugrinsen. Sie dachte noch, es gibt immer jemanden, der noch schneller ist. Als das Taxi vor Phaní wieder einscherte, bespritzte es ihre Windschutzscheibe völlig mit Schneematsch, sodass sie mehrere Sekunden überhaupt nichts mehr sehen konnte, bis sie plötzlich vor sich die roten Bremslichter des Taxis aufleuchteten sah. Da Phaní glaubte, mit voller Wucht auf den Vordermann aufzufahren, tat sie in der Hundertstelsekunde, die ihr zum Reagieren blieb, das Einzige, was ihrer Meinung nach die Situation retten könnte: Sie riss das Steuer nach rechts herum. Ihr Wagen kam notgedrungen von der Fahrbahn ab, durchbrach mit Karacho den Schneewall am Straßenrand und raste die Böschung hinab, die zum Glück nicht sehr tief war, bis er nach einer holprigen Fahrt und heftigem Auf-

und Abschütteln mitten auf einem Feld in Schnee und Matsch zum Stehen kam.

Phaní konnte nur noch erkennen, wie das Taxi auf der Straße wieder beschleunigte und davonraste.

6

Panos stieß heftig die Beifahrertür auf, sprang aus dem Auto und begann auf dem schneebedeckten Feld einen seltsamen Tanz aufzuführen. Phaní musste sich auch erst vom Schrecken erholen und begriff nur langsam, dass Panos seiner Wut Luft machte und deshalb wie wild herumhopste. Sie musste sich zusammenreißen, da sie wusste, dass es eindeutig nicht der richtige Zeitpunkt war laut loszulachen.

Sie stieg aus dem Wagen und ging auf Panos zu, der mit seinem Fuß gegen irgendetwas trat, das Phaní in der Dunkelheit nicht erkennen konnte.

»Pano, ist dir was passiert?«, fragte Phaní wirklich besorgt. Allem Anschein nach war er nicht körperlich verletzt, aber vielleicht hatte er irgendeinen seelischen Schaden davongetragen, der durch den Schlamassel ausgelöst wurde.

»Ist das Ihr Ernst?«, schnaubte Panos, der sichtlich aufgebracht Phaní in der Aufregung wieder siezte.

»Sie hätten uns da eben fast umgebracht!«, schrie er weiter. Das war nun Phaní doch zu viel.

»Komm schon! Du hast doch selbst gesehen, dass das Taxi plötzlich vor mir bremste. Was hätte ich denn tun sollen?«

»Vielleicht nicht so halsbrecherisch fahren!«, schrie er sie weiter an.

»Ach, das bin ich doch gar nicht! Ich hatte das Fahrzeug die ganze Zeit unter Kontrolle. Der Typ im Taxi ist gefahren wie ein Idiot! Den solltest du anschnauzen, nicht mich! Ich habe uns immerhin heil zum Stehen gebracht!« Phaní konnte nicht anders, als sich zu verteidigen, das lag in ihrer Natur.

»Sie haben wohl immer eine Ausrede bereit!«, sprudelte es weiter aus Panos heraus.

»Hör auf zu brüllen und überleg lieber, wie wir hier wieder rauskommen!«, schnauzte Phaní zurück. Gleichzeitig merkte sie wie sich Panos' Wut langsam legte, und ihre auch. Sie schnappte sich ihre Tasche aus dem Wagen und begann darin herumzukramen. Leise fluchend suchte sie nach Zigaretten, fand sie endlich und steckte sich eine an. Nach ein paar Zügen stieß sie sichtlich entspannter den Rauch genüsslich aus. Sie betrachtete Panos, der nur noch kraftlos mit dem Schuh im Schnee herumstocherte. Bestimmt tat es ihm gut, einmal seinen Ärger herauszubrüllen. Gut so Pano, dachte sie.

Jetzt wo Phaní's Wut verraucht war, begann sie zu frieren und bemerkte gleichzeitig, dass es angefangen hatte richtig zu schneien. Man konnte keine fünfzig Meter weit sehen.

»*Éla* Pano, setz dich auch ins Auto. Du wirst dich sonst erkälten.« Phaní wartete nicht auf eine Reaktion und stieg schnell ein. Sie versuchte den Motor zu starten, was ihr auch beim zweiten Anlauf gelang. Braves Auto, dachte sie. Sie drehte die Heizung und das Gebläse auf Hochtouren. Als Nächstes kramte sie ihr *kinitó* aus der Jackentasche und wählte die Nummer der *ELPA*, des Pannendienstes. Als sich schließlich eine Frauenstimme meldete, erklärte Phaní ihre Situation. Die Frau bat sie zu warten. Musik trällerte ihr aus dem Hörer entgegen und wiederholte sich alle zwei Minuten. Nach geschlagenen zwanzig Minuten kam die Frau wieder an den Apparat.

»Wo befinden Sie sich?«, fragte sie. Phaní hatte inzwischen gänzlich die Geduld verloren.

»Das habe ich Ihnen doch schon erklärt, irgendwo zwischen Megalopoli und Tripoli! Wo genau, weiß ich nicht!«

»Das müssten Sie mir aber schon exakt angeben, sonst kann ich nicht die nächstgelegene *ELPA*-Station für Sie benachrichtigen«, erwiderte die Frau gelassen. Phaní überlegte, aber schließlich war es ihr völlig egal, wo sie war und sagte einfach, sie sei näher bei Tripoli.

»Geben Sie mir eine Telefonnummer und der zuständige Fahrer des Abschleppwagens wird sich bei Ihnen melden, sobald er unterwegs ist.« Phaní gab ihr schnell die *kinitó*-Nummer durch, die Frau legte auf und Phaní konnte ihrer neu entflammten Wut keine Luft mehr machen.

»Verflucht!«, schrie sie. Phaní wusste zu genau, dass niemand sie je anrufen würde. Bis zum Morgen würden sie hier bestimmt festsitzen. Die Beifahrertür ging auf und Panos stieg wieder in den Wagen. Phaní riss sich zusammen, ihren Ärger nicht an ihm auszulassen.

»Es tut mir leid, dass ich geschrieen habe ...«, fing er zögernd an. Ihm war deutlich anzusehen, dass ihm sein Ausbruch peinlich war. Phaní winkte ab.

»Wir haben ein ganz anderes Problem. Wir sitzen hier fest. Wer weiß, wann oder ob der Abschleppdienst überhaupt einen Wagen vorbeischicken wird.« Phaní stöhnte. Für eine Weile schwiegen beide. Nur das Brummen des Motors und der Heizung war zu hören. Auf die Windschutzscheibe fielen ununterbrochen Schneeflocken und Phaní stellte von Zeit zu Zeit die Scheibenwischer an. Sonst herrschte eine unheimliche Ruhe. Kein einziges Auto fuhr auf der Straße, von der sie nur etwa zehn Meter entfernt auf dem Feld standen. Die Gegend war wie ausgestorben.

»Weißt du noch, was das für ein Auto war, das Athener Taxi?«, fragte Phaní plötzlich. Ihre Gedanken waren zu dem Vorfall zurückgekehrt, der sie in diese Lage gebracht hatte.

»Ein neuerer Opel, Mittelklassemodell, mit Stufenheck«, antwortete Panos sofort, der seine alte Ruhe wiedergewonnen hatte. Phaní war beeindruckt, denn sie konnte ein Auto nicht vom anderen unterscheiden, außer ihren Citroën natürlich. Zu dem hatte sie so etwas wie eine persönliche Beziehung aufgebaut.

»Und hast du dir vielleicht auch das Nummernschild merken können?«

»TAB 193, die vierte Zahl war entweder eine Sechs oder eine Acht, sie war schlecht lesbar«, kam prompt Panos' Antwort. Nun war Phaní total verblüfft. Sich einen Autotyp zu merken war eine Sache, aber in der Schrecksekunde, wo er glauben musste, Phaní knalle dem Taxi hintendrauf, sich die Autonummer merken zu können, das war für Phaní unbegreiflich. Ihre Verwunderung wurde vom Klingeln ihres *kinitó* unterbrochen. Es war die *ELPA*. Gott sei Dank, dachte Phaní.

»Wir haben einen größeren Unfall auf der Autobahn in Richtung Korinth«, begann dieselbe Frau, mit der Phaní zuvor gesprochen hatte, zu erklären.

»Alle Abschleppfahrzeuge werden noch dort gebraucht. Und wegen des Schnees werden sich die Arbeiten verzögern ...«

»Hören Sie, ich muss unbedingt weiter nach Athen fahren. Es ist dringend!« Phaní überlegte kurz.

»Ich bin *astinómos* der Polizei Kalamata und bearbeite einen Mordfall. Es ist wirklich wichtig!«

»Das kann ja gut sein und es tut mir wirklich leid«, versicherte die Frau in einem Tonfall, der verriet, dass sie diesen Satz mehreren Leuten am Tag sagen musste und dass sie Phaní nicht recht glaubte oder sich nicht darum scherte.

»Ich werde tun, was ich kann«, versprach die Frau.

»Hören Sie, es ist ein Fall von nationalem Interesse«, übertrieb Phaní, um die Frau zu überzeugen.

»Ich muss morgen mit einem wichtigen Zeugen im Fall Nana Nikolakea sprechen!« Phaní hatte nun alle Register gezogen und wusste nicht mehr weiter. Die Frau am anderen Ende schwieg für eine Weile.

»Der erste verfügbare Wagen wird kommen und Sie abschleppen. Ich kümmere mich persönlich darum.« Und diesmal klang die Frau so, als ob sie es aufrichtig meinte.

Mittlerweile war es nach elf Uhr abends. Immer wieder betätigte Phaní den Scheibenwischer und starrte durch die Windschutzscheibe in die Nacht, die nur von abertausenden tanzenden Schneeflocken erfüllt zu sein schien.

»Wo wirst du in Athen übernachten?«, erkundigte sich Phaní, als ihr das Schweigen zu erdrückend wurde. »Wenn du willst, kannst du bei uns auf dem Sofa schlafen.«

»Danke, aber das ist nicht nötig. Ich habe eine Tante, die in Chalandri wohnt«, antwortete Panos und Phaní nickte. Spontan fragte sie:

»Eine Schwester deines Vaters?« Panos hob die Augenbrauen.

»Nein, meiner Mutter.« Phaní konnte spüren, dass Panos' kurze Antworten nicht nur damit zusammenhingen, dass er ohnehin nicht viel sprach. Also hakte sie nach, weil sie wie üblich neugierig wurde.

»Leben eigentlich deine Eltern auch in Kalamata?«

»Nein, nur meine Mutter«, war wieder Panos' kurze Antwort.

»Lebt dein Vater denn nicht mehr?«, bohrte Phaní weiter, die eine mögliche Parallele zu ihrer eigenen Situation sah. Panos blickte auf seine Hände.

»Doch, aber nicht mehr bei uns. Er hat meine Mutter und mich vor Jahren verlassen.« Für Panos war das eine sehr detaillierte Aussage. Phaní wusste nicht recht, was sie dazu sagen sollte.

»Das tut mit leid«, war das Einzige, was ihr einfiel. Sie glaubte jedoch noch etwas Versöhnliches anbringen zu müssen:

»Wir haben wohl beide nicht viel von unseren Vätern gehabt. Meiner ist gestorben, als ich elf war.« Aber irgendwie gelang es ihr nicht die Stimmung zu heben.

Nach einer Weile schlief Phaní ein und auch Panos konnte seine Augen nicht mehr offen halten. Der Motor des Wagens brummte monoton weiter und hielt die Heizung am Laufen.

Phaní erwachte erst wieder, als Panos sie heftig an der Schulter rüttelte, und sie anschließend laute Motorengeräusche vernahm. Im Halbschlaf konnte sie erkennen, wie ein Abschleppwagen mit blinkenden Lichtern auf der Straße stand. Vor ihr brachte ein laut dieselnder Traktor den Citroën langsam in Bewegung und zog ihn mit unregelmäßigem Ruckeln aus dem schneebedeckten Acker auf die nahe Asphaltstraße. Phaní hatte überhaupt nicht bemerkt, wie der Mann vom Abschleppdienst an die Scheibe klopfte, wie Panos dann ausstieg und mit dem Mann das Auto am Traktor eines Bauern aus der Umgebung festband. Erst richtig wach wurde sie, als ihr Citroën wieder Asphalt unter den Rädern hatte, und der Mann vom Abschleppdienst und der Bauer sich verabschieden wollten. Das erste Licht des Tages erhellte bereits den Himmel über den östlichen Hügelketten Arkadiens. Phaní stieg aus dem Wagen und realisierte erst jetzt, dass es aufgehört hatte zu schneien und der Himmel wolkenlos war. Die Wipfel der Tannen, die Felder und Wiesen waren mit einer weißen Schicht bedeckt. Es würde ein kalter, aber sehr klarer und sonniger Tag werden.

Phaní dankte den beiden Männern, diese lächelten nur und sagten, es sei nicht der Rede Wert. Der Mann vom Abschleppdienst warf noch ermahnend ein, dass es unvernünftig sei, jetzt ohne Ketten zu fahren, und sie sollten sich nicht von der Polizei erwischen lassen. Phaní nickte und spielte die Reumütige, innerlich musste sie jedoch lächeln. Kopfschüttelnd gingen beide zu ihrem jeweiligen Gefährt.

Phaní schaute verschmitzt zu Panos.

»Hast du das gehört? Na, dann mal ran an die Arbeit, jetzt heißt es Ketten aufziehen!« Panos starrte Phaní entgeistert an, sodass diese anfing lauthals zu lachen. Sie wischte sich die Tränen aus dem Gesicht und auch Panos konnte sich ein Lächeln nicht mehr verkneifen.

»Machen wir, dass wir weiterkommen«, entschied sie, als sie sich erholt hatte, und beide stiegen in den Wagen. Fünfzehn Minuten später waren sie bereits auf der Höhe von Tripoli und erst jetzt erkannte Phaní, wie nahe sie der Stadt gewesen waren. Vor dem Isthmus von Korinth fuhr Phaní von der Autobahn ab und hielt bei einem der Cafés, wo auch die Überlandbusse Halt machten.

Der Kaffee war heiß und süß, schmeckte aber nicht besonders gut. Aber das war im Moment egal. Sie zündete sich eine Zigarette an, entspannte sich und dachte kurz an letzte Nacht, als das Taxi so plötzlich vor ihr bremste. Sie versuchte sich das Gesicht des Fahrers vor Augen zu führen. Irgendetwas war seltsam gewesen an seinem Blick, den sie nur schnell hatte erhaschen können. Phaní kam der Gedanke, dass es vielleicht gar kein Zufall gewesen war, und das Taxi sie absichtlich von der Straße drängen wollte. In dem Moment kam Panos von der Toilette zurück und setzte sich ihr gegenüber.

»*Chrónia pollá!* Herzlichen Glückwunsch!«, sagte er mit einem Lächeln. Phaní begriff nicht sofort, doch dann dämmerte es ihr.

»Ach ja. Danke, vielen Dank, lieb von dir, dass du daran gedacht hast«, stammelte sie etwas verlegen. Heute war der 6. Januar, Tag der *Epiphánia*, ein Feiertag im ganzen Land – und Phaní's Namenstag. Sie nahm einen weiteren Schluck Kaffee.

»Wo treffen wir uns mit Adamopoulos? In seiner Kanzlei?« Phaní wollte von sich ablenken und wechselte das Thema.

»Nein, in Nana's Athener Haus, in Pangrati«, antwortete Panos. Das war ausgezeichnet, dachte Phaní, dann könnte sie bei der Gelegenheit auch gleich mit Nana's Ehemann sprechen.

»Wann erwartet er uns?«

»Um elf.«

»Dann fahren wir besser weiter«, sagte Phaní, drückte die Zigarette aus und stand auf. »Wir brauchen noch gut eine Stunde bis Athen, und ich wollte vorher noch kurz bei der *Diévthinsi* an der Alexandras vorbeischauen.«

»Willst du dort etwas Bestimmtes?«, fragte Panos neugierig.

»Warten wir's mal ab, das ist nur so eine Idee«, antwortete Phaní und eilte zum Wagen.

Die Autobahn von Korinth nach Athen war schon stark

befahren, trotz des Feiertags. Auf der Höhe von Megara fing Phaní's *kinitó* an zu klingeln. Als sie es mühsam aus ihrer Jackentasche herauszog, erntete sie ein paar vorwurfsvolle Blicke von Panos. Sie schaute auf das Display, es war ihre Mutter.

»*Éla, mamá*, wie geht's?«

»Gut. *Chrónia pollá*, mein Kind! *Na sísis!*«

»Danke *mamá*, danke, das ist lieb von dir«, antwortete Phaní und schaute schnell zu Panos. Dieser grinste zur Abwechslung.

»Wo bist du, Phaní?«

»Auf der Autobahn. Ich fahre nach Athen«, erklärte Phaní wahrheitsgemäß. Ihre Mutter schwieg einen Moment.

»*Mamá?* Bist du noch da?«

»Ja. Wieso hast du mir nicht gesagt, dass du nach Athen kommst? Vielleicht wolltest du es mir gar nicht sagen ...«

»Das stimmt doch nicht *mamá*, ich hätte mich ganz bestimmt gemeldet«, versuchte Phaní sich zu verteidigen, obwohl sie wirklich nicht wusste, ob sie ihre Mutter angerufen hätte oder nicht.

»Und, heißt das, dass du mich besuchen kommst? Oder bist du zu beschäftigt, wie immer?«, jammerte ihre Mutter vorwurfsvoll und zugleich Mitleid erregend.

»Natürlich komme ich, *mamá*. Ich verspreche es! Ich muss aber jetzt aufhören, sonst mache ich noch einen Unfall«, versuchte Phaní das Gespräch schnell zu beenden.

»Was, du fährst und telefonierst gleichzeitig? *Pópopo!* Das solltest du aber besser wissen«, warf ihre Mutter ein und legte schnell auf. Phaní grinste Panos verlegen an.

»Meine Mutter!« Panos nickte, als wüsste er, wovon sie sprach. Phaní versuchte, ein anderes Thema zu finden und das Einzige, was ihr in den Sinn kam, war der heutige Feiertag der *Epiphánia*.

»Bist du als Junge auch nach dem Kreuz getaucht?«, erkundigte sich Phaní. Panos nickte.

»Ja, schon in der Grundschule, bis zum zweiten Jahr am *gimnásio*. Dann habe ich es aufgegeben.« Nach einer Weile setzte er hinzu:

»Einmal war ich es sogar, der das Kreuz gefunden hat. Damals war es das Größte für mich.« Phaní bemerkte einen zufriedenen, lächelnden Ausdruck in Panos' Gesicht, diese Erinnerung musste etwas Besonderes für ihn sein.

Kurz nach zehn Uhr stellte Phaní ihr Auto hinter der *Diévthinsi Attikís*, dem Polizeihauptquartier von Athen, ab und ging mit Panos in ihre alte Abteilung im fünften Stock. Sie wollte einen bestimmten früheren Kollegen aufsuchen, den sie als Polizisten sehr schätzte, obwohl er als Mensch etwas schwierig war und allgemein den Ruf hatte, eigenbrötlerisch und starrköpfig zu sein. Phaní hatte das nie als so schlimm empfunden. Sie wusste eben, wie sie mit ihm umgehen musste – und auch, dass er ihr keinen Gefallen ausschlagen würde.

In den knapp sechs Monaten, die sie nicht mehr bei der Polizei in Athen arbeitete, hatte sich nicht viel verändert. Ohne aufgehalten oder gefragt zu werden, wohin sie wolle, konnte sie bis zum Büro ihres Kollegen vordringen und klopfte an seine Scheibe. Dieser schaute auf. Die Mimik seines fleischigen Gesichtes zeigte anfänglich Überraschung, wechselte jedoch schnell zu einem Ausdruck von Zynismus und misstrauischem Abwarten.

»*Jiássou, re* Kosta!«, begrüßte Phaní ihn, als ob er einer ihrer besten Freunde wäre.

»Wenn das nicht Phaní Papadea ist!« Er lehnte sich in

seinem Stuhl zurück und hielt seine Hände hinter den Kopf, die Ellbogen ausgebreitet.

»Welch hoher Besuch!«, sprach er weiter, mit einer gehörigen Portion Ironie.

»Du scheinst ja wieder mal alles ganz schön aufzumischen, wie es aussieht. Und jetzt dort unten, he?« Phaní störte sein etwas spöttischer Unterton überhaupt nicht. Sie stellte Panos vor und setzte sich dann halb auf die Ecke von Kostas' Schreibtisch.

»Tja, wo ich bin, wird es eben nie langweilig«, gab sie grinsend zurück. Kostas lehnte sich vor und kniff ein Auge verschwörerisch zu.

»Du musst aber aufpassen, dass du die Sache nicht verbockst. Hier werden schon Wetten für und gegen dich abgeschlossen. Einige hier sitzen bereits in den Startlöchern, um sich den Fall zu schnappen, falls du es nicht packen solltest. Ich muss dir ja wohl nicht sagen, um welche geschätzten Kollegen es sich dabei handelt.«

Phaní nickte und Kostas lehnte sich wieder zurück. Sie hörte, wie Panos hinter ihr leer schluckte. Dann fügte Kostas mit einem breiten Grinsen noch hinzu:

»Du weißt ja, wenn du dir zu viele Fehler erlaubst und dir die Sache entgleitet, dann helfen dir auch deine schönen Augen nicht weiter.« Hinter seiner üblichen Ironie steckte auch eine gut gemeinte Warnung.

Phaní beugte sich vor und versetzte ihm einen sanften Faustschlag auf die Brust.

»Und du hast natürlich auf mich gesetzt, oder?«, fragte sie nun ironisch. Kostas' Gesicht wurde etwas ernster.

»Ich habe immer an dich und deine Fähigkeiten geglaubt, das weißt du.« Phaní lächelte verlegen, doch fasste sich schnell wieder.

»Und damit ich es nicht verbocke, wie du es so schön ausdrückst, brauche ich deine Hilfe.«

Mit einem fragenden Gesichtsausdruck forderte Kostas sie auf:

»Schieß los!«

»Du hast doch diesen guten Freund bei der *Trochéa*, der Verkehrspolizei«, begann Phaní, Kostas nickte.

»Kann er gleich jetzt für mich eine Autonummer überprüfen?«, fragte Phaní ohne Umschweife. Kostas griff sofort zum Hörer und wählte.

»*Nä*, ich bin's, *re* Vasili. Jag doch mal folgendes Kennzeichen durch euren Computer«, er schaute zu Phaní, die sogleich reagierte.

»TAB 193, die letzte Zahl ist entweder …« Sie schaute Panos fragend an.

»Eine sechs oder …«

»Das reicht!« Kostas hob seine Hand und wiederholte die Nummer. Dann nickte er ein paar Mal und legte den Hörer auf.

»Er ruft mich gleich zurück.« Phaní nickte zufrieden. Sie schaute sich im Büro um und erblickte dabei ein paar Familienfotos auf Kostas' Schreibtisch.

»Und, wie geht es deiner Frau, Kosta?«, versuchte sie die Wartezeit zu überbrücken. Kostas wiegte seinen Kopf hin und her, was ›so lala‹ bedeutete.

»Sie jammert immer, sei es über das Wetter, meine vielen Arbeitsstunden, oder dass ich keine Zeit für unsere Tochter habe, das Übliche eben.«

»Dafür kocht sie außergewöhnlich gut. Einmal war ich bei euch eingeladen und sie hatte ein *pastítsio* gemacht, das schmeckte hervorragend!«

»Ja, von ihr könntest du noch Einiges lernen«, bemerkte Kostas grinsend. Phaní lachte auch, denn irgendwie hatte er ja recht. In diesem Moment klingelte das Telefon und Kostas nahm ab.

»Das ging ja schnell, Vasili.« Kostas hörte konzentriert

zu, dann hielt er die Hand auf die Sprechmuschel und schaute zu Phaní auf.

»Das ist die Nummer eines in Athen zugelassenen Taxis.« So viel wusste Phaní ja bereits. Als Kostas nun den Kopf schüttelte und zu grinsen anfing, begriff sie, dass das noch nicht alles war. Sie wurde neugierig.

»Was ist denn los mit dem Taxi?«

»Wo bist du da wieder reingeraten?«, fragte Kostas und schüttelte weiter den Kopf.

»Das Taxi ist seit einigen Monaten als gestohlen gemeldet«, erklärte er endlich. Das überraschte Phaní nun doch.

»Es kommt noch besser«, fuhr Kostas fort. »Ein Athener Taxi mit dieser Nummer war in den letzten Monaten in mehrere Delikte verwickelt, diese reichen von Raubüberfall bis zu Verletzung mit Fahrerflucht. Doch weder der Fahrer noch das Fahrzeug konnten bisher dingfest gemacht werden.« Phaní überlegte.

»Wann wurde denn das Taxi als gestohlen gemeldet?« Kostas stellte Vasili dieselbe Frage und wiederholte die Antwort.

»Das war im August letzten Jahres.« Der August war der Hauptferienmonat. Aber was hatte das mit dem Diebstahl eines Taxis zu tun? Phaní überlegte weiter.

»Weiß er, wo das Taxi gestohlen wurde?«

Wieder fragte Kostas seinen Freund am anderen Ende des Telefons, legte danach den Hörer bedächtig auf und schaute Phaní mit einem breiten Grinsen an. Diese sprang auf und wurde ungeduldig.

»Was hat er gesagt?«

Kostas verschränkte seine Hände und begann seine Daumen zu drehen.

»Red schon, *re* Kosta, spann uns doch nicht so auf die Folter!«

»Tja, du wirst es nicht glauben. Als das Taxi gestohlen wurde, befand sich sein Besitzer samt Gefährt gerade im Urlaub. Eines Abends, als er mit Familie und Freunden von einer Taverne angeheitert zu seinem Auto gehen wollte, war es weg.«

Kostas machte eine bedeutsame Pause.

»Da kommt doch noch was«, argwöhnte Phaní ungeduldig.

»Tja, der Ort, wo der Taxifahrer Urlaub machte, war Skala. Und soviel ich weiß, ist das doch bei euch da unten, in Messenien.«

7

Auf der Fahrt zu Nana Nikolakea's Athener Haus überlegte Phaní, welche Rolle das gestohlene Taxi, beziehungsweise sein Fahrer, in dem laufenden Fall spielen könnte, falls überhaupt. Um halb zwölf drehte Phaní im Quartier, in dem sich das neoklassizistische dreistöckige Haus befand, einige Runden auf der Suche nach einem Parkplatz, bis sie endlich zwei Straßen weiter einen fand. Panos musste lediglich einen klapprigen überquellenden Müllcontainer zur Seite schieben.

Als sie an der Haustür klingelten, öffnete eine Dame mittleren Alters und ließ Phaní und Panos eintreten. Die Empfangshalle musste erst kürzlich renoviert worden sein, denn von der hohen Decke leuchtete ihnen ein prächtiges Fresko entgegen, das einige der Musen zeigte. Das passte zu Nana, dachte Phaní. Ein paar Meter weiter betraten sie einen Wohnraum, der eine gemütliche Atmosphäre ausstrahlte. Eine große Terrassentür gab den Blick auf einen Garten mit altem Baum- und Buschbestand frei. Zwei Herren, einer Mitte dreißig, der andere um die sechzig, sehr distinguiert in teuren Anzügen, standen neben dem Kamin, in dem ein Feuer knisterte. In einem schweren ledernen Ohrensessel davor saß ein dritter Herr, der über achtzig sein musste. Er sah ungeduldig in Richtung des Besuches, seine rechte Hand begann etwas zu zittern.

»Die Dame und der Herr von der Polizei, nehme ich an. Das wurde aber auch Zeit«, sagte er ungehalten in Griechisch mit typischem singenden amerikanischen Akzent. Er trug Anzug und Rollkragenpullover, ganz in Schwarz, sein weißes Haar stach dagegen ab und seine wässrig blauen Augen funkelten wie Edelsteine. An ihnen konnte man sehen, dass trotz des Alters und der kürzlich vorgefallenen Tragödie noch viel Lebendigkeit in dem alten Herrn steckte.

Der jüngste der Herren stellte sich als *dikigóros* Adamopoulos vor, der andere als Hausarzt der Familie, *iatrós* Lazaris. Phaní und Panos nahmen Platz. Es herrschte zunächst kurzes Schweigen. Schließlich fing *iatrós* Lazaris an zu sprechen, dabei richtete er sich an Panos.

»Ich bitte Sie, Herrn Curwens Zeit nicht länger als nötig in Anspruch zu nehmen. Sein Zustand ist immer noch instabil und er braucht viel Ruhe.« Während der Arzt sprach, beobachtete Curwen abwechselnd Phaní und Panos auf eindringliche Weise. Verärgert darüber, dass über ihn wie über eine zerbrechliche Vase gesprochen wurde, winkte er ab.

»Ach, Lazaris, Sie übertreiben! Ich werde erst ruhen und mich zurücklehnen, wenn Nana's Tod gesühnt ist.«

Phaní stutzte über die Wortwahl des alten Herrn, dachte jedoch dann, es würde wohl daran liegen, dass

Griechisch nicht seine Muttersprache war und er sich deshalb etwas seltsam ausdrückte.

»Was können wir für Sie tun, *astinóme* ...«, ergriff Adamopoulos das Wort und schaute dabei Panos an. Dieser blickte verlegen zu Phaní. Sie musste lächeln.

»Lassen Sie mich ein Missverständnis richtigstellen: Ich bin *astinómos* Papadea, das ist *ipastinómos* Kiriakoulis. Wir sind, wie bereits erwähnt, von der Polizei in Kalamata.« Adamopoulos wirkte etwas verwirrt.

»Ach so, gut, *kiría astinóme*, stellen Sie Ihre Fragen.«

Ein seltsames Gefühl beschlich Phaní, als alle drei Augenpaare auf sie gerichtet waren. Sie kam sich vor wie in einer Szene aus dem 'Paten'.

»Ich würde lieber mit jedem von Ihnen einzeln sprechen.« Sie fügte erklärend hinzu:

»So ist die allgemeine Befragungstaktik. Ich hoffe, Sie verstehen das.« Es stimmte nicht unbedingt, aber das war ihr egal. Von Seiten des Anwalts erwartete sie Protest, welcher jedoch ausblieb.

»Mit wem möchten Sie zuerst sprechen?«, fragte Adamopoulos.

»Mit *kírios* Curwen. Wenn ich Sie und *iatrós* Lazaris bitten darf, im Nebenzimmer zu warten. Es wird nicht lange dauern.« Adamopoulos schaute Curwen kurz an, dieser nickte, worauf sich Adamopoulos erhob und zusammen mit Doktor Lazaris den Raum verließ. Letzterem war die Besorgnis um seinen Patienten vom Gesicht abzulesen.

Phaní wandte sich Curwen zu. Dieser betrachtete sie forschend mit seinen hellblauen Augen. Einen Moment hatte Phaní den Faden verloren und musste sich erst wieder sammeln, da kam Curwen ihr zuvor:

»*Kiría astinóme*, wenn Sie mir die Bemerkung gestatten, sind Sie noch sehr jung für eine Kommissarin.« Sein

Tonfall war ganz ruhig, und man konnte beim besten Willen nicht erkennen, ob seine Äußerung ein Kompliment oder eine Besorgnis, vielleicht sogar ein Vorbehalt sein sollte. Phaní lächelte. Dieser äußerst distinguierte ältere Herr strahlte etwas aus, das sogar sie einschüchterte, und das war wirklich nicht einfach. Durch die Art und Weise wie er sie anblickte, bekam sie den Eindruck, dass er sogar mit ihr flirtete. Den Gedanken ließ sie jedoch schnell als absurd fallen, war seine Frau noch nicht einmal eine Woche tot. Vielleicht war es einfach die Eigenart von Herren seiner Generation, charmant zu sein, gehörte er doch noch ganz zur alten Schule. Diesmal schaute Phaní verlegen kurz zu Panos, dann räusperte sie sich.

»Danke«, erwiderte sie schlicht auf Curwens Bemerkung.

»*Kírie* Curwen, als Erstes möchte ich Ihnen unser beider Beileid aussprechen. Ich kann mir vorstellen, dass es für Sie nicht leicht sein wird ...« Der alte Herr hob seine Hand.

»Seien Sie unbesorgt. Ich will genau wie Sie, dass der Tod meiner Frau in ganzem Umfang aufgeklärt wird und nicht ungesühnt bleibt.« Phaní fiel wieder die etwas altmodische Ausdrucksweise auf.

»Gut.« Phaní bemühte sich sachlich zu sein.

»Wann haben Sie zum letzten Mal Ihre Frau gesehen oder mit ihr gesprochen?« Curwen musste nicht lange überlegen.

»Am Montagabend habe ich mit ihr telefoniert.«

»Also am Dienstag, während des Tages oder am Abend nicht mehr?« Curwen betrachtete Phaní einen Moment gedankenvoll, schaute dann zur Seite. Seine Stimme wurde nun etwas weicher.

»Wissen Sie, ich bin in Athen, weil ein junger Regisseur

eines meiner Stücke wieder aufführen will.« Er lachte kurz und schüttelte den Kopf.

»Ich war doch wirklich gerührt, dass sich jemand wieder für meine alten Bühnenwerke interessierte. Also fuhr mich mein Fahrer am Montagnachmittag hierher. Am Dienstag habe ich mich mit dem jungen Mann getroffen, unsere Besprechung dauerte bis spät in den Abend. Danach habe ich im Restaurant des Grand Bretagne noch eine Kleinigkeit zu mir genommen.« Er machte eine Pause.

»Als ich zu Hause war, befand ich es für zu spät meine Frau noch zu stören.«

»Als Sie am Montag mit ihr gesprochen haben, wirkte sie da anders auf Sie, als sonst, vielleicht betrübt oder niedergeschlagen?« Curwen wurde aufmerksam.

»Worauf wollen Sie hinaus?« Seine Frage hörte sich fast vorwurfsvoll an.

»Vom Standpunkt der gerichtsmedizinischen Voruntersuchung können wir Selbstmord nicht völlig ausschließen.« Curwen reagierte nicht sogleich, wenigstens nicht mit Worten. Seine Haltung versteifte sich jedoch und seine Augen funkelten Phaní kurz zornig an, sodass sie leer schlucken musste.

»Das ist ausgeschlossen«, beteuerte Curwen dann aber mit einer erstaunlichen Ruhe und Bestimmtheit.

»Sie wollen vermutlich wissen, wieso ich mir dessen so sicher bin«, fügte er hinzu.

»Nana und ich kannten uns eine halbe Ewigkeit. Sie war einfach nicht der Typ, der sich selbst das Leben nehmen würde.« Seine Stimme wurde wieder weicher, seine Augen verträumt.

»Sie liebte das Leben, auch wenn sich das abgegriffen anhört. Immer wieder, wenn sie etwas bedrückte, musste sie nur ihr Gesicht in die Sonne halten oder die Seeluft einatmen, und aller Kummer war verflogen. So war sie, glauben Sie mir.« Phaní nickte. Er setzte noch erklärend hinzu:

»Nana war nicht sonderlich religiös, nicht im Sinne der Kirche wenigstens. Sie liebte die Zeremonie, den Pomp und Schmuck, das Gefühl der Gemeinschaft während des Gottesdienstes, aber sie hielt nicht viel von den Regeln und Vorschriften. In einem Punkt war sie jedoch völlig einig mit der Kirche: Sie betrachtete Selbstmord als Sünde. In ihren Augen war das Leben zu kostbar, als dass man es durch die eigene Hand beenden dürfte.« Curwen zog ein Taschentuch hervor und tupfte sich die Augen ab. Phaní konnte Panos ansehen, dass auch er von der Schilderung des alten Herrn nicht unberührt blieb. Mit brüchiger Stimme fügte Curwen noch hinzu:

»Ja, das hat sie stets gesagt: Das Leben ist zu kostbar, man muss kämpfen, bis es nicht mehr weitergeht.«

Im Moment war Phaní von der Art, wie Curwen von seiner verstorbenen Frau sprach, so gebannt, dass er ihr hätte erzählen können, die Erde sei flach, und sie hätte nicht daran gezweifelt. Sie schielte kurz zu Panos, um sicher zu sein, dass dieser auch Notizen machte, damit sie die Aussage später noch einmal durchlesen konnte. Phaní räusperte sich.

»Mir ist aufgefallen, dass es in Ihrem Haus in Kalamata sehr dunkel war. Alle Läden waren geschlossen. Gab es dafür einen Grund?«

»Sie wurde doch am Morgen gefunden. Die Haushaltshilfe verschloss abends immer die Läden im ganzen Haus«, war seine völlig plausible Antwort. Phaní nickte und kam sich ehrlich gesagt etwas blöd vor, überhaupt gefragt zu haben.

»Wenn wir also von der Annahme ausgehen, dass es kein Selbstmord war, und ein Unfall auszuschließen ist, wer könnte einen Grund gehabt haben, Ihrer Frau das Leben zu nehmen? Ich hoffe, Sie verzeihen mir die Frage.« Phaní hatte ein etwas mulmiges Gefühl, doch Curwen schien nun wieder sehr gefasst. Er zuckte mit den Schultern.

»Ich glaube nicht, dass es für Sie sehr hilfreich wäre, wenn ich Spekulationen anstellte.« Phaní kam sich jetzt richtig blöd vor.

»Ich weiß es wirklich nicht«, fuhr Curwen bedächtig fort. »Sie konnte sehr hartnäckig sein. Zum Beispiel, wenn sie sich für eine Sache einsetzte, von der sie vollkommen überzeugt war. Vielleicht hat sie den einen oder anderen mit ihrem Engagement verärgert. Aber dass dies ein Motiv sein sollte, kann ich mir beim besten Willen nicht vorstellen.« Phaní horchte auf.

»Haben Sie ein konkretes Beispiel, auf das Sie sich beziehen?« Curwen lächelte.

»Wie gesagt, ich möchte keine Vermutungen anstellen, meine Liebe.« Nach einer Weile sprach er aber doch weiter.

»Ein Beispiel wäre sicherlich der Umweltschutz. Ihm hatte sie sich in den letzten Jahren sehr verschrieben. Sie glaubte, dass Griechenland im Vergleich mit anderen europäischen Ländern schmählich dastehe, was den Umweltschutz betraf. Sie war eine der treibenden Kräfte, die den Bau einer Biokläranlage für Kalamata, aber auch für andere Städte in Messenien, durchsetzte.«

Phaní konnte nun wirklich nicht erkennen, dass dieses Vorhaben jemandem geschadet hätte. Der alte Herr fuhr fort:

»Sie hat ebenfalls maßgeblich dazu beigetragen, dass die Lagune bei Pilos zum Naturschutzgebiet erklärt wurde. Bis zuletzt hatte sie sich dafür eingesetzt, dass einzelne Küstenabschnitte der Bucht von Navarino ebenfalls unter Schutz gestellt würden.« Phaní gab Panos ein Zeichen, er solle diese Stelle seiner Notizen besonders markieren, denn hier könnte so etwas wie ein Ansatz zu einem Motiv vorhanden sein.

»Und die vergangenen Jahre hat sie sich vehement dafür engagiert, dass weitere Küstenstreifen in ganz Messenien auch unter Naturschutz fallen sollten.« Phaní hatte schon von solchen Bemühungen gelesen, konnte sich aber nicht daran erinnern, dass in dem Zusammenhang etwas über Nana in den Zeitungen gestanden, noch um welche Küstengebiete es sich dabei gehandelt hatte. Curwen fuhr fort:

»Erst letzte Woche hatte sie endlich nach langer mühsamer Kleinarbeit die erforderlichen Expertisen für ein neues Gesuch zusammengetragen, um einen weiteren Küstenabschnitt unter Schutz zu stellen und dadurch vor wilder Überbauung zu retten.« Dem alten Herrn war anzusehen, dass diese Erinnerung an seine Frau ihm sehr naheging.

»Wissen Sie, um welchen Küstenabschnitt es sich dabei handelt?«, hakte Phaní behutsam nach. Curwen hob die Schultern.

»Das weiß ich nicht mehr so genau.« Dann aber schien er sich zu erinnern. »Sie hat oft über das Küstengebiet südlich von Skala gesprochen. Ich bin mir aber nicht sicher, fragen Sie Adamopoulos, er hat mit ihr in dieser Angelegenheit eng zusammengearbeitet und sie bei Behördengängen meistens vertreten.«

Phaní wurde hellhörig.

»Skala?«, wiederholte sie, mehr zu sich selbst.

»Ja, ich glaube, es war Skala«, bestätigte Curwen.

»Ich habe nur laut gedacht. Das ist das zweite Mal, dass dieser Ort heute erwähnt wird.« Sie lächelte. »Das kann auch ein Zufall sein. Sie haben doch eben gerade erwähnt, Adamopoulos hätte Ihre Frau vertreten? Ging sie denn nicht selbst zu Anhörungen ins Rathaus oder in die *Nomarchía*?«, erkundigte sich Phaní weiter.

»Früher schon. Aber vor etwa einem Jahr musste Nana an der Hüfte operiert werden. Danach war sie eine Zeit lang ans Haus gebunden, und als sie eigentlich wieder gut gehen konnte, hatte sich die Zusammenarbeit mit Adamopoulos als so zufriedenstellend erwiesen, dass sie ihn weiterhin als Stellvertreter einsetzte.« Er lächelte, weil er sich an etwas zu erinnern schien.

»Sie sagte, wer schenkt schon so einer alten Frau Aufmerksamkeit, dann doch eher einem so jungen feschen Anwalt, wie Adamopoulos.« Curwen schüttelte nachdenklich den Kopf.

»Ich glaube, in dem Punkt hatte sie unrecht.« Er schaute auf seine hageren Hände und schwieg eine Weile. Dann hob er wieder sein Gesicht.

»Aber, wie gesagt, Sie sollten Adamopoulos dazu befragen, woran meine Frau zuletzt gearbeitet hat, er wird Ihnen detaillierter Auskunft geben können.« Phaní nickte.

»Noch eine letzte Frage für heute: Wissen Sie, wieso Ihre Frau vor etwa einem Jahr Ihre Haushälterin, *kirá* Leni entlassen hat?« Curwen lachte zu Phaní's Überraschung kurz auf.

»Ach ja, *kirá* Leni, die Gute. Wir fanden einfach, es wäre an der Zeit, dass sie ihren wohlverdienten Ruhestand genießen konnte. Sie hatte ihn sich redlich verdient, denn sie war jahrzehntelang die Perle unseres Haushalts in Kalamata gewesen.« Curwen schmunzelte, als ob gerade eine schöne Erinnerung vor seinem Auge wach würde. Phaní dachte, da hörte sich *kirá* Leni's Geschichte aber ganz anders an, viel drastischer. Vielleicht hatte diese aber die Angewohnheit die Dinge zu dramatisieren.

»Vielen Dank für Ihre Zeit, *kírie* Curwen. Nochmals mein herzliches Beileid.« Phaní stand auf, Panos murmelte ebenfalls seine Beileidsbekundung. Curwen erhob sich zitterig aus seinem Sessel und drückte beiden fest die Hand, bevor sie zur Tür gingen.

»Ich werde übrigens ab nächster Woche wieder in Kalamata sein. Bitte halten Sie mich auf dem Laufenden, ich wäre Ihnen sehr verbunden. Vielleicht ergeben sich auch noch weitere Fragen.« Sichtlich erschöpft fiel er in seinen Sessel zurück. Bei Phaní hinterließ dieses Bild, wie der alte Herr dasaß und den Blick in den Garten richtete, einen tiefen Eindruck. Erst jetzt bemerkte sie eine große Schwarz-Weiß-Fotografie von Nana, die über einer Anrichte an der Wand hing. Sie musste aus derselben Zeit stammen, wie die Fotografie in ihrem Haus in Kalamata, und wieder schien sie den Betrachter herausfordernd anzublicken. Es war wahrscheinlich schwer oder sogar unmöglich, sich von einer Frau wie Nana jemals zu lösen, überlegte Phaní, bevor sie mit Panos das Zimmer verließ.

Adamopoulos und Lazaris saßen heftig diskutierend in der Küche, als Phaní und Panos eintraten. Beide schauten auf, verstummten sofort und machten Anstalten aufzustehen.

»Bleiben Sie ruhig sitzen, meine Herren. Ich habe nur noch ein paar Fragen.« Phaní zog sich einen Küchenschemel heran.

»Möchten Sie uns nicht einzeln befragen?«, ergriff Adamopoulos das Wort. Phaní schnalzte.

»Das wird nicht nötig sein.«

»Wie können wir Ihnen behilflich sein?« Adamopoulos musste wohl für beide sprechen, fiel Phaní auf, denn der Arzt blieb stumm.

»*Kírie* Adamopoule, wie ich hörte haben Sie eng mit

kiría Nikolakea im Bereich Naturschutz zusammengearbeitet und können uns sicherlich einige Aussagen bestätigen: *Kírios* Curwen hat uns erzählt, dass sich seine Frau für den Schutz bestimmter Küstengebiete Messeniens eingesetzt hatte. Er erwähnte das Gebiet südlich von Skala. Welche weiteren Küstenabschnitte wollte sie noch schützen lassen?«

»Ja, Skala, zudem Abschnitte entlang der Bucht von Navarino ...« Phaní blickte ihn auffordernd an.

»Lassen Sie mich überlegen. Teile der Schilflandschaft zwischen Kalamata und Messini, die an den öffentlichen Strand grenzen. Die Dünenregion nördlich von Romanou, weil dort die seltene Caretta Schildkröte ideale Bedingungen vorfindet, um in Ruhe ihre Eier abzulegen. Sie hatte sicherlich noch weitere Projekte im Sinn, die sie jedoch vor mir nicht erwähnt hat.« Adamopoulos verstummte gedankenverloren.

»Gab eines der Gebiete, welches sie schützen lassen wollte, Anlass zu Streitereien?« Adamopoulos schaute auf seine verschränkten Finger, bevor er antwortete.

»Streitereien wäre vielleicht zu viel gesagt, aber sie ist ein paar Leuten schon ... äh, sagen wir mal, auf die Zehen getreten.«

»Wem?«, bohrte Phaní fordernd weiter.

»Hören Sie, *kiría astinóme*, ich helfe gern, aber sollten Sie aus meiner Aussage ein Mordmotiv herleiten, könnte das gegen mich als üble Nachrede ausgelegt werden.«

»Keine Sorge, *kírie* Adamopoule. Ich möchte mir lediglich ein Bild der Situation machen, um mir eine Meinung zu bilden. Schon ein Mordmotiv aus ihrer Aussage zu fabrizieren wäre wohl voreilig und auch unprofessionell«, konterte Phaní. Adamopoulos schien zu überlegen.

»Gut, sagen wir einmal so: Ein sehr einflussreicher Herr aus Kalamata will das Gebiet südlich von Skala in eine riesige Ferienanlage umgestalten. Eine Deklarierung des dortigen Küstenstreifens zum Naturschutzgebiet hätte bedeutet, dass seine Anlage ohne direkt angrenzenden Badestrand und Yachthafen geblieben wäre, und hätte sie somit unattraktiv gemacht.«

»Und wer ist dieser einflussreiche Herr?«, wollte Phaní wissen, Adamopoulos zögerte. Die Antwort kam von unerwarteter Seite, nämlich von Panos.

»Na, Kanellopoulos. Sein Vorhaben ist weit um Kalamata bekannt.« Adamopoulos lächelte gequält.

»Da hören Sie es.«

Was er wohl damit meinte, dachte Phaní. Jetzt fiel ihr wieder ein, dass sie von diesem riesigen Projekt einer Ferienanlage auch schon gelesen, es nur nicht mit Kanellopoulos in Verbindung gebracht hatte. Ebenso dass die Anlage bei Skala entstehen sollte, war ihr nicht bewusst gewesen.

Phaní nickte und schaute zu *iatrós* Lazaris.

»Wie war *kiría* Nikolakea's Gesundheitszustand? Hatte sie irgendwelche nennenswerte Krankheiten?« Lazaris sah Adamopoulos fragend an.

»Beantworten Sie ruhig die Frage, *iatré,* Ihre Aussage muss von der Polizei vertraulich behandelt werden«, beschwichtigte Adamopoulos ihn und deutete lächelnd auf Phaní.

»Für ihr Alter war sie gesund. Sie hatte vor drei Jahren eine Nervenentzündung, die aber mit einer intensiven Kortisonbehandlung geheilt werden konnte. Sonst nichts Besonderes«, erklärte Lazaris.

»Außer der Hüftoperation«, fügte Phaní hinzu. Lazaris blickte auf, er schien überrascht.

»Ach ja, das stimmt, die wurde so etwa vor einem Jahr durchgeführt. Es war ein einfacher Eingriff und *kiría* Nana hatte sich danach gut erholt.« Das deckte sich mit

Curwens Aussage, dachte Phaní. Sie nickte und stand auf, im Moment glaubte sie nichts Wichtiges mehr erfahren zu können. Sie warf Panos einen auffordernden Blick zu, worauf dieser sein Notizbuch einpackte. Beide gingen zur Haustür, Adamopoulos begleitete sie.

»Ab nächster Woche werden *kírios* Curwen und ich wieder in Kalamata sein. Dort stehe ich für weitere Fragen gern zur Verfügung, und bitte halten Sie mich auf dem Laufenden.« Phaní lächelte, denn Curwen hatte fast dieselben Worte gebraucht.

Beim Auto angelangt, blieb sie einen Moment stehen.

»Also hilfsbereit sind sie ja alle. Oder sogar zu hilfsbereit?« Sie öffnete die Fahrertür.

»Aber vielleicht sehe ich schon wieder Gespenster. Ich bin ziemlich müde. Kann ich dich irgendwo absetzen?«

»Nein danke, ich bleibe noch etwas im *kéndro* und nehme dann die Metro zu meiner Tante.« Panos nahm seine Tasche vom Rücksitz und ging winkend in Richtung *Kallimármaro*, dem alten Stadion. Phaní lächelte ihm nach, lehnte sich erst einmal gegen ihr Auto und zündete eine Zigarette an. Sie rief ihm noch hinterher:

»Ruf mich Sonntag mal an, dann können wir besprechen, wann wir nach Kalamata zurückfahren. *Jiá*!« Danach stieg Phaní ins Auto, quälte sich aus dem kurzen Parkplatz, hupte ein paar Mal, als sie weiter unten an Panos vorbeifuhr und brauste davon.

Auf der Fahrt nach Exarchia kam ihr ihre Mutter in den Sinn. Phaní stieß einen Seufzer aus, wägte kurz ab, was sie tun sollte und rief schließlich ihre Mutter doch an. Fünfzehn Minuten später fuhr sie die engen Straßen nördlich der Alexandras ab und suchte schon wieder einen Parkplatz. Nach weiteren fünfzehn Minuten fand sie endlich einen hinter einem grünen Müllcontainer, aus dem Karton, Gemüseabfälle und Plastiksäcke quollen. Als sie die Autotür zuknallte, stoben ein paar Katzen davon. Phaní ging an der kahlen graffitiverschmierten Außenwand des alten Elektrizitätswerks der *DEI* vorbei, stieg die wenigen Stufen zum Apartmenthaus ihrer Mutter hinauf und fand die Eingangstür nicht ganz eingerastet. Sie betrat die kleine Halle und schritt zur Wohnungstür zu ihrer Linken – die offen stand. Phaní vergegenwärtigte sich, dass sie in Athen war, wurde misstrauisch und begann sich Sorgen zu machen. Sie betrat vorsichtig die Wohnung. Im Wohnzimmer gleich links vom Eingang lief der Fernseher, und Phaní hörte Geräusche aus dem Schlafzimmer, welches man durch einen kleinen dunklen Flur rechts erreichen konnte. Sie ging an Küche und Bad vorbei und sah schließlich, wie ihre Mutter, auf einem weißen Plastikstuhl balancierend, Schuhkartons aus dem oberen Teil des Wandschrankes im Schlafzimmer zog. Mit Schrecken erkannte Phaní, dass sich die Beine des Plastikstuhls langsam auseinanderspreizten und er jeden Moment zusammenzukrachen drohte. Mit einem Satz sprang sie zu ihrer Mutter und umklammerte fest deren Beine, als der Stuhl auch schon zu sacken begann. Die Mutter stieß einen Schrei aus, bis sie begriff, was vor sich ging, und schließlich mit Phaní's Hilfe heil auf ihren Füßen landete, als der Stuhl auch schon laut knackend entzweibrach.

»*Mamá!* Was machst du nur! Du bringst dich noch um!«, schrie Phaní aufgebracht. »Und wieso lässt du alle Türen offen stehen? Es hätte ja jeder einfach so hereinspazieren können!«

»Aber das habe ich doch nur getan, weil ich wusste, dass du kommst!«

»*Mamá*, du lebst in Athen! Jeden Tag werden hier Leute überfallen ...«

»Ach, komm schon, nun übertreib nicht!« Ihre Mutter

schloss mit Elan die Schranktüren. »Du tust ja so, als könnte ich nicht auf mich selbst aufpassen!« Die Gemüter beider beruhigten sich allmählich. Phaní's Mutter schaute auf den zerbrochenen Stuhl, hielt sich die Hand vor den Mund und fing leise an zu kichern. Phaní schaute ganz verdutzt.

»*Mamá*, jetzt lachst du auch noch!«

»Ach, Phaní! Du bist immer so ernst! Das hast du von deinem Vater. Der war auch so.« Ihre Mutter griff die zwei Schuhkartons, die sie aus dem Schrank geholt hatte, und ging ins Wohnzimmer. Sie ließ sich auf das Sofa gegenüber dem Fernseher nieder und öffnete eine der Schachteln. Phaní setzte sich langsam neben sie.

»Was sind denn das für Fotos?«, fragte sie, als ihre Mutter einige davon herauszog und betrachtete.

»Ich hoffe, hier ein paar Fotografien deines Vaters aus seiner Schulzeit zu finden«, erklärte sie. »Vielleicht ist er ja auf einer davon mit Nana zu sehen.« Phaní's Mutter nahm ein Bündel aus dem Karton, schaute sich jedes einzelne Bild sorgfältig an und steckte es dann zurück. Phaní griff sich einige der zurückgelegten Fotos und betrachtete sie ebenfalls.

»Ich kann mich nicht erinnern, diese Aufnahmen je gesehen zu haben«, bemerkte sie nachdenklich.

»Ich habe sie euch auch nie gezeigt, glaube ich. Vielleicht hätte ich das tun sollen.« Phaní war verblüfft. Auf fast jeder Aufnahme machte ihr Vater wirklich ein ziemlich ernstes Gesicht. Er lachte eigentlich nie. Er musste tatsächlich schon immer eher ernst gewesen sein. Auf einigen Bildern wurde er mit ein und demselben Jungen gezeigt. Als Phaní fragen wollte, wer das sei, sagte ihre Mutter plötzlich:

»Da! Siehst du, das ist Nana, als sie etwa zehn oder elf war.« Sie hielt Phaní eine Aufnahme mit gezacktem

Rand hin, auf der ein Mädchen mit dunklen Haaren und großen Augen zu sehen war, in einem Kleid mit Puffärmeln. Ja, an den Augen konnte sogar Phaní erkennen, dass es Nana sein musste. Phaní's Vater stand daneben, wiederum sehr ernst. Er kniff die Augen zu, als würde er von der Sonne geblendet. Nana jedoch schaute unbeirrt und ließ sich von dem hellen Schein nicht stören.

Phaní schaute auf die Fotografie ihres Vaters, die sie immer noch in der Hand hielt.

»Weißt du, wer der Junge neben *babás* ist?« Ihre Mutter stieß einen abschätzigen Zischlaut aus.

»Das ist dieser kleine Tunichtgut, Vangelis. Er war aber überhaupt kein Engel.« Dann schüttelte sie den Kopf, während sie die Aufnahme betrachtete.

»Und wer hätte gedacht, dass aus diesem Lausebengel einmal einer der reichsten Männer Griechenlands werden würde.« Phaní schaute ihre Mutter verwundert an.

»Kenn ich den? Ich meine, weiß ich, wer das ist?«

»Oh ja!«, bekräftigte ihre Mutter und nickte. »Besonders in Kalamata kennt ihn jeder, aber auch in ganz Griechenland ist er bekannt. Das ist Evangelos Kanellopoulos.«

8

Es war bereits das zweite Mal, dass heute der Name Kanellopoulos fiel, doch diesmal in einem völlig anderen Zusammenhang. Dabei konnte es sich nur um einen Zufall handeln.

»Was riecht denn hier so ...«, schreckte Phaní hoch und

schnupperte in die Luft. Sofort sprang ihre Mutter auf und rannte wie der Blitz in die Küche. Phaní folgte ihr und sah noch, wie sie den Ofen öffnete und ein *tapsí* mit einem dampfenden Gericht herauszog. Es duftete köstlich. Phaní atmete tief den vertrauten Wohlgeruch ein.

»Ich habe heute *katsikáki*, Zicklein gemacht. Ich weiß doch, wie gern du das isst.«

»Aber *mamá*, das wäre doch nicht nötig gewesen«, versuchte Phaní zu protestieren.

»Ich gehe heute Abend doch mit Dimitris ...«

»Ach, *pápapap*! Setz dich und iss, ein bisschen Braten wird dich schon nicht umbringen!« Ihre Mutter manövrierte Phaní um den kleinen Küchentisch und drückte sie sanft auf einen Stuhl. Phaní wusste, dass es jetzt keinen Sinn mehr hatte, sich zu sträuben. Ihre Mutter stellte ihr einen Teller hin, gehäuft mit Fleischstücken und gebratenen Kartoffeln. Dazu reichte sie einen Tomatensalat, etwas *féta* und ein paar Scheiben Brot. Im Nu war der kleine Tisch vollgestellt. Zuletzt gab es noch ein Gläschen Wein. Als alles serviert war, setzte sich ihre Mutter zu Phaní an den Tisch und schaute zu, wie diese mit Appetit aß. Phaní blickte auf, während sie von einem Knochen das Fleisch abknabberte.

»*Mamá*, isst du denn nichts?« Die Mutter schüttelte den Kopf.

»*Éla, mamá*, du weißt, dass ich es nicht mag, wenn du nicht mitisst!«, protestierte Phaní. Also nahm ihre Mutter einen kleinen Teller, legte ein kleines Stück Fleisch und drei Kartoffelstückchen darauf, setzte sich wieder hin und begann zu essen.

»*Brávo, mamá!*«, lobte Phaní und aß weiter. Nach einer Weile erkundigte sich ihre Mutter:

»Und, wie geht es Dimitris?« Phaní wiegte den Kopf hin und her.

»Ich hab noch nicht mit ihm gesprochen, seit ich in Athen bin.«

»Warum denn nicht? Der Arme!«, bemerkte ihre Mutter vorwurfsvoll.

»Ach? Ich dachte, du magst Dimitris nicht besonders?«, erwiderte jetzt Phaní genauso vorwurfsvoll.

»Das stimmt nicht. Es ist eher umgekehrt. Ich glaube, er hält nicht viel von mir.«

»Wie kommst du denn darauf, *mamá*?« Phaní war erstaunt.

»Er spricht doch kaum mit mir.« Phaní lachte kurz auf.

»Er spricht mit niemandem viel. So ist Dimitris nun mal«, versuchte Phaní zu erklären. Ihre Mutter wiegte den Kopf.

»Na, ich weiß nicht.«

»Nimm es dir nicht so zu Herzen, glaube mir, das ist seine Art.« Phaní sah, dass ihre Mutter etwas besänftigt schien und lehnte sich wohlig im Stuhl zurück. »Das *katsikáki* war wieder ausgezeichnet, *mamá*!«

»Ich mache noch schnell ein *kafedáki*.« Ihre Mutter sprang sofort auf, räumte schnell die Teller ab, stellte sie in die Spüle und fing an Kaffee zu kochen.

»Ich kann aber nicht mehr allzu lange bleiben, wie gesagt, wir gehen heute Abend noch essen.«

»Wie läuft's denn so mit euch beiden«, fragte ihre Mutter über die Schulter.

»Ich glaube, gar nicht schlecht!«

»Glaubst du das wirklich, Phaní?«

»Was soll denn das heißen, *mamá*?« Während der Kaffee brodelte, drehte sich ihre Mutter zu ihr um.

»Na ja, ich weiß nicht, aber auf die Dauer kann doch so eine Ehe auf Distanz nicht gut gehen. Du weißt, was ich meine.« Phaní begriff sofort.

»Dimitris ist nicht so, *mamá*. Der würde nie fremdgehen, dazu ist er nicht der Typ.« Ihre Mutter stöhnte und stellte Phaní ein *flitsánaki* Kaffee hin.

»Ach Phaní. Wenn du dich da mal nicht irrst.« Ihre Mutter setzte sich wieder an den Tisch, und Phaní wusste nur zu genau, was jetzt kommen würde und was ihrer Mutter wirklich auf der Seele brannte. Phaní's Haltung versteifte sich merklich, und das lag nicht am zu heißen Kaffee.

»Habt ihr wieder einmal darüber nachgedacht, wann ihr Kinder haben wollt?« Phaní verdrehte die Augen und wurde deutlich ungehalten.

»Ja, das haben wir. Aber im Moment können wir uns ein Kind nicht leisten. Das hab ich dir doch schon alles erklärt. Dimitris kann uns alleine nicht ernähren, als Architekt. Und ich liebe meinen Beruf. Vielleicht in ein paar Jahren.«

»Phaní, ich bitte dich. In ein paar Jahren kann es zu spät sein, dann bist du vielleicht zu alt«, wandte ihre Mutter schonungslos ein. In Phaní kam eine Wut hoch, die sie nur schwer bekämpfen konnte. Um sich aber nicht auf eine Diskussion einzulassen, wusste sie nur eins zu sagen:

»Darüber will ich jetzt nicht sprechen. *Térma*, fertig! Ich muss nun sowieso gehen.« Phaní knallte das Tässchen auf den Tisch, sodass ihre Mutter erschrak, sprang auf, rannte aus der Küche und schnappte sich im Wohnzimmer ihre dicke Jacke. Ihre Mutter folgte schweigend. Vor dem Hinausgehen drehte Phaní sich abrupt noch mal um und gab ihrer Mutter je einen Kuss auf die linke und die rechte Wange. Dann fiel ihr Blick auf die Fotos, die verstreut auf dem Sofa lagen.

»Kann ich den Karton mitnehmen, um mir die Aufnahmen in Ruhe anzusehen? Du bekommst ihn auch zurück.« Ihre Mutter nickte und beeilte sich, die Fotos zusammenzusammeln.

»Ja, nimm ihn mit, Kind. Es ist für mich ohnehin nicht gut, das alte Zeug anzuschauen.« Sie blickte Phaní an, als ob sie noch etwas hinzufügen wollte, als sie ihr den Karton reichte, verkniff es sich dann aber offensichtlich. Beinahe hätte Phaní nachgefragt, ließ es jedoch bleiben.

»*Jiá mamá.* Danke für das *katsikáki.* Ich melde mich. Mach's gut, *mamá.*« Ohne auf eine Antwort zu warten rannte Phaní aus der Wohnung, durch die Halle, zog die schwere Eingangstür auf und verschwand auf der Straße. Ihre Mutter schaute ihr noch nach und seufzte.

Während Phaní zu ihrem Auto zurückging, kam ihr in den Sinn, dass sie gehofft hatte, sie könne ihrer Mutter endlich entlocken, warum Vater ihrer Ansicht nach damals so plötzlich aus Kalamata verschwunden war. Zudem hätte sie ihr noch weitere Fragen zu diesem Kanellopoulos stellen wollen. Aber ihre Mutter musste ja wieder das Kinderthema anbringen, und daher hatte Phaní im Moment überhaupt keine Lust und auch nicht die Nerven, zurückzugehen. Ach, zum Teufel mit dem Fall und der Vergangenheit! Davon hatte sie jetzt erst einmal die Nase voll.

Der ganze Kladderadatsch mit ihrer Mutter hatte Phaní das Wochenende gehörig vermiest. Es war ja nicht das erste Mal, dass diese das Thema angeschnitten hatte. Jedes Mal kam es dabei zum Krach und am Schluss rannte Phaní einfach davon.

Am Montagmorgen holte sie Panos an der Metrostation Chalandri ab und fuhr über die Attiki Odos in Richtung Elevsina weiter. Fast während der ganzen Fahrt sprachen sie kein Wort. Phaní's Gedanken drehten sich um die leidige Predigt ihrer Mutter. Dazu kam, dass auch der Abend mit Dimitris angespannt verlaufen war. Phaní hatte eindeutig gespürt, dass er an etwas herumdruckste. Auch nach mehrmaligem Auffordern, er solle doch sagen, was ihm auf der Seele brennt, hatte er nur um den heißen Brei geredet. Phaní verlor die Geduld und machte ihrem Ärger Luft. Das hatte zur Folge, dass Dimitris erst recht nicht damit herausrückte, was er ihr sagen wollte und sich am nächsten Tag wieder in seinem Büro verkroch.

Zwar hatten sie am Sonntag ihren Streit wieder beigelegt – Phaní musste dafür über mindestens fünf ihrer Schatten springen –, und die Versöhnung war denn auch schön gewesen. Ihr Denkapparat wurde von jeglichen Grübeleien abgelenkt, die sie beschäftigten. Doch zum Schluss hatten sie beide weder darüber gesprochen, ob die Ehe auf Distanz wirklich funktionierte, noch was Dimitris am Freitagabend auf der Seele gebrannt hatte. Es war wieder einmal nichts geklärt worden, alles blieb beim Alten. Und deshalb war Phaní's Laune am Montagmorgen auch so miserabel.

Erst als sie außerhalb Megalopoli in einem kleinen Lokal Halt machten, wo auch die gelb-grünen Überlandbusse auf der Fahrt von Athen nach Kalamata Zwischenstation einlegten, brach Phaní das Schweigen.

»Was soll ich bloß Dragoumis sagen, wenn er mich nach neuen Erkenntnissen fragt?«, überlegte Phaní laut und drückte energisch ihre Zigarette aus. Sie fuhr sich mit den Händen durchs Haar und stützte ihre Ellenbogen auf den wackeligen Plastiktisch.

»Er hat mir das letzte Mal, als ich mit ihm sprach, deutlich zu verstehen gegeben, dass er mich nur unter der Bedingung weiterhin unterstützen könne, wenn ich bald Resultate präsentiere.«

Sie schwieg einen Moment, dann schlug sie plötzlich

mit der flachen Hand auf den Tisch, sodass die Kaffeebecher wild durcheinander tanzten.

»Verdammt! Ich habe wirklich gehofft, ich wäre nach diesem Wochenende schlauer. Die ganze Fahrt hat überhaupt nichts gebracht!« Was Panos natürlich nicht wissen konnte war, dass Phaní dabei nicht nur über ihre Ermittlungen sprach.

»Was glaubst du denn, wer hätte ein Motiv?«, fragte sie Panos geradeheraus. Dieser stutzte einen Moment und überlegte.

»Ich würde sagen, die Angelegenheit um den Küstensteifen bei Skala ist eine Spur.« Phaní nickte und fummelte eine weitere Zigarette aus dem Päckchen.

»Und Curwen? Meinst du, der könnte mit dem Tod seiner Frau etwas zu tun haben?« Panos machte ein ungläubiges Gesicht. Phaní nickte wieder.

»Ja, du hast recht. Dazu wäre er nicht imstande.« Sie nahm einen kräftigen Zug und stieß nachdenklich den Rauch aus.

»Hast du bemerkt, dass er noch ein richtiger Gentleman alter Schule ist? Zudem habe ich über ihn gelesen, dass er ein paar sehr bekannte und mit Preisen ausgezeichnete Stücke geschrieben hat.«

»Hast du je eines seiner Stücke gelesen?«, hakte Panos nach. Phaní hob die Augenbrauen und schnalzte.

»Nein, ich habe ihn im Internet gegoogelt.« Sie spielte mit dem leeren Kaffeebecher und zerriss das Plastik in Streifen.

»Am besten fahren wir gleich weiter nach Skala und hören uns etwas um. Die dortigen Bewohner wissen sicher Einiges zu erzählen, über das Projekt der Ferienanlage und das dazugehörige Hin und Her. Und morgen, da statten wir Kanellopoulos einen Besuch ab. Wir müssen die Hühner etwas aufscheuchen und sehen, was dann passiert.« Phaní räumte schnell den Tisch ab, warf alles in einen Abfalleimer und stürmte zum Auto. Sie startete sogleich den Motor, sodass Panos gerade noch Zeit blieb hineinzuhüpfen, bevor Phaní davonbrauste. Sie hatte jetzt einen Plan, wie sie weiter verfahren konnte – oder wenigstens etwas, das nach einem Plan aussah.

Phaní hatte in Rekordzeit die Kreuzung erreicht, wo die Küstenstraße dem Messenischen Golf entlang nach Süden abzweigt und bis Koroni führt. Sie hatte auf der Strecke mit wenig Verkehr zu kämpfen gehabt und konnte ungehindert durchbrausen, ganz zum Schaden von Panos' Nervenkostüm. Doch kurz nach Kalamaki nahm ihre rasante Fahrt ein jähes Ende, denn hinter einer Kurve zuckelte ein alter klappriger Pritschenlieferwagen im Schneckentempo vor ihr her, dass es Phaní beinahe um den Verstand brachte. Mehrere Male versuchte sie zu überholen, scherte schon halbwegs auf die andere Spur aus, als doch ein entgegenkommendes Fahrzeug ihr Vorhaben vereitelte. Murrend schlich sie weiter hinter dem Lieferwagen her und hatte mehr Zeit, als ihr lieb war, sich das Verkehrshindernis zu betrachten. Es war einer dieser typischen japanischen Lieferwagen mit offener Ladefläche, worauf ein paar Fässchen standen. Hinter dem Führerhäuschen klemmten ein Reisigbesen und eine *axína*, eine Hacke. Als Phaní erneut zum Überholen ansetzte, sah sie noch aus dem Augenwinkel, wie Panos sich an Sitz und Türgriff festkrallte, und diesmal gelang das Manöver, wenn auch nur ganz knapp und unter Mithilfe des entgegenkommenden Autos, das sehr rechts am Straßenrand fuhr. Während Phaní am Lieferwagen vorbeizog, konnte sie noch einen flüchtigen Blick auf den Fahrer werfen. Es war ein alter Mann, der sich mit seiner neben ihm sitzenden Frau unterhielt und nicht im Geringsten zu merken schien, was um ihn herum geschah. Phaní atmete auf, als sie das Gaspedal wieder tiefer durchdrücken konnte.

Im nächsten Ort fuhren sie an der Abzweigung nach Skala vorbei, und Phaní hielt mit knirschenden Reifen am Straßenrand an, um die Karte zu studieren. Da immer von einem Gebiet südlich von Skala die Rede war, schlug Panos vor, die Küstenstraße weiterzufahren. Nach ein paar Kilometern passierten sie ein Stück unberührter Landschaft, welches sich bis zum Meer erstreckte. Sie erblickten wild wachsende alte Bäume und Sträucher, in Meeresnähe auch lange Streifen riesiger Bambusstauden. Kurz darauf fuhren sie von der Hauptstraße ab, auf einen Naturweg, der in Richtung Meer führte, aber bald in der Nähe eines kleinen Gehöfts endete. Das lag eingebettet in üppigem Buschwerk und war umgeben von einer charmanten Unordnung aus alten Gerätschaften und blechernen Fetabehältern, aus denen Geranien quollen. Überall stöberten Ziegen durchs Gestrüpp, scharrten und gackerten Hühner, und ein Hund zerrte an seiner Leine und bellte aufgeregt. Phaní hielt, stieg aus dem Auto und schaute sich um.

»Meinst du hier soll die Ferienanlage entstehen?«, fragte sie schließlich Panos, der weiterhin die Straßenkarte studierte.

»Die Karte ist zu ungenau. Aber irgendwo hier müsste es sein.« Der Küstensteifen lag flach ausgebreitet vor ihnen und war mit Gestrüpp und Bambus überwachsen, ein paar Kühe grasten friedlich im saftigen Grün des Winters. Etwas entfernt stand verlassen die Ruine eines alten Lehmhauses, von dem nur noch die Mauern und einige der Dachsparren erhalten geblieben waren. Die Landschaft war herrlich naturbelassen, die Häuser des nächstgelegenen Ortes waren weit entfernt zu erkennen. Der Himmel hing schwer und bleiern über der

Küste und dem nahen Meer. Ein schwacher kalter Wind durchstreifte das Schilf. Ein paar Vögel schwirrten im Abendwind über das Land. Phaní konnte gut verstehen, dass Nana sich dafür eingesetzt hatte, diesen Landstrich unter Naturschutz zu stellen und dadurch vor Überbauung zu bewahren. Doch nach einem Moment der Verzauberung riss sich Phaní vom Anblick los. Sie sah ein, dass es keinen Sinn hatte nur die Landschaft zu bewundern, das brachte sie in ihrem Fall nicht weiter. Gerade als sie und Panos sich wieder ins Auto setzen wollten, hörten sie das Klappern eines Fahrzeugs, das sich auf dem unebenen Naturweg näherte. Bald erkannten sie, was das Geräusch verursachte. Der kleine alte Pritschenwagen, den Phaní vor zwanzig Minuten noch halsbrecherisch überholt hatte, kam langsam auf sie zu.

Unbeirrt fuhr der Mann seinen Lieferwagen zur Einfahrt des kleinen Grundstücks, die alte Frau stieg aus und öffnete das rostige lottrige Tor, und der Mann stellte sein Gefährt direkt am Haus ab. Bedächtig stieg er aus, ging um den Wagen herum, scheuchte Ziegen und Hühner zur Seite und zog einen Armvoll Brennholz von der Ladefläche. Phaní und Panos, die unterdessen zum Tor gekommen waren, schenkte er keinerlei Beachtung. Die Frau wandte sich dem wackeligen Gatter zu, um es zu schließen und schaute Phaní und Panos nichtssagend an. Dann drehte sie sich zu ihrem Mann und rief:

»*Éla* Stathi, komm doch mal her!« Der alte Mann kam schließlich, sein Gesicht war von Misstrauen und Ablehnung gezeichnet.

»*Fígete!* Haut ab! Ich hab euch nichts zu sagen«, krächzte er und schwenkte dabei seinen Stock, so wie er wohl auch seine Ziegen und Hühner herumscheuchte.

»Wir sind von der Polizei aus Kalamata, *kírie* Stathi.« Der Alte spuckte nur verächtlich auf den Boden.

»Ha, die haben wohl alle in der Tasche! Pfui, auf nichts ist mehr Verlass heutzutage!« Die Frau des Alten schien den Wortwechsel interessiert zu verfolgen, sagte aber selbst keinen Ton. Phaní startete einen zweiten Versuch.

»*Kírie* Stathi, wir hätten gerne etwas über die Ferienanlage erfahren, die hier gebaut werden soll ...« Der Alte schaute Phaní fragend an, doch der Ausdruck von Misstrauen war immer noch nicht aus seinem Gesicht gewichen. Phaní setzte schnell nach, bevor er protestieren konnte.

»Wissen Sie, an welcher Stelle die Anlage entstehen soll?« Nun wurde der Alte doch neugierig, sein Misstrauen schien nachzulassen.

»Wieso wollen Sie denn das wissen?«, fragte er etwas zugänglicher.

»Ich kann nichts Konkretes sagen, aber ...« Phaní überlegte, ob es weise wäre, den Satz fortzusetzen. Also formulierte sie neu.

»Wir untersuchen den Tod von Nana Nikolakea, und als eine ihrer letzten Bestrebungen hat sie sich offensichtlich dafür eingesetzt, einen Küstenstreifen hier in der Gegend zum Naturschutzgebiet erklären zu lassen. Wir möchten nur wissen, um welchen Küstenabschnitt es sich genau handelt und wo die Ferienanlage gebaut werden soll.« Der Alte schaute weiterhin abwartend, war aber bereit zu reden.

»Sie kommen also nicht wegen meines Landes?«, fragte er. Phaní zuckte die Schultern.

»Nein, wir möchten einfach wissen ...«, fing sie an, als der Alte sie unterbrach.

»Sie stehen genau drauf!«, sagte er laut. Der Alte breitete seinen rechten Arm aus und zeigte in die Ferne. Phaní schaute um sich.

»So weit Sie sehen können ist alles verkauft. Hier sollen ein riesiger Golfplatz, ein Hotelklotz, Hunderte von Bungalows mit Schwimmbecken, Restaurants und was weiß ich noch alles entstehen. Das haben sie erst neulich im lokalen Fernsehen gebracht. Über Tausend *strémmata* groß soll das Gelände sein, mit angrenzendem Strand von einem Kilometer Länge.« Der Alte spuckte wieder auf den Boden. Phaní war seiner Armbewegung gefolgt und ihr Blick schweifte über das Land bis zum Meer. Dann schaute sie das alte Ehepaar wieder an. Sie glaubte nun zu begreifen, wo die feindliche Haltung des Alten gegenüber Unbekannten, besonders Leuten aus der Stadt, herrührte. Der Alte nickte nur.

»Ja, ja. Das ganze Land!« Phaní war verblüfft und erschüttert zugleich. Aber sie musste sich wieder auf ihren Fall besinnen. Die Größe des Gebietes, auf dem die Anlage entstehen sollte, war für sie ja nicht maßgebend.

»War *kiría* Nikolakea einmal hier? Haben Sie ihr erzählt, was Sie uns soeben geschildert haben?« Der Alte nickte heftig.

»Ja, doch. Sie war zweimal hier, und ich habe ihr alles so gesagt, wie Ihnen jetzt, so wie es eben ist. Sie schien wirklich interessiert zu sein, schritt die gesamte Länge des Strandes ab und machte Aufnahmen davon.« Der Alte machte eine Pause und stützte sich auf das alte schiefe Eisengatter.

»Das ist aber sicher schon über zwei Jahre her. Seit da habe ich sie hier nicht wieder gesehen. Sie hat wohl aufgegeben, ist ja auch nicht verwunderlich.« Er schaute zu Boden und strich sich mit der flachen Hand über den hinteren Haaransatz.

»Als ich dann gehört habe, sie sei tot, wusste ich, dass ich wohl keine Chance mehr habe.« Er machte einen beinahe verzweifelten Eindruck.

»Was soll ich tun? Sehen Sie, alle sind sie für das Projekt. Im Dorf schimpfen die Leute mit mir, dass ich so hartnäckig bleibe und nicht verkaufe. Sie werfen mir vor, ich verhindere, dass neue Arbeitsplätze für die jungen Leute entstünden. Jedes Mal, wenn ich im Dorf bin, bekomme ich das zu hören.« Der Alte holte Luft. Die ganze Angelegenheit ermüdete ihn offensichtlich.

»Die Regierung drüben in Kalamata hat eine neue Straße genehmigt. Damit die jetzige Hauptstraße nach Süden nicht durch die Anlage führt, soll schon bald eine ganz neue Umfahrungsstraße gebaut werden.« Der Alte zuckte wieder die Schultern.

»*Ti na kánoume*, was soll man machen? Wir jedenfalls bleiben hier, wo sollen wir auch sonst hin«, sagte er nur noch. Dann drehte er sich um und ging in Richtung Haus. Seine Frau ließ lediglich ein leises *jiássas* hören und folgte ihm. Der Alte brummte noch:

»Ich muss jetzt die Tiere füttern.« Schon verschwand er hinterm Haus und bald ertönte von dort aufgeregtes Gegacker.

Phaní und Panos gingen langsam zum Wagen zurück. Die Sonne musste schon hinter den Hügeln im Westen verschwunden sein, denn das Tageslicht wurde schummrig. Phaní lehnte sich mit dem Rücken an ihr Auto und vergrub sich in ihrer dicken Winterjacke. Nochmals blickte sie über das flache Küstengebiet, das Meer lag schwer und bleiern im letzten Licht vor ihr, der Himmel klarte allmählich auf und die Luft wurde sogar etwas eisig.

»Ich kann Nana schon verstehen, dass sie dieses friedliche Stück Land in seinem natürlichen Zustand erhalten wollte.« Phaní schwieg wieder eine Weile. Dann stieß sie sich vom Auto ab und stieg ein, sich die Hände reibend. Panos folgte sogleich. Im Auto startete Phaní erst einmal den Motor und drehte die Heizung auf höchste Stufe.

»Andererseits sind auch die Ansässigen hier im Umkreis zu verstehen. Arbeitsplätze für die jüngeren Leute bedeuten, dass sie nicht nach Patras, Athen oder Thessaloniki auswandern müssen.« Phaní musste das Auto ein paar Mal hin- und hersetzen, um zu wenden.

»Ich wüsste nicht, auf welche Seite ich mich stellen würde, müsste ich mich entscheiden«, bemerkte sie nachdenklich und fuhr los. Nach einer Weile fing Panos an zu resümieren.

»Wenn ich das richtig verstanden habe, ist die Planung für die Ferienanlage schon ziemlich weit gediehen, wenn bereits Pläne für eine Umleitung der Straße existieren.« Phaní nickte.

»Also ist schon einiges Geld investiert worden«, folgerte Panos weiter, Phaní nickte wieder.

»Und wenn Nana Erfolg mit ihrem Vorhaben gehabt hätte, wären die Investitionen gefährdet gewesen.« Und wieder nickte Phaní.

»Das hört sich doch wirklich nach einem starken Motiv an«, war Panos' logische Schlussfolgerung. Auch dieses Mal nickte Phaní.

9

Am nächsten Morgen wollte Phaní als Erstes mit *dievthintís* Dragoumis sprechen. Dann überlegte sie es sich aber anders und fand, sie könne auch später noch berichten, was sie bis jetzt erfahren hatte. Er war sicherlich ungeduldig, aber was sollte sie ihm sagen? Ihre bisherigen Erkenntnisse waren zu spärlich, als dass sich davon schlüssige Beweise ableiten ließen. Im Büro setzte sie sich mit verschwörerischer Miene an Panos' Schreibtisch.

»Ich möchte, dass du erst einmal für dich behältst, was wir gestern besprochen haben.«

Panos sah sie fragend an.

»Aber, was ist mit dem möglichen Motiv, das wir nach dem gestern Erfahrenen abgeleitet haben? Müssen wir dem nicht nachgehen? Sie ... äh, du wolltest doch die Hühner aufscheuchen, hast du selbst gesagt«, erinnerte er sie irritiert.

»Ja, ich weiß. Es ist aber einfach noch zu früh Pano, irgendwelche Schlüsse zu ziehen. Wir brauchen mehr Fakten, womit wir arbeiten können. Hätte Nana's Antrag Chancen auf Erfolg gehabt, wenn sie noch dazu gekommen wäre ihn einzureichen? Wäre der Bau der Ferienanlage also überhaupt gefährdet gewesen? All das muss zuerst genau recherchiert werden, und wir müssen noch in andere Richtungen ermitteln.« Panos schaute Phaní weiterhin fragend, beinahe zweifelnd an, sodass Phaní glaubte, noch etwas erklärend hinzufügen zu müssen.

»Denn bevor wir irgendwelche Anschuldigungen erheben können, gegen wen auch immer, müssen wir verdammt sicher sein, dass wir keine Fehler gemacht haben.« Panos zögerte noch etwas, schien aber zu begreifen und nickte.

»Also, fangen wir noch mal von vorne an: Wer hat die Leiche gefunden?«

»Äh ...« Phaní ließ ihn gar nicht erst antworten.

»Richtig, da war ein anonymer Anruf, hast du gesagt. Was wissen wir bisher über den Anrufer?« Panos suchte ein Blatt hervor und studierte es.

»Michalopoulos von der *Símansi*, der Spurensicherung

schreibt: Der Anruf erfolgte um 8.37 Uhr. Der Stimme nach zu urteilen war es ein Mann, schätzungsweise zwischen zwanzig und vierzig, er muss Ausländer sein, denn er hatte einen Akzent und war sehr schwer zu verstehen, seine Sätze waren abgehackt. Seine Stimme klang gedämpft, er muss sich etwas vor den Mund gehalten haben, wahrscheinlich ein Taschentuch.« Panos lächelte schief. »Der alte Trick eben.« Phaní hing ihren Gedanken nach.

»Die Stimme war also gedämpft. Das bedeutet, der Anrufer hat überlegt bevor er handelte, und war nicht in Panik.« Phaní stand auf und ging hin und her.

»Zudem, ein Ausländer, der nicht identifiziert werden will. Aber wie ist er in das Haus gelangt?«

»Möglicherweise hat Nana ihm selbst geöffnet«, vermutete Panos.

»Und er wäre dann vielleicht unser Mörder?« Phaní überlegte. »Aber wieso verständigt er die Polizei – und das erst nach neun Stunden?«

»Um sich einen Vorsprung zu verschaffen?«

»Ja, aber Pano! Mit dem Anruf schneidet er sich doch ins eigene Fleisch!« Sie strich sich durch ihr Haar. »Das ergibt doch keinen Sinn! Wie könnte der Anrufer sonst noch mit dem Verbrechen in Zusammenhang stehen?«

»Vielleicht als Einbrecher. Er fand die Eingangstür schon offen vor, denn als die Kollegen ankamen, war die Tür nur angelehnt. Vielleicht war sie das die ganze Nacht hindurch«, vermutete Panos.

»Ein Gelegenheitstäter also, und gleichzeitig ein gewissenhafter Einbrecher?« Phaní machte ein skeptisches Gesicht. »Ich weiß nicht, das wären zu viele Zufälle, außerdem hätte er sich auch in dem Szenario durch den Anruf in Gefahr gebracht, entdeckt zu werden.« Phaní setzte sich an ihren Tisch.

»Trotzdem sollten wir dem nachgehen. Deutet sonst etwas auf einen Einbruch hin? Wissen wir, ob etwas gestohlen wurde?«

»Es ist uns nichts bekannt. Ich weiß nur vom wachhabenden Polizisten, der immer noch vor dem Haus steht, dass Curwen seit gestern wieder in Kalamata ist«, berichtete Panos, »er hätte sich doch bestimmt gemeldet, wenn etwas fehlen würde.« Phaní wiegte den Kopf hin und her.

»Sollte man annehmen. Am besten fragen wir Curwen gleich mal.«

Phaní griff zum Telefonhörer und wähle die Nummer von Nana's Haus. Sie erwartete, dass die Haushälterin ans Telefon gehen würde, aber nach langem Läuten kam Curwen selbst an den Apparat.

»*Kírie* Curwen, hier ist *astinómos* Papadea ...«

»Was kann ich für Sie tun, *kiría astinóme*«, unterbrach er sie kurz angebunden. Phaní dachte, es wäre vielleicht angebracht, nicht gleich zum Punkt zu kommen, sondern etwas Mitgefühl zu zeigen.

»Wie geht es Ihnen, *kírie*?«, erkundigte sie sich, da sie sich vorstellen konnte, dass es schwierig für ihn war, allein in dem leeren Haus zu sein. Im Hintergrund hörte sie Musik, und wenn sie sich nicht täuschte, war es eines von Nana's berühmtesten Liedern. Phaní hatte sogleich ein Bild vor Augen, wie der alte Herr im Sessel saß und sich die Lieder seiner verstorbenen Frau anhörte. Aber anstatt gefühlsduselig zu werden, musste sie sich auf ihre Arbeit konzentrieren.

»Das können Sie sich doch vorstellen, meine Liebe«, erwiderte Curwen trocken. Das konnte sie tatsächlich.

»Ich werde Sie auch nicht lange stören. Eine kurze Frage: Ist Ihnen aufgefallen, ob im Haus etwas fehlt, das vielleicht gestohlen wurde?«

»Gestohlen? Wieso sollte hier etwas gestohlen worden sein«, fragte Curwen verdutzt.

»Wir haben uns gefragt, wer Ihre Frau gefunden haben könnte und danach einen anonymen Anruf tätigte. Die Vermutung liegt nahe, dass es sich um einen Einbrecher gehandelt haben könnte.«

»Ah, ich verstehe.« Curwen klang interessiert. »Um Ihre Frage zu beantworten, muss ich mich erst genauer umsehen. Das werde ich aber sogleich erledigen und mich bei Ihnen wieder melden«, versicherte Curwen, der plötzlich sehr hilfsbereit schien.

»Danke, das wird uns weiterhelfen.« Phaní kam noch etwas in den Sinn.

»Mir ist aufgefallen, dass vorhin nicht Ihre Haushälterin das Telefon abgenommen hat. Ist sie nicht dort?«

»Nein, tut mir leid, aber heute ist Nadejdas freier Tag«, erklärte Curwen. Phaní hakte nach:

»Demnach hat sie jeden Dienstag ihren freien Tag?«

»Ja, jede Woche arbeitet sie nur montags und mittwochs bis samstags.«

»Also auch vergangenen Dienstag«, überlegte Phaní laut. Curwen wurde ungeduldig:

»Ich sehe keinen Grund, weshalb nicht. Aber wie Sie wissen, war ich zu der Zeit in Athen. Doch ich bin sicher, Nadejda kann Ihnen diesbezüglich weiterhelfen. Wenn Sie mich jetzt bitte entschuldigen würden.« Curwen legte auf ohne eine Antwort abzuwarten. Phaní erzählte Panos, was sie gerade erfahren hatte.

»Hat das etwas zu bedeuten?«, wollte Panos wissen, weil er merkte, dass diese Information Phaní zu beschäftigten schien.

»Das ist doch äußerst seltsam.«

»Was? Dass sie am Mordtag frei hatte?« Phaní schaute Panos herausfordernd an.

»Hast du am Mittwochmorgen dort irgendwo ein Hausmädchen gesehen?« Panos fing es an zu dämmern.

»Und weshalb ruft uns ein mutmaßlicher Einbrecher an, um uns zu informieren, und nicht diese Na… Nad…, na die da?« Panos musste grinsen.

»Wir müssen uns unbedingt sofort Nad…, na das Hausmädchen vorknöpfen. Sie muss uns einiges erklären.« Phaní stand auf und eilte zur Tür.

»Versuch ihren vollständigen Namen herauszufinden, und wo wir sie heute antreffen können. Ruf außerdem Michalopoulos an, ob er im Labor ist, ich möchte heute noch mit ihm sprechen.«

Panos griff gleich zum Hörer, doch dann schaute er verdutzt auf.

»Und wohin gehst du?« Phaní zögerte etwas.

»Auf die Toilette.« Panos schoss die Röte ins Gesicht, er wandte sich schnell dem Telefon zu und wählte hastig eine Nummer. Phaní musste sich das Lachen verkneifen und eilte durch die Tür.

Gerade als sie in der Damentoilette verschwinden wollte, stieß sie auf Photeas, den Gerichtsarzt. Der hatte ihr noch gefehlt! Denn inzwischen musste sie dringend dort hinein, sie hatte wohl zu viel Kaffee getrunken.

»*Kiría astinóme*, haben Sie einen Moment Zeit?«, fragte Photeas sehr höflich. Sie überlegte sich, wenn ich jetzt nicht mit ihm spreche, wird er sich bestimmt wieder beleidigt zurückziehen, der alte Mann, und ich muss ihn dann um jede Information anbetteln.

»Ich, äh … ja, sicherlich«, willigte sie notgedrungen ein. Sie trat mit ihm an eines der großen Fenster, die sich zur Straße öffneten und merkte erst jetzt, dass die Sonne durch die Wolken gebrochen war. Die schneebedeckten Berge im Hintergrund stachen deutlich hervor, sodass sie sehr nahe zu sein schienen.

»Ich wollte Ihnen nur sagen, *kiría astinóme*, dass dem vorläufigen Bericht bis jetzt nicht viel hinzuzufügen ist. Bemerkenswert erscheint mir nur, dass durch die Untersuchung des Mageninhaltes der Toten festgestellt werden konnte, dass diese vor ihrem Tod einen Tee zu sich genommen haben musste.« Phaní horchte auf, und Photeas sprach weiter:

»Der Mageninhalt enthielt, unter anderem, geringe Spuren einer weiteren Substanz, möglicherweise eines Schlafmittels.«

»Eines Schlafmittels? Können Sie diese Erkenntnis durch weitere Untersuchungen bestätigen und feststellen, wann genau die Tote es zu sich genommen hat?«

»Nein. Die mir zur Verfügung stehenden Mittel sind diesbezüglich nicht ausreichend. Aus diesem Grund habe ich eine Probe zur ausführlichen Untersuchung an ein Speziallabor in Athen geschickt. Resultate dürften bis Ende der Woche vorliegen.« Phaní kam noch etwas in den Sinn.

»Ich hab mich mal ein wenig über Kaliumvergiftungen schlau gemacht«, begann Phaní und vergaß völlig, dass sie auf die Toilette musste. Photeas nickte.

»Na ja, ich habe gelesen ...«

»Woher beziehen Sie Ihre Information, wenn ich fragen darf?« Photeas betrachtete sie kritisch. Verlegen strich sich Phaní die Haare hinters Ohr.

»Ich, ... äh, aus dem Internet. Ich hab es gegoogelt.«

»Aha!«, bemerkte Photeas verächtlich.

»Wie dem auch sei, ich habe nachgelesen, dass eine Überdosis an Kalium eine Unterfunktion der Muskeln verursacht, welche somit auch den Herzmuskel beeinträchtigt, sodass es zum Herzstillstand kommen kann.« Phaní hoffte, dass sie die Fakten nicht durcheinandergebracht hatte. Photeas grinste.

»Gehen wir von einer Kaliumvergiftung aus, stimmt das so weit, liebe Kollegin«, bemerkte dieser süffisant.

»Also starb sie sehr wahrscheinlich daran?«, brachte Phaní zaghaft vor.

»Woran?«, hakte Photeas schulmeisterlich nach.

»Na, eben, an Herzstillstand ...« Photeas grinste wieder und räusperte sich.

»Liebste *kiría astinóme*, das stimmt schon.« Phaní horchte auf. »Aber letztendlich wird jeder Tod durch den Stillstand des Herzens verursacht. Ihre Schlussfolgerung dürfte uns nicht weiterhelfen«, schob Photeas genüsslich nach. Phaní schoss die Röte ins Gesicht. Sie war froh, dass sie keinen harten Gegenstand in der Hand hielt, denn am liebsten hätte sie Photeas sein süffisantes Grinsen aus dem Gesicht geschlagen. Sie versuchte schnell das Thema zu wechseln und rang nach einer anderen Frage.

»Hatte die Tote irgendwann eine Hüftoperation?« Photeas schien erstaunt über den Richtungswechsel, doch dann drehte er den Kopf bejahend seitwärts.

»Ja, das wollte ich Ihnen auch noch mitteilen. Dem Grad der Verheilung nach zu urteilen wurde dieser Eingriff aber schon vor einiger Zeit vorgenommen.« Das schien sich mit Curwens Aussage zu decken, überlegte Phaní.

»Wissen Sie ungefähr wann?«, fragte Phaní instinktiv. Photeas schüttelte leicht den Kopf mit einem verständnislosen Ausdruck in seinem Gesicht.

»Um eine genauere Zeitangabe machen zu können, werden weitere Untersuchungen erforderlich sein. Ich werde mich bemühen, Ihnen auch diese bis Ende dieser Woche vorzulegen.«

Phaní bemerkte Photeas' sarkastischen Unterton überhaupt nicht, da sich der Drang auf die Toilette zu gehen zurückgemeldet hatte und inzwischen lebensbedrohliche Ausmaße annahm. Doch Photeas schien kein Ende zu finden.

»Ich habe in meinem vorläufigen Bericht schwache Vernarbungen an einigen Stellen der Haut erwähnt, habe dafür jedoch bisher keine befriedigende Erklärung finden können.«

Nun schien er endlich mit seinem Bericht fertig zu sein. Phaní fand alles sehr interessant, konnte aber im Moment beim besten Willen nicht darüber nachdenken. Sie bedankte sich dementsprechend schnell und verschwand fluchtartig in der Toilette. Photeas blieb nur kopfschüttelnd am Fenster stehen, schaute ihr nach und murmelte vor sich hin, ›wo sind nur die Manieren der guten alten Zeit geblieben?‹.

Erleichtert fuhr Phaní mit Panos zum *ergastírio*, dem Untersuchungslabor von Michalopoulos. Dieses befand sich immer noch in der Stadt und nicht außerhalb, wie das neue Polizeihauptquartier.

Das Labor von Michalopoulos erinnerte an einen dieser Handwerksbetriebe, die in mittelgroßen Hallen untergebracht sind. In dem Moment, als Phaní und Panos den Raum betraten, hörten sie ein lautes Niesen und sahen, wie Michalopoulos' Schnurrbart aufgeregt auf und ab wackelte.

»*Stin ijiá sou!*«, rief Phaní, Michalopoulos bedankte sich brummend mit einem Kopfnicken. Er schnäuzte sich die Nase und winkte die zwei sogleich zu sich.

»Hast du etwas für uns, Michalopoule?«, wollte Phaní wissen. Er schwenkte den Kopf hin und her und drehte die Hand in der Luft.

»Vielleicht. Also, wie wir bereits wissen, war die Haustür nur angelehnt und nicht verschlossen. Der äußere Türknopf war voller Fingerabdrücke, auf der inneren

Klinke fanden wir nur diejenigen unseres lieben Kollegen Jiannakopoulos.«

Michalopoulos schnitt eine Grimasse, die ein mitleidiges Grinsen darstellen sollte, doch für Phaní eher aussah, als hätte er Schmerzen. Sie schüttelte fragend kurz den Kopf.

»Wer ist denn Jiannakopoulos?«, horchte sie auf, Panos stöhnte.

»Das ist der Streifenpolizist, der als erster mit Tsitouras den Tatort aufgesucht hat. Ich habe ihnen hundertmal gesagt, sie sollen Handschuhe tragen!« Nun stöhnte auch Phaní.

»*Télos pándon*, wie dem auch sei«, sagte sie etwas aufgebracht. »Fahr fort, Michalopoule.«

»Na ja, wie ich erwähnt habe, sonst waren keine Fingerabdrücke auf der Türklinke, was bedeutet, dass sie abgewischt wurden.« Phaní nickte.

»Das würde zu unserer Einbrechertheorie passen. Aber warum wurde der Knopf draußen nicht abgewischt?«

»Das müsst ihr euch schon selbst zusammenreimen, ich liefere nur die Fakten.« Michalopoulos räusperte sich kurz und fuhr fort:

»Auch die Türklinken des Zugangs vom Garten waren sauber.« Das fand Phaní seltsam, doch Michalopoulos berichtete bereits weiter:

»Im Inneren des Hauses wurden größtenteils keine auffälligen Abdrücke gefunden, nur die des Hausherrn und der Toten. Ich musste den armen Mann gestern behelligen, da ihr ja vergessen habt, mir aus Athen seine Fingerabdrücke mitzubringen.« Phaní schaute schuldbewusst zu Panos.

»Das haben wir verbummelt, stimmt«, gestand sie mit halblauter Stimme. Michalopoulos ließ sich nicht beirren und sprach weiter:

»Bei der Gelegenheit habe ich gerade noch die Fingerabdrücke vom Hausmädchen abgenommen. Auch von denen habe ich zahlreiche gefunden.« Michalopoulos drehte an seinem Schnurrbart.

»Der einzige Ort, wo ich etwas gefunden habe, das man als auffällig bezeichnen könnte, war das Badezimmer, das gleich neben dem Schlafzimmer liegt.« Michalopoulos schaute Phaní bedeutungsvoll an. Sie wurde nervös.

»Was ist? Was war denn so auffällig?«, forderte sie ihn auf. Als Michalopoulos sie weiterhin nur groß anblickte, begriff sie.

»Halt, ich habe Handschuhe getragen, als ich in das Bad ging!« Dann schaute sie etwas unsicher zu Panos.

»Habe ich doch, oder nicht?« Da fing Michalopoulos schallend an zu lachen, sodass sein Schnurrbart tanzte.

»Das war ein kleiner Scherz von mir. Natürlich hatten Sie Handschuhe an.« Phaní atmete auf.

»Also, was ich aber gefunden habe, und zwar nicht nur in diesem Badezimmer, sind Fingerabdrücke, die ich nicht zuordnen kann. Sie traten außer in besagtem Badezimmer an verschiedenen Stellen des Schlafzimmers der Toten und besonders in der Küche auf. Ich versuchte sie bereits mit unserer Datei abzugleichen, bisher jedoch ohne Erfolg.« Als Michalopoulos schwieg, sah Phaní ihn fragend an.

»Ist das alles?« Er hob die Augenbrauen.

»Auf der Spritze, die das Kalium enthielt, wurden einige verwischte Abdrücke gefunden. Es sieht so aus, als wären sie mit den uns unbekannten identisch.«

»Sieht so aus?«

»In ein paar Tagen werde ich Ihnen Genaueres sagen können.«

»*Málista*, sehr schön«, bemerkte Phaní, innerlich war

sie jedoch unzufrieden, weil die Untersuchungen für ihren Geschmack zu viel Zeit benötigten. Aber sie konnte sie nicht beschleunigen und wusste das auch.

Langsam ging sie mit Panos zum Ausgang und resümierte.

»Also, wir haben es hier möglicherweise mit einem Einbrecher und/oder Mörder zu tun, der ein vorsichtiger Mensch ist und fast immer Handschuhe trägt, außer wenn er mal ins Bad musste, sich in der Küche vergnügte und im Schlafzimmer eine Leiche hinterließ, beziehungsweise fand. Gewissenhaft, wie er nun mal ist, wird auch noch die Polizei informiert. Das ist doch ein Witz! Den Täter möchte ich mal kennenlernen!« Phaní fasste sich an den Kopf.

»Vielleicht war der Einbrecher ja unerfahren?« Phaní winkte ab.

»*Éla re* Pano! Lass mich doch mit deinem Einbrecher in Ruhe!« Phaní stöhnte und setzte sich auf ein Mäuerchen neben dem Auto, zündete eine Zigarette an und zog einmal fest daran.

»Ich könnte verzweifeln«, fing Phaní an zu schimpfen, stütze den Kopf in beide Hände, drückte die nur halbgerauchte Zigarette aus, gab sich einen Ruck und stand auf.

»Gehen wir dieser Na..., na ebendieserda einen Besuch abstatten, aber viel verspreche ich mir davon nicht.« Phaní nahm die Autoschlüssel aus ihrer Windjacke und warf sie Panos zu, der sie gerade noch schnappte.

»Du weißt ja wo sie wohnt. Fahr du, ich bin zu müde.«

Nadejda wohnte an einer engen Straße in der Nähe des Hafens, unweit der Zollgebäude von Kalamata. Panos fuhr mehrere Male durch die schmalen Einbahnstraßen, bevor er die richtige schließlich fand. Der Hauseingang zur Wohnung im zweiten Stock war genau neben einer Autowerkstatt. Der Himmel war wieder wolkenverhangen, und die Wetterlage entsprach genau Phaní's momentaner Stimmung. Sie war an dem Punkt angelangt – und das nicht zum ersten Mal –, wo sie sich fragte, warum sie nur diesen Beruf ergriffen hatte und nicht stattdessen Bankangestellte geworden war. Erst kürzlich, über die Festtage, hatte sie zufällig in Athen eine Bekannte getroffen, von der sie beim besten Willen nicht mehr sagen konnte, wann und wie sie diese kennengelernt hatte. Die Frau war um die fünfzig und schon in Rente, und die Banken bezahlten bekanntlich gut, im Vergleich mit anderen Institutionen.

Nadejda hatte sie schon erwartet. Die kleine Wohnung war mit schweren Möbeln und überladenen Vitrinenschränken vollgestopft, auffällig waren die vielen Heiligenbilder. Phaní und Panos nahmen auf einem üppigen Sofa Platz, und Nadejda brachte sogleich Kaffee und ein paar Gläser Wasser, die sie auf einem Tablett aus Holzimitat mit aufgedruckter Spitzendecke servierte. Phaní erinnerte sich, dass ihre Großmutter auch so ein Tablett gehabt hatte, nur waren die Spitzen echt. Phaní gab sich Mühe, freundlich zu sein und das Mädchen nicht geradeheraus zu fragen, ob sie etwas mit dem Tod von Nana zu tun habe. Das wäre wenig wirksam gewesen und hätte die Arme nur verstört. Nadejda war ohnehin nervös, das konnte Phaní ihr ansehen.

»Na... Nad...« Phaní warf Panos einen hilflosen Blick zu, er verstand und übernahm.

»Nadejda, ist es richtig, dass Sie immer dienstags Ihren freien Tag bei *kiría* Nikolakea hatten?« Nadejda nickte.

»Ja, ich habe immer nur montags, mittwochs ...«

»Gut! Wie sah Ihr Arbeitstag bei *kiría* Nikolakea aus?«, unterbrach Phaní sie ungeduldig.

»Ich habe immer so um acht Uhr angefangen. *Kiría*

Nana hat mir ein paar, äh, Sachen gesagt, wo ich besonders gut putzen müsse und was sie gerne essen würden. Ich habe auch für sie und den Herrn gekocht, wissen Sie. Dann haben sie sich immer für einige Stunden in ihre Zimmer im oberen Stock zurückgezogen.« Phaní überlegte.

»Dort sind sie bis auf die Essenszeiten geblieben, während Sie Ihre Arbeit verrichteten?«

»Ja, ich habe sie zwischendurch meistens nicht gesehen. Sie wollten wohl nicht gestört werden. Nur ihn habe ich öfters noch gesehen, den *kírios*. Er hat mir auch den Lohn gegeben.«

»War am Montag letzter Woche etwas anders? Ist Ihnen etwas aufgefallen?« Nadejda überlegte. Sie musste knapp über zwanzig sein. Sie war hübsch, sah etwas zerbrechlich aus, hatte gelocktes rotblondes Haar. Phaní schaute einmal kurz zu Panos. Ihm scheint sie zu gefallen, dachte sie. Was Phaní noch auffiel, war, wie gut Nadejda Griechisch sprach, lediglich ein paar kleine Fehler und der Akzent, hierbei vor allem das weiche singende ›l‹, verrieten, dass sie aus einem slawischen Land kommen musste.

»Nur vielleicht, dass es an dem Tag mehr zu tun gab, als sonst. *Kiría* Nana hatte mir schon Mitte Dezember freigegeben, damit ich über Weihnachten nach Hause nach Bulgarien fahren konnte. Das war sehr lieb von ihr.« Nadejda machte eine Pause und es schien beinahe, als würde sie zu weinen beginnen. Sie musste Nana gern gehabt haben.

»Es war ja der erste Arbeitstag nach den Feiertagen, und ich habe also alles gründlich sauber gemacht. Ich habe alle Bücher abgestaubt, die Schallplatten, die Bilder.« Sie hielt wieder inne und schien sich an etwas zu erinnern, Tränen stiegen ihr in die Augen.

»Sie hatte ein paar Schallplatten, die ihr viel bedeuten mussten. Als ich bei ihr angefangen hatte, hat sie mir ausdrücklich gesagt, dass diese zwölf Platten sehr wertvoll seien. Sie waren alle noch in Plastikhüllen, äh, gehüllt. Originale. Außen waren die Künstler abgebildet, ich glaube Opernsänger und Sängerinnen, in ihren prachtvollen Kleidern. Eine Platte hatte noch eine originale Widmung von der Künstlerin ...«

Wieder unterbrach Phaní das Mädchen. Diese Erinnerung konnte möglicherweise für Nadejda bedeutend sein, aber Phaní fehlte die Geduld. Sie wollte nur schnell die Befragung abschließen und keine detaillierte Beschreibung eines Plattencovers.

»Abgesehen davon, war irgendetwas ungewöhnlich an diesem Montag?«

Das Mädchen versuchte sich zu erinnern.

»Nein, ich weiß nichts. Der *kírios* ist im Laufe des Nachmittags abgereist, mit Gepäck. Bevor ich ging, und es war schon spät an diesem Tag, verabschiedete ich mich von *kiría* Nana, und sie bat mich, noch nachzusehen, ob alle Läden geschlossen seien, da es drohte zu regnen und schon bald dunkel wurde.«

Das Mädchen hielt inne. Sie zögerte, wollte aber ganz eindeutig etwas sagen. Sie neigte sich leicht nach vorne, als wolle sie ein Geheimnis preisgeben.

»Ich, äh, ich will nichts sagen, aber ich glaube, dass die *kiría* und der *kírios* an dem Tag einen Streit hatten.«

»Was bringt Sie zu dieser Annahme?«, fragte Phaní.

»Nun ja, der *kírios* ist abgereist. Aber die *kiría* ist nicht zur Tür gekommen, um sich zu verabschieden. Bei uns wäre das unmöglich, die Frau verabschiedet sich immer von ihrem Mann.«

»Und weiter?«

»Und allgemein war die Stimmung, wie sagt man, äh,

gedrückt. Das konnte ich deutlich spüren, schon den ganzen Tag.«

»Gut. Nun zu vergangenem Mittwoch, Na... Nad...« Phaní spürte, wie die Wut in ihr hochkam, weil sie nicht imstande war diesen blöden Namen auszusprechen, und sie bellte:

»Pano!« Er verstand.

»Was uns interessiert ist, weshalb Sie am vergangenen Mittwoch nicht im Hause waren, als die Leiche gefunden wurde.« Nadejda zögerte. Phaní hatte den Eindruck, dass die ohnehin schon rosigen Wangen noch eine Spur roter wurden.

»Ich, äh, *kiría* Nana hatte mir diesen Tag zusätzlich frei gegeben.«

»Aus welchem Grund?«, wollte nun Phaní wissen.

»War meine Cousine aus Bulgarien hier. War ihr letzter Tag, wir haben in Stadt eingekauft, sie ist am Donnerstag ganz früh wieder abgereist.«

Phaní dachte, da stimmt doch etwas nicht und warf Panos einen vielsagenden Blick zu, doch dieser betrachtete fasziniert Nadejda. Phaní verdrehte die Augen. Sie wusste jedoch, dass es im Moment unmöglich war, Nadejdas Aussage zu widerlegen, denn es reichte nicht, diese der Falschaussage zu bezichtigen, nur weil sie sich wohl aus Aufregung plötzlich unbeholfen ausgedrückt hatte.

Phaní bedankte sich und stand auf. Als Panos nicht gleich reagierte, gab sie ihm einen Schubs. Er schaute etwas verwirrt und stand ebenfalls auf. Phaní ging zur Tür. An der vollgehängten Garderobe fiel ihr ein Herrensakko auf. Sie drehte sich zu Nadejda um, die dicht hinter ihr folgte.

»Wohnen Sie hier alleine?« Nadejda schüttelte den Kopf.

»Nein, mein Bruder Mirko wohnt auch noch hier.«

»Wo ist Ihr Bruder jetzt?« Nadejda schaute auf eine Uhr, die an der Wand hing.

»Er ist auf dem Weg nach Athen. Er fährt regelmäßig Lieferungen dorthin, und weiter nach Thessaloniki.«

Phaní fand, sie hätten genug erfahren für heute und bat Panos, sich von Nadejda die *kinitó*-Nummer ihres Bruders geben zu lassen. Sie verabschiedete sich von dem Mädchen und ging langsam zum Auto hinunter. Während sie wartete, beobachtete sie, wie ein Mechaniker in der inzwischen hell beleuchteten Werkstatt an einem Motor herumschraubte. Nach einer Weile, die für Phaní's Geschmack zu lang war, trat Panos aus dem Gebäude, mit einem verlegenen Lächeln auf seinem Gesicht.

»Komm Pano, gehen wir noch etwas trinken. Oder hast du schon andere Pläne?« Phaní grinste breit und Panos wurde etwas rot.

Sie wählten eine Bar am Ende des großen zentralen Platzes, wo ein neuer Brunnen der Verschönerung dienen sollte. Sie setzten sich an einen der kleinen Tische, jeder mit einem Drink bestückt. Anfangs herrschte Schweigen und Phaní merkte, dass schon das erste Glas Alkohol bei ihr zu wirken begann. Das war nicht verwunderlich, da sie den ganzen Tag nichts Richtiges gegessen hatte. Trotzdem bestellte sie noch einen weiteren Drink.

»Was meinst du, hat sie uns die Wahrheit über letzten Mittwoch gesagt, und Nana hat ihr wirklich freigegeben?« Aber Phaní ließ Panos gar nicht antworten.

»Du hast ja recht, das Gegenteil werden wir ihr nie beweisen können!« Phaní nahm noch einen Schluck.

»Aber warum sollte sie uns belügen, was hätte sie zu verbergen? Ich finde, wir sollten den Bruder unter die Lupe nehmen«, wandte Panos ein.

Phaní beugte sich über den Tisch, grinste schief und säuselte.

»Du hast recht! Und außerdem ist sie ein viel zu nettes Mädchen, diese Nadejda.« Phaní horchte auf.

»Ups! Jetzt ist's eindeutig Zeit, nach Hause zu gehen!«

10

Als Phaní nach draußen trat, wurde sie durch die kalte Luft etwas ernüchtert. Sie brachte es sogar noch fertig, Panos heil bei ihm zu Hause abzusetzen und fuhr danach geradewegs zu ihrer Wohnung. Der Abend war in ein mattes Licht getaucht, die Leute huschten wie Traumgestalten durch die Arkaden entlang der Straße, die Lichter der Geschäfte waren gedämpft. Eis lag in der Luft.

Zu Hause angelangt, schlug sie erleichtert die Tür hinter sich zu. Sie war froh, dass Jiorgos nicht mit einer neuen Schauergeschichte über den Gesundheitszustand ihres Abflusses auf sie wartete. Sie streifte die schwere Windjacke ab, warf die Stiefel in eine Ecke und fiel erst einmal aufs Sofa, wo sie eine Weile sitzen blieb. Dann gab sie sich einen Ruck, ging in die kleine Küche und goss sich ein großes Glas Rotwein ein. Aber der schmeckte heute irgendwie seltsam, nach irgendwelchen undefinierbaren Überresten vom Produktionsprozess. Sie schüttelte sich und ein Schauder lief ihr den Rücken hinunter, sie kippte den Wein ohne zu zögern in den Ausguss.

Phaní schnappte sich eine Zigarette und trat auf den Balkon, um zu rauchen. Somit war auch heute nicht der

Tag, an dem sie das Rauchen aufgeben würde. Was soll's? Zeitweise hatte es zwar für einige Tage geklappt, aber im Grunde genommen war sie sich darüber im Klaren, dass sie die Gewohnheit eigentlich gar nicht aufgeben wollte, denn sonst hätte sie dies schon längst getan. Als sie sah, dass der Oleander auf dem Balkon ein paar dörre Äste hatte, nahm sie die Gartenschere, die dort lag, und schnitt die Zweige ab. Die Kälte trieb sie bald wieder ins Zimmer zurück, und als Nächstes schaltete sie den Fernseher ein. Sie bereitete sich schnell eine Schale Joghurt mit etwas Honig zu und machte es sich gemütlich.

Es war nach acht, und die Nachrichten einiger privater Sender hatten gerade begonnen. Sie schaltete zwischen den einzelnen Kanälen hin und her. Doch kein Thema fesselte sie genug, um sich darauf zu konzentrieren, bis sie in eine Rede des Vorsitzenden der Oppositionspartei platzte. In wenig dezenten Worten klagte er den jetzigen Premierminister und mit ihm zusammen den Innenminister an, dass sie ihre Arbeit schlampig verrichteten. Die Polizei, die dem Innenminister seit Kurzem direkt unterstellt war, würde nur denjenigen Fällen besondere Aufmerksamkeit schenken, deren Aufklärung ihr auch Nutzen brächte. So wäre die Polizei im Falle seiner langjährigen guten Freundin Nana Nikolakea in der einen Woche seit ihrem tragischen Tod, noch keinen Schritt weitergekommen. Das sei inakzeptabel, *aparádechto*, schrie der Oppositionsführer immer wieder in die Versammlung und erntete heftigen Beifall seiner Parteimitglieder.

Eigentlich hatte Phaní bisher immer für die sozialistische Partei gestimmt, die seit ein paar Jahren wieder die Opposition bildete. Aber dadurch, dass sie dem Minister der jetzigen konservativen Regierung unterstellt war, war sie ohne ihr Zutun in dessen Lager geraten und ihr Fall wurde nun zum Spielball des ewigen Schlagabtausches zwischen den zwei großen Parteien. Das ärgerte Phaní zwar ungemein, aber sie konnte nichts daran ändern und nur ihre Arbeit machen. Sie schaltete den Fernseher aus.

Trotzdem fühlte sich Phaní unbehaglich und sie stellte den Joghurt nur halb gegessen zur Seite. Sie begann sich darüber zu wundern, dass das Telefon nicht Sturm läutete und ihr Chef, *dievthintís* Dragoumis, ihr keine Vorhaltungen machte, weil sie noch zu keinen vorweisbaren Resultaten gelangt war. Gebannt starrte sie einige Minuten auf das Telefon, doch nichts geschah. Sie entspannte sich, stand vom Sofa auf, wollte in die Küche gehen, als heimtückischerweise das Telefon auf einmal doch zu läuten begann. Phaní erschrak durch das plötzliche Geklingel und setzte sich wieder hin. Langsam nahm sie den Hörer ab.

»*Nä ...?*« Doch die Anspannung verflog, als sie begriff, wer anrief.

»*Éla, mamá*, wie geht's?«

»Mir geht es gut, aber wie geht's dir?«

»Gut«, sagte Phaní kurz und hoffte, ihre Mutter würde ihr glauben.

»Und das soll ich dir abnehmen, Phaní *mou*!«, widersprach diese prompt. »Du musst doch unter großem Druck stehen.«

Phaní schloss daraus, dass ihre Mutter auch die Nachrichten gesehen und die Rede des Oppositionsführers verfolgt hatte.

»Ach, *mamá*, das gehört nun einmal zum Job. Könnte ich dem Druck nicht standhalten, hätte ich den falschen Beruf gewählt«, versuchte Phaní ihre Lage herunterzuspielen.

»Du bist in dieser Hinsicht genau wie dein Vater! Immer hat er alles in sich hineingefressen, und daran ist er auch zugrunde gegangen, davon bin ich überzeugt!«

»*Mamá*, hör auf alles zu dramatisieren! Wenn ich dir doch sage, dass es mir gut geht, kannst du mir das schon glauben«, protestierte Phaní heftig. Sie wartete auf eine Reaktion ihrer Mutter, die fiel jedoch anders aus, als erwartet.

»*Mamá?* Weinst du? Was hast du denn?«, fragte Phaní, deren Stimmung schlagartig von genervt zu besorgt wechselte.

»Ach, was kümmert es dich denn schon!«, schrie ihre Mutter plötzlich, sodass Phaní beinahe der Hörer aus der Hand fiel.

»Du bist so stur und selbstherrlich, dass es dich gar nicht kümmert, wie andere sich fühlen! Genau, wie dein Vater! Doch der war zu allem Überfluss auch noch die Gerechtigkeit in Person und ein endloser Träumer!« Und zack legte ihre Mutter auf. Phaní dachte einen Moment darüber nach, ob sie zurückrufen sollte, entschied sich aber dagegen. Ihre Mutter musste sich erst einmal beruhigen. Nach dem Telefonat saß Phaní noch eine Weile der Schrecken in den Gliedern. Sie versuchte sich genau zu erinnern, was ihre Mutter über ihren Vater gesagt hatte, denn etwas war ihr daran aufgefallen und hatte sie einen Moment hellhörig gemacht. Aber sie konnte sich beim besten Willen nicht mehr entsinnen, was es gewesen war. Was ist heute bloß los, fragte sich Phaní. Ist Vollmond oder Dienstag der Dreizehnte? Mal sehen, ob Dimitris sich auch in einer solch seltsamen Stimmung befindet, dachte sie.

»*Jiá*, ich bin's!«, sagte sie freudig, als Dimitris nach zehnmal läuten endlich das Telefon abnahm.

»Wie geht's dir, Dimitri? Was machst du gerade, schaust du fern?«

»Nein! Wo denkst du hin! Ich hab so viel zu tun!«

»Wieso, hast du schon wieder einen Abgabetermin?«, fragte Phaní leicht gereizt, dann saß er nämlich meistens übernächtigt und mit blutunterlaufenen Augen, in den letzten Zügen über einem Architekturwettbewerb, wenn sie sich mit ihm unterhalten wollte.

»Nein, *korítsi mou*, das habe ich dir doch bestimmt erzählt. Ich halte Montag einen Vortrag am *Politechnío*. Das ist so eine Art Test für meine Anstellung als Assistenzprofessor und äußerst wichtig. Mir ist eigentlich erst jetzt klar geworden, was ich alles sagen möchte, was mir schon lange auf den Nägeln brennt. Weißt du, die heutige Architektur ist zur Modeerscheinung verkommen. Bleibende Werte weichen schnelllebigen Trends. Warte, das ist gut, das muss ich aufschreiben.«

Phaní hörte hastiges Gekritzel. Dann fuhr er fort:

»Ich muss unbedingt einen guten ersten Eindruck hinterlassen. Bisher habe ich nur einen groben Entwurf, an dem ich heute Nacht noch herumfeilen will. Der Vortrag muss perfekt sein!« Er machte eine Pause.

»Phaní, bist du noch da?«

»Ja, ja, natürlich. Hört sich sehr wichtig an.«

»Phaní, ist etwas? Geht es dir gut?«

»Ja, ja, alles bestens«, entgegnete sie schnell. Ihre Mutter hatte sie nicht täuschen können, ihren Mann leider doch.

»Schön. Ich sollte jetzt weiterarbeiten, solange meine Gedanken noch frisch sind. Macht es dir etwas aus?«, fragte Dimitris beinahe etwas schuldbewusst.

»Nein, nein, ich will dich nicht vom Arbeiten abhalten. Schau, dass du auch genug Schlaf bekommst und setz dich nicht zu stark unter Druck. Viel Glück! *Jiá* und *kalí níchta*, Dimitri.«

Sie legte auf und seufzte schwer.

Was sollte sie Dimitris den Kopf volljammern, dass der momentane Fall sich zu einem unentwirrbaren Wollknäuel zu entwickeln drohte? Es ging ihr nicht wirklich schlecht. Sie war ja nur in einer etwas niedergeschlagenen Stimmung. Viel mehr beunruhigte sie eigentlich, dass sie sich so kraftlos fühlte. Das musste an diesem elend kalten Winter liegen. Vielleicht hatte sie sich bei Michalopoulos auch einen Virus eingefangen, das wäre kein Wunder, durch sein heftiges Niesen hatte er sicherlich viele davon im ganzen Raum verteilt.

Sie griff nach dem Schuhkarton mit den Kindheitsfotos ihres Vaters, den sie von ihrer Mutter mitgebracht hatte. Die Aufnahmen waren wild durcheinander geraten. Sie zog einige willkürlich heraus.

Eine Fotografie zeigte ihren Vater als Schüler, wie er stramm und brav vor dem Eingang eines schönen alten neoklassizistischen Hauses in der Stadt stand. Ob es das Haus noch gab? So viele dieser Häuser hier in Kalamata wurden durch das Erdbeben 1986 zerstört oder unwiederbringlich beschädigt. Phaní fand auf der Fotografie keinen Hinweis, wo das Haus stand oder gestanden hatte. Ihr Vater trug einen Anzug mit kurzen Hosen und blickte sehr ernst. Auf einer weiteren Aufnahme stand wieder ihr Vater vor demselben Haus, diesmal mit einem Jungen, diesem Kanellopoulos, wie sie von ihrer Mutter erfahren hatte. Beide hatten ihre Arme umeinander gelegt, sie mussten wirklich gute Freunde gewesen sein. Was war aus der Freundschaft geworden? Ob dieser Kanellopoulos noch hier wohnte, oder doch eher in Athen, oder vielleicht sogar auf einer Privatinsel? Kanellopoulos wüsste sicherlich, ob das alte Haus noch stand. Wieso tauchte dieser Name seit ein paar Tagen immer wieder auf, wie der Teufel aus der Kiste, als sollte sie auf etwas hingewiesen werden? Denn Kanellopoulos hieß doch auch derjenige, der diese riesige Ferienanlage bei Skala plante, genau in dem Gebiet, für welches Nana sich so intensiv eingesetzt und kurz davor gestanden hatte, einen Antrag einzureichen, um es unter Naturschutz zu stellen – wäre ihr Tod nicht dazwischen gekommen.

Phaní musste mit diesem Kanellopoulos sprechen, doch vorerst nicht als Vertreterin des Gesetzes. Aber wie sollte sie das anstellen?

Sie rieb sich die Augen und stellte den Schuhkarton zur Seite. Heute Nacht würde sie für dieses Problem ohnehin keine Lösung mehr finden, und morgen würde sie sich etwas einfallen lassen.

Um auf andere Gedanken zu kommen, stellte Phaní wieder den Fernseher an, legte sich aufs Sofa und wollte nur noch ein paar Minuten entspannen, bevor sie ins Bett ging. Sie fiel natürlich prompt in einen tiefen Schlaf.

Es war bereits nach zwei Uhr morgens, als Phaní plötzlich aufschreckte. Der Fernseher lief immer noch, und so viel sie mit ihren verschlafenen Augen erkennen konnte, wurde gerade wieder ein ähnlicher Film gezeigt, wie schon letzthin, als sie mitten in der Nacht umhergegeistert war. Diesmal erwischte sie nur den Schluss, wo der Held zum großen Fenster schritt und mit theatralischer Geste die schweren samtenen Vorhänge aufriss. Das Gesicht des Bösewichts, des Grafen Dracula, verzerrte sich vor Schreck, als ihn die ersten Strahlen der aufgehenden Sonne trafen. Er wand sich, griff sich an den Hals – und zerfiel am Ende zu einem Häufchen Staub.

Phaní reckte sich und erhob sich vom Sofa. Jetzt fiel ihr auf, dieser Film war schwarz-weiß, der letzte farbig gewesen. Aber sonst glich sich die Schlussszene bis ins Detail. Wie war der Schöpfer des Grafen Dracula nur jemals auf diese Idee gekommen, es gäbe Menschen oder

Wesen, die nur in der Nacht leben konnten, aber nicht am Tag bei Sonnenschein, fragte sie sich.

Phaní schaute auf die Uhr, denn plötzlich verspürte sie das Bedürfnis ihre Mutter anzurufen, deren Anfall von Verzweiflung ihr noch allzu präsent war. Vielleicht ging es dieser ja nicht besonders gut, so ganz allein in ihrer Wohnung in Athen. Vorsichtshalber rief sie ihre Mutter auf dem *kinitó* an und hoffte, diese hätte es ausgeschaltet, während sie schlief. Zu Phaní's großer Überraschung meldete sich ihre Mutter schon nach zweimal läuten.

»*Mamá*, du bist doch wach?« Sie merkte, dass es eine blöde Frage war.

»Ah, Phaní. Ja, ich kann oft mitten in der Nacht nicht schlafen und schaue etwas fern.« Plötzlich fing ihre Mutter an zu lachen. Phaní musste unweigerlich daran denken, wie diese noch vor wenigen Stunden geweint hatte, und jetzt lachte sie.

»Ich habe gerade diesen blöden Film gesehen, so einen Vampirfilm.« Ihre Mutter fing immer wieder an zu kichern.

»Weißt du was zuletzt passiert ist ...?«, fragte sie Phaní belustigt.

»Ja, ich habe den Schluss auch gesehen.« Phaní setzte sich wieder und ihr kam der Gedanke, dass sie doch mehr die Tochter ihrer Mutter war, als sie geglaubt hatte. Sie musste schmunzeln.

»*Mamá*, was ich dich fragen wollte, was hast du vorhin mit deiner Bemerkung über *babás* gemeint? Ich habe dich noch nie so über ihn reden gehört.«

»Ach Phaní, es tut mir leid, das ist mir so rausgerutscht. Ich hätte den Mund halten sollen.«

»Na, jetzt hast du es aber nun mal gesagt. Was meintest du damit?«

»Phaní, man sollte die Vergangenheit ruhen lassen.

Was nützt es sich über Dinge, die fünfundzwanzig Jahre zurückliegen, den Kopf zu zerbrechen?« Ihre Mutter hatte eigentlich recht. Trotzdem konnte Phaní nicht lockerlassen.

»Komm schon, *mamá*! Du hast so etwas gesagt wie, *babás* sei ein Gerechtigkeitsfanatiker gewesen und dazu selbstherrlich. Wie kannst du nur so über ihn sprechen?«, bohrte Phaní. Ihre Mutter stöhnte am anderen Ende.

»Ach, Phaní *mou*. Was willst du denn von mir hören?«

»Ich verstehe schon, dass ich als Kind meinen Vater anders gesehen habe, als du, als Erwachsene und seine Frau.«

»So sollst du ihn auch in Erinnerung behalten, Phaní. Glaube mir, und so ist es auch gut.« Phaní stöhnte innerlich. Sie wusste, dass sie ihrer Mutter nicht mit abgedroschenen Sätzen kommen konnte, wie ›ich will die ganze Wahrheit wissen‹. Andererseits war sie nicht imstande, die Sache auf sich beruhen zu lassen und die Bemerkungen über ihren Vater einfach zu ignorieren. Dafür war sie wohl zu sehr Polizistin und wollte den Dingen auf den Grund gehen.

»*Mamá*, versteh doch, dass ich neugierig bin. Irgendwie hörte es sich auch so an, als ob du oft zurückstehen musstest und immer noch auf Vater wütend bist.« Phaní's Mutter schwieg einen Moment. Dann fing sie bedächtig an zu sprechen.

»Ich glaube nicht, dass es jetzt noch zu irgendetwas gut ist, aber dir zuliebe will ich versuchen zu erklären, was ich gemeint habe.« Sie machte eine weitere Pause, was ganz untypisch für Phaní's Mutter war, die sonst sehr schnell und impulsiv sprach.

»Dein Vater war ein verschlossener Mensch. Da seid ihr euch nicht ähnlich. Er war auch etwas schwierig. Er hat eigentlich nie darüber gesprochen, wenn ihn etwas bedrückte. Ich musste mir selbst zusammenreimen, was ihm auf der Seele lag. So war das immer mit ihm, bis zuletzt.«

»Aber was hat das damit zu tun, was du über ihn gesagt hast?«, fragte Phaní, die nicht begriff.

»Na ja, manchmal ist es auch egoistisch, all die Sorgen und Nöte für sich zu behalten, vor allem wenn der andere einem helfen will. Ich kam mir ausgeschlossen vor, fragte mich sogar, ob er mir nicht traue.« Phaní begann zu verstehen, was ihre Mutter sagen wollte.

»Und dann sind wir plötzlich, ohne Vorwarnung nach Athen gezogen, zu einer Cousine von mir, fast von einem Tag auf den anderen. Und hier hat er sich immer mehr eingeigelt. In den letzten Jahren war sein Verhalten am schlimmsten«, fuhr ihre Mutter aufgewühlt fort.

»Ich hatte mich zum Glück um euch Kinder zu kümmern, sonst wäre ich verrückt geworden.«

»Er hat also nie mit dir darüber gesprochen, warum er von Kalamata wegzog?« Phaní glaubte die Antwort bereits zu kennen.

»Niemals, nicht ein Wort der Erklärung! Ich konnte keinen Einspruch erheben, ich hatte keine Wahl!«

Phaní schwieg. Sie hatte bisher nie versucht sich vorzustellen, wie ihre Mutter sich gefühlt haben musste, damals. Diese hatte auch niemals Anlass dazu gegeben, dass die Kinder sich Gedanken machten. Sie wirkte immer irgendwie zufrieden, sogar fröhlich. Sie war ein erstaunlich optimistischer Mensch. Das war ein Charakterzug, den Phaní leider nicht geerbt hatte. Wenn sie es sich genau überlegte, hatte sie tatsächlich nur selten gehört, dass ihre Mutter sich beklagte. Sehr selten. Daher hatte der gestrige Ausbruch, als diese plötzlich zu weinen begann, Phaní auch so überrascht.

»Hast du ihn denn je darauf angesprochen?«, wollte

Phaní wissen, da das damalige Verhalten ihres Vaters sie jetzt erst recht neugierig gemacht hatte.

»Ich habe es ein paar Mal versucht, jedoch nie eine Antwort erhalten. Später dachte ich, wozu sollte das denn noch gut sein«, gab ihre Mutter zu, ohne erkennbares Bedauern. Sie schien sich mit diesem Abschnitt ihres Lebens abgefunden zu haben. Phaní kam sich vor wie ein kleiner Pinscher, der den Knochen, den er einmal erhascht hatte, nicht mehr hergeben wollte und unaufhörlich daran zerrte. Aber sie konnte nicht anders.

»Ich verstehe das nicht, *mamá*. Ihr seid dreihundertfünfzig Kilometer weit weggezogen, und der Grund dafür ist nie zur Sprache gekommen, auch später nicht?«

»Du kannst dir das nicht vorstellen, aber darüber konnte man mit deinem Vater nicht reden. Er ging sofort in die Luft. Richtig unheimlich war das, weil er sonst immer so ruhig war.« Phaní konnte sich überhaupt nicht vorstellen, dass ihr Vater je hätte wütend werden können. Sie hatte ihn stets als still und besonnen erlebt, gütig und geduldig, aber nie aufgebracht. Trotzdem zweifelte sie keinen Moment an den Worten ihrer Mutter. Schließlich fuhr diese fort:

»Ich habe mir natürlich so meine Gedanken gemacht, und ich glaube schon zu wissen, was ihn damals so aus der Bahn geworfen hat.« Phaní hielt für ein paar Sekunden den Atem an. Ihre Mutter machte eine Pause.

»Er war zu dieser Zeit doch der Leiter der Raumplanungsbehörde in Kalamata. Er hatte die Entscheidungsgewalt und hätte er den richtigen Leuten gewisse Informationen zukommen lassen, wäre er ein sehr reicher Mann geworden ...«

»Willst du damit sagen ...?«

»Nein, wo denkst du hin! Deshalb sagte ich doch, dein Vater war die Aufrichtigkeit in Person. Nie und nimmer hätte er interne Informationen der Behörde nach außen weitergegeben. Diese Aufrichtigkeit war aber auch vielen ein Dorn im Auge, und er hat sich dadurch wohl einige einflussreiche Männer zu Feinden gemacht.«

Phaní hatte schon solche Geschichten gehört. Es war nicht ungewöhnlich, dass der Leiter einer Raumplanungsbehörde, zu dessen Aufgaben auch die Planung neuer Straßen in der Peripherie gehörte, sein Wissen teuer an bestimmte Leute verkaufte. Diese erwarben daraufhin für wenig Geld Land entlang des künftigen Straßenverlaufs und verkauften es nach Vollendung der Straße zu einem viel höheren Preis. Doch ihr Vater hatte sich nach Aussage ihrer Mutter beharrlich geweigert, Informationen gegen Bezahlung auszutauschen. Das war schon beinahe eine Seltenheit. Denn das Zustecken eines *fakeláki*, eines kleinen Umschlags mit Geld, war fast zum Volkssport quer durch alle Bevölkerungsschichten geworden, und leider manchmal auch zur Notwendigkeit. Wo sich jemand einen Vorteil erkaufen konnte, wurde das auch oft getan. Wer es nicht tat war dumm und hatte selber Schuld.

Phaní seufzte. Sie empfand einen gewissen Stolz für ihren Vater, dass er seinen Prinzipien treu geblieben war und sich nicht einfach hatte bereichern wollen. Denn sie stellte sich vor, wie schwierig es gewesen sein musste, kein bisschen von seinen Prinzipien abzuweichen. Die Versuchung musste sich oft in verlockender Weise dargeboten haben, und trotzdem hatte er immer ›Nein‹ gesagt. Phaní lächelte kurz. Sie musste jetzt herausfinden, was damals in der Behörde vorgefallen war. War er, wie ihre Mutter sich ausgedrückte, jemandem ein Dorn im Auge gewesen? Wenn ja, wer könnte das gewesen sein, der ihren Vater schließlich dazu gebracht hatte wegzuziehen? Könnte sie das nach so vielen Jahren noch herausfinden? Phaní überlegte. So wie sie ihre Mutter kannte, hatte diese sich auch schon darüber Gedanken gemacht.

»*Mamá*, hast du einen Verdacht, wem er im Wege gestanden haben könnte?«

»Ach Phaní, jetzt lass es aber gut sein!«, protestierte ihre Mutter unwillig.

»*Mamá*, jetzt sag schon. Hast du einen Verdacht?« Ihre Mutter schwieg, und als das Schweigen unerträglich wurde, platzte Phaní heraus:

»Komm, red schon, wenn du etwas weißt, *mamá*! Spann mich nicht so auf die Folter!«

»Na ja, es kam eigentlich nur einer in Frage, das habe ich mir jedenfalls so zusammengereimt«, sagte ihre Mutter zögernd.

»Wer?«, wollte Phaní ungeduldig wissen.

»Es musste jemand gewesen sein, der deinen Vater sehr gut kannte und wusste, wo dieser verwundbar war, der ihn so hilflos und schließlich auch so wütend machte, dass dieser alles zusammenpackte und die Stadt verließ. Er wusste auch, dass sich dein Vater nicht zur Wehr setzen und keinen Widerstand leisten würde. Dein Vater war kein Kämpfer, Phaní *mou*.« Ihre Mutter sprach noch leiser und es kostete sie merklich große Überwindung.

»*Mamá!* Das ist aber nicht fair Vater gegenüber!«

»Es ist nun mal so, mein Kind. Spiros hatte seine Ideale, die ihm Kraft gaben. Aber er hat sich nie die Mühe gemacht, diese zu verteidigen. Alles spielte sich nur in seinem Kopf ...«

»Du meinst also *babás* war ein Feigling?«, platze Phaní heraus.

»Nein, Phaní, manchmal bist du genauso ...«

»*Mamá*, ich will nichts mehr hören. Nur noch eins: Wer war das, deiner Vermutung nach?«

»Kind, wenn du so aufgebracht bist, machst du am Ende noch Dummheiten ...«

»*Mamá, se parakaló!* Bitte!«

Ihre Mutter stöhnte gequält.

»Also gut: Wie gesagt kam für mich nur einer in Frage. Er und dein Vater waren wie Brüder.« Da wusste Phaní bereits, wen ihre Mutter nennen würde, und ihre Wut übertrug sich unbewusst auf diesen Namen:

»Kanellopoulos.«

11

Phaní hatte noch ein paar Stunden unruhig geschlafen, nachdem sie mit ihrer Mutter telefoniert und mitten im Gespräch den Hörer einfach wütend aufgelegt hatte. Eine unbeschreibliche Frustration hatte sich plötzlich während der Unterhaltung in ihr breitgemacht, sodass sie nicht wusste, was sie ihrer Mutter noch alles ungerechterweise an den Kopf werfen würde. Natürlich war ihr klar, dass die Arme überhaupt keine Schuld traf, was diese ganze Geschichte um ihren Vater anbelangte. Sie würde ihre Mutter später nochmals anrufen.

Als sie mühsam aufgestanden war, spulte Phaní ihre morgendlichen Handlungen mechanisch ab, wie eine aufgezogene Puppe. Auch Jiorgos, der Klempner, war wieder aufgetaucht, doch sie wechselte keine zwei Worte mit ihm.

Sie fuhr ohne Zwischenhalt in die *Diévthinsi*, ging strammen Schrittes grußlos zu ihrem Büro und blieb abrupt vor der Tür stehen. Mit an Sicherheit grenzender

Wahrscheinlichkeit war Panos schon drin. Jetzt mussten sich die drei Jahre Schülertheater bezahlt machen, sie wollte sich ganz normal verhalten, denn auf keinen Fall durfte Panos etwas davon merken, dass sie innerlich aufgewühlt war, wie das Meer nach einem Frühlingssturm. Sie wusste ganz genau, dass sie niemand anders in ihre privaten Nachforschungen hineinziehen durfte, und schon gar nicht Panos. Genau diesen Entschluss hatte sie letzte Nacht gefasst: Sie wollte auf eigene Faust mehr über die Vorkommnisse vor über dreißig Jahren herausfinden, und wenn sie stundenlang die Archive der Stadt durchforsten müsste.

Sie öffnete mit einem Ruck die Tür und schritt zu ihrem Schreibtisch. Auf dem Weg dorthin ließ sie ein *kaliméra* fallen und setzte sich. Sie startete den Computer und drehte sich zu Panos.

»Hast du schon etwas über den Lastwagen fahrenden Bruder herausbekommen?«

»Nicht viel …«

»Schieß los!«

»Ich habe bei der hiesigen Vertretung der Transportfirma angerufen, ihr Hauptsitz ist in Athen, die Firma heißt …« Phaní unterbrach ihn einfach.

»Gut, gut. Was sonst?« Panos schaute verwirrt von seinen Unterlagen auf.

»Der Bruder, Mirko, fährt in regelmäßigen Abständen Lieferfahrten zwischen hier und Thessaloniki, Piräus oder manchmal auch Patras.«

»Gut, und was sagt dir das?« Panos zögerte. Er hob die Schultern und schob ratlos das Kinn vor.

»Na, er fährt ausschließlich Häfen an.« Panos' Gesicht wurde nachdenklich.

»Du meinst Schmuggel?«

»Ist nur so eine Ahnung. Bleib dran und informiere die

lokalen Hafenbehörden. Die sollen ein wachsames Auge auf ihn haben.« Panos war immer noch verwirrt.

»Aber, hat das etwas mit unserem Fall ...?«

»Das weiß man nie. Jeder Spur muss nachgegangen werden«, rezitierte Phaní wie aus dem Handbuch. Panos schien nicht lockerlassen zu wollen. Irgendetwas gefiel ihm nicht, und er hakte nach.

»Sollten wir nicht eher den Werdegang dieser Ferienanlage bei Skala verfolgen? Unterlagen durchsehen, die uns zeigen, wieweit Nana die Anlage wirklich hätte blockieren können?« Phaní überlegte. Sie wollte nicht allzu schnell abwinken. Sie hoffte stark, dass Panos nicht Lunte gerochen und gemerkt hatte, dass die Spur des Lastwagen fahrenden Bruders sehr wahrscheinlich nirgendwo hinführen würde, was ihren Fall anbelangte. Aber sie wollte Panos beschäftigen.

»Ja, du hast recht! Gut! Finde heraus, wieweit die Landverkäufe gediehen sind, und welche Chancen auf Erfolg Nana mit ihrem Vorhaben gehabt hätte. Ah, und bevor ich es vergesse, versuche herauszufinden, ob Na... Nad..., na duweißtschonwer den Mittwoch tatsächlich mit ihrer Cousine zusammen verbracht hat.« Phaní stand auf und ging zur Tür.

Panos schaute sie mit offenem Mund an.

»Aber wie soll ich denn ...?«

»Befrage die Nachbarn, oder Zeugen, die sie auf ihrem Weg zur Arbeit gesehen haben könnten, falls sie uns doch angelogen hat«, plapperte Phaní drauflos.

»Und was machst du?«, fragte Panos neugierig.

»Ich? Ich gehe zum *dievthintís* und berichte ihm unsere Untersuchungsergebnisse.«

»Aber, wir haben doch gar ...« Phaní hörte nicht zu. Sie schaute auf die Uhr. Es war halb elf. Das war zu früh, sich zum Mittagessen abzumelden.

»Und ich muss noch zum Zahnarzt. Ein rechter unterer Backenzahn tut höllisch weh.« Na, hoffentlich würde ihr nicht dieser Zahn später wirklich Sorgen bereiten, als ausgleichende Gerechtigkeit, oder so etwas, überlegte Phaní, und verschwand durch die Tür.

Auf dem Weg in den zweiten Stock, zu *dievthintís* Dragoumis' Büro, dachte Phaní, wie froh sie war, dass sie sich auf Panos verlassen konnte. Auch in der Hinsicht, dass er pflichtbewusst die ihm gestellten Aufgaben erfüllte, und nicht auf dumme Gedanken kommen und auf eigene Faust Nachforschungen anstellen würde.

Phaní ging direkt zu Dragoumis' Büro, da die Sekretärin *kiría* Gogo nicht an ihrem Platz war. Sie zögerte kurz, bevor sie anklopfte, überlegte eine Sekunde lang, ob sie diese Unterredung nicht einfach verschieben sollte, und warten, bis Dragoumis sie zur Rede stellte. Sie entschloss sich aber, die Sache hinter sich zu bringen und klopfte leise an die Tür. Als sie ›*peráste*‹ hörte, trat sie ein.

Dragoumis war gerade am Telefon. Er winkte Phaní heran und wies auf einen Stuhl, während er gespannt zuhörte, was ihm der Anrufer sagte. Nach ein paar Minuten legte er auf und seufzte.

»Das war gerade der Minister. Sie können sich denken, was er mir zu sagen hatte.« Dragoumis drehte einen teuer aussehenden Kugelschreiber in seinen Fingern hin und her, während er ihn betrachtete.

»*Kiría astinóme* Papadea, ich weiß so gut wie Sie, dass wir unsere Arbeit nicht von der Politik beeinflussen lassen sollten. Politik ist kein gerechtes Geschäft. Es werden die Interessen danach gerichtet, was gerade opportun ist.« Phaní dachte, Dragoumis spiele sicherlich auf die Rede des Oppositionsführers von gestern Abend an. Er fuhr fort:

»Doch wir können uns der Politik manchmal nicht entziehen, sie ist Teil der Realität und dieser Realität müssen wir uns stellen.« Er schaute von seinem Kugelschreiber auf.

»*Kiría astinóme* Papadea, ich möchte Ihnen noch die Gelegenheit geben, den Fall abzugeben, falls Sie den Eindruck haben, er sei zu politisch und sie würden zu Ergebnissen gedrängt, für die Sie nicht einstehen können.« All dies sagte er sehr ruhig und nur ein leises Beben in seiner Stimme verriet, dass ihm das Gesagte nicht einfach zu fallen schien. Phaní musste nicht lange überlegen:

»Nein, nein! Da besteht kein Problem!« Dragoumis schaute sie direkt an.

»Gut! Ich habe auch keine andere Antwort von Ihnen erwartet. Nun zum Fall: Haben Sie denn etwas, womit Sie arbeiten können? Haben Sie eine oder sogar mehrere Spuren?« Phaní drehte ihren Kopf bejahend zur Seite.

»Ja, sicherlich.«

»Also, schießen Sie los.« Dragoumis lehnte sich zurück.

»Na, der Bruder der bulgarischen Haushälterin von *kiría* Nikolakea könnte etwas mit der Sache zu tun haben.« Phaní wusste, dass dies ein sehr magerer Knochen war, den sie Dragoumis damit hinwarf, und ihm bestimmt nicht genügte. Er schaute sie nur abwartend an. Nun musste sie improvisieren.

»Einbruch wäre am naheliegendsten. Er kannte das Haus sicherlich gut, von den Beschreibungen seiner Schwester her, wusste, wann das Haus unbewohnt war und wann nicht. Den Schlüssel entwendete er seiner Schwester. Vielleicht wollte Nana am Montag zuerst mit ihrem Mann zusammen nach Athen fahren, blieb aber unerwartet im Haus und überraschte den Bruder beim Einbruch.« Dragoumis überlegte.

»Ja, damit können wir den Minister vielleicht hinhalten.« Phaní schaute überrascht. Dragoumis fuhr weiter:

»Aber unter uns, mir scheint die Theorie etwas weit hergeholt. Woher hatte der Bruder so schnell die Giftspritze zur Hand? Hätte er das Opfer nicht einfach niedergeschlagen?« Eins zu null für Dragoumis, dachte Phaní. Der Mann war nicht einfach zu täuschen, und er wusste erstaunlich gut über den Fall Bescheid.

»Weiter?«, fragte er dann. Phaní überlegte kurz.

»Da wäre noch eine andere Möglichkeit.« Dragoumis nickte, und Phaní fuhr bedächtig fort:

»*Kiría* Nikolakea war daran gelegen, einige Küstengegenden unter Naturschutz zu stellen.«

»Und?«

»Auf einem dieser Küstenstreifen und dem angrenzenden Gebiet ist eine Ferienanlage im großen Stil geplant.«

»Sie sprechen hoffentlich nicht von dem großen Hotelkomplex mit Golfplatz bei Skala?« Phaní nickte nur. Dragoumis sprang auf und trat ans Fenster. Phaní beobachtete ihn gespannt. Er drehte sich zu ihr zurück.

»Das wird der Minister gar nicht gern hören, dass *kiría* Nikolakea's Tod auch nur im Entferntesten mit einer der größten Investitionen im Bereich des Tourismus in Messenien, wenn nicht sogar ganz Griechenland, in Zusammenhang gebracht wird.« Dragoumis rieb sich das Kinn. Phaní fragte sich, ob das vielleicht die nordgriechische Art war Nervosität zu zeigen, da er doch aus Thessaloniki kam. Die Nordgriechen waren bekanntlich nicht ganz so aufbrausend wie ihre südlichen Landsleute.

»Ich möchte, dass Sie dieser Spur besonders diskret nachgehen.« Sein Ton war ungewohnt bestimmt.

»Lassen Sie *ipastinómos* Kiriakoulis die Spur des Rumänen verfolgen …«

»Bulgaren«, korrigierte Phaní ihn.

»Wie dem auch sei. Kümmern Sie sich persönlich um die Sache mit der Ferienanlage. Solange wir keine handfesten Beweise haben, die einen Zusammenhang aufzeigen, sollen so wenig Leute wie möglich davon wissen.« Das kann auch sehr leicht missverstanden werden, dachte Phaní, denn man könnte diese Äußerung auch so auslegen, dass Dragoumis sich die Möglichkeit offen hielt, sollten Beweise auftauchen, mit diesen zu verfahren, wie es ihm beliebte. Oder wusste Dragoumis mehr, als er ihr sagte? Vielleicht war dieser Gedanke jedoch wieder ein Anfall von Misstrauen, der Phaní in regelmäßigen Abständen heimzusuchen pflegte. Sie nickte, denn sie hatte ja schon alles so arrangiert, wie Dragoumis es gerade anordnete. Nur jetzt hatte sie seinen Segen.

»Ende der Woche berichten Sie mir bitte, was Sie herausgefunden haben«, beendete Dragoumis die Unterredung und setzte sich wieder. Phaní stand auf, sagte nur ›ja‹ und verließ das Büro. Draußen dachte sie schon nicht mehr an die Unterredung und marschierte geradewegs zu ihrem Wagen.

Von der *Diévthinsi* fuhr sie direkt zur Behörde für Umwelt, Raumplanung und Bauaufgaben, welche in der *Nomarchía*, dem Bezirksgebäude, untergebracht war. Sie hoffte dort irgendwelche Unterlagen von Planungsobjekten zu finden, die damals unter der Leitung ihres Vaters durchgeführt worden waren. Vielleicht erhellten diese die Umstände, die dazu geführt hatten, dass ihr Vater Kalamata den Rücken kehrte.

Unterwegs überlegte sie, welche Geschichte sie präsentieren sollte, um Unterlagen einsehen zu können. Doch bis zu dem Zeitpunkt, wo sie sich bei mehreren Stellen durchgefragt hatte, wie bei einem Orientierungslauf von Büro zu Büro gerannt war und schließlich das Raumplanungsarchiv für Unterlagen auch aus den Siebzigern fand, war ihr immer noch keine Geschichte eingefallen. Sie musste einfach ihr Glück so versuchen. Hinter einem Schreibtisch saß eine ältere Beamtin, die eigentlich schon längst hätte in Rente sein müssen, und es stellte sich heraus, dass sie sehr hilfsbereit war. Phaní hoffte, diese sei auch vertrauenswürdig und würde nicht gleich herumerzählen, wer welche Unterlagen verlangt hatte. Doch darüber konnte sie sich ein anderes Mal den Kopf zerbrechen.

Phaní musste einen Zettel ausfüllen und darauf angeben, über welchen Bereich und aus welchem Jahr sie Akten einsehen möchte. Sie trug das Wort Straßenplanung ein und das Jahr, in dem ihr Vater noch hier gearbeitet hatte, 1974. In die Rubrik 'Persönliche Daten des Antragstellers' schrieb sie möglichst unleserlich ihren Namen und Adresse und gab eine falsche Telefonnummer an. Die Beamtin verschwand kommentarlos und kam erst nach zwanzig Minuten zurück. Unterdessen hatte sich Phaní schon beinahe zur Flucht entschlossen, aber die Hoffnung etwas zu finden und ihre Neugier waren stärker. Die Frau schob einen Rollwagen, auf dem ein Stapel alter Ordner aufgehäuft war, zu einem Tisch, wo Phaní sich die Unterlagen durchschauen konnte. Für Kopien müsse ein separater Antrag gestellt werden, meinte die Frau lächelnd.

Phaní seufzte. Wieder einmal hatte sie sich die Prozedur einfacher vorgestellt, wie in den amerikanischen Filmen, wo die Musik anschwoll, wenn die Hauptfigur nach eifrigem Suchen diejenige, die ganz spezielle Akte, die Antworten auf alle Fragen gab, schließlich fand. Aber die Realität war anders. Phaní wusste nicht genau, wonach sie suchte. Vielleicht nach Projekten, die von ihrem Vater bearbeitet worden waren, also nach dem

Namen Spiros Papadeas. Aber eine ungeheure Vielzahl von Plänen, Formularen mit Steuermarken, Kostenaufstellungen sprang ihr entgegen, auch auf den Namen ihres Vaters stieß sie des Öfteren. Doch keine der Akten, soweit sie diese überhaupt deuten konnte, verriet ihr etwas Neues oder brachte sie weiter. Ein paar Stunden später, nachdem sie wahllos die Ordner durchgegangen war, trat die Frau an ihren Tisch und erinnerte sie daran, dass das Büro in zehn Minuten schließe. Phaní fasste sich ein Herz und hielt die Frau am Ärmel zurück, als diese sich wieder entfernen wollte.

»Entschuldigen Sie, *kiría* ...«

»Papatheodorou.«

»*Kiría* Papatheodorou. Ich hoffe, Sie können mir weiterhelfen. Vor über dreißig Jahren hat hier ein gewisser Spiros Papadeas die Abteilung für Raumplanung bis 1974 geleitet. Können Sie mir helfen herauszufinden, welches das letzte Projekt war, das unter seiner Leitung bewilligt wurde?« Phaní beobachtete, wie sich die Frau etwas anspannte und das Lächeln aus ihren Augen verschwand. Diese reagierte denn auch kurz angebunden.

»Das muss vor meiner Zeit gewesen sein. Es tut mir leid. Vergessen Sie nicht, in zehn Minuten sind die Bürostunden vorbei.« Ohne ein weiters Wort ging die Frau wieder an ihren Tisch und setzte sich. Phaní wusste im Moment nicht, wie sie dem Beamtenschimmel begegnen musste, sagte ein leises Dankeschön und ging.

Vor der *Nomarchía* blieb sie eine Zeit lang im Auto sitzen und rauchte eine Zigarette. Ihr kamen Zweifel, ob dieser Kreuzzug, auf den sie sich begeben hatte, überhaupt zu etwas nütze sei. Natürlich war sie erst am Anfang, und ein Rückschlag sollte sie nicht gleich entmutigen. Sie fragte sich aber auch, ob ihre Mutter nicht recht hatte, wenn sie sagte: Wem hilft es jetzt noch die

Vorkommnisse von damals wieder aufzuwühlen? Ihrem Vater sicherlich nicht. Ihr selbst? Sie fand keine Antwort. Klugerweise sollte sie sich ohnehin eher auf den Fall konzentrieren.

Sie startete den Wagen und fuhr in Richtung Altstadt. Was Panos jetzt wohl machte? Der fragte sich sicher, wo sie blieb. Er lebte ja nicht hinter dem Mond, sodass er ihr blindlings glaubte, ein Zahnarztbesuch daure fast den ganzen Nachmittag. Trotzdem fuhr sie nach Hause. Der Himmel war bleiern, schwer und wolkenverhangen, und trug auch nicht zur Erheiterung bei. Außerdem hatte sie letzte Nacht wenig geschlafen und brauchte unbedingt etwas Ruhe.

Als sie ihre Wohnung betrat, hörte sie die beinahe schon vertrauten Geräusche von metallenem Werkzeug, das auf Badezimmerfliesen traf, und von Gurgeln – begleitet von gelegentlichem Fluchen. Jiorgos hatte wohl in Phaní's Abfluss seinen Meister gefunden. Obwohl Phaní sich gerade noch nach Ruhe gesehnt hatte, war es ihr jetzt auch recht, durch etwas Gesellschaft abgelenkt zu werden. Sie trat an die Badezimmertür und sah, wie Jiorgos wieder den langen gewundenen Metalldraht in den Bodenabfluss zwängte. Er stieß immerzu leise Verwünschungen aus, bis er plötzlich Phaní bemerkte.

»Oh, ich, äh ...«

»Ich glaube, du kannst auch ein Glas Wein vertragen«, versuchte Phaní ihn aufzumuntern und ging in die Küche. Jiorgos folgte ihr. Sie setzten sich an den kleinen Tisch und jeder trank schweigend seinen Wein. Nach einer Weile bemerkte Phaní:

»Die Sache mit dem Abfluss dauert wohl etwas länger?« Sie klang ziemlich desinteressiert. Jiorgos nickte nur und schaute auf sein Glas. Er wollte offensichtlich das Thema wechseln.

»Der Wein ist nicht besonders gut«, stellte Jiorgos schließlich fest und Phaní nickte.

»Der war auch billig, aus einem Discounter. Es steht zwar Nemea drauf, aber was drin ist, weiß keiner.« Plötzlich sprang Jiorgos auf, rannte ins Badezimmer und hantierte an seinem Werkzeugkasten. Phaní schaute überrascht, als er mit einer beinahe vollen Likörflasche zurückkam. Aha, das macht er also, wenn ich nicht da bin, dachte sie sich. Dann kann das mit dem Abfluss auch nichts werden.

»Den mischt der Vater meiner Frau selbst, in seinem Dorf, nach eigenem Rezept«, erklärte Jiorgos, während er nach kleineren Gläsern suchte, bis Phaní ihn auf ein paar neben der Spüle aufmerksam machte. Anschließend setzte er sich wieder und goss beiden etwas Likör ein. Das Gebräu war lavendelfarben und flößte Phaní nicht gerade großes Vertrauen ein. Sie roch am Glas und ein starkes süßliches Aroma stieg ihr in die Nase. Sie nahm etwas Abstand und ihr Gesicht zeigte deutliche Vorbehalte. Aber Jiorgos ermunterte sie unbeirrt:

»Trink, der ist gut! Und man kann ihn erst so richtig nach drei oder vier Gläsern zu schätzen wissen.« Das glaubte Phaní ihm aufs Wort! Sie trank das erste Glas noch mit einigem Widerwillen, doch mit jedem weiteren wurde dieser merklich geringer.

Eine Stunde später waren alle Gedanken an ihren Vater, Kanellopoulos und den Fall in weite Ferne gerückt. Ein sanfter Schleier der Sorglosigkeit umfasste ihren Kopf. Es störte sie nicht einmal, dass Jiorgos wieder über den Mord an Nana zu sprechen anfing.

»Hast du den Mörder schon gefasst?«, fragte er mit schwerer Zunge. Phaní hob die Augenbrauen und schnalzte. Dann fing sie an zu grinsen.

»Mir steht das Wasser bis zum Hals, aber das ist mir

im Moment völlig egal«, gestand Phaní mit etwas verzerrter Stimme und hielt sich die Hand horizontal an ihre Kehle. Jiorgos fing an zu kichern und nahm noch einen Schluck. Phaní schaute ihn amüsiert und gleichzeitig fragend an.

»Was? Das findest du lustig?«

»Na ja, ich dachte nur daran, dass das für deine Wohnung ja auch zutrifft.« Phaní stutzte, dann musste sie anfangen zu lachen. Beide schütteten das süße Zeug in sich hinein, als gäbe es kein Morgen mehr. Nach einer Weile ermahnte Jiorgos sie mit erhobenem, wackelndem Zeigefinger:

»Denk daran, was meine Frau gesagt hat: Es ist immer der Ehemann.« Er kniff noch ein Auge zu, so als hätte er Phaní einen wertvollen Tipp gegeben. Sie lachte.

»Der saß doch sterbenskrank in Athen, als der Mord geschah. Der kann es gar nicht gewesen sein!« Jiorgos zuckte nur die Schultern.

»Ich glaube nicht, dass Jiota sich irrt. Für solche Dinge hat sie einen sechsten Sinn.« Da griff Jiorgos plötzlich nach seinem Portemonnaie, zog ein paar Fotos heraus und zeigte sie Phaní. Auf dem einen Bild lächelte ihr eine feste Frau mit dichtem krausem Haar und einer großen Lücke zwischen den Schneidezähnen entgegen. Das musste Jiota sein. Es folgten Bilder der Kinder, und auch eines des Babys. Phaní schaute sich alle geduldig an, fand aber doch, dass es jetzt reiche und sie schleunigst ins Bett müsse. Sie stand abrupt auf, schwankte einen Moment bis sie ihr Gleichgewicht fand, und zerrte Jiorgos am Arm bis er auch aufstand.

»Du musst jetzt gehen, *re* Jiorgo! Hier, nimm dein Gebräu mit! Pass auf, dass dich auf dem Heimweg keine Streife anhält!« Jiorgos torkelte zur Tür und klammerte sich an der fast leeren Flasche fest. Er kicherte wieder.

»Jetzt ist doch kein Polizist mehr auf der Straße, nicht bei dem Sauwetter.« Phaní nickte, das war ihr im Moment auch egal.

Als sie schließlich Jiorgos zur Tür hinausgeschoben hatte, fand sie gerade noch die Kraft, sich bis zum Sofa zu schleppen. Sie wollte sich nur einen Moment hinsetzen und etwas ausruhen, fiel aber prompt in einen tiefen festen Schlaf und kippte langsam zur Seite.

Sie erwachte erst wieder, als sie ein penetrantes Klopfen, welches sie zunächst noch in ihren Traum eingebaut hatte, aus dem Schlaf riss. Als Erstes tastete sie ihren Kopf ab. Ihr Hirn wabbelte wie rohes Eigelb in der Schale, und das Klopfen hörte einfach nicht auf. Es fühlte sich beinahe so an, als wenn ein ganzes Dorf einen *Kalamatianós* auf ihrer Schädeldecke tanzte. Langsam stand sie vom Sofa auf und hangelte sich von seiner Lehne zu einem Stuhl und schließlich zur Garderobe, die sich gleich neben der Eingangstür befand. Sie brachte es noch fertig, einen Blick auf ihre Armbanduhr zu werfen, es war sieben Uhr in der Früh. Das ist ja noch mitten in der Nacht, dachte sie und wollte den Schlüssel drehen, um die Tür zu öffnen. Da stellte sie fest, dass diese unverschlossen war, und das wohl die ganze Nacht. Langsam öffnete sie die Tür und fing heftig an zu blinzeln, als ihr das Morgenlicht entgegenstrahlte, worin sich die Silhouette einer kleinen zierlichen Frau abzeichnete. Langsam konnte Phaní ihre Augen auf die Gestalt einstellen – und war wirklich überrascht.

»*Kiría* Papatheodorou! Was machen Sie denn hier?« Phaní merkte, dass es eindeutig zu früh für ihren Denkapparat war, irgendwelche Schlüsse zu ziehen. Also ließ sie es lieber bleiben.

»Kann ich bitte hineinkommen?« Phaní trat etwas zurück. Sie erhaschte einen kurzen Blick im Spiegel der

Garderobe und erschrak über ihre Erscheinung, drückte ihre Frisur zurecht, gab sich einen Ruck und ging voraus in die Küche. Die Frau folgte lautlos.

»Wollen Sie auch einen Kaffee? Ich brauche unbedingt einen«, gestand Phaní. Die Frau hob nur den Kopf und verneinte.

»Ich habe nur wenig Zeit. Ich muss in einer Stunde in der *Nomarchía* sein«, erklärte die Frau, während Phaní sich darauf zu konzentrieren versuchte, ihren griechischen Kaffee zu kochen.

»Darf ich mich setzen?«, fragte die Frau schüchtern, Phaní drehte nur den Kopf bejahend zur Seite, weil sie angestrengt mit dem Campingkocher beschäftigt war. Schließlich fing die Frau leise an zu sprechen, ihre Art zu reden erinnerte Phaní an eine Lehrerin.

»Ich habe mir lange überlegt, ob ich Sie aufsuchen soll, aber zu guter Letzt dachte ich, dass ich es ihm schulde.«

Phaní drehte ihren Kopf ruckartig der Frau zu, sodass ihr Gehirn durch die heftige Bewegung sogar etwas schmerzte.

»Wem schulden?«, wollte sie wissen und merkte, wie ihr Verstand plötzlich hellwach war. Die Frau lächelte.

»Ich habe Ihren Vater sehr wohl gekannt, meine Liebe. Ich möchte Ihnen gerne erzählen, was sich aus meiner Sicht damals zugetragen hat.« Phaní wurde sich erst nach ein paar Sekunden bewusst, dass sie *kiría* Papatheodorou mit offenem Mund anstarrte.

12

Mit Müh und Not hatte Phaní es zustande gebracht, sich einen *ellinikó glikó* zu brauen. Für ihren Geschmack war er nicht süß genug geraten, aber das spielte im Moment überhaupt keine Rolle. Sie hing an *kiría* Papatheodorous Lippen, als diese zu erzählen begann:

»Als Sie gestern ins Amt gekommen sind und den Namen Papadeas nannten, war ich zuerst etwas unsicher. Alte Erinnerungen kamen allmählich in mir hoch. Ich war zunächst auch etwas misstrauisch, deshalb war ich so schroff zu Ihnen. Aber ich hoffe, Sie verzeihen mir, mein Kind. Als ich Sie genauer betrachtet habe, wie Sie die Akten studierten, habe ich schnell begriffen, dass Sie mit *kírios* Papadeas verwandt sein müssen.«

»Was hat Sie darauf gebracht?«, fragte Phaní gespannt.

»Die Art Ihres Verhaltens. Aber eigentlich habe ich es an Ihren Augen gesehen. Sie haben die gleichen Augen, wie Ihr Vater«, sagte *kiría* Papatheodorou mit einem warmherzigen Lächeln. Phaní schluckte trocken und wurde verlegen.

»Es ist zwar alles schon so furchtbar lange her, aber ich habe Ihren lieben Vater nie vergessen können. Er war so ein netter Mensch, immer so hilfsbereit und gütig.« *Kiría* Papatheodorou nahm ein Taschentuch aus ihrer kleinen altmodischen Handtasche und tupfte sich die Nase ab, ihre Augen fingen an zu glänzen.

»Ich habe mir wahrscheinlich eine Erkältung geholt.« Sie faltete das Taschentuch wieder vorsichtig zusammen und steckte es zurück.

»Ich war damals noch sehr jung und hatte erst zwei

Jahre zuvor begonnen auf dem Amt zu arbeiten. Ihr Vater war mein Vorgesetzter. Er hat mich alles gelehrt, was ich weiß.« Phaní hielt ihre Ungeduld im Zaum, sie wagte nicht die Frau zu drängen. Trotzdem wünschte sie, dass diese ihr endlich erzählte, was sie wirklich brennend interessierte.

»Vielleicht könnte ich doch ein Tässchen Kaffee haben«, warf *kiría* Papatheodorou schüchtern ein. Phaní nickte zwar geduldig, innerlich war sie jedoch kribbelig. Sie stand auf, um Kaffee zu kochen, und endlich fuhr die Frau auch in ihren Erinnerungen fort:

»Es war eine unruhige Zeit, damals, obwohl wir hier bei uns in der Provinz nicht viel davon merkten. Alle hatten wir natürlich von der Studentenbewegung in der Hauptstadt gehört, und dann vom Aufstand im *Politechnío.* Doch auch darüber waren die Meinungen geteilt, und für mich ist es bis heute unbegreiflich, dass es Leute gab, die das verbrecherische Handeln der damaligen Regierung billigten.« Phaní stand der Sinn zwar überhaupt nicht nach einem Exkurs in die Geschichte ihres Landes, aber sie übte sich in Geduld.

»Ja, und im Juli '74 war plötzlich alles vorbei. Das Leben ging weiter, als wäre nichts gewesen. So dachten wir anfänglich. Ich erinnere mich noch genau, wie Ihr Vater sich von mir verabschiedete, als er mit der Familie im August in Urlaub fuhr.« Die Frau hielt einen Moment inne.

»Daran müssen Sie sich doch noch erinnern!«, sagte sie plötzlich. Phaní dachte nach, und tatsächlich waren sie damals auf eine Insel gefahren, Patmos war es gewesen, wenn sie sich nicht irrte. Phaní nickte. Sie hatte nie mehr an diese Reise gedacht. Sie konnte sich jetzt wieder genau erinnern, dass ihr Vater damals sehr entspannt gewirkt hatte. Sie waren auf die Burg gestiegen und hatten sich die Höhle angesehen, in der Johannes der Evangelist seine letzten Jahre verbracht hatte. An eines konnte Phaní sich jetzt wieder mit erstaunlicher Klarheit erinnern: Ihr Vater hatte sie und ihren Bruder auf die Vertiefungen in der Felswand hingewiesen, dort hatte sich der betagte Heilige nach dem Schlaf festgehalten und hochgezogen. Später waren diese mit Silber verziert worden. Sie sah das Bild der dunklen Höhle wieder vor sich, als wäre sie erst kürzlich dort gewesen.

»Und als er aus dem Urlaub zurückkam, Ende August, da ging die Tragödie los«, fuhr die Frau fort und riss Phaní aus ihren Erinnerungen.

»Auch wenn ich sagte, der Übergang von der Obristenherrschaft zur neuen Regierung Karamanlis wäre fast reibungslos verlaufen, so sind schon einige Köpfe gerollt. Aber nie hätte ich erwartet, dass es Ihren Vater treffen könnte.« Phaní sah vom Kaffeepfännchen auf und die Frau erschrocken an.

»Wie meinen Sie das?« Die Frau schaute plötzlich ebenso erschrocken und zeigte auf den Kaffeekocher. Phaní drehte sich zurück und begriff, denn das schäumende, braune Gebräu quoll über den Rand des Pfännchens und lief zischend über den Kocher.

»*Ach, sto ...!*«, rief sie laut, nahm Pfännchen und Kocher und schmiss beides mit einem lauten Scheppern in die Spüle. Sie konnte noch aus dem Augenwinkel erkennen, wie *kiría* Papatheodorou zusammenzuckte. Doch dann stand diese auf, stellte sich neben Phaní und fasste sie an die Schulter.

»Meine Liebe, ich kann mir vorstellen, dass Sie diese alte Geschichte mitnimmt. Vielleicht hätte ich nicht kommen sollen, und die alten Geister ruhen lassen.«

»Nein, bitte! Ich muss einfach wissen, was damals geschehen ist. Auch wenn es mir nicht gefällt. Bitte, erzählen Sie weiter, ich mache auch noch einen frischen Kaffee …« Die Frau schüttelte den Kopf.

»Ach was, das Zeug ist sowieso ungesund.« Sie nahm Phaní's Hand und beide setzten sich wieder an den Küchentisch.

»Wie gesagt, ich kann nicht mit Genauigkeit sagen, was damals vorgefallen ist. Manches habe ich nur zufällig aufgeschnappt, anderes wurde mir erzählt.« Sie räusperte sich.

»Ich glaube es muss mit der großen Zufahrtsstraße nach Kalamata zu tun gehabt haben. Das war ein wichtiges Projekt und befand sich damals in Planung. Im Zuge einer Modernisierung der Gegend durch die Regierung sollte der Zugang zur *paralía*, der Uferstraße, auch für den aufkommenden Tourismus vereinfacht werden. Denn damals musste sich der gesamte Verkehr durch die enge Athinon mitten durch die Stadt drängen. Sie wissen ja, wie verstopft diese Straße heute noch zu Geschäftszeiten sein kann. Damals war es ebenso, obwohl es viel weniger Autos gab. Also beschloss die Regierung eine großzügige Zufahrtsstraße im Süden zu bauen und die Planung unterlag ihrem Vater. Er entschied, wo die Straße verlaufen sollte und welche Grundstücke dafür erworben werden mussten.« *Kiría* Papatheodorou machte eine Pause.

»Und?«, drängte Phaní, denn so weit war ihr die Geschichte in groben Zügen schon von ihrer Mutter bekannt.

»Im Herbst '74, nach den Ferien, sind plötzlich Belege dafür aufgetaucht, dass Ihr Vater sich hat bestechen lassen. Er soll sowohl Informationen über den Verlauf der Straße verkauft, als auch gegen Bezahlung den Verlauf manipuliert haben, sodass diejenigen, die ihn bezahlten, durch Bodenankauf und späteren Verkauf sehr viel

Geld daran verdienen konnten.« Die Frau betrachtete ihre Finger.

»Die Angelegenheit wurde intern geregelt. Wir kleineren Angestellten haben nur fetzenweise Informationen zum Sachverhalt aufgeschnappt, wussten aber nicht, ob es sich um Gerücht oder Wahrheit handelte. Da die Obristenregierung gerade abgesetzt worden war, meinten viele, dass er für diese gearbeitet habe, und es ihm jetzt recht geschehe, dass er gehen müsse. Das war natürlich Unsinn, denn wer Beamter zu jener Zeit gewesen war, hat natürlich für die Regierung gearbeitet, auch wenn er nicht mit der Ideologie der Obristen sympathisierte, das war nun mal so.« Sie machte eine weitere Pause.

»Seltsam war nur, dass sich Ihr Vater überhaupt nicht verteidigt hat. Er hat nicht einmal versucht, die Anschuldigungen zu widerlegen. Viele erachteten sein Verhalten als verdächtig und auch als Schuldeingeständnis.« Phaní konnte ihre Betroffenheit nicht verbergen. *Kiría* Papatheodorou nahm Phaní's Hände und schaute ihr ins Gesicht.

»Ich habe keinen Moment lang daran geglaubt, dass Ihr Vater sich hat bestechen, noch von den Obristen hat einspannen lassen. Ich kann Ihnen versichern, mein Kind, so gut habe ich ihn gekannt! Was ich nicht begriffen habe, ist, warum er sich die Verleumdungen gefallen ließ. Ich vermute, dass er die Angelegenheit zunächst nicht ernst genug genommen hat, und es schließlich seiner unwürdig fand, sich auf diese Machenschaften einzulassen. Denn meiner Meinung nach war es eine Intrige. Ich glaube, diejenigen Leute, die Ihren Vater beschuldigten, wollten ihn loswerden, weil er genau das Gegenteil von dem getan hat, was ihm vorgeworfen wurde: Er weigerte sich, Informationen über die neue Straße herauszurücken.«

»Wie kommen Sie darauf?«, fragte Phaní ungeduldig, aber auch mit der Hoffnung, die Frau hätte recht.

»Ich habe einmal eine Unterredung Ihres Vaters mitgehört, vom Nebenzimmer aus, als ich gerade Akten einordnen wollte. Er wies jemandem ganz wütend die Tür. Ich weiß zwar nicht genau, worüber er mit dem Herrn gesprochen hatte, aber demzufolge, was ich noch mitbekommen habe, wollte dieser ihn zu etwas überreden. Der Herr sagte beschwichtigend, es werde sich für Ihren Vater lohnen, wenn er ihm behilflich wäre. Dieser geriet völlig außer sich. Ich hörte nur noch, wie er ihn anschrie, er solle sein Büro verlassen!«

Phaní wusste nur allzu gut, dass diese Unterredung gar nichts bewies. Sie hätten sich über alles unterhalten können.

»Wer war der Herr? Erkannten Sie ihn?« Die Frau schaute etwas traurig.

»Nein. Es tut mir leid.« Nach einem Moment des Überlegens setzte sie hinzu:

»Aber sie mussten sich gut gekannt haben. Sie haben sich geduzt.« Doch auch *kiría* Papatheodorou erkannte sofort, dass dies nichts zu bedeuten hatte, denn die Leute duzten sich schnell.

»Ah, jetzt entsinne ich mich wieder. Es ist ja alles so lange her, und die Erinnerungen kommen erst so langsam ...«

»Ja, reden Sie!«, drängte Phaní.

»Ihr Vater sagte zum Schluss: Schäm dich, unsere Freundschaft so auszunutzen. Der Herr erwiderte nur in bedauerndem Tonfall ›du bist ein Trottel, das wird noch auf dich zurückkommen‹, und verließ den Raum.«

»Genau diese Worte hat er gebraucht?«, fragte Phaní. Die Frau nickte.

»Daran kann ich mich noch deutlich erinnern, mein

Kind.« Für einen Moment war Phaní begeistert. Das hörte sich doch wie eine handfeste Drohung an. Doch bei weiterer Überlegung fragte sie sich, ob die Frau ihr einfach einen Gefallen tun wollte und diesen letzten Satz erfunden hatte. Trotzdem hakte Phaní noch einmal nach:

»Und Sie haben keinerlei Verdacht, wer der Herr gewesen sein könnte?« Die Frau zögerte, dann sagte sie schüchtern:

»Na ja, es könnte sein, dass der Herr schon vorher ein oder zwei Mal im Büro Ihres Vater gewesen war, und ich seine Stimme gehört habe. Aber ich kann Ihnen wirklich nicht weiterhelfen, denn ich habe den Herrn nie zu Gesicht bekommen.«

Phaní wusste eigentlich, dass es zwecklos war, die arme Frau weiter zu drängen, doch sie konnte nicht anders. Vielleicht würde diese sich doch an etwas erinnern, wenn Phaní den einen Namen nannte, auf den sie selbst in den letzten Tagen unentwegt gestoßen war.

»Kann es Kanellopoulos gewesen sein? Mein Vater und er haben sich gut gekannt.« Die Frau blickte Phaní überrascht an.

»Meinen Sie etwa den Kanellopoulos, den reichen Unternehmer?« Phaní nickte enthusiastisch.

»Nein, das kann ich mir nicht vorstellen!« Sie ergriff wieder Phaní's Hand.

»Es tut mir leid. Ich wünschte, ich könnte mehr für Sie tun. Trotzdem sollten Sie die Vergangenheit ruhen lassen. Glauben Sie mir, es wäre besser so.« Sie schaute auf ihre Uhr und erschrak.

»*Oh panagía!* Ich muss doch in fünfzehn Minuten im Amt sein, ich sollte mich auf den Weg machen!« Sie stand auf und ging schnurstracks zur Tür. Phaní musste sich beeilen, sie einzuholen.

»Warten Sie, ich fahre Sie schnell hin.« *Kiría* Papatheodorou überlegte, dann nickte sie.

Fünf Minuten später waren sie schon unterwegs und die Frau bekam eine Kostprobe von Phaní's Fahrweise, umso mehr, weil es eilte. Es sah so aus, als wollte die Frau protestieren, sie war jedoch damit beschäftigt, sich festzuhalten und bekam kein Wort heraus.

Phaní ließ die Frau auf der Rückseite des großen klobigen Gebäudes der *Nomarchía* aussteigen, bedankte sich herzlich und beobachtete, wie die kleine Frau behände in Richtung Hintereingang eilte. Kurz bevor diese verschwand, drehte sie sich noch einmal um und winkte.

Phaní blieb eine Weile im Auto sitzen, bei laufendem Motor, und überlegte. Sie war ja irgendwie rührend, diese *kiría* Papatheodorou. Aber eine verlässliche Zeugin würde sie wohl nicht abgeben. Jetzt war es sowieso zu spät. Welches Verbrechen auch immer gegen ihren Vater verübt worden war, es war längst verjährt. Nachdem der Besuch der Frau ihr zunächst einen Adrenalinstoß versetzt hatte, überfiel sie jetzt tiefe Mattigkeit, gepaart mit Traurigkeit. Sie hatte sich näher an der Wahrheit geglaubt, was damals mit ihrem Vater geschah, doch eigentlich waren alle Informationen so wage, und nichts von dem, was ihre Mutter und auch *kiría* Papatheodorou erzählt hatten, war fundiert. Es hätte sich auch alles ganz anders zugetragen haben können.

Phaní stöhnte. Sollte sie jetzt in die *Diévthinsi* fahren? Dazu war es noch etwas früh. Andererseits hatte sie keine Lust wieder nach Hause zurückzukehren, obwohl sie nicht einmal die Zeit für die grundlegendste kosmetische Pflege gehabt hatte, als sie in Eile ihre Wohnung verließ. Doch das war ihr im Moment völlig egal. Auch der Fall um den Tod von Nana war meilenweit in die Ferne gerückt, all ihre Gedanken waren auf ihren Vater konzentriert. In gewisser Hinsicht bereitete ihr diese Gleichgültigkeit dem Fall gegenüber Sorge, aber anscheinend nicht genug, um sie heute Morgen aus ihrer Lethargie herauszureißen.

Schließlich fuhr sie weiter und schnitt dabei einem Motorroller, der mit hoher Geschwindigkeit angebraust kam, den Weg ab, sodass der Fahrer lauthals schimpfte und ihr alles Unglück dieser Welt an den Hals wünschte. Auch das konnte Phaní im Moment nicht aufrütteln. Sie fuhr stur weiter und nahm sich vor, etwas mehr auf Motorroller zu achten. Diese kleinen flinken Dinger fuhren aber auch oft mit halsbrecherischer Geschwindigkeit im wilden Zickzackkurs durch die Autokolonnen, und man musste jederzeit damit rechnen, dass von überall her einer hervorschießen konnte. Phaní schaute in den Rückspiegel. Da war schon wieder so ein Exemplar, das sich hinter ihr durch den engen, regen Morgenverkehr schlängelte. Wenigstens trug dieser Fahrer einen Helm, was eher selten der Fall war.

Phaní beschloss, dass sie doch noch einen Kaffee brauchte, bevor sie sich ins Büro begab. Sie stellte ihr Auto in der Straße ab, die direkt auf den Bahnhof zuführte und auch danach benannt war. Da sie keinen Parkplatz fand, stellte sie sich in die zweite Reihe und schaltete den Warnblinker ein. Das *kafenío* lag in der Nähe, an der großen *platía* und befand sich in einem alten Eckbau des vorletzten Jahrhunderts. Es sah so aus, als wäre es erst kürzlich renoviert worden. Eigentlich wurde es nur von älteren Männern besucht, die hier genüsslich ihren Kaffee tranken, während sie das letzte Tagesgeschehen lauthals diskutierten. Phaní stellte sich an die Theke. Alle Gäste saßen drinnen, da das Wetter zu kalt und zu nass war, um sich draußen hinzusetzen. In einer Ecke heizte ein älterer Ofen den Raum beträchtlich, trotzdem hatten alle Gäste ihre Jacketts und Mützen anbehalten.

Phaní bestellte sich ihren üblichen *ellinikó glikó* und lehnte sich mit dem Rücken an die Theke. Sie beobachtete die älteren Männer gern. Sie hatten etwas Beruhigendes an sich. Und wenn jemand das Lokal betrat, begrüßte ihn mindestens einer mit lauter Stimme und wollte ihm einen Kaffee spendieren. Gedankenversunken gab sich Phaní dem Moment hin und nahm das Stimmengewirr nur gedämpft wahr. Sie schenkte den auf der Straße vorbeihuschenden Menschen keine Beachtung, ebenso wenig dem Mann, der kurz durch eines der großen Fenster schaute und gleich wieder verschwand.

Phaní trank ihren Kaffee aus, legte den Betrag, den sie schuldete in Münzen auf den Tresen und verließ das Lokal.

In der *Diévthinsi* ging sie geradewegs zu ihrem Büro und trat ein, in der sicheren Erwartung, Panos dort schon vorzufinden. Er war aber noch nicht da. Phaní zuckte die Schultern, setzte sich an ihren Schreibtisch und stellte den Computer an. Während dieser geräuschvoll startete, nahm sie einen Kamm aus ihrer Handtasche, kämpfte sich durch ihre Haare und legte etwas Make-up auf. Danach überprüfte sie ihre internen E-Mails. Nur eine erregte ihre Aufmerksamkeit, sie war von Michalopoulos und betraf die Stimmenanalyse des anonymen Anrufs. Neugierig öffnete Phaní die E-Mail, als Panos das Büro betrat. Sie tauschten ein knappes *kaliméra* aus, während Phaní die E-Mail las.

Wie erwartet hatte die Analyse nicht viel erbracht. Phaní schaute vom Bildschirm auf. Panos kramte irgendetwas neben seinem Schreibtisch und als er merkte, dass Phaní ihn beobachtete, setzte er ein verlegenes Lächeln auf. Er war auch außer Atem, fiel ihr auf.

»Die Stimmenanalyse von Michalopoulos bringt uns nicht weiter. Die Entstellung der Stimme könnte ganz simpel zustande gekommen sein, indem der Anrufer die Nachricht auf ein Tonband gesprochen und dann durch den Hörer abgespielt hat. Es sei schwierig damit eine Stimmenidentifikation zu erlangen, vor allem müssten wir Stimmen Verdächtiger zum Vergleichen haben.« Panos nickte nur. Na, der ist ja wieder gesprächig heute, dachte Phaní, aber vielleicht hat er auch nicht seinen besten Tag.

»Hast du etwas über den Bruder von Na...derda herausgefunden?«, wollte sie wissen. Panos blätterte in seinem Notizbuch.

»Sein Chef bei der Transportfirma hat mir bestätigt, dass er wie jede Woche auch am fraglichen Dienstagnachmittag seine Tour nach Athen und Thessaloniki begonnen hat.«

»Und was ist mit der Schwester?«

»Bisher nichts. Ich habe noch niemanden gefunden, der sie am Mittwochmorgen in der Nähe oder zu Nana's Haus gehen sah.« Phaní stöhnte und schmiss ihren Kugelschreiber durchs Büro. Panos duckte sich instinktiv.

»Dann hat sie uns also die Wahrheit gesagt, hatte den Tag frei und ist mit ihrer Cousine in der Stadt herumgebummelt.« Phaní's Laune befand sich auf Talfahrt. Sie fasste sich an den Kopf, der plötzlich begonnen hatte stechend zu schmerzen.

»Pano, hast du ein Depon, oder so etwas?« Dieser öffnete seine Schreibtischschublade, nahm eine Packung heraus und reichte sie Phaní. Nun brauchte sie noch etwas zum Hinunterspülen.

»Hast du auch Wasser?« Panos öffnete nun die untere Schublade und holte eine kleine Flasche Mineralwasser heraus. Phaní schluckte sofort einige der kleinen Pillen.

Dann atmete sie tief durch und schloss für ein paar Sekunden die Augen.

»Es muss noch weitere Anhaltspunkte geben, wer könnte noch von Nana's Tod profitieren? Wir haben uns zu wenig um andere Spuren gekümmert!« Sie wusste, dass dies auf ihr Konto ging.

»Wir sollten unbedingt die Alibis von Curwen und Adamopoulos noch überprüfen.« Panos schrieb alles auf, doch ihm war deutlich anzumerken, dass ihn noch etwas beschäftigte, was Phaní auffiel.

»Hast du andere Vorschläge? Bring sie vor! Im Moment kann alles helfen«, forderte Phaní ihn auf.

»Na ja, ich verstehe schon, weshalb wir allen möglichen Spuren nachgehen müssen. Was ich nicht verstehe ist, weshalb wir nicht auch der Firma, welche die Ferienanlage bauen will, mehr auf den Zahn fühlen. Vielleicht befindet sich etwas in deren Unterlagen. Wir sollten ihre Büros durchsuchen.«

Panos schien Phaní's seltsames Verhalten vom Vortag immer noch zu beschäftigen – und er entwickelte eine unerwartete Redefreude. Phaní stöhnte innerlich. Sie wusste, dass er recht hatte. Aber sie konnte ihm ja schlecht sagen, dass sie die Sache zunächst lieber selbst in die Hand nehmen wollte. Die Antwort blieb sie Panos jedoch schuldig, denn sie wurde vom Klingeln des Telefons aus ihrer unangenehmen Situation erlöst. Mit einer blitzschnellen Bewegung griff Phaní zum Hörer und krächzte ›*nä*‹ hinein. Sie hörte einen Augenblick dem Anrufer zu.

»Was haben wir damit zu tun? Das ist Sache der *Trochéa*.« Sie hörte weiter zu.

»*Málista*. Wir kommen gleich.«

Panos sah sie erwartungsvoll an, während Phaní aufstand und nach ihrer Jacke griff.

»Zwischen Petalidi und Koroni gab es auf der Landstraße einen Autounfall.« Sie schnappte ihre Tasche.

»Es war Unfall mit Fahrerflucht.« Sie ging zur Tür, Panos folgte ihr.

»Der Fahrer des verunfallten Lieferwagens ist soeben am Ort des Vorfalls seinen Verletzungen erlegen«, erklärte sie weiter.

»Und deshalb müssen wir von der *Asphália* uns darum kümmern.«

13

Während der Fahrt zum Unfallort atmete Phaní innerlich leicht auf. Bei diesem Vorfall schien es sich um einfache Fahrerflucht zu handeln, und die Suche nach dem Täter würde ihre Gedanken von dem ganzen Durcheinander, das sich in ihrem Kopf angesammelt hatte, ablenken. Der Himmel war wieder völlig mit Wolken bedeckt und das Licht schummrig, obwohl es erst ein Uhr mittags war. Zu allem Überfluss hatte es schon den ganzen Vormittag, zwar schwach aber ununterbrochen, geregnet. Inzwischen hatte sie sich sogar so weit entspannt, dass sie sich über Panos' Versuche, sich wegen ihrer Fahrweise krampfhaft festzuhalten, amüsieren konnte.

Als sie jedoch Petalidi schon einige Kilometer hinter sich gelassen hatten, verflog bei Phaní das leichte Gefühl und machte einer unerklärlichen Unruhe Platz. Auf dieser kurvenreichen Straße waren sie doch erst Anfang der Woche gefahren.

Inzwischen war Wind aufgekommen und auch der Regen war stärker geworden. Nach einer scharfen Biegung sahen Phaní und Panos als Erstes einen weiß-blauen Streifenwagen der *Trochéa* mit blinkendem Blaulicht am Straßenrand stehen, dahinter einen Krankenwagen, dessen Warnlicht ebenfalls nervös rotierte. Weiter hinten befand sich ein Einachstraktor mit Anhänger, auf dessen Ladefläche eine Ziege aufgeregt an ihrer Schnur zerrte und herumtanzte. Uniformierte Polizisten und ein älterer Mann beugten sich über das Gestrüpp der Böschung und schauten hinunter. Schwarze Bremsspuren auf dem Belag und eine große Lücke mit geknickten Ästen im Buschwerk entlang der Straße deuteten nur noch auf ein Vorkommnis in dieser Kurve hin. Phaní stellte ihr Auto auf der anderen Straßenseite ab, stieg aus, und sogleich ergoss sich eine Regendusche über ihren Kopf. Ihr seltsames Gefühl wurde damit erst einmal weggewaschen. Sie stieß ein paar Flüche aus und überquerte zusammen mit Panos, gegen eine Regenböe ankämpfend, die Straße. Beide gesellten sich zu der Gruppe an der Böschung. Der Wind peitschte das Wasser über den Asphalt und Phaní zog die Kapuze ihrer Jacke tief ins Gesicht. Sie wies sich aus, die Polizisten nickten. Dann schauten Phaní und Panos ebenfalls die Böschung hinunter. Phaní erschrak, weil sie glaubte den Lieferwagen wiederzuerkennen, der sich etwa fünf Meter in der Tiefe befand. Doch vielleicht irrte sie sich auch, denn der Wagen war schlecht zu erkennen, da er auf dem Dach lag und sie nur die Unterseite sehen konnte. Sie wandte sich an einen der Beamten.

»Was ist vorgefallen? Wissen Sie schon Näheres?« Der Beamte kniff missbilligend den Mund zusammen und drehte den Kopf zur Seite.

»Das ist eine hässliche Geschichte, *kiría astinóme*!« Er zeigte auf den alten Mann, der nun Phaní zunickte.

»Der Zeuge hier hat den Unfall von Weitem beobachtet. Er war gerade mit seinem Einachser unterwegs.« Der Alte zappelte nervös herum und begann unaufgefordert zu erzählen.

»Ja, ich hab's gesehen. Alles hab ich gesehen. Ich kam von dort, gerade um die Kurve.« Er drehte sich um und zeigte auf die scharfe Biegung.

»Der alte *bárbas* fuhr in seinem Lieferwagen am Rand der Straße entlang. Er fuhr immer sehr rechts. Er fuhr ja sehr langsam und wollte die Leute vorbeilassen.« Phaní schaute Panos kurz an, diesem schien jedoch nichts aufgefallen zu sein.

»Er war gerade an dieser Stelle hier, in der Kurve, da kam dieser Wagen mit einer Höllengeschwindigkeit angebraust, überholte den *bárbas*, bremste ganz plötzlich und schnitt ihm den Weg ab. Dann gab er wieder Gas, dieser Schweinehund, dieser!« Der Alte stieß ein paar gängige Flüche aus und wischte sich den Regen aus dem Gesicht, vielleicht waren auch ein paar Tränen dabei. Er erzählte weiter:

»Ich sah nur noch, wie der *bárbas* von der Straße abkam und die Böschung hinunterrollte. An dieser Stelle ist die Leitplanke schon seit Jahren kaputt. Schon oft habe ich mir gedacht, wenn ich daran vorbeigefahren bin, da wird noch jemand zu Tode kommen, in dieser Kurve. Und sehen Sie, genauso ist es gekommen! Ja, einfach so! Der arme *bárbas* hat wohl versucht dem Auto auszuweichen und fuhr mitsamt Lieferwagen hinunter, der Arme, der arme Teufel!«

Der Alte wischte sich vor Aufregung wieder das Gesicht ab. Er bekreuzigte sich und fing an über den Verstorbenen zu jammern. Phaní versuchte ihn zu beschwichtigen, dann stellte sie weitere Fragen.

»Wissen Sie, was für ein Auto das war? Konnten Sie

den Fahrer erkennen? War er vielleicht aus der Gegend?« Der Blick des Alten wurde hellwach.

»Dieser Schweinehund! Nicht einmal angehalten hat er. Er ist einfach weitergebraust, als wäre nichts geschehen! Sind doch alles Verbrecher, die dort oben, diese Schweine!«, fluchte er munter drauflos. Phaní wurde stutzig.

»Wer ›die dort oben‹? Haben Sie jemanden erkannt?«

Der Alte winkte ab.

»Nein, nein! Aber es ist doch klar, dass es einer aus Athen gewesen sein muss!«, sagte er, als sei es das Natürlichste der Welt. Phaní schaute ihn nur verwundert an und vermutete, wieder einmal einen Anhänger von Verschwörungstheorien vor sich zu haben. Als er merkte, dass sie ihn ungläubig ansah, setzte er nach:

»Es war doch eines dieser gelben Taxis. Ein Athener Taxi also, so ein Hurensohn!« Phaní hörte die weiteren Worte des Alten nicht mehr, bemerkte nicht, wie er bald ging und auf seinem Einachser mitsamt Ziege davonfuhr. Ihre Gedanken kreisten nur noch um das Athener Taxi. Das Bild des Taxis, das sie auf der Strecke nach Tripolis vor einer knappen Woche von der Straße in den Schnee drängte, kam Phaní wieder in den Sinn. Diesen Vorfall während ihrer Fahrt nach Athen hatte sie für puren Zufall gehalten. Sie hatte das Nummernschild anschließend mehr aus Neugierde überprüfen lassen. Denn was hätte es auch sonst sein können, als ein Zufall? Wer hätte ein Interesse daran gehabt, ihr einen Schrecken einzujagen, denn nichts anderes konnte es damals gewesen sein, als das Taxi sie so halsbrecherisch überholte und plötzlich bremste. Nun sah alles ganz anders aus, und an einen Zufall konnte sie nicht mehr glauben.

Phaní wurde aus ihren Gedanken gerissen, als ein Sanitäter an sie herantrat.

»*Kiría astinóme*, wir bringen jetzt den Toten ins *Nosokomío* von Kalamata. Brauchen Sie uns noch?« Phaní schaute den Sanitäter für eine Sekunde fragend an, dann besann sie sich.

»Ich möchte ihn noch schnell sehen.« Sie drehte sich zu Panos.

»Gib sofort eine Fahndung nach einem Athener Taxi heraus. Wahrscheinliches Kennzeichen ...« Sie stockte und fuchtelte mit der Hand in der Luft.

»Na, das Kennzeichen, das wir in Athen haben überprüfen lassen. Du weißt schon, du hast es notiert.« Panos begriff sofort und begann in seinem Notizbuch zu blättern.

»Hier ist es: TAB 193 ...«

»Ja, genau das hab ich gemeint!«, unterbrach ihn Phaní ungeduldig.

»Ruf ebenfalls Michalopoulos an, er soll sofort kommen und die Unfallstelle nach Spuren untersuchen, ganz besonders nach solchen eines gelben Taxis. Wenn es zur Anklage kommt, können wir uns nicht nur auf die Aussage des Alten stützen. Ich gehe mir den Toten ansehen. Komm nach, wenn du fertig bist.« Panos nickte und zog sein *kinitó* aus der Tasche. Der Regen trommelte unentwegt auf Phaní's Kapuze, während sie zur Ambulanz ging. Sie stieg ein und hob die Decke vom Gesicht des Toten. Bei dessen Anblick musste sie ihren Kopf gleich abwenden. Das Gesicht war nicht wiederzuerkennen, es war voller Blut und mit zahlreichen Schnitten übersät, wahrscheinlich verursacht von den Glassplittern der zerbrochenen Windschutzscheibe. Er musste mit voller Wucht in die Scheibe geflogen sein, als der Lieferwagen die Böschung hinunterstürzte und sich überschlug. Eigentlich hatte sie sich den Toten anschauen wollen, um diesem nagenden Gefühl ein Ende zu setzen, das wieder begonnen hatte ihr Unterbewusstsein zu traktieren. Aber das Gesicht des Alten half ihr nicht weiter, es war zu unkenntlich. Etwas erleichtert, aus welchem Grunde auch immer, stieg sie aus der Ambulanz und nickte dem Sanitäter zu, der die Türen schloss und bald darauf losfuhr.

Phaní ging auf einen der uniformierten Beamten zu.

»Hast du die Identität des Toten? Weißt du, wo er wohnte und ob er Angehörige hat?« Der Beamte, ein junger Mann nicht älter als fünfundzwanzig, nickte.

»Ja, ich weiß, wo er gewohnt hat. Mein Dorf ist gleich oberhalb. Ich habe ihn nicht gekannt, aber doch oft bei uns gesehen. Er hat eine Frau ...« Er stockte.

»Wurde sie benachrichtigt?« Der Beamte hob verneinend die Augenbrauen.

»Kannst du mich zu ihr bringen? Ich möchte gern mit ihr sprechen.« Der Beamte drehte leicht den Kopf.

»Wie heißt du?«, fragte Phaní.

»Michalis«, antwortete der junge Mann. Phaní nickte.

»Wir fahren in zwei Minuten los.« Michalis lehnte sich gegen den Streifenwagen. Phaní ging zu Panos, der gerade sein *kinitó* in die Tasche steckte und versuchte sich trotz Regen Notizen zu machen.

»Und?«, fragte Phaní fordernd.

»Die Fahndung ist rausgegangen. Die *Trochéa* im ganzen Bezirk wird die Augen offen halten. Tja, und Michalopoulos ...«, fing er an.

»Was ist mit ihm?«

»Er sagt, er könne erst in einer guten Stunde hier sein.« Phaní stieß einen großen Seufzer aus und sagte sichtlich genervt:

»So lange? Wir können keinesfalls auf ihn warten, ich will so schnell wie möglich mit der Frau des Toten sprechen.« Sie überlegte.

»Bleib du hier und warte auf ihn. Pass auf, dass er alles genau untersucht!« Panos' Gesicht verfinsterte sich.

»Bei dem Sauwetter? Ich kann mich nicht einmal irgendwo unterstellen!«, platzte er heraus.

»Pano, das muss nun mal sein! Ich kann nicht einen einfachen Beamten damit beauftragen«, reagierte Phaní schroff. Panos nickte unwillig.

»Ja, ist gut. Ich bleibe hier.«

»*Brávo*, Pano *mou*! Wir sehen uns dann später in der *Diévthinsi*.«

Was ist nur mit dem Jungen los, fragte sich Phaní, als sie zu ihrem Auto eilte. Warum hat er plötzlich Schwierigkeiten, einen einfachen Befehl zu befolgen?

Bevor sie einstieg gab sie Michalis ein Zeichen, dieser setzte sich gleich in den Streifenwagen und fuhr voraus, auf der Straße weiter nach Süden. Phaní folgte ihm dicht auf. Der Regen hatte aufgehört, aber der Asphalt glitzerte noch nass und der Himmel war weiterhin wolkenverhangen. Michalis fuhr sogar für die erschwerten Verhältnisse etwas zu langsam für Phaní, aber es blieb ihr nichts anderes übrig, als sich in Geduld zu üben. Sie dachte noch einmal über Panos nach. Irgendwie hatte sich sein Verhalten in den letzten Tagen verändert. Er machte auf sie einen unwilligen, etwas misstrauischen Eindruck. War sie einfach zu nett gewesen und hatte die Zügel zu locker gelassen? Vielleicht musste sie wieder strenger werden. Phaní dachte unweigerlich an die Worte ihrer Mutter, die erst vor ein paar Tagen gesagt hatte, sie müsse sich mehr behaupten in diesem Beruf, noch mehr als ein Mann in der gleichen Position. Das war nichts Neues für Phaní, aber vielleicht war sie etwas nachlässig geworden, da sie sich bisher hundertprozentig auf Panos hatte verlassen können. Sie stöhnte. Es war aber genauso gut möglich, dass sie Gespenster sah, und dass Panos irgendwelche persönliche Probleme hatte. Er sprach ja nie über sich, er war ein sehr verschlossener Mensch, gar nicht mitteilsam. Fast wie Dimitris. Phaní stöhnte ein weiteres Mal. Wieso hatte sie es immer mit so komplizierten Männern zu tun?

Phaní's Gedanken wurden jäh unterbrochen, als Michalis in einen Seitenweg einbog, der unweit der Küste in ein Gebiet führte, das ausgedehnt und flach vor ihnen lag, nur mit wenigen Bäumen und mannshohem Bambus bewachsen. Phaní ging ein Stich durch Herz, als Michalis schließlich vor einem kleinen Haus inmitten von Oliven, meckernden Ziegen und gackernden Hühnern anhielt. Sie erkannte es sofort wieder. Jetzt wurde ihr klar, woher ihr unruhiges Gefühl gekommen war, das sie anfangs verspürt hatte, als sie sich der Unfallstelle näherte. Phaní stieß einen tiefen Seufzer aus.

14

Phaní hatte sich also doch nicht geirrt, als sie glaubte den Lieferwagen wiedererkannt zu haben. Der Tote war also *bárba* Stathis, der alte Mann, den sie und Panos am Montag bei seinem Haus getroffen hatten, hier unterhalb Skala. Phaní stieg langsam aus ihrem Wagen, viele Gedanken gingen ihr gleichzeitig durch den Kopf, die sie jedoch im Moment nicht ordnen konnte. Sie musste sich auf das Gespräch mit der Frau konzentrieren, einen Schritt nach dem anderen machen. Schließlich bemerkte sie, dass Michalis auf sie wartete und sie etwas fragend betrachtete. Sie gab sich einen Ruck, verfluchte

Situationen wie diese und ihren ganzen Beruf und folgte Michalis zum kleinen Haus.

Davor stand ein neuer schwarzer Audi. Es sah ganz so aus, als ob schon jemand anders der Witwe die schlechte Nachricht überbracht hätte, schloss Phaní. Sie war etwas erleichtert und hoffte, dass das Gespräch nun undramatischer verlaufen würde. Ein unschönes Gefühl nagte jedoch weiterhin an ihrem Gewissen und der Gedanke machte sich in ihr breit, dass sie den Tod des Alten vielleicht hätte verhindern können. Auf dem Weg zum Haus wurde ihr sogar etwas schwindlig. Die Hühner rannten wild vor ihr her und gackerten aufgeregt, als wäre ihr Leben in Gefahr. Phaní musste sich erst einmal an einem der rostigen Eisenpfosten der Pergola vor dem Haus abstützen. Sie versuchte ruhig durchzuatmen. Michalis bemerkte ihr Verhalten.

»Geht es Ihnen nicht gut?«, fragte der arme Kerl, weil er ratlos war. Phaní riss sich zusammen.

»Doch, doch, ist schon gut. Gehen wir rein und bringen es hinter uns!« Phaní stieß sich vom Pfosten ab und betrat das Haus. Michalis betrachtete sie besorgt und folgte ihr.

Als Erstes sah Phaní im Innern die alte Frau von *bárba* Stathis. Sie saß an einem großen Tisch, der mit einer Plastikdecke überspannt war, und jammerte. Ein junger Mann um die fünfunddreißig, der auffallend gut gekleidet war, fasste die Frau um die Schulter und sprach beruhigend auf sie ein. Das Wehklagen der Frau war jedoch durch nichts zu stoppen. Zwischendurch beruhigte sie sich etwas, um aber gleich darauf wieder von einem heftigen Weinkrampf ergriffen zu werden. Phaní schaute betroffen zu Michalis, und auch er schien hilflos zu sein in dieser Situation.

Erst jetzt wurde ihr bewusst, dass sie sich anfänglich

überhaupt nicht darüber im Klaren gewesen war, warum sie eigentlich die Frau sehen wollte. Sie war einem Impuls gefolgt. Nachdem sie jetzt begriffen hatte, wer der alte Stathis war, ergab ihre Eingebung, mit der Frau sprechen zu wollen, plötzlich Sinn.

Als der gut gekleidete Mann Michalis erblickte, schaute er ihn fragend an und drehte seine Hand mit nach oben gerichteten Fingern, woraufhin Michalis ihm erklärte, wer Phaní war.

Die Alte hörte augenblicklich auf zu weinen und hob den Kopf. Phaní war sich sicher, dass die Frau sie wiedererkannte. Der Mann im Anzug stand auf und reichte Phaní die Hand.

»Ich bin Panajiotis, der Sohn«, sagte er ruhig, Phaní murmelte ihr Beileid. Er bedankte sich erstaunlich gefasst.

»Ich hatte keine Ahnung, dass die *Asphália* sich mit Verkehrsunfällen befasst«, bemerkte er mit fragendem Unterton.

»Es handelt sich ja nicht um einen einfachen Verkehrsunfall«, erklärte Phaní und nahm an, dass dem Sohn die genauen Umstände nicht bekannt waren.

»Es ist ein Unfall mit Fahrerflucht und Todesfolge. Da sind wir zuständig.« Im Hintergrund schluchzte die Frau erneut auf und ihr Weinen wurde wieder heftiger. Der Sohn schaute zuerst Phaní und dann Michalis mit einem skeptisch fragenden Blick an.

»Wir haben einen Zeugen«, fühlte Michalis sich veranlasst zu antworten, »den alten Vasilis.«

»Ach, der alte Vasilis! Dem würde ich zutrauen, dass er die ganze Geschichte erfunden hat, um sich wichtig zu machen«, höhnte Panajiotis und lächelte abschätzig. Phaní war sprachlos. Wenn jemand die genauen Umstände zum Tod des alten Stathis erfahren wollte, so doch wohl der Sohn. Ihre Fassungslosigkeit wurde von einem herzzerreißenden Urschrei verdrängt. Die Alte war plötzlich aufgesprungen und mit einem Satz bei ihrem Sohn, auf den sie wie wild mit den Fäusten einzuhämmern begann. Sie schrie unentwegt:

»Du treuloser Sohn! Dich kümmert der Tod deines Vaters wohl überhaupt nicht! Du bist ja froh, dass er tot ist, du Elender!« Danach drehte sie sich zu Phaní und fing an sie zu verfluchen.

»Und ihr, von der Polizei, habt wieder mal gar nichts unternommen. Geschmiert seid ihr doch alle, von dem reichen Popanz. Alle hat er euch in der Tasche.« Die Alte spuckte vor Phaní auf den Boden.

»Der Teufel soll euch holen, dich und deine Verbrecherbande! In der Hölle sollt ihr alle schmoren! Deine Brut soll verflucht sein!« Phaní war gebannt von dem Wortschwall der Frau und hatte überhaupt nicht bemerkt, wie wütend deren Sohn geworden war, bis er seiner Mutter eine heftige Ohrfeige verpasste. Die Alte hielt einige Sekunden inne. Es war totenstill in dem kleinen Haus. Dann fing sie wieder an zu weinen, heftiger als zuvor. Während ihr Sohn sie fest am Arm packte und schimpfend wieder auf ihren Stuhl bugsierte, wurde sie immer wieder von Weinkrämpfen geschüttelt. Phaní war für einen Moment das Herz stehen geblieben, so waren ihr der Schrei und die Verfluchungen in Mark und Bein gefahren. Sie hatte sogar etwas weiche Knie bekommen. Die Alte wiederholte jetzt nur noch leise wehklagend den Namen ihres toten Mannes.

Der Sohn trat an Phaní heran und rückte seine Krawatte zurecht.

»Bitte entschuldigen Sie meine Mutter, sie kann im Moment nicht klar denken.«

Er begleitete Phaní aus dem Haus, Michalis folgte. Sie

schaute noch einmal zu der Alten zurück, die wimmernd am Tisch saß.

Phaní fühlte sich immer noch etwas benommen, doch die frische Luft draußen tat ihr gut.

»Ihre Mutter ist offensichtlich ganz und gar nicht der Meinung, dass der Tod Ihres Vaters nur ein Unfall war. Sie glaubt sogar an Vorsatz.« Der Sohn schüttelte aufgebracht den Kopf.

»Wer sollte denn meinen Vater umbringen wollen? Das ist doch alles nur dummes Geschwätz. Mittelalterliche Verschwörungstheorien sind das, nichts anderes. Ich hoffe, Sie verschwenden nicht Ihre Zeit, dem nachzugehen«, wetterte der Sohn, den das sogenannte Geschwätz mehr in Aufruhr zu bringen schien, als der Tod seines Vaters.

Phaní brachte es noch fertig, dem Sohn das Eingeständnis abzuringen, am nächsten Morgen mit seiner Mutter in die *Diévthinsi* nach Kalamata zu kommen, bevor sie sich von Michalis verabschiedete und erleichtert in ihr Auto setzte.

In der Privatsphäre des Wagens gelang es ihr langsam, ihre Gedanken zu ordnen. Sie ließ noch einmal an sich vorbeiziehen, was in dem Haus geschehen war und vor allem, was ihr die Frau alles an den Kopf geworfen hatte. Außer wüsten Beschimpfungen gegen die Polizei und die Verfluchung Phaní's und ihrer Nachkommen, hatte die Alte auch Interessantes von sich gegeben. Phaní dachte dabei nicht an die Bemerkung, dass die lokale Polizei geschmiert sei, um an den richtigen Stellen beide Augen zuzudrücken. Dieses Gerücht war so alt, wie die Polizei selbst und hielt sich trotz Umstrukturierungsmaßnahmen und Säuberungen innerhalb des Polizeiapparates hartnäckig. Und man konnte nie sicher sein, dass nicht doch ein paar der Kollegen für gewisse finanzielle Zusatzeinkünfte empfänglich waren. Was Phaní vielmehr interessierte war die Bemerkung den reichen Popanz betreffend. Für sie bestand kein Zweifel, wen die Alte damit gemeint hatte: Kanellopoulos.

So langsam hatte Phaní die Nase voll, dass dieser Name im Laufe ihrer Ermittlungen immer wieder auftauchte. Phaní hasste eigentlich Verschwörungstheorien, aber wenn sich nun auch noch herausstellen sollte, dass der Tod von Nana und der heutige Unfall in irgendeiner Weise zusammenhingen – und danach sah es im Moment für sie tatsächlich aus –, dann musste sie jetzt wirklich handeln und in dieser Richtung ermitteln.

Phaní's Gedanken kamen auch auf den Fluch zurück. Irgendwie vermengte sich dieser zu einem unappetitlichen Brei mit den immer wiederkehrenden Ermahnungen ihrer Mutter, endlich mit Dimitris ein Kind zu haben. Sie glaubte nicht an Flüche, glaubte aber auch nicht, dass Worte nichts als Schall waren und einem deshalb ganz schön die Laune vermiesen konnten. Für sie traf der Satz zu, den sie einmal bei Umberto Eco gelesen hatte: Aberglaube bringt Unglück.

Phaní merkte, dass sie noch gar nicht weit gefahren und erst beim nächstgelegenen Ort angekommen war. Ob dies das Dorf war, wovon Michalis, der uniformierte Polizist gesprochen hatte? Phaní fuhr langsamer und erspähte bald einen Streifenwagen am Straßenrand, und dahinter dasjenige, was sie eigentlich gesucht hatte, das örtliche *kafenío*. Phaní stellte ihr Auto hinter den Streifenwagen und betrat das Lokal.

Es war offensichtlich, dass man sich hier auf dem Dorf befand. Der Raum war voller Gäste, ausschließlich Männer, und viele davon waren ältere. Es herrschte ein Stimmengewirr. Die einzige Frau stand hinter dem Tresen und schenkte Getränke aus. Als Phaní sich etwas umgesehen hatte, erblickte sie Michalis, der aufsprang und sie zu sich winkte. Phaní lächelte und bahnte sich ihren Weg durch die eng aneinanderstehenden Tische und Stühle zu Michalis, der mit drei Männern an einem Tisch saß. Sie tranken *oúzo* und naschten dazu immer wieder *mezédes* von kleinen Tellern. Phaní konnte sich denken, worüber sie sprachen, und hoffte vielleicht etwas über das in dieser Gegend gestohlene Athener Taxi herausfinden zu können. Zudem wollte sie auch etwas trinken.

Die Männer an Michalis' Tisch schauten Phaní fragend und gleichzeitig neugierig an. Erst als er ihnen erklärte, wer Phaní war, hellten sich ihre Gesichter auf und sie nickten anerkennend.

»Wollen Sie einen *oúzo*?«, fragte Michalis ohne auch nur einen Moment daran zu denken, dass Phaní irgendwelche Einwände gegen Alkohol während der Dienstzeiten haben könnte. Sie nickte denn auch, im Moment war der genau das Richtige, um sich aufzuwärmen und all die trüben Gedanken zu verscheuchen.

Die ersten Kommentare ließen natürlich nicht lange auf sich warten.

»Eine schlimme Sache mit dem *bárba* Stathis!« Damit sprach der alte Mann mit dicker Hornbrille aus, was wohl alle dachten.

»Finden Sie den Dreckskerl, der das getan hat!«, fügte er noch hinzu. Phaní nickte.

»Ist jemandem von euch hier in der Gegend ein gelbes Taxi aufgefallen, in letzter Zeit?«, fragte Phaní, die nicht nur hierhergekommen war, um einen *oúzo* zu trinken.

»Es wurde mal ein Taxi gestohlen. Letztes Jahr, glaube ich«, erinnerte sich Michalis. »Das ist aber nicht hier geschehen, sondern oben in Skala.«

»Ach ja, das gehörte doch dem jüngsten Sohn vom alten Kostas«, warf der zweite Mann ein. Mit einer Portion Schadenfreude setzte er noch hinzu:

»Dem wurde doch das Taxi direkt vor der Nase weggeschnappt, weil er zu viel gesoffen hatte.« Alle Männer am Tisch fingen an zu lachen. Phaní merkte, dass sie hier über das Taxi nichts mehr herausfinden würde. Der zweite Mann mit grau meliertem Schnurrbart griff Phaní am Handgelenk und schaute sie eindringlich an, wobei er ein Auge etwas zukniff.

»Den Sohn des alten Stathis solltest du dir mal vornehmen.« Die übrigen Männer nickten.

»Warum?«, fragte Phaní reflexartig. Der Mann hob seinen Kopf, als ob er ein Geheimnis kennen würde und strich sich seinen grau melierten Schnurrbart flach.

»Dieser Panajiotis ist ein Tunichtgut! Das kann ich dir sagen!« Er sah genau, dass er Phaní's Neugierde geweckt hatte und sprach weiter:

»Als junger Kerl ist er gleich nach Athen gegangen, glaube ich, oder sogar ins Ausland. Dort war er bald an einer Firma beteiligt. Irgendetwas mit Elektronik, glaube ich.« Der dritte Mann, der einen etwas intellektuelleren Eindruck machte, berichtigte schnell:

»Computerzubehör.« Der zweite Mann nickte.

»Wie auch immer. Während dieser Zeit, als es ihm gut ging – und es muss über zehn Jahre gewesen sein – hat er seine Eltern hier nie besucht. Nie, sag ich dir! Oft hat der alte Stathis darüber gejammert. Und dann ...«, setzte er an, nahm aber noch einen Schluck *oúzo* und klatschte in beide Hände:

»Dann hat er alles verloren, fast alles, habe ich gehört. Und prompt ist er wieder hier aufgetaucht und hat sich plötzlich an seine Eltern erinnert. Im Handumdrehen – er ist sogar wieder hierhergezogen! Und jetzt das!«, verkündete er bedeutungsvoll.

»Was willst du damit sagen?« Phaní schaute ihn neugierig an.

»Na was wohl, der erbt doch alles, was der alte Stathis besessen hat. Die ganzen siebzehn *strémmata*, voller Olivenbäume. Die alte Mutter wird er bei ihrer Schwester in Messini unterbringen. Und dann, dann wird er das Land sofort verkaufen, sofort sag ich dir!« Er lehnte sich zurück, sichtlich von seiner eigenen Geschichte beeindruckt. Der älteste der Männer, derjenige mit Hornbrille, wandte ein:

»Es ist aber auch gut, dass das Land verkauft wird. Dann kann der Kanellopoulos endlich beginnen, seine Anlage zu bauen.«

Der dritte Mann, der intellektuellere mit der hohen Stirn hielt dagegen:

»Ob das so gut ist, wird sich erst noch zeigen.«

»Doch, das ist gut für die Gegend! Das gibt Arbeitsplätze. Messenien braucht solche Investoren. Schau doch, was wir haben, nur Ackerbau. Keine Industrie. Alle unsere Kinder wandern nach Athen ab«, wetterte der Mann mit Hornbrille sofort.

»Glaubst du ernsthaft, der Kanellopoulos wird Leute hier aus der Gegend anstellen? Meinst du er wird zu dir kommen, damit du mit deinem Sohn seine riesigen Hotelbauten verputzt?«, versuchte der dritte Mann ihm die Augen zu öffnen, worauf der andere kurz sprachlos blieb.

»Ja-a!«

»Na, dann wart's mal ab! Ich kann mir auch nicht vorstellen, dass Kanellopoulos eine aus unserem Dorf hinter den Empfang seines Fünfsternehotels stellen wird«, gab der mit der hohen Stirn zurück.

»Ja, warum denn nicht?«, erwiderte der Mann mit Hornbrille trotzig.

»Du glaubst doch nicht ernsthaft, dass er deine Voula als Empfangsdame einstellt?«, höhnte der Mann mit hoher Stirn.

»Was soll denn das heißen, du Arschloch? Meine Tochter Voula ist doch ein ansehnliches Mädchen?«, platzte der erste beleidigt heraus und schenkte dem mit der hohen Stirn trotzdem noch ein Glas *oúzo* nach.

»Ja, aber sie ist keine Elisabeth Taylor und spricht auch nicht fünf Sprachen, oder?«

»Nein, aber ...«

»Ihr stellt euch das alles so einfach vor! Ich sage nur, es wird eine riesige Veränderung hier in der Gegend geben, eine riesige, sage ich euch!« Der Mann mit hoher Stirn nahm sein Glas *oúzo*, leerte es in einem Zug und goss sich nach, bevor er weitersprach.

»Schaut doch, was sie mit der Hauptstraße machen wollen! Nur, weil die den Herrn stört und mitten durch seinen Golfplatz führen würde, wird sie kurzerhand umgeleitet. Einfach so. Dafür hat der Bezirk plötzlich Geld. Und hat uns etwa jemand gefragt, was wir dazu meinen, in Zukunft immer einen Riesenumweg fahren zu müssen, um nach Koroni zu gelangen? Niemand hat uns gefragt! In was für einer Demokratie leben wir eigentlich?«, wetterte der Mann und ereiferte sich. Danach beruhigte er sich etwas.

»Und ich bin mir überhaupt nicht so sicher, dass der Bau der Anlage auch automatisch neue Arbeitsplätze für unsere Gegend bedeutet. Für den Bau wird er sich bestimmt billigere Arbeiter suchen, Pakistani oder was weiß ich«, fügte er noch mit Nachdruck hinzu. Danach herrschte für einige Zeit Schweigen, jeder nahm einen Schluck *oúzo*, Phaní mit eingeschlossen.

»Hat einer von euch auch diesen Beitrag über Haie hier in unserer Bucht gesehen, gestern im Fernsehen?«, fragte der Mann mit dem grau melierten Schnurrbart, völlig aus dem Zusammenhang gerissen. Phaní wusste, dass jetzt das Thema des toten Stathis und der Ferienanlage erst einmal ausgeschöpft war.

»Ich habe mir gedacht, als ich letztes Jahr so weit draußen angeln war, und glaubte, es schwimme ein Delphin neben mir, von dem ich aber nur die Flosse gesehen habe, vielleicht war es ja in Wirklichkeit ein Hai.« Er wartete auf eine Reaktion seiner Zuhörer. Die schauten ihn nur fragend an.

»Die können nämlich lammfromm sein, aber im nächsten Moment ein kleines Boot in Stücke zerlegen!«, fuhr der Mann fort. Da fingen die anderen lauthals an zu lachen. Der Mann mit Schnurrbart war beleidigt.

»Was lacht ihr, Arschlöcher? Ich hatte vielleicht großes Glück, sodass ich heute noch hier sitze!«

»Ein Hai!«, brüllte der Mann mit Hornbrille amüsiert. Dabei zeigte er ihm die flache Hand.

»Du spinnst doch, ein Hai, hier, bei uns!« Von da an verfolgte Phaní die Diskussion nicht mehr. Sie verabschiedete sich, sagte Michalis, er solle sie unterrichten, wenn er etwas über das gelbe Taxi höre und setzte sich in ihren Wagen. Sie atmete erst einmal tief durch.

Sie musste zugeben, dass sie vom *oúzo* etwas benebelt war, da sie den ganzen Tag nicht viel gegessen hatte. Trotzdem kam dieses unangenehme Gemisch aus Gefühlen zurück, das sie nach dem Besuch der Witwe von Stathis plötzlich ergriffen hatte. In der Zwischenzeit war sie nur davon abgelenkt worden.

Langsam fuhr sie los in Richtung Kalamata. Sie versuchte die heutigen Geschehnisse sachlich zu betrachten, konnte sich aber einfach nicht konzentrieren und trat aufs Gas. Zum Glück ist Panos nicht dabei, dachte sie kurz.

Vor Petalidi fuhr Phaní jedoch plötzlich von der Hauptstraße ab und nahm einen Naturweg, der zum nahen Strand führte. Sie hielt zwischen Bambusstauden an, stieß die Tür auf und rannte ohne nach links oder rechts zu schauen in die Büsche. Ganz plötzlich hatte sie eine heftige Übelkeit überkommen, die sie nicht mehr unterdrücken konnte. Nachdem sie sich der überflüssigen Last entledigt hatte, blieb sie einen Augenblick über den Busch gebeugt stehen und versuchte sich erst einmal wieder zu erholen. Was war nur mit ihr los, fragte sie sich, immer noch heftig atmend. War sie so empfindlich geworden und konnte keine zwei Gläser *oúzo* mehr vertragen? Zugegebenermaßen hatte sie in letzter Zeit etwas zu viel von dem Zeug und dem noch stärkeren *tsípouro* geschluckt, als üblich. Sie hatte immer geglaubt, mehr Alkohol aushalten zu können, als zwei oder drei Gläser.

Phaní ging langsam aus dem Gebüsch über den nassen Strand zum Meer. Ein leichter Nieselregen hatte eingesetzt und hinterließ kleine Vertiefungen im Sand. Phaní blieb stehen und der kalte Wind wehte ihr ins Gesicht.

Irgendetwas machte ihr zu schaffen. Sie konnte aber nicht glauben, dass es der Fall um Nana Nikolakea war oder auch der Tod des alten Stathis. Denn falls diese Todesfälle sie dermaßen aus der Bahn werfen würden, bedeutete es, dass sie ihrem Beruf nicht mehr gewachsen war. Bis jetzt hatte sie es doch immer geschafft, mit einem zynischen Schutzschild den nötigen Abstand zu ihren Fällen beizubehalten. Was sollte sich geändert haben? Ihre momentane Schwäche musste also eine andere Ursache haben. War es die Ungewissheit über die Vergangenheit ihres Vaters? Das wäre schon eher möglich. Deshalb sollte sie auf ihre Mutter hören, die Vergangenheit ruhen lassen und die wenigen Erinnerungen an ihren Vater bewahren und nicht durch äußere Einflüsse zerstören lassen.

Der Regen wurde etwas stärker. Phaní atmete ein letztes Mal tief die frische Seeluft ein und ging dann langsam zum Auto. Sie wendete vorsichtig auf dem schmalen Weg und fuhr zurück auf die Hauptstraße nach Kalamata. Auf dem Weg dorthin schwor sie sich, erst einmal die Finger von *oúzo*, *tsípouro* und dergleichen zu lassen. Mag Jiorgos, der Klempner, noch so oft mit seinem selbst gebrannten lila Zeug vor ihrer Nase herumwedeln.

Vor der *Diévthinsi* stellte sie ihr Auto auf einem freien Platz ab, von wo sie mit nur drei Schritten unter das Vordach des Eingangs gelangen konnte. Der Regen war inzwischen noch heftiger geworden, und hätte sie sich nicht die *Eleftherotipía* von heute schützend über den Kopf gehalten, wäre sie ganz schön nass geworden. Als Phaní unter dem Vordach stehen blieb, um die Zeitung auszuschütteln, trat Panos gerade aus dem Gebäude. Phaní merkte sofort, dass mit ihm etwas nicht stimmte, mehr noch: Er war wütend. Ein Funkeln blitzte aus seinen Augen, welches sie bei dem Jungen noch nie gesehen hatte. Sein Blick war noch eine Spur dunkler, die Augenbrauen tief heruntergezogen.

»Pano, was ist denn ...«, versuchte Phaní herauszufinden, was ihn in eine solche Stimmung versetzt hatte. Doch er eilte wortlos an ihr vorbei, direkt in den Regen.

Das war Phaní nun gar nicht recht. Sie eilte hinterher, und der Regen war ihr jetzt völlig egal.

»Pano, was ist passiert?« Plötzlich blieb er stehen und drehte sich abrupt zu ihr um.

»Sie wissen genau, was passiert ist! Der alte Stathis ist tot!« Es musste wirklich schlimm um ihn bestellt sein, denn Panos siezte sie wieder. Zudem hatte er erfahren, wer der Tote war. Kein Wunder, in dieser Hinsicht war

Kalamata und seine Umgebung wie ein großes Dorf, jeder kannte jemanden, der wieder jemand anders kannte, und so hatte sich die Nachricht schnell verbreitet. Phaní war zunächst sprachlos. Was sollte sie sagen, wo sie doch seit ihrem Besuch bei der Witwe auch das Gefühl hatte, sie hätte den Tod vielleicht verhindern können. Aber ihr Trotz war stärker, und so konnte sie das Gesagte nicht einfach hinnehmen.

»Aber wir kennen doch noch gar nicht die Hintergründe seines Todes! Pano, wir müssen jetzt vernünftig denken!« Sein Blick zeigte nun noch eine Spur mehr Verachtung.

»Ich dachte, Sie wären integer!« Er drehte sich weg und ging schnellen Schrittes davon, inzwischen völlig durchnässt. Phaní packte wieder ein Gefühl von Übelkeit, jedoch ein anderes als dasjenige, welches sie erst vorhin empfunden hatte, und sie konnte sich dessen nicht so einfach entledigen.

15

Durch Panos' Verhalten war Phaní's Stimmung nun vollends im Keller gelandet. Als sie sich zum zweiten Mal unter das schützende Vordach gerettet und dort wieder etwas gesammelt hatte, überkam sie plötzlich eine unerklärliche Wut. Ihr fiel im Moment nur eine Person ein, bei der sie sich Luft machen konnte, und die auch Verständnis dafür hatte.

Wie in einem Film noir wand sich Phaní mit dem Auto die enge Straße nach Avia hinauf. Es war schon dunkel und der Regen peitschte in heftigen Böen an die Windschutzscheibe. Die Scheinwerfer ihres Wagens tasteten den Asphalt ab und streiften die angrenzenden Büsche und Olivenbäume. Endlich hielt Phaní vor dem kleinen Haus. Sie rannte schnell zur Veranda und klopfte ungeduldig an die Tür. Schon bald hörte sie Schritte, und die Tür öffnete sich. Der Anblick von Bernards freundlichem Gesicht ließ sie gleich etwas ruhiger werden.

Im Hintergrund lief das dritte Programm des staatlichen Radiosenders. Phaní glaubte ein Chanson von Jacques Brel wiederzuerkennen.

»Willst du ein Glas Wein?«, fragte Bernard, als sich Phaní erleichtert aufs Sofa fallen ließ. Sie überlegte einen Augenblick, was sie sonst nach dieser Frage nie tat, und sagte dann zu ihrer eigenen Überraschung:

»Nein, danke. Hast du eine heiße Schokolade?« Bernard schaute Phaní bestimmt mehrere Sekunden lang verdutzt an, bis er reagierte.

»Dann geht es dir wirklich sehr schlecht«, bemerkte er trocken, verschwand in der Küche und stellte einen Topf Milch auf den Herd. Danach setzte er sich neben Phaní.

»Nun erzähl mal, was ist los? Auf dasjenige, was du mir am Telefon erzählt hast, konnte ich mir keinen Reim machen.« Phaní stöhnte und lehnte sich zurück. Dann winkte sie ab.

»Ach, ich will nun auch kein Drama daraus machen. Es ist schon nicht so schlimm. Ich brauchte heute Abend nur ein freundliches Gesicht, das mich etwas aufheitert.« Phaní rang sich ein Lächeln ab. Bernard sah sie fragend an. Er rannte schnell in die Küche und brachte die Tasse heiße Schokolade. Phaní beäugte das dampfende Gebräu skeptisch, dann fing sie plötzlich an zu lachen und schüttelte sich. Bernard wurde unweigerlich angesteckt und ließ beinahe die Tasse fallen.

»Das wollte ich trinken? Mir muss es ja wirklich beschissen gehen!«

Bernard legte eine CD mit griechischer Musik ein. Die altbekannten Lieder erklangen, die von vielen Griechenlandreisenden als 'echt griechisch' angesehen und in jeder Touristentaverne endlos heruntergespult wurden. Eigentlich konnte Phaní sie schon nicht mehr hören, doch im Moment hatten sie den gewünschten Effekt, sie heiterten sie auf. Und als Bernard auch noch den Text mitsang, mit seinem charmanten französischen Akzent, da hatte Phaní beinahe schon den miesen Tag vergessen.

Phaní nippte an der Schokolade, die übrigens besser schmeckte, als sie erwartet hatte – was ihr eigentlich schon wieder Sorgen bereitete – und erzählte Bernard von den Begebenheiten der vergangenen Tage, zuletzt von Panos' heftigen Vorwürfen. Danach herrschte kurzes Schweigen.

»Warum hast du dir denn Kanellopoulos noch nicht vorgeknöpft?«, fragte Bernard neugierig.

»Was, glaubst du jetzt etwa auch, dass der mich in der Tasche hat?«, reagierte Phaní gereizt. Bernard lächelte, was ihr den Wind aus den Segeln nahm. Sie überlegte und spielte mit dem Löffel in der Schokolade. Sie schien nach den richtigen Worten zu suchen.

»Ich könnte sagen, mein Chef Dragoumis hat verlangt, dass ich mir ganz sicher sein muss, bevor ich jemanden behellige, der auf Du und Du mit ganz großen Tieren in der Regierung steht.« Sie machte eine Pause.

»Aber das wäre nur die halbe Wahrheit.« Phaní atmete tief durch.

»Ich glaube, es hat mit meinem Vater zu tun. Ich habe wohl Angst herauszufinden, dass er zu Recht gefeuert wurde, dass er sich wirklich etwas hat zu Schulden kommen lassen, etwas, von dem ich noch nichts weiß.« Phaní machte eine weitere Pause.

»Trotzdem muss ich Gewissheit haben, auch wenn sie schmerzen sollte. Tja, und so wie es aussieht, ist Kanellopoulos der Mann, der die ganze Geschichte kennt.« Sie schwieg.

»Aber diese *kiría* Papadopoulou ...«

»Papatheodorou«, korrigierte ihn Phaní.

»Also, Papatheodorou, sie ist doch felsenfest davon überzeugt, dass dein Vater reingelegt wurde«, versuchte Bernard sie zu beruhigen.

Phaní schaute ihn mit einem Ausdruck an, dass dies nichts heißen müsse. Plötzlich strich sie sich mit beiden Händen das Haar nach hinten und beugte sich vor.

»Verdammt! Dieses Graben in der Vergangenheit ist doch zu nichts nütze! Meine Mutter hat recht. Ich muss mich auf den Fall konzentrieren und darüber nachdenken. *Térma!* Panos hat auch recht, ich sollte den Verantwortlichen dieser Ferienanlage auf den Zahn fühlen.«

Sie überlegte.

»Da wären wir wieder bei Kanellopoulos! Denn der spielt, wie man sagt, dabei eine wichtige Rolle.« Sie grübelte und strich über ihre Stirn.

»Ich brauche unbedingt konkrete Hintergrundinformationen über den Mann, um mir ein Bild von ihm zu machen, bevor ich mit ihm spreche ...«

Bernard stand abrupt auf und nahm sein *kinitó* vom Esstisch. Er wählte eine Nummer und wartete auf Antwort.

»Wen rufst du an?« Phaní wurde neugierig.

»Wir brauchen Verstärkung. Ich rufe Leonidas an.«

Phaní wollte protestieren, denn das Letzte, was sie jetzt gebrauchen konnte, war ein neugieriger Journalist. Dann überlegte sie es sich jedoch anders: Journalisten waren doch stets sehr gut informiert. Über den Bau der Ferienanlage und Kanellopoulos selbst könnte Phaní sicherlich einiges von Leonidas erfahren.

Bernard legte auf.

»Er ist in zwanzig Minuten hier.« Phaní wiegte den Kopf hin und her, dann hielt sie ermahnend den Finger hoch:

»Aber kein Wort über meinen Vater, verstanden! Ich will nur alles erfahren, was er über Kanellopoulos und diese blöde Anlage weiß.« Bernard nickte.

»Du redest und fragst, was du willst. Ich höre nur zu«, versprach er. Etwas beruhigter und in Gedanken nahm Phaní einen Schluck der inzwischen lauwarmen Schokolade. Diesmal verzog sie das Gesicht, als hätte sie Essig getrunken.

»*Bliách!* Vielleicht machst du uns lieber einen Kaffee.« Bernard schmunzelte und verschwand in der Küche.

Fünfundvierzig Minuten später war Leonidas da, für seine Verhältnisse pünktlich, wie Bernard sogleich lachend erklärte. Phaní kam sofort auf den Punkt:

»Was weißt du über Kanellopoulos?« Leonidas lächelte etwas verlegen und blickte zu Bernard.

»Tja, was wollen Sie wissen? Soweit ich informiert bin, ist Kanellopoulos der klassische Fall eines ehrgeizigen und strebsamen Jungen aus der Provinz, der es zu einem der reichsten Männer Griechenlands gebracht hat. Er stammt aus einem Dorf nahe Kalamata, ist aus einfachen Verhältnissen, hat nicht reich geheiratet ...« Phaní wurde das nun etwas zu ausführlich. Sie winkte, damit er aufhörte.

»War er in Skandale verwickelt? Konnte ihm je Betrug, Bestechung oder dergleichen nachgewiesen werden?« Leonidas lachte laut heraus.

»Dann wäre er nicht da, wo er heute ist. Seine Weste

blieb verblüffend rein. Ob das tatsächlich auf Redlichkeit beruht, oder nur der Fähigkeit, seine Spuren sorgfältig zu beseitigen, vermag niemand zu sagen – oder niemand will sich dazu äußern, wäre besser ausgedrückt.« Leonidas schien sich dann an etwas zu erinnern.

»Warte mal, da war eine Sache Anfang der Siebzigerjahre. Es ging um große Stücke Land, die er mit seinem damaligen Kompagnon aufgekauft hatte. Daran war nichts auszusetzen. Doch wie der Zufall es wollte, wurde genau durch diese Parzellen ein paar Jahre später eine der wichtigsten Zufahrtsstraßen nach Kalamata gebaut und die Preise der anliegenden Grundstücke schossen in die Höhe.« Phaní schaute zu Bernard und bemerkte trocken:

»Die Straße, an der heute auch die *Diévthinsi* liegt, stimmt's?« Leonidas grinste und Phaní war sich der Ironie bewusst.

»Sie kennen also die Geschichte. Bis heute ist nicht klar, ob Kanellopoulos und sein Partner Beamte bei der Raumplanung geschmiert hatten oder nicht. Es war gerade die Zeit nach der Militärregierung und alles ging drunter und drüber. Soviel ich weiß wurde der damalige Chef der Raumplanungsbehörde entlassen. Nach außen ist zwar nichts gedrungen, doch der Verdacht lag nahe, dass er die undichte Stelle gewesen war. Aber das war vor meiner Zeit. Wenn Sie wollen, könnte ich mich etwas weiter in den Fall vertiefen ...«

Phaní winkte sogleich ab.

»Nein, das ist nicht nötig. Ich glaube nicht, dass das irgendetwas mit meinem Fall zu tun hat.« Phaní sprach schneller als sonst und warf Bernard einen verstohlenen Blick zu.

»Was weißt du über die Ferienanlage bei Skala?«, fuhr sie rasch fort.

Leonidas überlegte wieder, dann zuckte er die Achseln.

»Nicht viel. Das Unternehmen soll finanziell gedeckt sein, ein großer Teil des Geldes kommt vom Staat und auch aus den Kassen der *E.E.* Sobald der Antrag vom Parlament in Athen gebilligt wird, was in einer Woche geschehen soll wie ich hörte, rücken die Baukolonnen an. Dann soll es schnell gehen.«

»Das Land für die Anlage wurde alles problemlos aufgekauft?« Leonidas nickte.

»Der Erwerb soll legal vonstattengegangen sein. Nach offizieller Stelle wurden die verschiedenen Parzellen rechtmäßig gekauft, alle Enteignungen und Entschädigungen sollen im Rahmen des Gesetzes abgewickelt worden sein – und es handelt sich dabei immerhin um über Tausend *strémmata*. Es steht ja nur noch ein Grundstück im Weg, aber jetzt ...« Leonidas stockte.

»Hältst du es für möglich, dass der Tod des alten Stathis in irgendeinem Zusammenhang mit den Landkäufen für diese Ferienanlage stehen könnte?«, hakte Phaní nach. Leonidas überlegte, dann hob er die Achseln und schob sein Kinn vor.

»Das weiß ich nicht«, gestand er schließlich.

»*Éla, re* Leonida! Niemand außer uns dreien wird je wissen, was wir besprochen haben!«, drängte Phaní ungeduldig. Leonidas zuckte wieder die Schultern.

»Ich weiß es wirklich nicht! Was soll ich sagen?«

»Ha, ein gewissenhafter Journalist! Ich kann's kaum glauben!«, spottete Phaní schnippisch. Aber Leonidas ließ sich nicht provozieren.

»Werden Schwierigkeiten bei der Bewilligung durch das Parlament erwartet?«, bohrte Phaní weiter. Leonidas schnalzte und hob die Augenbrauen.

»Überhaupt nicht! Alle scheinen froh zu sein, dass

in diesem vernachlässigten Teil Griechenlands endlich einmal jemand richtig investiert. Die beiden großen Parteien sind ganz und gar dafür, höchstens die *KKE*, die kommunistische Partei und die andere Linkspartei werden sich dagegenstellen. Sie befürchten schwerwiegende Konsequenzen für die Umwelt.«

»Gibt es sonst irgendwelche Gegner? Ich nehme an, bei einem Projekt dieser Größenordnung und den daraus resultierenden Veränderungen für die ganze Gegend, regt sich auch in der Bevölkerung Widerstand.«

»Mir ist kein maßgeblicher bekannt. Wenn man von einer kleinen Gruppe von Naturschützern in Kalamata und ein paar kritischen Ausländern absieht – die übrigens durch ihre ablehnende Haltung dem Projekt gegenüber schon den Groll der lokalen Bevölkerung auf sich gezogen und es dadurch bis zu einem Kommentar in einer hiesigen Zeitung gebracht haben –, eigentlich nicht.« Phaní wurde ungeduldig, da Leonidas' nüchterne Berichterstattung sie in keiner Weise weiterbrachte. Es müssen doch irgendwelche Anhaltspunkte in Hinsicht auf die Todesfälle von Nana oder *bárba* Stathis zu finden sein, dachte sie.

»Was ist denn mit dem Einfluss auf die Umwelt? Wurde die gesetzlich verlangte Umweltverträglichkeitsstudie vorgelegt und abgesegnet?«

Leonidas kniff ein Auge zu.

»Da habe ich tatsächlich Widersprüchliches gehört, unter anderem, dass der Umweltbericht wirklich noch nicht vollständig vorliege.«

»Aha! Das würde zusammenpassen, denn Nana Nikolakea wollte doch diesen Küstenabschnitt unter Naturschutz stellen lassen und hat ihrerseits einen Bericht vorbereitet. Weißt du etwas darüber?« Leonidas schob das Kinn vor.

»Das ist mir neu. Wie ich jedoch unsere Politiker kenne, hätte es schon äußerst zwingender Gründe bedurft, um sie dazu zu bringen, ein solches Riesenprojekt durch den Schutz der Küste einzuschränken.«

»Zum Beispiel?« Phaní wurde neugierig.

»Ich weiß nicht. Hieb- und stichfeste Beweise, dass die Ferienanlage und der dazugehörige Golfplatz für das nähere Umfeld katastrophale Auswirkungen hätten; oder vielleicht auch durch politischen Druck, wenn Nana Nikolakea die *E.E.* auf nachweisliche Unverträglichkeit mit der Umwelt aufmerksam gemacht hätte; oder wenn sie überzeugende Argumente angeführt hätte, dass die Anlage nur Schaden für Flora und Fauna, somit auch für die Landwirtschaft brächte, und die Bevölkerung sich zu Protesten zusammengeschlossen hätte. Politikern gefällt es ganz und gar nicht, wenn die Bauern auf die Straße gehen.« Leonidas überlegte.

»Letzteres ist jedoch unwahrscheinlich, über die Anlage ist noch nicht viel bekannt, die meisten Informationen beruhen nur auf Hörensagen. Ich weiß nicht, womit Nana die Leute hätte aufschrecken können, denn die Bevölkerung ist sehr desinteressiert.« Er fügte noch in ironischem Ton hinzu: »Sie wissen doch wie wir Griechen sind, wir lassen um uns herum alles geschehen und beschweren uns erst im Nachhinein, wenn es schon zu spät ist.«

Phaní schenkte Leonidas' Bemerkung keine Beachtung. Sie musste unbedingt diesen Bericht einsehen, den Nana noch vorbereitet hatte, aber nicht mehr einreichen konnte, dachte sie. Vielleicht würde ihr dieser wirklich weiterhelfen. Sie musste sich mit Anwalt Adamopoulos in Verbindung setzen.

Phaní seufzte. Sie hatte genug gehört. In ihrem Kopf schwirrten die Informationsfetzen wild durcheinander.

Sie wollte Leonidas nur noch eines fragen:
»Sag mal, Leonida. Wo hat Kanellopoulos sein Büro?«
Leonidas wirkte überrascht.
»Äh, darf ich fragen, warum Kanellopoulos Sie so stark interessiert? Hat er ...«
»Nein, darfst du nicht!«, unterbrach ihn Phaní, »später vielleicht!« Leonidas hob die Schultern.
»Sein Büro ist in Athen. Hier hat er nur einen Geschäftsführer, der sich um das Projekt der Ferienanlage kümmert.«
Mist, dachte Phaní. Sie hatte wirklich keine Lust wieder nach Athen zu fahren. Sie wollte auch Panos noch nicht in ihr Vorhaben einweihen. Einerseits hatte sie keine Ahnung, ob ihr Treffen mit Kanellopoulos in irgendeiner Hinsicht erfolgreich sein, oder ob es sich als Bruchlandung herausstellen würde. Andererseits war sie zurzeit wütend auf Panos, weil er sich ihrer Ansicht nach wie ein kleines Kind aufgeführt hatte. Sie wollte ihn in nächster Zeit mit Bürokram beschäftigen, um es ihm heimzuzahlen, und sich selbst Zeit und Spielraum verschaffen, um Gewissheit über Kanellopoulos' Rolle in dem Fall zu erlangen. Als sie aus ihren Gedanken wieder auftauchte, bemerkte sie wie Bernard und Leonidas sie anstarrten.
»Hab ich etwas verpasst?«, fragte sie ganz verdutzt. Die beiden fingen an zu lachen. Was soll denn jetzt dieses kindische Verhalten, dachte Phaní. Bis Leonidas wiederholte, was er offensichtlich schon einmal gesagt hatte.
»Kanellopoulos ist zurzeit in Kalamata. Er kommt oft hierher, meist an Wochenenden. Heute Nachmittag habe ich gesehen, dass seine Yacht wieder in der Bucht vor Kalamata liegt. Der Augenblick ist günstig«, bemerkte er mit einem Schmunzeln.

Phaní begriff. Sie schien im Moment offen wie ein Buch zu sein.

»Ich habe einen Cousin, der ein kleines Boot …«

»Ich will aber alleine mit ihm sprechen«, unterbrach ihn Phaní gleich in warnendem Ton. Leonidas legte seine Hand auf die Brust und winkte ab.

»Ich will auch gar nicht mitkommen. Ich werde schon seekrank, wenn ich nur an diese Nussschale denke.«

»Was willst du dafür?«, fragte Phaní ohne Umschweife. Leonidas setzte ein breites Grinsen auf.

»Ihr Versprechen, dass ich als erster die Geschichte von Ihnen erfahre.« Phaní wollte protestieren, Leonidas hob die Hand.

»Ich weiß, wenn die Ermittlungen abgeschlossen sind, oder wenn meine Berichterstattung die Ermittlungen in keiner Weise mehr gefährden kann.« Phaní musste unweigerlich lächeln. So langsam fing ihr dieser Leonidas an zu gefallen. Und wie sich gezeigt hatte, konnte es bisweilen ganz hilfreich sein, einen Journalisten an der Hand zu haben.

»Wenn es denn eine Geschichte geben sollte«, musste Phaní dennoch fast etwas trotzig einwenden. Leonidas nickte und nahm sogleich sein *kinitó* vom kleinen Tisch, wo er es zusammen mit seinen Autoschlüsseln und Zigaretten bei seiner Ankunft deponiert hatte, und rief seinen Cousin an. Phaní sank in ihre Gedanken zurück, bis Leonidas sein Gespräch beendet hatte und sich wieder aufs Sofa setzte.

»Am Samstag, also übermorgen um acht fährt er Sie raus! Dann wären Sie etwa um halb neun bei der Yacht«, berichtete er. Phaní sah ihn für eine paar Sekunden verdutzt an. So früh, schoss es ihr sofort durch den Kopf! Da musste sie sich aber gleich drei Wecker stellen, um nicht zu verschlafen.

»Warum so früh?«, fragte sie und hoffte, einen Grund zu finden, die Aktion etwas später anzusetzen.

»Schläft Kanellopoulos dann nicht noch?« Leonidas hob seinen Kopf.

»Kanellopoulos ist bekannt dafür, sehr früh aufzustehen. Mein Cousin sagte, er fahre oft schon um sieben an Land, um im *kafenío* einen Kaffee zu trinken.«

Phaní wiegte den Kopf hin und her und fügte sich in ihr Schicksal.

Der darauffolgende Tag war sehr wahrscheinlich einer der ereignislosesten in Phaní's gesamter Laufbahn. Wie sie sich vorgenommen hatte, betraute sie Panos gleich am Morgen mit einem Dutzend kleiner Aufgaben, die ihn den ganzen Tag beschäftigen sollten. Phaní hatte eigentlich Panos' emotionalen Anfall vom Tag zuvor sehr gut verstehen können und nahm ihm auch sein Verhalten schon längst nicht mehr übel. Das gleiche konnte man von Panos anscheinend nicht behaupten. Er war noch wortkarger als üblich, was bedeutete, dass er außer einem Murren gar nichts mehr sagte. Daher hatte Phaní überhaupt kein schlechtes Gewissen ihn in der Gegend herumzuschicken.

Sie brauchte diesen Tag für sich, um etwas zur Ruhe zu kommen. Außerdem versuchte sie ihrem Chef Dragoumis aus dem Weg zu gehen und die *Diévthinsi* zu verlassen, bevor Panos wieder zurückkam.

Am Abend rief Phaní Dimitris an, doch sie hatte ihn wieder zu einem sehr ungünstigen Zeitpunkt erwischt. Seine ganze mentale Energie verwendete er darauf, seine Antrittsvorlesung für den kommenden Montag vorzubereiten. Er wollte verständlicherweise einen guten Eindruck bei künftigen Studenten und Kollegen hinterlassen. Und da Dimitris niemals zwei Dinge gleichzeitig tun konnte – was eigentlich eine sehr ungriechische

Eigenschaft war –, hatte es gar keinen Sinn, dass Phaní ihn mit ihren diversen Problemen behelligte. Die Nacht schlief sie durch.

An besagtem Samstagmorgen parkte Phaní ihren Citroën irgendwo in der Nähe der Marina, wo gerade Platz war, nachdem sie einen Motorrollerfahrer mit Helm beinahe von der Straße gedrängt hätte. Was wollte der auch so früh am Morgen hier an der Marina, fluchte Phaní. Danach rannte sie den Quai entlang, bis sie einen Mann erblickte, der es sich in seinem sehr kleinen Boot bequem gemacht hatte und Zeitung las. Das musste Leonidas' Cousin sein. Als Phaní keuchend die Anlegestelle erreichte und ihn fragend ansah, schaute er nur gelangweilt auf.

»Ah, Sie sind wohl die Polizistin. Fahren wir!« Der Cousin warf den kleinen Außenbordmotor an und Phaní kletterte in das schwankende Boot. Der Himmel war klar, die Sonne noch von den massiven Ausläufern des Taïgetos Gebirges verdeckt, die Luft war kalt. Phaní hatte sich in Wollpullover und dicker Windjacke eingepackt. Ein schwacher Atemhauch stieg auf, wenn einer von beiden sprach, was allerdings selten der Fall war. Für Phaní war es eindeutig noch zu früh, sich mitzuteilen, und Leonidas' Cousin schien von der wortkargen Sorte zu sein. Zwischendurch warf er Phaní einen fragenden Blick zu, oder schaute sie einfach unverfroren an und musterte sie lang. Phaní versuchte sein Gaffen zu ignorieren, doch dann wurde es ihr zu viel.

»Lass das!«, fauchte sie ihn an. Nach einer Weile fragte sie ungeduldig:

»Wann sind wir denn endlich da?«

»Bald, mach dir mal keine Sorgen«, antwortete er knapp. Phaní verdrehte die Augen und versuchte sich von der Kälte und dem stumpfen Gemüt ihres Fährmanns abzulenken. Sie betrachtete das ruhige Meer. Zum Glück hat es keine starken Wellen, dachte sie, denn sie gehörte nicht zu der Sorte Mensch, die eine Fahrt im winzig kleinen Boot als Vergnügen betrachtete, besonders dann nicht, wenn es auch noch wie wild auf und ab schaukelte.

»Was willst du eigentlich vom Kanellopoulos? Hat er etwas ausgefressen?«, fragte der Cousin schließlich und fing an zu kichern. Phaní dachte, dass die Neugier trotz allem stärker war als die Sprachfaulheit.

Sie winkte ab.

»Das kann ich nicht sagen. Das ist polizeiinternes Wissen.« Sie hoffte, damit weitere Fragen abgeblockt zu haben. Der Cousin lächelte wieder, sah Phaní wissend an und nickte.

»Ah, ich verstehe«, brummte er kurz. Phaní hoffte, dass diese Bootsfahrt, deren Dauer ihr schon wie eine Ewigkeit vorkam, endlich ein Ende nehmen würde. Und tatsächlich näherten sie sich schon bald einer blendend weißen, schnittigen Yacht mit dunklen Fensterbändern. Als der Cousin nahe ans Heck steuerte und mit einer Hand die steile Leiter ergriff, die auf das Achterdeck führte, schob er das Kinn vor und machte einen verdutzten Eindruck.

»Kein Beiboot. Er muss noch an Land sein. Sonst ist er zu dieser Zeit immer schon zurück.« Der Cousin schien wahrhaftig irritiert zu sein, denn so viel hatte er während der ganzen Fahrt nicht gesprochen.

»Hat er keine Mannschaft? Ich sehe niemanden«, erkundigte sich Phaní.

»Doch, einen Steuermann. Aber der fährt immer mit ihm an Land.« Phaní überlegte kurz, welche Konsequenzen es haben könnte, wenn sie uneingeladen die Yacht eines der einflussreichsten Männer ganz Griechenlands betrat, verwarf aber den Gedanken gleich wieder, da sie hoffte, sich etwas umsehen zu können.

»Warte hier!«, befahl sie und kletterte an Bord. Sie sprang an Deck und fühlte sich sicher. Sie schaute etwas um sich und entdeckte tatsächlich niemanden. Dann ging sie zur Glastür, die das Deck vom Salon trennte, schob sie sachte auf und stockte im selben Moment. Sie blickte direkt in das Gesicht eines älteren Herrn im marineblauen Blazer mit dazupassendem Emblem auf der Brusttasche. Er saß gemütlich in einem Sessel, rauchte eine Zigarre und sah sie lachend an, wobei er seine großen, blendend weißen Zähne zeigte.

16

Damit hatte Phaní nun überhaupt nicht gerechnet. Weil es für sie eindeutig noch etwas zu früh am Tag war und somit ihr Reaktionsvermögen nicht voll funktionierte, verharrte sie eine ganze Weile wie angewurzelt an der Glastür. Erst durch die tiefe und auch beruhigende Stimme des Herrn wurde sie aus ihrer Starre geweckt.

»*Kiría astinóme* Papadea, welch eine Ehre! Ich hatte schon früher mit Ihnen gerechnet. Kommen Sie herein und seien Sie mein Gast.« Phaní's Verwunderung musste ihr klar und deutlich anzumerken sein, denn während sie langsam die Schiebetür hinter sich schloss und zu einem der großen Sessel trat, fuhr der Herr fort:

»Sie sind erstaunt, dass ich Sie erwartet habe und nicht an Land bin und meinen morgendlichen Kaffee genieße?« Er erhob sich und forderte Phaní auf Platz zu nehmen. Er goss ihr eine Tasse Kaffee ein, *ellinikó glikó*. Phaní nickte nur und bedankte sich.

»Die Leute hier sind sehr freundlich«, erklärte der Herr.

»Und sie sind auch sehr mitteilsam. Sie lieben nichts mehr, als eine Neuigkeit zu erzählen. Ich liebe Kalamata und seine Menschen. Sie sind nicht so hochnäsig, nicht wie die Athener, besonders in letzter Zeit.« Der Herr setzte sich. Phaní begriff, was er meinte: Leonidas' Cousin hatte seinen Mund nicht halten können und sich seine für ihn so untypische Redseligkeit sicherlich auch noch gut bezahlen lassen. Daher hatte er während der ganzen Bootsfahrt so wissend gegrinst.

Phaní nahm einen Schluck Kaffee, aus Verlegenheit, denn sie wusste nicht wie sie das Gespräch beginnen sollte. Bei Bernard war sie noch voller Tatendrang davon überzeugt gewesen, dass ein Gespräch mit Kanellopoulos die meisten ihrer Fragen beantworten würde. Sie hatte sich vorgenommen, dem Herrn auf den Zahn zu fühlen. Aber jetzt sah die Sache ganz anders aus. Wenn Phaní ehrlich war, so schüchterte der distinguierte Herr sie sogar ein wenig ein, wie er ihr so gegenüber saß und an seinem Kaffee nippte. Mit freundlich abwartender Miene betrachtete er sie und schien alle Zeit der Welt zu haben, und Phaní kam in diesem Moment nur eine Frage in den Sinn:

»Woher wissen Sie, dass ich meinen *ellinikó* süß trinke?« Das war ja wieder mal äußerst professionell, dachte Phaní. Sie hatte einen Mordfall und eine Tötung mit Fahrerflucht zu lösen, und alles was sie zu fragen vermochte war, woher er diese Nebensächlichkeit wusste.

Kanellopoulos fing an zu lachen. Es war ein tiefes, nicht unsympathisches Lachen. Phaní lächelte verlegen.

»Ich habe geraten. Spiros hat seinen *ellinikó* nur süß

getrunken«, antwortete Kanellopoulos schließlich. So langsam fing Phaní an die zersplitterten Fetzen ihrer Gedanken wieder zu ordnen. Auch wenn es mit dem Fall überhaupt nichts zu tun hatte, wollte sie Kanellopoulos fragen, ob er etwas mit dem Ausscheiden ihres Vaters aus dem Dienst zu tun gehabt hatte. Kanellopoulos schien ihre Gedanken zu lesen.

»Deswegen sind Sie doch gekommen, um mehr über Ihren Vater zu erfahren?« Es war eher eine Feststellung als eine Frage. Phaní nickte. Sie stellte ihre Tasse ab.

»Haben Sie meinen Vater in die Pfanne gehauen«, platzte es aus ihr heraus, sie war selbst von ihrer Wortwahl überrascht. Doch sie fuhr fort:

»Nachdem er damals Kalamata verlassen hatte, war er nicht mehr derselbe. Er war ein gebrochener Mann.« Kanellopoulos lachte wieder, aber diesmal verhaltener.

»Diese direkte Art haben Sie nicht von Spiros geerbt, das müssen Sie von Phädra haben.« Phaní stockte für einen Moment.

»So gut kannten Sie auch meine Mutter?«

»Wir sind ja alle zusammen in die Grundschule und aufs *gimnásio* gegangen, wenn auch nicht auf der gleichen Stufe, und blieben auch danach freundschaftlich verbunden.«

Phaní wusste nicht, was sie dazu sagen sollte.

»Und ob Sie es mir glauben oder nicht, es hat mir auch wehgetan, als Ihr Vater so verbittert die Stadt verließ. Ich habe versucht den Kontakt aufrechtzuerhalten, aber Spiros wollte nicht mit mir sprechen.«

»Ist das verwunderlich, wenn sein bester Freund ihm sein Ansehen und seine Stellung genommen hat?« Phaní hatte sich diese Stichelei nicht verkneifen können. Kanellopoulos nickte leicht und sah auf seine Zigarre, die er unterdessen wieder angesteckt hatte.

»Das haben Sie wiederum von ihrem Vater geerbt, diese selbstgerechte Art.« Phaní schluckte trocken, und Kanellopoulos fuhr nach einer kleinen Pause fort:

»Spiros war der geradlinigste Mensch, den ich je gekannt habe. Genau diese Aufrichtigkeit hat er von all seinen Mitmenschen erwartet und auch gefordert, und das war nicht immer einfach. Er hat außerdem ganz und gar nicht begreifen wollen, dass die meisten unserer Mitbürger gern einmal eine Fünf gerade sein lassen. Und er hat auch nicht erkannt, wann es weise gewesen wäre, sich gegen die Unaufrichtigkeit anderer zu schützen.«

»Wer erwartet denn Unaufrichtigkeit von seinem besten Freund?«, fragte Phaní schnippisch. Zum ersten Mal schien Kanellopoulos ein wenig aufgebracht zu sein. Er lehnte sich in seinem Sessel vor und verlieh dem, was er sagen wollte, Gewicht, indem er Phaní eindringlich ansah.

»Ich hatte ihn noch gewarnt, doch der sture Hund wollte nicht auf mich hören.« Kanellopoulos lehnte sich wieder in seinem Sessel zurück.

»Selbstgerechtigkeit kann blind machen. Und Blindheit macht verwundbar. Somit war er den Intrigen völlig ausgeliefert. Dadurch war er nicht ganz unschuldig an dem, was ihm widerfuhr.« Phaní schluckte wieder trocken. Einerseits hatte sie alles über die Geschehnisse damals erfahren wollen, andererseits wollte sie die Wahrheit aber auch nicht schonungslos ins Gesicht geschleudert bekommen. Phaní machte sich dadurch Mut, indem sie sich sagte, dass Kanellopoulos nicht zwingend die Wahrheit erzählte. Vielleicht wollte er sich auch nur schützen. Kanellopoulos fuhr fort:

»Ich kann Ihnen nicht die ganze Geschichte darlegen, weil ich sie nicht kenne. Ich kann Ihnen nur meine Seite der Ereignisse schildern.« Er machte eine Pause.

»Und ich gebe unumwunden zu, dass ich mich zum Teil auch schuldig an seiner Tragödie gefühlt habe und bis heute fühle.«

Ha, jetzt hab ich ihn, dachte Phaní. Vielleicht hatte sie bei dem alten Herrn ja eine weiche Stelle getroffen. Sie hatte keine Ahnung weshalb, aber er schien wirklich ernst zu meinen, was er sagte. Vielleicht war er aber auch nur ein sehr guter Schauspieler.

»Ich fühle mich daher Ihnen gegenüber wohl verpflichtet, meine Seite der Ereignisse zu erzählen.« Kanellopoulos schien die richtigen Worte zu suchen, möglicherweise um sich nicht zu stark zu belasten, überlegte Phaní.

»Ich hatte damals mit meinem Kompagnon große Parzellen Land in der Nähe von Kalamata gekauft. Alles war legal, und wie der Zufall es wollte, so wurde einige Jahre später genau durch diese Parzellen die jetzige wichtige Zufahrtsstraße gebaut.« Kanellopoulos zuckte die Achseln.

»Wir machten ein Vermögen, als die Preise stiegen.«

Phaní schüttelte den Kopf. Aus Kanellopoulos' Mund tönte die Geschichte wirklich harmlos. Er bemerkte ihre Haltung und lachte.

»Ich glaube, Sie verstehen, was ich meine, und wir können den Teil der Geschichte so stehen lassen.« Er zog noch einmal an seinem Zigarrenstummel. Phaní verstand sehr wohl. Es würde ihm nie nachgewiesen werden können, dass er und sein Kompagnon sich Informationen aus der Planungsbehörde erkauft hatten. Zudem lag das Delikt, wenn es denn eines gab, schon zu lange zurück. Phaní nickte.

»Einige Beamte im Straßenplanungsamt vermuteten Begünstigung, allen voran Ihr Vater. Und da Ihr Vater so rechtschaffen war und im Gegensatz zu mir nicht an

Zufälle glaubte, wollte er auch um jeden Preis herausfinden, ob – und wenn ja, von wem – Informationen verkauft worden waren.«

Kanellopoulos holte tief Luft und fasste sich an die Brust. Seine Mine verfinsterte sich ein wenig. Er atmete langsam aus und gab ein leichtes Stöhnen von sich. Phaní schaute ihn ungewollt verdutzt und auch leicht besorgt an.«

»Manchmal fühle ich eine Enge um mein Herz. Ich hoffte, dass die Beschwerden nach der letzten Operation gänzlich verschwinden würden.« Kanellopoulos sprach mehr zu sich selbst als zu Phaní.

»Wie gesagt, ich hatte Ihren Vater gewarnt. Ich habe ihm gesagt, dass er niemals herausfinden würde, ob sich jemand in seinem Amt hatte kaufen lassen. Und ich habe ihm immer wieder versichert, dass ich von nichts wusste. Aber er hat mir nicht geglaubt.« Wieder stöhnte Kanellopoulos. Phaní gewann den Eindruck, dass dem alten Herrn diese Geschichte tatsächlich immer noch sehr naheging. Oder wollte er einfach bei ihr Mitleid erwecken?

»Ja. Wir kannten uns seit der Grundschule. Obwohl unsere Karrieren sehr unterschiedlich verliefen, haben wir unsere Freundschaft aufrechterhalten. Auch wenn Spiros oft meine Geschäfte missbilligte und mich auf seine geradlinige Spur bringen wollte, konnten wir immer wieder zwischendurch den Alltag vergessen und einfach einen *tsípouro* zusammen trinken.«

Kanellopoulos holte wieder tief Luft.

»Doch eines Tages begann er plötzlich mich zu schneiden. Ich konnte mir sein Verhalten nicht erklären. Bei erster Gelegenheit stellte ich ihn zur Rede. Mit seiner immer beherrschten Art schleuderte er mir nur ins Gesicht, dass mein Kompagnon und ich den Verlauf der

Straße im Voraus gekannt haben mussten und dazu jemanden in seinem Amt bestochen hätten. Zudem schwor er, dass er die undichte Stelle finden werde.«

Wieder machte Kanellopoulos eine kleine Pause.

Etwas verloren saß er nun im Sessel und starrte auf seine leere Kaffeetasse. Phaní überkam das seltsame Gefühl, dass er ihr jetzt alles sagen wollte, was er ihrem Vater nicht mehr hatte sagen können. Es war eine Art Beichte, oder Selbstrechtfertigung, je nachdem, wie man es betrachtete, nach über dreißig Jahren. Langsam begann Phaní sich zu fragen, ob Kanellopoulos nicht die Wahrheit sagte – seine Wahrheit zumindest. Er schaute Phaní an und versuchte zu lächeln.

»Ich habe mir natürlich sofort Gedanken darüber gemacht, ob an Spiros' Version der Vorgänge etwas wahr sein könnte und mir überlegt – wenn es denn stimmte, dass jemand die Planungsbehörde bestochen hatte – wer dafür in Frage gekommen wäre? Nur einer kam mir in den Sinn.« Kanellopoulos schwieg.

Er musste seinen damaligen Kompagnon meinen, dachte Phaní, das war naheliegend.

»Ich kann heute ruhig sagen, dass ich mich in einem Interessenkonflikt befand. Wie hätte ich meinen Kompagnon wegen seines Handelns öffentlich anprangern können, ohne die gemeinsame Investition zu gefährden? Ich war in die Sache verwickelt, ohne dazu beigetragen zu haben.« Kanellopoulos schaute auf seine Hände.

»Ich hätte mich von diesem finanziellen Rückschlag niemals oder nur sehr schwer erholen können.« Dieser Teil der Erzählung gehörte wohl zum Bereich Selbstrechtfertigung, dachte Phaní.

»Das Einzige, was ich tun konnte, war Ihren Vater zu warnen. Umsonst!« So langsam begriff Phaní, worauf Kanellopoulos hinauswollte. Sofort straffte sich ihr

Körper und sie richtete sich im Sessel auf. Kanellopoulos fuhr fort:

»Soviel ich herausfinden konnte, hatte mein Kompagnon eine Kontaktperson in der Behörde Ihres Vaters. Es war ein Leichtes für ihn und seinen Helfer, kompromittierendes Material gegen Ihren Vater zu erstellen. Das ist natürlich nur eine Vermutung meinerseits. Jedoch den Hinweis mit der Kontaktperson habe ich damals aus verlässlicher Quelle erhalten.« Dann nickte Kanellopoulos.

»Bevor Sie fragen: Nein, ich weiß nicht, um wen es sich bei der Kontaktperson handelte.« Phaní's Stimmung war einerseits euphorisch, denn Kanellopoulos hatte ihr soeben gesagt, dass er von der Unschuld ihres Vaters überzeugt war. Andererseits machte sich wohl wegen ihrer maniotischen Gene die tief verwurzelte Lust auf Rache bemerkbar – wieder ein Indiz dafür, dass Phaní's Familie aus der Mani stammen musste.

»Wer ist denn nun dieser, Ihr Kompagnon?« Kanellopoulos seufzte.

»Sein Name war Polidoros Zachareas.«

»War?«, stammelte Phaní und fragte sich zugleich, wo sie diesen Namen schon gehört hatte. Doch bevor Kanellopoulos fortfahren konnte, erinnerte sich Phaní und sagte laut, ihre Erinnerung rezitierend:

»Er wurde Ende der Siebzigerjahre in Thessaloniki ermordet. Er flog mitsamt seinem Auto auf offener Straße in die Luft. Der oder die Täter wurden nie gefasst. Polidoros Zachareas hatte es bis zum Minister für Öffentliche Ordnung in der Regierung Karamanlis gebracht. Wir haben den Fall in der Polizeischule durchgenommen, jetzt erinnere ich mich.«

Phaní sank in ihren Sessel zurück. Jemand hatte also schon vor ihr Zachareas seine gerechte Strafe zukommen lassen, dachte Phaní, obwohl sie die Methode nicht billigte.

Phaní wurde schwindlig. All die neuen Informationen brachten sie durcheinander. Eigentlich hatte sie nun eine gewisse Kenntnis über die Vorgänge von damals und warum ihr Vater Kalamata verlassen hatte. Aber erneut hatte sie jetzt weitere offene Enden in der Hand. Wer war diese ominöse Kontaktperson im Amt ihres Vaters gewesen? Lebte sie noch? Wenn ja, musste sie mittlerweile pensioniert sein. Die widerrechtlich verratene Information hatte sie sich damals bestimmt vergolden lassen und sich sicher ein großes Stück Land gekauft, mitsamt Haus, oder vielleicht in ein eigenes Geschäft investiert.

Nun war es Phaní, die stöhnte. Im Grunde genommen brachte ihr diese alte Geschichte wirklich nichts mehr, außer dass sie selbst jetzt etwas beruhigter war. Doch eigentlich sollte sie sich endlich wieder um ihren Fall kümmern. Sie blickte auf und sah, wie Kanellopoulos sie beobachtete. Er hatte sich seine Last von der Seele geredet, und sie saß nun mit den Brocken von Informationen da. Phaní fühlte sich hilflos und wurde – wie meistens – dadurch wütend.

»Warum haben Sie mir das alles erzählt? Warum haben Sie mir nicht einfach gesagt, dass sie an die Unschuld meines Vaters glauben und Schluss!«

Kanellopoulos machte eine ernste Miene.

»Ich nehme an, dass ich Ihnen das nicht zu erklären brauche und mir die ganze ›ich bin ein alter Mann‹ Rede sparen kann.«

Phaní begriff. Es war, wie sie gedacht hatte. Er wollte sich sein Gewissen erleichtern.

»Gut. Ich habe Ihnen zugehört. Jetzt können Sie auch etwas für mich tun!«, forderte Phaní.

Kanellopoulos schaute sie für einen Augenblick überrascht an, dann nickte er.

»Schießen Sie los!«

Phaní setzte sich wieder im Sessel aufrecht hin.

»Ich will wissen, ob Sie etwas mit dem Unfalltod des alten Mannes, vorgestern auf der Landstraße nach Skala, zu tun haben?« Kanellopoulos stockte ein paar Sekunden, dann fing er laut und tief an zu lachen. Zuletzt hielt er sich wieder die Brust und Phaní verstand überhaupt nicht, was er daran so lustig fand.

»Sie sind ganz schön gewieft, meine Liebe! Sie wollen den sentimentalen Moment eines alten Mannes ausnutzen und ihn zu einem Geständnis bewegen.« Er lachte noch mal kurz.

»Doch so einfach ist es nicht im Leben!« Damit sagte er ihr natürlich etwas, was sie schon wusste. Plötzlich wurde Kanellopoulos ernst.

»Ich habe vom Tod des Alten gehört. Und ich weiß natürlich auch, dass meine Gesellschaft ihn seit mehreren Jahren zu überreden versuchte, sein Stück Land an uns zu verkaufen.«

»Ein ganz schön starkes Tatmotiv«, bemerkte Phaní schnippisch und kam sich plötzlich so idealistisch wie Panos vor. Kanellopoulos seufzte. Dann stand er abrupt auf und stellte sich vor Phaní.

»Ich glaube unsere Unterredung ist beendet, *kiría astinóme*.« Kanellopoulos reichte ihr die Hand und Phaní stand reflexartig auf. Doch sie gab ihm nicht die Hand.

»Ihre plötzliche Reaktion kann zweierlei bedeuten: Entweder Sie sind schuldig und wollen sich nicht selbst belasten …« Phaní's Erläuterung wurde diesmal durch ein tiefes Stöhnen unterbrochen. Sie ließ sich aber nicht beirren.

»Oder Sie haben den Zusammenhang schon selbst erkannt und wollen nicht wahrhaben, dass vielleicht jemand aus Ihrer Gesellschaft etwas mit dem Unfall zu tun haben könnte.« Kanellopoulos wiegte den Kopf hin und her, sagte aber eine Weile nichts.

»Lassen Sie mich Ihnen mein hiesiges Engagement erklären. Aus vielleicht sentimentalen, also persönlichen Gründen will ich in Messenien einige wunderschöne, ultramoderne Ferienanlagen bauen. Ich investiere auch viel von meinem eigenen Geld. Ich bin davon überzeugt, diese Gegend braucht eine stärkere Wirtschaft, und ich finde Golfanlagen, Hotels und Swimmingpools schöner, als zum Beispiel eine Schiffswerft.« Phaní erinnerte sich, dass Bernard ihr einmal erzählt hatte, dass bei Pilos, fünfundvierzig Kilometer westlich von Kalamata, tatsächlich eine Schiffswerft geplant war, die dann aber zum Glück nie realisiert wurde, denn diese hätte einen unkorrigierbaren Eingriff in die Natur bedeutet.

»Ich trage dieses Projekt schon viele Jahre mit mir herum, um auf den richtigen Zeitpunkt zu warten, der mir jetzt in mancherlei Hinsicht gekommen zu sein scheint. Sie können auch sagen, ich habe es mir in den Kopf gesetzt, und was ich mir vorgenommen habe, führe ich auch durch.« Phaní dachte, dass Kanellopoulos sicherlich auch so die Regierung in Athen von dem Projekt begeistert hat, seine Worte klangen wie die Rede eines Investors, der Unterstützung vom Staat will.

»Ich habe meinen Namen in die Waagschale geworfen, als Garant für die Korrektheit aller Vorgänge während der Planung des Projekts. Seit jedoch die nötigen Unterlagen für die Genehmigung eingereicht sind, habe ich alle weiteren Schritte meinem hiesigen Geschäftsführer anvertraut, der zusammen mit seinen Leuten für die folgenden Projektphasen verantwortlich ist, aber auch schon für die Landakquisition vor Ort zuständig war.

Er stellt seine Mitarbeiter selbst ein und muss mir darüber keine Rechenschaft ablegen.« Phaní betrachtete Kanellopoulos skeptisch. Was ihr der Mann gerade gesagt hatte, war: Falls ein Zusammenhang zwischen den Landerwerbungen und dem Unfalltod des alten Stathis bestünde, würde er nicht darüber informiert werden und wüsste somit nichts davon. Damit hatte er sich von jeglicher Mitwisserschaft befreit. Phaní erkannte seinen Winkelzug und konnte nicht an sich halten.

»Und das soll ich Ihnen glauben, dass Sie von nichts wissen?« Kanellopoulos' Lächeln wirkte diesmal etwas ermüdet. Er schien zu überlegen, holte schließlich tief Luft und sagte in leicht aufgebrachtem Ton:

»Was ist nur mit euch Papadeas los? Ich scheine immer aus Gutmütigkeit zu versuchen mich mit euch gut zu stellen, doch jedes Mal bin ich es am Schluss, der seine Unschuld beweisen muss. Diese Situation kommt mir sehr bekannt vor.« Kanellopoulos stöhnte wieder. Die ganze Unterredung schien ihn tatsächlich stark zu ermüden. Nach einer Weile des Schweigens fuhr er fort:

»Ich mache Ihnen einen Vorschlag, und fragen Sie mich nicht, weshalb ich Ihnen so weit entgegenkomme. Nennen Sie es ein Gefühl der Verpflichtung Ihrem Vater gegenüber.« Wieder machte Kanellopoulos eine Pause. Als er weitersprach schaute er Phaní eindringlich an.

»Ich werde mich persönlich darum bemühen herauszubekommen, ob Ihre Vermutung, wenn ich es einmal so ausdrücken darf, einen wahren Kern hat oder nicht. Falls ich herausfinden sollte, dass kein Zusammenhang zwischen dem Unfall und den Landaufkäufen besteht, hoffe ich auf das Eindringlichste, dass Sie mir glauben. Danach möchte ich nicht weiter von Ihnen behelligt werden. Noch möchte ich, dass die Polizei meine Projekte durch ihre Untersuchungen behindert, solange der

Verdacht, den sie gegen mich vorzubringen hat, lediglich auf Hirngespinsten beruht. Ich glaube damit dem Vermächtnis Ihres Vaters Genüge getan und mich mehr als hilfsbereit gezeigt zu haben. In diesem Fall wird in Zukunft auch keine weitere Zusammenarbeit zwischen Ihnen und mir von Nöten sein. Und bitte entschuldigen Sie mich jetzt, ich habe noch andere Geschäfte zu erledigen.« Kanellopoulos drehte sich um und ging zu seinem Schreibtisch, der im selben Raum stand. Phaní war die Rede des alten, Ehrfurcht gebietenden Herrn unter die Haut gegangen. Für einen Moment blieb sie starr beim Sessel stehen und wollte am liebsten unsichtbar werden. Doch auch wenn sie zum Teil eingeschüchtert war, konnte sie sich eine letzte Frage nicht verkneifen.

»Was werden Sie aber tun, wenn Sie herausfinden, dass meine Vermutung keineswegs haltlos ist?« Kanellopoulos schaute von seinen Papieren auf. Er stand mit einer Hand auf den Schreibtisch gestützt da und sagte nur knapp.

»Dann werden Sie in den nächsten achtundvierzig Stunden von mir hören.«

17

Phaní verließ die Yacht mit gemischten Gefühlen. Daher nahm sie kaum wahr, wie sie wieder an Land und schließlich zu ihrem Xsara gelangte. Zum Glück war es Samstag, so fuhr sie gewohnheitsmäßig nach Hause und legte sich erst einmal in ihren Kleidern aufs Bett. Sie fiel unweigerlich in einen tiefen, traumdurchzogenen Schlaf.

Als sie um halb vier am Nachmittag erwachte, brauchte sie einen Augenblick, wieder in die Wirklichkeit zurückzufinden. Sie wusste nicht mehr, was sie geträumt hatte, es blieb nur ein unbefriedigendes und ungutes Gefühl zurück. Sehr wahrscheinlich hatte sie das Gespräch vom Vormittag schon in ihrem Unterbewusstsein zu verarbeiten begonnen.

Sie rief ihre Mutter an und erzählte ihr von der Unterhaltung mit Kanellopoulos, auch was er über ihren Vater gesagt hatte. Zuerst lachte ihre Mutter nur und meinte, dass höre sich ganz nach Vangelis an. Danach machte sie Phaní wiederum Vorwürfe, warum sie denn um jeden Preis schlafende Hunde wecken und in der Vergangenheit herumstochern müsse. Ihre Mutter benutzte seinen Vornamen, als sie über Kanellopoulos sprach, was bestätigte, dass sie ihn einmal gut gekannt haben musste. Phaní kam der Gedanke, dass sie eigentlich nichts über die Jugend ihrer Eltern wusste und begann zu begreifen, dass in Kalamata jeder jeden gekannt hatte, wenn er in den Fünfzigerjahren hier aufgewachsen war. Ihre Mutter trug nicht gerade viel zur Aufhellung ihrer Stimmung bei, daher hielt Phaní das Gespräch kurz. Danach überlegte sie, ob Dimitris ihr heute vielleicht eher Trost spenden könnte, aber nachdem sie an seine kargen einsilbigen Antworten von gestern dachte, verwarf sie die Idee gleich wieder.

Der Sonntag versprach langweilig zu werden. Das Wetter war grau in grau mit zeitweiligen Niederschlägen. Phaní hatte sich nicht einmal die Mühe gemacht, sich anzuziehen. Sie wandelte in ihrem Pyjama vom Schlafzimmer zur Küche, vom Sofa zum Badezimmer und wieder zurück. Am Nachmittag schaute sie sich einen Schwarz-Weiß-Streifen aus den Sechzigern an, einen der unzähligen Filme, die Vengos damals gedreht hatte. Der Film war auch ein Stück weit eine Reise zurück in Phaní's Kindheit, da sie zusammen mit ihrem Bruder Stelios während der langen Sommerferien oft Komödien mit Vengos angeschaut hatte. Natürlich fand sie den Film jetzt längst nicht mehr so lustig wie damals, aber sie wurde wenigstens abgelenkt und in eine Art Dämmerzustand versetzt. Aus diesem wurde sie dann auch jäh herausgerissen, als ihr *kinitó* klingelte. Phaní schaute genervt auf die Anzeige. Es war ein unbekannter Anruf. Sie wägte kurz ab, ob sie antworten oder das Telefon einfach klingeln lassen sollte, nahm dann aber schließlich doch ab.

Es war Kanellopoulos. Phaní schossen zwei Gedanken durch den Kopf: Woher hat er meine private *kinitó*-Nummer und, er hat Wort gehalten.

»*Kiría astinóme*, bitte lassen Sie mich sagen, was ich Ihnen mitteilen möchte, ohne mich zu unterbrechen. Ich würde mich nur ungern wiederholen«, betonte er eingangs. Dann stöhnte er leise, als ob ihm dieses Gespräch nicht leicht fallen würde.

»Ich habe nach eingehenden Unterredungen mit einigen Angestellten meiner hiesigen Gesellschaft zur Realisierung der Ferienanlagen Informationen erhalten, von denen ich überzeugt bin, dass Sie diese kennen sollten. Übrigens genießen die oben erwähnten Leute mein absolutes Vertrauen.«

Er hielt inne. Phaní wagte wegen seiner einleitenden Worte nichts zu sagen, auch als mehrere Sekunden Stille herrschte. Außerdem war sie noch nicht ganz aus ihrem wohligen Dämmerzustand erwacht und empfand das Gespräch noch als sehr unwirklich. Endlich fuhr er fort:

»Bedauerlicherweise und zu meinem großen Leidwesen muss ich eingestehen, dass es Grund dafür gibt, eine

Person, welche von meinem hiesigen Geschäftsführer eingestellt wurde, zu beobachten und eingehend zu befragen. Es besteht die Möglichkeit, dass dieser Mitarbeiter tatsächlich mit dem Unfall des alten Mannes bei Skala in Zusammenhang gebracht werden könnte.«

Phaní schluckte und fragte sich, ob sie nun sprechen dürfe, doch Kanellopoulos kam ihr zuvor.

»Falls sich die Vermutung als haltlos erweisen sollte, so hat das heutige Gespräch zwischen uns nie stattgefunden, verstehen Sie mich?« Phaní nickte, obwohl er das gar nicht sehen konnte.

»Ich möchte, dass Sie sich persönlich dieser Angelegenheit annehmen, für den Fall, dass der Verdacht unbegründet ist. Dadurch würden ihm und auch dem Unternehmen Unannehmlichkeiten erspart bleiben.«

»Und wenn sich der Verdacht als berechtigt herausstellen sollte?«, wagte Phaní endlich einzuwenden und wunderte sich über ihre gewählte Ausdrucksweise, die sie wohl unweigerlich von Kanellopoulos übernommen hatte.

»Dann tun Sie, was Sie tun müssen, damit er seine gerechte Strafe bekommen wird. Ich dulde in meinen Unternehmen keine unlauteren Methoden«, betonte er mit Schärfe.

»Ich hoffe jedoch, dass Sie in dem Fall Vernunft und Gerechtigkeit walten lassen und das Verhältnis des Mitarbeiters zum Unternehmen im richtigen Zusammenhang aufzeigen werden.« Phaní glaubte zu begreifen, was er meinte, nämlich dass es in jedem Unternehmen ein faules Ei gab, man aber deswegen nicht das ganze als faul einstufen sollte.

»*Kírie* Kanellopoule, die Vorgehensweise meiner Ermittlungen müssen Sie schon mir überlassen«, entgegnete Phaní trotzig.

»Am besten sagen Sie mir erst einmal den Namen, und wo ...«, fing Phaní gewohnt fordernd an zu fragen.

»Dazu komme ich jetzt sofort, meine Liebe. Ich habe mir sagen lassen, dass er heute Abend um zehn Uhr in Akovitika zu finden ist«, unterbrach Kanellopoulos sie mit sanfter Stimme.

›Akovitika?‹, fragte sich Phaní, die ja eigentlich nicht aus der Gegend war. Sie konnte Kanellopoulos schlecht nach einer genauen Wegbeschreibung fragen, doch dieser sprach auch schon weiter:

»Wenn Sie die Straße von Akovitika in Richtung Strand von Messini fahren, sehen Sie bald, etwa zweihundert Meter rechts, eine alte verlassene Fabrik. Dort wird er heute Abend sein«, waren seine letzten Worte und er legte auf. Phaní war perplex und blieb noch einen Augenblick wie versteinert sitzen. Und wie hieß der Mann? Sie hatte nicht einmal die Gelegenheit gehabt, nach dem Namen zu fragen.

Phaní schaute auf die Uhr. Es war abends kurz vor sieben. Sie hatte also noch genügend Zeit. Ihr Verstand war jetzt hellwach, sie sprang vom Sofa auf und suchte ihre Karte von Messenien. Schließlich fand sie diese, aber Akovitika war nicht aufgeführt oder sie konnte es einfach nicht finden. Ihr fehlte die Geduld lange zu suchen. Sie überlegte kurz, wen sie anrufen könnte, um zu fragen. Als erster kam ihr Panos in den Sinn, doch der schmollte zurzeit. Bernard würde sicher Fragen stellen, doch um diesen auszuweichen fehlte ihr im Moment auch die Geduld. Also rief sie ihre Mutter an, verheimlichte ihr jedoch, dass sie dort heute Abend alleine einen geheimnisvollen Mann aufspüren wollte. Und diese konnte ihr tatsächlich weiterhelfen und setzte noch hinzu:

»Die Straße führt an einer Stelle vorbei, wo früher der

Bach Aris ins Meer floss, wir haben dort noch als Kinder gespielt. Später wurde der Bach zugeschüttet, wie mir jemand gesagt ...«

»Das hört sich ja nicht gerade einladend an, dann lohnt es sich nicht, mal dahinzufahren, *mamá*.«

»Doch, doch, wenn ich mich recht erinnere, ist der Strand schon ...«

»Danke, danke. Ich höre mir das alles ganz bestimmt ein anderes Mal an. Es klingelt gerade jemand an der Tür. *Filiá, jiá!*«, log Phaní und legte einfach auf. Auch dazu fehlte ihr die Geduld, ihrer Mutter lange zuzuhören. Zugleich dachte Phaní aber, sie sollte sich wirklich einmal die Zeit nehmen, die Geschichten ihrer Mutter anzuhören, weil sie doch festgestellt hatte, dass sie von der Kindheit ihrer Eltern fast nichts wusste.

Phaní hatte noch ausreichend Zeit. Sie wollte jedoch früh genug dort sein und sich auf die Lauer legen. Sie hatte plötzlich ein leeres Gefühl im Magen und fragte sich, ob das die Aufregung sei. Doch warum sollte sie aufgeregt sein, sie hatte schon des Öfteren Verdächtige überwacht. Sie schaute im Kühlschrank nach, was sie schnell essen könnte, ohne ihren Magen stark zu belasten. Das Einzige, was sie fand und worauf sie jetzt Lust hatte, war ein Joghurt, in welchen sie sich etwas Honig träufelte. Dazu knabberte sie trockenen Zwieback. Sie kochte sich noch eine Tasse *ellinikó glikó* und trank diesen zügig. Danach suchte sie dunkle Kleidung heraus und zog sie an. Zuletzt nahm sie ihre Dienstwaffe, überprüfte, ob der Abzug nicht klemmte und steckte sie ein. Man konnte nie wissen. Phaní überlegte kurz, ob sie nicht doch jemanden von der *Diévthinsi*, vielleicht sogar Panos, informieren sollte, falls sie Verstärkung brauchte. Sie verwarf jedoch den Gedanken schnell, weil sie keine Ahnung hatte, was sie in Akovitika erwartete. Die ganze Übung könnte sich auch als Luftblase herausstellen. Kurz vor halb neun ging sie durch die Tür. Draußen hatte wieder ein schwacher Nieselregen eingesetzt und die Temperaturen waren ziemlich niedrig. Phaní fluchte innerlich. Eine klare Nacht wäre ihr lieber gewesen.

Sie fuhr durch die glänzend nassen Straßen, der Verkehr war sehr spärlich, sodass sie viel schneller vorankam, als sie berechnet hatte. In fünf Minuten bog sie schon von der Artemidos in die Nea Isodos ein, fuhr an der *Diévthinsi* vorbei, wo sie unweigerlich kurz die Finger zum symbolischen Gruß hob. Der Eingang war beleuchtet, aber auch in ein paar Räumen des oberen Stockwerks brannte noch Licht, was bedeutete, dass ihr Chef sogar heute im Büro war. Doch nun war es zu spät, zudem würde er nur versuchen, sie an ihrem Vorhaben zu hindern.

Bei der nächsten Ampel bog sie links ab. Die Straße war nun nicht mehr beleuchtet und Autos kamen ihr auch keine mehr entgegen. Die Nacht war stockdunkel, nur die Scheinwerfer ihres Citroën wiesen den Weg. Bald darauf bog sie bei der spärlich beleuchteten militärischen Pilotenschule rechts ab und gelangte auf die Straße, die parallel dem Meer entlangführte. Sie überquerte eine kleine Brücke und fuhr ins Nichts, so jedenfalls kam es ihr vor. Nur der Regen und die Scheibenwischer waren zu hören, und das schwache Geknatter eines Motorrollers auf der Hauptstraße fernab.

Die Beschreibung ihrer Mutter war sehr gut gewesen, denn wie diese gesagt hatte, ging bald ein Feldweg rechts ab. Dieser musste zu der verlassenen Fabrik führen. Nach etwa zweihundert Metern tauchte ein großer Schuppen vor Phaní's Scheinwerfern auf, den sie nur an seinen Konturen erkannte. Doch plötzlich trat sie auf die Bremse und brachte ihren Wagen zum Stehen. Vor der Halle konnte sie klar ein rotes Auto erkennen. Ob der mysteriöse Mann, den sie suchte, schon hier war? Aber es war doch erst kurz nach neun.

Es hatte jetzt auch keinen Sinn mehr, die Scheinwerfer auszuschalten. Wenn der Mann im Wagen saß, hatte er sie schon gesehen und die ganze Aktion wäre ins Wasser gefallen, bevor Phaní ihn hätte beobachten können. Schon bald hörte sie leise, wie der Wagen startete und sah, wie eine Rauchwolke aus dem Auspuff emporstieg. Danach fuhr er los. Phaní blieb wie versteinert in ihrem Wagen sitzen und beobachtete, wie das Auto nun auf sie zukam. Als es nahe genug war, erkannte sie, dass es ein kleiner Cinquecento war, und als er direkt an ihr vorbeifuhr, dass zwei Personen darin saßen, obwohl die Scheiben angelaufen waren. Phaní atmete auf. Das war wohl kaum ihr Verdächtiger gewesen. Denn sie hielt es für unwahrscheinlich, dass Kanellopoulos von einem Schäferstündchen eines Mitarbeiters gesprochen hatte, als er meinte, sie würde diesen heute Abend hier finden.

Als das rote Auto nach ein paar Minuten weit genug entfernt war, stieg Phaní aus. Der Regen hatte unterdessen aufgehört und sie konnte sich ungestört umsehen. Nachdem sie einmal um die Halle gegangen war, erkannte sie, dass ein Wagen, wegen des allgemein dichten Bewuchses, nur bis zum Vorplatz gelangen konnte – denn davon ging sie aus, dass der Verdächtige nicht zu Fuß kommen würde. Darauf suchte sie nach einer geeigneten Stelle, wo sie sich auf die Lauer legen konnte und fand am Rand des Platzes ein gutes Versteck hinter alten Ölfässern und Holzpaletten, von wo aus sie fast den gesamten Bereich vor der Fabrik überblicken konnte. Ihr Auto versteckte sie abseits des Weges.

Danach geschah erst einmal gar nichts. Jetzt wo der Regen aufgehört hatte, konnte sie Geräusche aus weiter

Ferne vernehmen. Manchmal hatte sie sogar den Eindruck, die Brandung des Meeres zu hören, ein paar Mal vernahm sie das heisere Bellen eines Fuchses, zudem flatterte eine aufgescheuchte Fledermaus aufgeregt an ihr vorbei. Leichter Regen setzte wieder ein. Phaní fluchte leise und zog sich in ihr Auto zurück. Wenn sich jemand nähern sollte, hoffte sie, dass sie die Scheinwerfer von Weitem sehen könnte und dann noch genügend Zeit hätte, sich hinter den Fässern zu positionieren. Danach herrschte wieder für eine Weile Ruhe. Phaní schaute immer wieder auf die Uhr und war jedes Mal erstaunt, dass erst wenige Minuten verstrichen waren. Es folgte ein Anfall von Müdigkeit, den sie eine Zeit lang bekämpfen musste, danach setzte eine heftige Regendusche ein und Phaní begann sich zu sorgen, ob sie überhaupt wieder aus dem Feldweg, der wahrscheinlich unterdessen zu einem Matschweg geworden war, rauskommen würde. Ihre Gedanken gingen von Vorwürfen sich selbst gegenüber, dass sie sich ihre alten Reifen fast ohne Profil nicht längst hatte ersetzen lassen, bis zum Ärgernis über ihre Regenjacke, deren zu lange Ärmel sie in ihrer Bewegungsfreiheit behinderten, jedoch die einzige dunkle war, die sie besaß.

Dann sah sie die hellen Scheinwerfer eines Wagens, der eindeutig den Feldweg entlang gefahren kam. Ihr Körper straffte sich sofort, sie setzte sich auf und stieg aus. Der Regen war nun völlig unwichtig geworden. Obwohl es unmöglich war, dass der Lichtkegel des nahenden Autos sie streifte, duckte sie sich automatisch, wartete einen Moment und versteckte sich dann hinter den Ölfässern. Weil sich ihre Augen bereits an die Dunkelheit gewöhnt hatten, konnte sie den Wagen erkennen: Es war ein dunkler Mercedes neuerer Bauart. Er blieb wie erwartet auf dem Platz vor der Halle stehen. Der Fahrer stieg jedoch nicht aus, und Phaní hatte keine Chance, ihn zu Gesicht zu bekommen. Danach verstrichen Minuten, während denen nichts geschah, außer dass Phaní immer nasser wurde. Sie verfluchte ihren Beruf, vermutete und befürchtete zugleich, dass ihre ganzen Anstrengungen vergebens wären, die Leute, die in ihrer Vorstellung schon zu Drahtziehern aufgeblasen wurden, bloß kleine Lichter darstellten und Kanellopoulos nur versucht hatte von sich abzulenken. Und sie befürchtete zudem, dass sie sich hier den Tod holen würde, wenn nicht bald etwas passierte.

Dann erschien ein zweites Auto. Wieder duckte sich Phaní und fasste sich danach an den Kopf über ihre idiotische Vorsicht. Durch sein grelles Licht konnte sie das Auto zunächst nicht erkennen, doch als es von den Scheinwerfern des Mercedes erfasst wurde, versteifte sich ihr Nacken, und Regen, Nässe und matschiger Feldweg waren mit einem Schlag vergessen. Der Wagen, der sich nun neben den Mercedes stellte, war eindeutig und ohne Zweifel ein gelbes Athener Taxi.

Der Regen hatte unterdessen wieder aufgehört. Trotzdem stiegen die beiden Fahrer nicht aus. Sie mussten zunächst nur durch die geöffneten Fahrerscheiben miteinander sprechen, denn Phaní vernahm Wortfetzen einer Unterhaltung. Deren Inhalt verstand sie zwar nicht, doch sie konnte ausmachen, dass die Diskussion hitziger wurde. Die zwei hatten Streit.

Plötzlich stieß der Fahrer des Taxis die Tür auf und sprang aus dem Wagen. Der Mann war unauffällig und Phaní kannte ihn nicht. Sie machte sich Vorwürfe, dass sie keinen Fotoapparat bei sich hatte. Dann kam ihr in den Sinn, dass sie überhaupt keinen besaß, nur so eine Billigkamera mit eingebautem Film, den sie von ihrer Mutter geschenkt bekommen hatte, weil diese wollte, dass Phaní ihr Bilder vom heutigen Kalamata schoss und dann per Post zuschickte.

Ihre Gedanken wurden schnell verdrängt, als sie sah, wie sich die Tür des Mercedes langsam öffnete und die Innenraumbeleuchtung die Szene erhellte: Ein großer, gut gekleideter Mann Mitte dreißig stieg aus. Ihn erkannte Phaní sofort, mit ihm hatte sie schon gesprochen und er hatte eigentlich einen sympathischen Eindruck bei ihr hinterlassen, als sie ihn in Athen traf. Es war ganz eindeutig Adamopoulos, der Anwalt von Nana Nikolakea und Howard Curwen. Dieser Mistkerl! Hatte sich der also von beiden Seiten bezahlen lassen und sowohl für Nana als auch für Kanellopoulos' Geschäftsführer hier in Kalamata gearbeitet. Und er steckte nun, wie es aussah, hinter dem Anschlag auf den alten Stathis, er musste den Taxifahrer bezahlt haben, damit dieser den Alten von der Straße drängte.

Phaní dachte, nun war es eindeutig an der Zeit Verstärkung zu holen. Es wäre höchst unprofessionell, diese zwei Verbrecher, die allem Anschein nach vor Mord nicht zurückschreckten, alleine zu stellen. Sie bereute jetzt, Panos nicht mitgenommen zu haben, verstimmtes Verhältnis hin oder her. Über sich selbst ärgerte sie sich, weil sie Panos' Verhalten nicht einfach ignorieren und ihren Job machen konnte, denn so hätte sie eigentlich handeln müssen und niemals alleine hierherkommen dürfen.

Phaní kramte umständlich ihr *kinitó* aus der Tasche ihrer Regenjacke, verfluchte noch einmal die zu langen Ärmel und wählte automatisch Panos' Nummer. Sie musste eine Weile warten während die Verbindung aufgebaut wurde.

Plötzlich erschrak sie heftig und drehte sich blitzschnell um. Sie war wie vor den Kopf geschlagen. Eindeutig hatte sie ein Geräusch gehört, einige leise Töne. Jemand musste nur etwa fünfzig Meter hinter ihr im Gebüsch versteckt sein. Nun wurde ihr mulmig zumute. Sie hatte die Möglichkeit ganz außer Acht gelassen, dass sich noch eine dritte Person zu diesem Treffen gesellen würde. Vielleicht war diese ja schlauer gewesen, als die anderen zwei und hatte Phaní entdeckt. Sie bekam das ungute Gefühl, dass sie umringt war. Irgendwo dahinten im Dunkeln musste jemand sie die ganze Zeit beobachtet haben. Sie schaute zu dem Taxifahrer und Adamopoulos zurück. Die zwei hatten aufgehört zu streiten und schauten genau in Phaní's Richtung. Wahrscheinlich hatten sie auch etwas gehört. Sie können mich aber unmöglich schon gesehen haben, dachte Phaní. Nun musste sie sich entscheiden und doch alleine gegen eine Seite stellen, und zwar schnell. Sie hatte keine Zeit mehr Unterstützung anzufordern. Aber auf welche Seite sollte sie zuerst losgehen? Adamopoulos und der Taxifahrer unterhielten sich wieder erregt, sie schienen aber nicht zu streiten, sondern zu diskutieren. Dann sah Phaní wie der Taxifahrer zu seinem Wagen ging, die Beifahrertür öffnete, etwas aus dem Innern holte und die Tür zuschlug. Als der Taxifahrer wieder zu Adamopoulos trat, konnte sie deutlich erkennen, dass er eine große Pistole in der Hand hielt. Adamopoulos schien nun heftig aufgebracht und redete auf den Taxifahrer ein. Dieser ließ sich nicht beirren und ging langsam in Phaní's Richtung. Adamopoulos folgte zögernd. Beide mussten tatsächlich das Geräusch auch gehört haben, denn es war ja genau hinter ihr zu vernehmen gewesen.

Danach ging alles sehr schnell, die Ereignisse konnten sich in nur wenigen Sekunden abgespielt haben. Phaní wusste genau, dass sie sich nun der Situation stellen musste, denn verstecken konnte sie sich jetzt nicht mehr. Sie hoffte, dass wenigstens der Überraschungseffekt ihr einen Vorteil verschaffen würde.

Phaní trat hinter den Fässern hervor und stellte sich dem Taxifahrer entgegen, ihre Waffe entsichert und mit ausgestreckten Armen vor sich hertragend. Sie schrie lauthals:

»Polizei! Keine Bewegung! Waffe weg und auf den Boden legen! Beide!« Sie hielt ihre Pistole auf den Taxifahrer gerichtet, der überrascht seine Waffe etwas senkte. Sie schaute nervös zu Adamopoulos. Dieser war völlig verschreckt, hob tatsächlich seine Arme hoch und machte Anstalten, sich auf den Boden zu legen. Phaní blickte zurück zum Taxifahrer. Dann war das Einzige, was sie noch sah, dass dieser blitzschnell seine Waffe wieder hochriss. Sie drückte ab. Im gleichen Moment wurde sie mit einer enormen Wucht rücklings zu Boden geworfen und schlug mit dem Kopf fest auf einen harten Gegenstand auf.

18

Phaní starrte schon eine Zeit lang die weiße Decke des Zimmers an. Sie konnte erst seit Kurzem ihr klares Bewusstsein wieder erlangt haben, überlegte sie. Gleichgültig lag sie da und spürte nur ein dumpfes Stechen in der Schulter. Der Kopf brummte, aber schmerzte nicht. Vermutlich stand sie unter Schmerz- und Beruhigungsmitteln, denn sie kam sich vor, als wäre sie in einer weißen unrealen Welt gelandet und man hätte ihr mit Leichtigkeit einreden können, sie wäre vor den Pforten der Nachwelt abgesetzt worden. Einzig der Regen, der leise an die Glasscheibe trommelte, verriet ihr, dass sie sich noch in der realen Welt befand.

Eine junge Ärztin schaute kurz bei ihr herein und sagte etwas wie, dass sie großes Glück gehabt habe und sich jetzt unbedingt schonen müsse. Auf Phaní's Frage hin verriet sie ihr, welcher Wochentag heute war, doch Phaní vergaß ihn gleich wieder.

Als die Ärztin gegangen war, begann Phaní ihr Blickfeld auszuweiten. Sie schaute sich langsam um und entdeckte auf dem Tischchen neben ihrem Kopfende zwei Sträuße bunter Blumen. Sie lächelte. Daneben lagen Zeitungen, auf der obersten war die fette Schlagzeile zu lesen: ›Kalamata wird Chicago!!!‹

Mit großer Anstrengung setzte Phaní sich auf, mit dem Kissen im Rücken, und griff ungeschickt wie ein Kleinkind nach den Zeitungen. Es waren die Montagsausgaben der lokalen Zeitschrift *Epikierótita* und der Landeszeitung *Ta Néa*.

Phaní nahm gleich die zweite, denn der lokale Klatsch interessierte sie nicht. In der nationalen Presse hatte sie es immerhin auf Seite 7 geschafft, das war nicht schlecht. Als sie den Namen des Verfassers des Artikels las, musste sie wieder lächeln: Leonidas Spiropoulos.

Mit dem Lesen des Berichts kam auch langsam die Erinnerung wieder. Sie erfuhr nun auch dasjenige, was geschehen war, nachdem sie das Bewusstsein verloren hatte.

Wie zu lesen war, hatte Phaní den Athener Taxifahrer tatsächlich noch mit ihrem Schuss getroffen, sogar tödlich. Seine Identität war unterdessen gelüftet worden: Er war ein unbeschriebenes Blatt gewesen, der niemals zuvor aufgefallen oder aktenkundig geworden war, bevor er das Taxi im letzten August gestohlen hatte. Er hinterließ eine Frau und zwei Kinder, die von alledem natürlich keine Ahnung hatten. Seine Frau sagte aus, er sei geschäftlich oft unterwegs gewesen. Ein unbescholtener Familienvater wird zum Auftragskiller, auch das war schon vorgekommen.

Adamopoulos wurde noch am Tatort verhaftet. Doch als sie las, wer ihn festgenommen hatte, war Phaní doch sehr erstaunt: *Ipastinómos* Panos Kiriakoulis war zum Glück, wie berichtet wurde, nur Sekunden später am Ort des Vorfalls eingetroffen und hatte den Anwalt Adamopoulos stellen können, sowie eine Ambulanz für *astinómos* Papadea gerufen, die sonst ohne Zweifel wegen ihrer Schussverletzung an der linken Schulter verblutet wäre.

Phaní schluckte trocken, ließ die Zeitung sinken und versuchte nachzudenken, was ihr noch schwerfiel. Wie konnte Panos nur so schnell nach dem Schusswechsel dort auftauchen? Er musste ihr hinterhergefahren sein, zu dieser Schlussfolgerung reichte Phaní's Denkvermögen gerade noch aus. Plötzlich schlug sie sich mit der flachen Hand gegen die Stirn, sodass ihr Kopf doch zu schmerzen begann. Jetzt erinnerte sie sich wieder an beinahe jedes Detail des Sonntagabends, und sie begriff jetzt auch, wie sich die Vorgänge zugetragen haben mussten. Besonders kam ihr das Brummen eines nicht allzu fernen Motorrollers wieder in den Sinn. Dieser Mistkerl von Panos! Er hat sie tatsächlich überwacht, dachte sie. Er hat doch wirklich fest daran geglaubt, dass sie von Kanellopoulos gekauft wäre.

»Na warte«, knurrte sie leise vor sich hin, »wenn ich dich in die Finger kriege, kannst du was erleben!«

Phaní hörte ein schwaches Klopfen an der Tür und krächzte:

»*Nä, peráste!* Kommen Sie herein!« Doch sofort bereute sie ihre dröhnende Stimme und fasste an den Einband, der um ihren Schädel gewickelt war. Schüchtern steckte Panos den Kopf durch den Türspalt und lächelte verlegen.

»*Kaliméra.* Störe ich auch nicht?« Phaní breitete ihre Arme aus.

»*Éla 'do*, Pano *mou*! Lass dich umarmen!« Panos war verwirrt, kam zaghaft näher, bis Phaní ihn an sich ziehen konnte, in ihre Arme schloss und an sich presste, sodass die Blumen, die er mitgebracht hatte, zerdrückt wurden. Ein stechender Schmerz fuhr ihr durch die Schulter, sie ließ Panos wieder los, dem die Röte ins Gesicht geschossen war. Phaní strahlte und freute sich ihn zu sehen.

»Pano! Pano! Du bist mir ein Schlaumeier!«, legte sie los.

»Ich verstehe nicht?«, stammelte er zaghaft.

»Du Mistkerl hast mich beschattet!«, schimpfte Phaní und lachte.

»Dadurch hast du mir das Leben gerettet. Das werde ich dir nie vergessen!« Panos lächelte nun auch, zog sich erleichtert einen Stuhl ans Bett heran und setzte sich.

»Ich hatte schon Angst, Sie ... äh, ich meine, du wärst sauer auf mich deswegen.«

»Das war ich auch, am Anfang. Aber du bist deinem Instinkt gefolgt und wolltest sicher sein, dass dein Verdacht begründet oder eben unbegründet war. Du hast Eigeninitiative gezeigt. Nur die Sache mit dem *kinitó*, als ich dich anrief, war natürlich Pech.«

»Ja, ich hatte vergessen es auszuschalten. Mein Fehler.« Phaní fing wieder an zu lachen.

»Wenn ich mir das nachträglich überlege, hatte die Situation ja auch etwas Komisches.«

»Ich bin froh, dass du das so siehst.« Panos lächelte

erleichtert. Danach herrschte eine Weile Schweigen zwischen den beiden.

»Und, wie geht es denn nun weiter in der *Diévthinsi*?«, fragte Phaní schließlich. Panos zögerte.

»Der Tod des alten *bárba* Stathis schien zunächst aufgeklärt, doch auf Anraten seines Anwalts leugnet Adamopoulos nun seine Rolle als Auftraggeber und bezichtigt den Taxifahrer. Der habe auf eigene Faust gehandelt, als er Stathis' Lieferwagen von der Straße drängte.«

Panos machte eine Pause. Phaní schüttelte den Kopf und dachte, wenn ihre nächtliche Aktion wenigstens dazu beigetragen hätte, dass *bárba* Stathis gesühnt wäre. Sie merkte Panos an, dass er mit etwas hinter dem Berg hielt.

»Was gibt's noch?« Panos räusperte sich.

»Für die Zeit während du krankgeschrieben bist, hat Dragoumis einen *astinómos* aus Athen angefordert. Der Minister machte Druck und will, dass der Fall um Nana's Tod schnell abgeschlossen wird.« Panos senkte den Kopf. Phaní lächelte und bemerkte mit Verwunderung, dass diese Nachricht sie in keiner Weise aufregte. Das war eigentlich ein bedenkliches Zeichen. Ob es damit zu tun hatte, dass sie mit ihrem Kopf aufgeschlagen war? Als sie sich auch noch folgende Worte sagen hörte, begriff sie sich selbst überhaupt nicht mehr.

»Das ist in Ordnung, Pano. Dragoumis musste so handeln.« Auch Panos hatte eine ganz andere Reaktion von ihr erwartet und schaute Phaní verdutzt an. Beide wurden durch ein heftiges Klopfen an der Tür aus ihrer Verblüffung gerissen. Kurz darauf schaute eine lächelnde ältere Frau zur Tür herein und stürzte auf Phaní zu.

»Ahhhh! Phaní *mou*!«

»*Mamá!?*«, reagierte Phaní völlig überrascht.

»*Pedí mou!* Du bist wach! Warum hat mir denn niemand etwas gesagt!« Ihre Mutter drückte Phaní an sich, dass dieser fast schwindlig wurde. Dann hörte Phaní ein leises Schluchzen. Ihrer Mutter flossen jetzt Tränen über das Gesicht. Phaní nahm sie in ihre Arme und versuchte sie zu trösten.

»*Kaiméni mou mamá!* Du Arme! Es tut mir leid. Jetzt ist aber doch alles wieder gut!«

»Ich habe mir solche Sorgen gemacht«, schniefte ihre Mutter und wischte sich die Tränen ab. Panos hatte sich während der filmreifen Szene etwas zurückgezogen.

»*Mamá*, ich möchte dir Panos vorstellen ...«

»Oh, wir kennen uns bereits! Er ist schon gestern immer wieder hierhergekommen und hat sich nach dir erkundigt, fast wie ein Ehemann. Ach, apropos Ehemann, Dimitris ist auf dem Weg nach oben. Er hat nur noch einen Parkplatz für das Auto gesucht.« Phaní stutzte.

»Dimitris ist hier?« Ihre Mutter nickte.

»Und, was heißt hier ›schon gestern‹? Welchen Tag haben wir denn heute?«

»Na, Dienstag. Sie haben dich die ganze Zeit ruhig gestellt und du hast viel geschlafen. Haben dir die Ärzte nichts gesagt?«

Ende der Woche war Phaní schon seit vier Tagen wieder zu Hause, Dimitris abgereist und ihre Mutter geblieben. Phaní hatte sich unglaublich über Dimitris' Kommen gefreut, denn sein Erscheinen war für ihn ganz und gar nicht selbstverständlich gewesen. In seiner direkten, aufrichtigen Art hatte er Phaní erzählt, dass er diese Woche nur Montag zu seiner Antrittsvorlesung zur Uni hatte gehen müssen, und da die regulären Vorlesungen erst kommenden Montag beginnen würden, hätte er den Rest der Woche sowieso keine Verpflichtungen mehr. Phaní gestand sich ein, dass sie glücklicher gewesen wäre, hätte er ihr dies gar nicht erzählt, aber sie war einfach froh ihn zu sehen und Zeit mit ihm zu verbringen. Leider waren sie nicht so ungestört, wie sie sich das gewünscht hätte, da ihre Mutter sich voll und ganz in die Rolle der Krankenpflegerin gestürzt hatte, und auch nicht einmal dazu zu überreden war, für ein paar Stunden aus dem Haus zu gehen. Trotzdem zählte im Moment nur das Zusammensein mit Dimitris, seine Schulter war alles, was Phaní brauchte.

Wenn dann Jiorgos, der Klempner, am Morgen auftauchte, war die kleine Wohnung zugegebenermaßen voll, und Phaní froh, dass sie die meiste Zeit des Tages im Bett verbringen konnte oder sogar musste, laut ärztlicher Anweisung. Der Abfluss im Badezimmer war immer noch nicht frei und Duschen weiterhin ein riskantes Unternehmen, nach wie vor stand man danach knöcheltief im Wasser, weil es zu langsam ablief. Aber auch das war Phaní im Moment egal. Sie schrieb ihre allgemeine Sorglosigkeit den Medikamenten zu und ließ sich einfach fallen.

Aber nach diesen vier Tagen war Schluss. Die alte Unruhe kam zurück und Gedanken schlossen sich manchmal wie dichte Wolken um ihren Kopf. Dimitris war am Nachmittag abgereist und hatte sich nicht dazu überreden lassen, das Wochenende zu bleiben. Er versuchte sie damit zu beschwichtigen, dass sie ja gut von ihrer Mutter umsorgt würde. Der Ruf der Pflicht war stärker. Dieses Verhalten war keineswegs neu und hatte Phaní schon oft einerseits verletzt, andererseits auf die Palme gebracht. Denn eines hatte Phaní früh in ihrer jetzt siebenjährigen Ehe begriffen, gegen seinen Eigensinn konnte sie manchmal nicht ankommen. Dann versagte sogar ihre sonst sehr ausgeprägte Fähigkeit, ihren Standpunkt deutlich klar zu machen. Und vielleicht war es Dimitris' Sturheit, die sie auf den Boden der Realität zurückgeholt hatte.

Sicherlich lag es zum Teil auch daran, dass ihr die gut gemeinte Fürsorge ihrer Mutter langsam auf die Nerven fiel, ein untrügliches Zeichen dafür, dass es Phaní unterdessen bedeutend besser ging. Ganz bestimmt hat das Telefongespräch, welches sie am Abend vor Dimitris' Abreise mit Panos geführt hatte, dazu beigetragen, dass die Gedanken wieder um ihren Fall zu kreisen begannen. Unerwartet hatte dieser sie angerufen. Durch ihn erfuhr sie, dass Nana's Leiche inzwischen freigegeben worden war und die Beerdigung am Morgen bereits stattgefunden hatte, sowie dass die Polizei die Umstände um Nana's Tod bereits für geklärt hielt. Zu Phaní's Überraschung hatte der Kollege aus Athen Mirko, den Bruder des bulgarischen Hausmädchens als Täter festgenommen.

»Ich dachte, der hat ein Alibi, er war doch unterwegs nach Athen?«

»Das war nicht hieb- und stichfest, er könnte genauso gut erst am Mittwochmorgen losgefahren sein. Mirko hingegen behauptet, er sei schon am Abend zuvor aufgebrochen. Doch das kann er nicht beweisen.«

Phaní stöhnte. Ihr fiel das Denken immer noch etwas schwer und nur langsam konnte sie sich die einzelnen Fakten des Falls um Nana's Tod wieder vor Augen führen.

»Und welches Motiv soll er gehabt haben?« Sie hörte wie Panos spöttisch lachte.

»Darüber lässt sich der Athener Kollege nicht so genau aus. Der Bericht ist unklar verfasst, doch wenn ich richtig verstanden habe, soll dem Bulgaren Folgendes zur Last gelegt werden: Mitgliedschaft in einem Schmugglerring und Teilnahme an organisierten Einbrüchen, zuletzt eben bei Nana, die ihn überrascht haben soll. Tötung im Affekt.« Phaní musste auch lachen, dass ihr gleich wieder Schulter und Kopf wehtaten.

»Und Dragoumis hat das abgesegnet?«

»Der ist fuchsteufelswild, denn unser Athener Kollege hat sich gleich mit dem Ministerium in Athen kurzgeschaltet, und denen war anscheinend am wichtigsten, den Fall schnell zu den Akten zu legen.« Phaní schüttelte ungläubig den Kopf. Sie hatte genug gehört, ihr Schädel brummte.

Somit stand Phaní's letzter Abend mit Dimitris unter schlechten Vorzeichen, denn sie konnte nicht aufhören, über das allzu abrupte Ende des Falles um Nana's Tod nachzudenken und fragte sich unentwegt, weswegen diese wirklich sterben musste.

Am Sonntagmorgen saß Phaní am Küchentisch und schlürfte ihren *ellinikó glikó*. Obwohl sie eine Zeitung in der Hand hielt, las sie nicht darin. Ihre Gedanken kehrten immer wieder zu dem Gespräch mit Panos zurück. Doch plötzlich ließ ein lautes Scheppern sie hochfahren. Sie rannte ins Schlafzimmer und ertappte ihre Mutter dabei, wie diese den großen Wandschrank völlig ausgeräumt und alles über das ganze Zimmer verteilt hatte.

»*Mamá! Ti kánis edó? Treláthikes endelós?*«, schrie Phaní außer sich. Ihre Mutter erschrak wegen der heftigen Reaktion, doch dann fing sie an entgegenzuhalten.

»Aber Kind, das musste doch einmal getan werden. Du hast ja nichts mehr finden können ...«

»Ich will nur in Ruhe gelassen werden! Warum lasst ihr mich nicht alle einfach in Frieden!«, platzte Phaní heraus. Danach bedeckte sie ihr Gesicht mit beiden Händen und unterdrückte ein Schluchzen. Sie rannte aus dem Zimmer in die Küche.

Phaní saß am Tisch, die Arme aufgelegt und ihr Gesicht darin vergraben. Ihre Mutter betrat lautlos den Raum und setzte sich neben sie. Sie berührte mit der Hand liebevoll den Kopf ihrer Tochter und fuhr ihr über das Haar. Phaní schaute langsam auf.

»Es ist wohl im Moment alles etwas zu viel für mich. Ich darf noch nicht wieder arbeiten, und Dimitris ...« Sie stockte. Ihre Mutter stöhnte mitfühlend, nach einer Pause sagte sie entschlossen:

»Ich sollte wohl auch langsam wieder sehen, dass ich nach Athen komme. Die Pflanzen in meinem Gärtchen sind sicherlich schon ganz vertrocknet. Ich glaube nicht, dass ich mich in dieser Hinsicht auf *kirá* Märi verlassen kann.« Phaní's Mutter erhob sich und fing an, die Küche aufzuräumen. Phaní seufzte innerlich.

»Habe ich dir eigentlich je erzählt, dass die Eltern von *kirá* Märi noch für die königliche Familie auf Schloss Tatoi gearbeitet haben? Er war so eine Art Butler, sie die Hausdame. Und verehrt haben sie ihre Herrschaften, alles hätten sie für diese getan.« Die Mutter seufzte und fügte leise hinzu:

»So etwas gibt es heutzutage nicht mehr.« Dann drehte sie sich schnell zu Phaní.

»Nicht, dass ich der königlichen Familie eine Träne nachweine, nein! Du weißt, dein Vater und ich auch fanden immer, dass diese deutsch-dänischen Könige nicht zu Griechenland passten.«

»Jaja, *mamá*, ich weiß.« Etwas hatte ihre Mutter immerhin geschafft, Phaní hatte sich beruhigt und war ihr dafür auch dankbar.

Am nächsten Morgen stand Phaní alleine in ihrer Küche. Gedankenversunken rührte sie im Kaffee, der im Pfännchen zu kochen begann. Sie hatte ihre Mutter schon ganz früh zum Busbahnhof gebracht, damit diese den Expressbus nach Athen nehmen konnte. Es war ein eher ruhiger unspektakulärer Abschied geworden und Phaní war froh darüber.

Sie wurde durch ein zaghaftes Klopfen an ihrer Haustür aus ihren Gedanken gerissen. War das etwa Jiorgos, der Klempner? Schön wär's, denn der Abfluss tat ja noch immer nicht seinen Dienst.

»Komm rein, es ist offen!«, rief Phaní, da sie mit dem Kaffee beschäftigt war und nicht zur Tür gehen wollte. Kurz darauf stand Panos in der Küche und lächelte sie verlegen an.

»Pano! *Kalós ton!* Schön, dass du vorbeigekommen bist! Setz dich! Willst du eine Tasse Kaffee?«, übergoss Phaní ihren Besuch gleich mit einem Schwall von Worten. Kurz dachte sie, ich höre mich ja schon an, wie meine Mutter.

Danach saßen beide am Tisch und schlürften vorsichtig ihren heißen Kaffee. Es herrschte für eine Weile bedrückende Stille.

»Was gibt es Neues in der *Diévthinsi* außer dem Schlamassel unseres Kollegen aus Athen? Hat man dich mit irgendwelchen neuen aufregenden Fällen betraut, die meine Aufmerksamkeit erfordern könnten?«, erkundigte sich Phaní und lächelte verlegen. Panos winkte ab.

»Einzelne Vorfälle mit Zigeunern in Messini, wir mussten ein paar Mann hinschicken. Offenbar wurden Leute massiv bedroht.« Er zuckte die Schultern und überlegte. »Ah, und ein Fall von Verdacht auf Vergiftung. Ich geh gleich anschließend einige Leute befragen.« Phaní horchte auf.

»Ich komm mit!« Panos machte ein sorgenvolles Gesicht. Phaní beruhigte ihn.

»Der Chef muss ja nichts davon erfahren. Und wenn, wird Dragoumis schon nicht so pingelig sein, was die gesetzliche Rekonvaleszenzzeit anbelangt, nachdem man im Dienst angeschossen wurde.« Schließlich konnte sie Panos überreden sie mitzunehmen, unter seiner Bedingung, dass er fahre. Damit konnte Phaní leben.

Panos fuhr bedächtig – für Phaní's Geschmack etwas zu bedächtig – von ihrer Wohnung in Richtung *odós* Pharon, nahm diese gen Süden und bog nach zwei Minuten Fahrt links in eine breite Straße ein. Bei erster Gelegenheit stellte er das Auto ab. Sie überquerten die Fahrbahn und betraten ein zweistöckiges Gebäude neben einer Druckerei. Im Treppenhaus fiel Phaní ein, dass sie sich nicht danach erkundigt hatte, wen Panos befragen musste und wer vergiftet worden war.

»Hier hat eine kleine Organisation ihr Büro, die es sich zum Ziel gesetzt hat, größere Eingriffe in Landschaft und Umwelt kritisch zu hinterfragen, und versucht diese notfalls zu stoppen.« Phaní nickte.

»Und wer soll vergiftet worden sein?«

»Der Direktor von ZETEM, eines Unternehmens, welches für die Planung und Durchführung von Ferienanlagen im großen Stil in Messenien verantwortlich ist.«

Phaní stutze.

»Solche Anlagen, wie zum Beispiel die Ferien- und Golfanlage bei Skala?«, fragte sie gespannt.

Panos nickte.

19

Phaní's Verwunderung war ihr deutlich vom Gesicht abzulesen. Sie überlegte und ihr kam kurz der Gedanke, ob es sich hier vielleicht um einen Zufall handelte. Doch daran glaubte sie bekanntlich nicht. Stattdessen hatte sie das Gefühl, dass zwischen dem Fall Nana Nikolakea und diesem vermeintlichen Attentat irgendein Zusammenhang bestehen könnte. Phaní wollte Panos' Gedanken dazu hören.

»Hältst du es für möglich, dass diese Vergiftung irgendwie mit dem Bau der Ferienanlage in Skala und Nana's Bestrebungen, dort die Küste schützen zu lassen, in Verbindung steht – und somit eventuell auch mit ihrem Tod?«, formulierte sie vorsichtig, Panos lachte.

»Du glaubst also genauso wenig an das Märchen unseres Athener Kollegen!« Phaní zischte nur verächtlich. Panos wurde wieder ernst.

»Ehrlich gesagt, habe ich auch schon darüber nachgedacht. Es ist auffällig, dass ausgerechnet jetzt der Direktor von ZETEM mit Vergiftungserscheinungen im Krankenhaus liegt.«

»Das meine ich eben auch! Na ja, lass uns erst mal hören, was die Leute hier zu sagen haben«, schlug Phaní vor und stieg die Treppe hinauf, Panos folgte.

Im ersten Stock betraten sie einen großzügigen Raum, denn die Tür stand offen. Eine Frau Mitte vierzig stand hinter einem Schreibtisch und telefonierte. Sie nickte ab und zu und brummte missmutig *›málista‹*. Dann knallte sie den Hörer auf die Gabel. Als sie Phaní und Panos erblickte, schien sich ihre Laune noch um einige Grade zu verschlechtern.

»Was kann ich für Sie tun?«, fragte sie schroff. Panos zeigte seinen Ausweis und erklärte, wer sie waren. Die Frau ließ sich in den Bürostuhl fallen.

»Die Polizei!«, sagte sie in abschätzigem Ton. »Wer hat sich denn nun wieder beschwert?« Panos erläuterte den Sachverhalt. Die Frau lachte auf.

»Ha! Da wird der Direktor von ZETEM, Roussopoulos,

wegen Vergiftungserscheinung ins Krankenhaus eingeliefert, seine Frau schreit ›Hilfe, man wollte ihn vergiften!‹, und schon steht die Polizei in unserem Büro. Das ist ja wieder einmal typisch!« Die Frau zündete sich eine Zigarette an.

»Ich kann nur sagen, ich habe damit nichts zu tun, und für alle meine Mitarbeiter lege ich die Hand ins Feuer. *Térma* – fertig!« Nach einer kurzen Pause fuhr sie fort:

»Und jetzt entschuldigen Sie mich bitte, ich habe tausend Sachen zu erledigen.« Sie widmete sich einem Bericht auf ihrem Schreibtisch. Panos schaute Phaní hilflos an und wusste nicht recht wie reagieren. Phaní gab ihm ein Zeichen, sie wolle es versuchen.

»*Kiría* ...« Phaní schaue zu Panos, der schnell schaltete und ›Chronopoulou‹ raunte.

»*Kiría* Chronopoulou, was genau ist es denn, womit Sie sich hier in ihrer Organisation befassen? Wenn wir das genauer wüssten, könnten wir besser abschätzen, ob überhaupt ein Zusammenhang zwischen Ihrer Tätigkeit und dem genannten Vorfall in Betracht gezogen werden kann.« Phaní's Worte waren süß wie Honig. Die Frau schaute auf und musterte Phaní eine Weile. Dann wandte sie sich an Panos.

»Womit habe ich es denn hier zu tun? Sie sind nicht Uniformierte. Die Sache scheint ernst zu sein, wenn sie schon einen *astinómos* mit Begleitung schicken.« Dann schaute sie wieder zu Phaní.

»Typisch, nicht? Der Herr Kommissar ist halb so alt wie Sie, aber trotzdem Ihr Vorgesetzter. Kann mir vorstellen, dass Sie es schwer haben, in dem Jungsverein.« In den Worten der Frau schwang eine gehörige Portion Geringschätzung mit. Phaní's Augen funkelten, aber sie verkniff sich eine Antwort auf diese Provokation. Sie glaubte genau zu wissen, was die Frau dachte. Die

Polizei war erfahrungsgemäß im politischen Spektrum eher rechts einzuordnen und somit immer auf Seiten der Bürger mit konservativem Gedankengut, also Großverdienern, Kapitalisten, Vertretern der Kirche, etc. Die Frau musste also annehmen, dass Phaní und Panos als Repräsentanten der Polizei ihrer eigenen, liberalen bis sozialistischen Gesinnung diametral gegenüber stünden. Das war ein weitverbreitetes Vorurteil, welches leider oft wahr war. Phaní versuchte nicht einmal sich zu rechtfertigen und der Frau zu erklären, dass sie sich selbst auch eher links der Mitte in der politischen Landschaft sah, und dass sie die Vorgesetzte war. Aber eines konnte sie sich nicht verkneifen:

»Von wegen halb so alt, wie ich! Ich bin doch noch kein Großmütterchen!« Die Frau zeigte beinahe so etwas wie ein Lächeln auf ihrem Gesicht.

»So, und jetzt erzählen Sie: Beschäftigt sich Ihre Organisation in irgendeiner Weise mit den Ferienanlagen, die Roussopoulos im Auftrag von Kanellopoulos verwirklichen soll?«, fragte Phaní so ruhig wie sie konnte. Denn allmählich verlor sie ihre Geduld, und außerdem gefiel ihr die Situation gar nicht, in welche sie sich hier gedrängt fühlte. Die Frau stöhnte.

»Ja, wir befassen uns mit einigen dieser Projekte. Besonderes Augenmerk haben wir auf die geplante Golf- und Ferienanlage bei Skala gerichtet, aber auch auf andere, ähnliche Vorhaben in ganz Messenien.« Die Frau machte eine Pause, als ob sie überlegte, wie sie weiterfahren sollte.

»Also, zu den geplanten Ferienanlagen: Grundsätzlich sind auch wir nicht dagegen, dass in Messenien investiert wird. Die Gegend braucht private Geldgeber, da die Regierung in Athen einen Großteil der Gelder für sich in Anspruch nimmt oder wie zurzeit in die U-Bahn in

Thessaloniki steckt. Wir sind nicht realitätsfremd. Was wir jedoch kritisieren sind Art und Größe der jeweiligen Projekte. Rein logisch betracht ist ein solches Vorhaben für diese Breiten mit seinen trockenen Sommern ein Irrsinn. Wissenschaftler, auch internationale, haben gewarnt, dass für einen Golfplatz in der Größenordnung, wie er hier geplant ist, die Bewässerung der Rasenflächen allein dem Wasserverbrauch einer Kleinstadt mit 20'000 Einwohnern entspräche.«

Phaní bewunderte die sachliche Argumentation der Frau. Trotzdem konnte sie dieser anmerken, dass ihr das Thema sehr wichtig war.

»Sie werden sagen, dafür wurde ein künstlicher See angelegt. Aber der Wasserverbrauch beschränkt sich ja nicht auf die Bewässerung des Golfplatzes. Die Gäste, und es sind über 1000 Betten geplant, wollen auch täglich duschen und benötigen sonst noch Wasser. Woher soll das kommen?«

Die Frau sah Phaní an, als ob diese ihr die Antwort darauf geben könnte. Wieder ärgerte sich Phaní darüber, dass sie hier als Advocatus Diaboli dastand, und die Frau anscheinend glaubte, Phaní sei Feuer und Flamme für die geplanten Ferienanlagen. Sie stöhnte. *Kiría* Chronopoulou fuhr fort:

»Es sieht doch ganz so aus, als ob die Regierung in Athen die Bewilligungen für diese Großprojekte in der Gegend schwups letzte Woche durchgewunken hat, ohne den Sachverhalt genügend geprüft zu haben. Es ist nicht einmal klar, ob ein vollständiger Bericht der Umweltbehörde unterbreitet wurde. Trotzdem sind die Anlagen genehmigt.«

Die Frau begann schneller zu sprechen und verlor mehr und mehr ihre sachliche Distanz, die sie anfangs gezeigt hatte. Phaní blickte etwas hilflos zu Panos, der aufgehört hatte Notizen zu machen und irgendwie betroffen aussah.

»Zudem wird gerade vom Staatsrat, dem obersten Verwaltungsgericht in Athen, geklärt, ob einzelne Enteignungen, welche von der Regierung unterstützt worden waren, damit das Unternehmen pro geplanter Anlage ein zusammenhängendes Stück Land von über 100 Hektaren erwerben konnte, vor der Verfassung standhalten. Im Moment sieht es gut für uns aus, und um es einmal klar zu sagen, ist das eigentlich unsere letzte Chance, die Anlage in Skala zu verhindern.« Sie stöhnte, dann fügte sie mit einem verächtlichen Lächeln hinzu:

»Andererseits, falls diese Landkäufe als verfassungswidrig eingestuft werden sollten, stellt sich natürlich die Frage, ob der Entscheid des Gerichts überhaupt umgesetzt wird. Schon jetzt sagen zynische Stimmen, das Urteil wird wohl erst nach Eröffnung der Ferienanlage vollstreckt.«

Verzweiflung und etwas Anklagendes schwang nun deutlich in der Stimme der Frau mit.

»Dies sind die wichtigsten Punkte, die wir mit wissenschaftlicher und auch rechtlicher Unterstützung vorbringen. Die idealistischen oder auch nostalgischen Gründe sind schwer zu rechtfertigen vor einem Gegenüber, welches Macht und Geld mit sich bringt, aber sie sind trotzdem nicht von der Hand zu weisen. Was glauben Sie, wie nur eine einzige dieser Anlagen, mit Golfplatz, Hunderten von Bungalows, großen Hotels, Kongresszentrum, Marina und so weiter, das Bild unserer einzigartigen Landschaft verändern wird, und nicht zum Vorteil, wie ich meine? Eine Landschaft, die zu einer der schönsten Griechenlands gehört! Wo die Einheimischen sich noch in den Siebzigerjahren gegen den Bau einer Zementfabrik bei Pilos gestellt haben, weil sie eine

Verschandelung ihrer Gegend befürchteten! Zudem: Werden die Anlagen nur für zahlende Gäste zugänglich sein und somit der angrenzende kilometerlange Strand quasi privat? Und umgekehrt, werden die Gäste ihr 'Ghetto' verlassen und Geld in den nahe gelegenen Geschäften und Restaurants ausgeben, wenn sie alle diese bequemer innerhalb der Anlage finden können?« Sie machte eine kurze Pause.

»Leider wachen die betroffenen Bürger erst jetzt auf, wo es schon fast zu spät ist. Jetzt, wo sie plötzlich gezwungen sein werden, eine neue Straße zu akzeptieren, einen Umweg in Kauf zu nehmen, weil die bestehende direktere blöderweise durch die geplante Ferienanlage führen würde; jetzt, wo sie beginnen zu begreifen, dass die Zahl der erhofften Arbeitsplätze geringer ausfallen wird, und vor allem billige Arbeitskräfte, wie Pakistani eingestellt werden, um die Bauarbeiten auszuführen.« Die Frau stieß einen tiefen Seufzer aus und sank in ihrem Stuhl zurück.

»Wir Griechen sind bequem geworden. Wir haben verlernt zu kämpfen. Diese Art Eingriffe und ihre Konsequenzen sind hier nicht bekannt. In Spanien zum Beispiel kennt man diese megalomanen Vorhaben. Ich war dort, ich habe gesehen, wie diese eine Landschaft unwiederbringlich zerstören können.« Die Frau zündete sich erneut eine Zigarette an und stieß den Rauch langsam aus, während sie gedankenverloren aus dem Fenster blickte. Phaní glaubte unterdessen nicht mehr daran, dass die Organisation, welcher diese Frau vorstand, irgendetwas mit der Vergiftung von Roussopoulos zu tun hatte. Sie wollte sich eigentlich schon verabschieden, als die Frau weitersprach. Ihr Ton war ruhig, aber resigniert.

»Ich bin unheimlich müde und auch frustriert über diese ganze Angelegenheit. Unterstützung bekommen wir wenig. Sogar die hiesigen Medien befürworten voll und ganz den Bau dieser Ferienanlagen. Von den Politikern ganz zu schweigen. Ein paar Wissenschaftler setzen sich mit ihren Berichten für uns ein. Ich weiß auch nicht mehr weiter. Mir ist zu Ohren gekommen, dass diejenigen Leute, die direkt betroffen sind, deren Land sich also im Bereich von weiteren geplanten Anlagen befindet, aber nicht verkaufen wollen, auch hilflos sind. Einige sollen sogar vor Gericht geschleppt worden sein, unter der Anklage, sie stünden der touristischen Entwicklung der Gegend im Wege.« Die Frau zuckte die Schultern.

Phaní wusste, dass es nun Zeit war zu gehen. Sie war von den Worten der Frau völlig erschöpft, wohl auch aus dem Grund, da sie ahnte, dass vieles daran wahr sein musste. Der Umweltschutz in Griechenland stand gegenüber Großinvestoren immer noch zurück. Auch von den beiden großen Parteien konnte dieser nur Unterstützung erwarten, wenn ihnen dadurch ein politischer Vorteil entstand.

Kiría Chronopoulou sah Phaní nun herausfordernd an, ihre Augen funkelten wieder und sie sah so aus, als ob sie eine Reaktion von Phaní's Seite erwartete. Doch diese wusste nichts zu erwidern. Das schien die Frau zusätzlich wütend zu machen und zu frustrieren, daher klangen ihre abschließenden Worte wohl besonders giftig.

»Und da glauben Sie, ich oder einer meiner Mitarbeiter rennt durch die Gegend und vergiftet Menschen wie Roussopoulos? Ihr greift doch nur nach einem Strohhalm, weil ihr keinen besseren Verdächtigen vorzuweisen habt. Typisch!«

Sie erhob sich, ging zur Tür, hielt sie auf und machte damit unmissverständlich klar, dass Phaní und Panos gehen sollten. Ganz schön überheblich, dachte Phaní.

Trotzdem hatte sie das Bedürfnis, noch etwas zu sagen, doch das Einzige was ihr einfiel, war:

»Viel Glück! Auch wenn Sie es mir nicht glauben mögen.« Die Frau verdrehte schwach die Augen, was wiederum Phaní in Rage versetzte. Sie stellte sich vor die Frau hin und schaute ihr direkt ins Gesicht.

»Also, wie Sie wollen! Dann fragen wir einmal nach einem Alibi. Wo waren Sie denn ...« Phaní stockte, stieß Panos in die Seite und fragte ihn mit halblauter Stimme:

»Wann soll Roussopoulos vergiftet worden sein?« Panos flüsterte ihr die Antwort zu.

»... gestern zwischen drei und sechs Uhr nachmittags?«, vollendete Phaní ihren Satz. Die Frau stieß nur einen Lacher aus.

»Da muss ja jemand unheimlich Druck gemacht haben, wenn Sie schon am nächsten Tag bei mir auf der Matte stehen!«

Nach einer Pause fügte sie hinzu:

»Ich war hier. Wir hatten eine Krisensitzung, wenn Sie das so bezeichnen wollen. Denn eigentlich besteht die Krise ja ununterbrochen, seit diese Ferienanlagen geplant worden sind. Ich verbürge mich auch für alle meine Mitarbeiter. Wir waren alle hier!«

»Wir werden das überprüfen«, brummte Phaní und wandte sich ab.

»Tun Sie das!«, erwiderte die Frau mit spöttischem Unterton.

Phaní drehte sich ruckartig wieder der Frau zu und sprang sie verbal an:

»Sie sollten einmal etwas Ihre Vorurteile abbauen! Auch unter Ihren sogenannten Feindbildern wäre der eine oder andere bereit, Ihnen zuzuhören. Vielleicht wäre es dann einfacher für Sie Verbündete zu finden und

Sie ständen nicht so alleine da. Und nur zu Ihrer Information: Nicht jeder Polizist ist automatisch ein faschistisches Kapitalistenschwein!« Phaní drehte sich abrupt um, stürmte die Treppe hinunter und wollte nicht mehr hören, welche schlaue Bemerkung die Frau noch fallen lassen würde. Panos folgte ihr bald auf die Straße. Phaní fasste sich an die Stirn. Ihr Kopf schmerzte. Sie hatte sich zu sehr aufgeregt. Zu allem Überfluss fing es auch noch sachte an zu regnen. Phaní fluchte leise vor sich hin, doch langsam beruhigte sie sich wieder.

»Hat sie noch etwas gesagt?«, fragte sie in beiläufigem Ton.

»Sie meinte, du hättest wahrscheinlich sogar recht«, wiederholte Panos.

»Toll!«, bemerkte nun Phaní spöttisch.

»Suchen wir uns ein Café. Ich brauche einen Tee oder so etwas, und eine Schmerztablette. Lass uns gehen.« Panos nickte. Sie folgten der Straße stadteinwärts und gelangten bald, nahe der großen Taxiarchon Kirche, in eine Gasse. Bäume schirmten diese etwas vom stärker werdenden Regen ab. Auf der einen Seite lag ein traditionelles Café, worin mehrere ältere Herren saßen. Schräg gegenüber befand sich eine Bar mit großer Glasscheibe. Sie entschieden sich für letztere und setzten sich an einen kleinen Tisch hinter der Scheibe. Nachdem sie bestellt hatten und Phaní auf der Toilette gewesen war, schlürfte sie ein paar Schlucke des heißen Tees und nahm eine Tablette, danach war ihr schon um Einiges wohler zumute. Sie atmete tief durch. Phaní musste zugeben, dass *kiría* Chronopoulou in vielen Punkten recht hatte, und sie hätte ihr in einer ruhigen Unterhaltung eigentlich zugestimmt. Doch als Phaní sich in die Ecke gedrängt fühlte, konnte sie nicht anders als aggressiv zu reagieren.

Auch Panos nippte nachdenklich an seinem Kaffee, als ob ihm etwas auf der Seele brennen würde.

Phaní seufzte.

»Tja, Pano. Für Viele werden wir immer nur Vertreter der Polizei sein, sie wollen uns so sehen, wie sie es gewohnt sind und können nicht von ihren Vorurteilen loskommen. Das braucht noch Zeit, bis sich da etwas ändert.« Panos nickte und wusste, wovon sie sprach.

Phaní blickte durch die Glasscheibe, der Regen tropfte von den Blättern der großen Bäume auf das darunterliegende Pflaster. Leute huschten vorbei, von dem unerwarteten Schauer überrascht. Wie schon oft überlegte Phaní, warum sie sich damals nach ihrem Studium für die Polizeiakademie entschieden hatte, und nicht für eine Laufbahn als Juristin, wie ihr alle Freunde geraten hatten. Ihren Vater konnte sie zu jener Zeit nicht mehr um Rat fragen, er war mehrere Jahre zuvor gestorben. Sie hätte zu gern seine Meinung zu ihrer Berufswahl gehört, ob er ihr ab- oder zugeraten hätte.

Plötzlich klingelte Panos' *kinitó*. Er kramte in seiner Manteltasche, zog es hervor und antwortete. Er nickte mehrmals mit dem Kopf, hielt zwischendurch die Hand über die Muschel und flüsterte, dass es Photeas, der Gerichtsmediziner, sei. Phaní gestikulierte ihm wild zu, er solle ja nicht erwähnen, dass sie neben ihm sitzt. Offiziell war sie noch krankgeschrieben und *dievthintís* Dragoumis verstand in der Hinsicht vielleicht keinen Spaß. Der alte Knacker Photeas brachte es noch fertig, sie zu verpfeifen. Sie blickte wieder aus dem Fenster und beobachtete ein paar hüpfende Spatzen, die Schmerztabletten begannen zu wirken. Da reichte Panos ihr plötzlich das *kinitó*.

»Er will mit Ihnen sprechen ...« Phaní funkelte ihn an.

»Pano! Ich habe dir doch gesagt, er soll nicht wissen,

dass ich …«, fing sie aufgebracht an zu protestieren, »und außerdem sollst du mich duzen, sonst sage ich auch *kírie* Kiriakouli!« Sie riss ihm das Telefon aus der Hand und krächzte etwas in den Hörer. Photeas ließ sie aber nicht zu Worte kommen.

»Ich wollte Sie schon längst anrufen, um mich nach Ihrem Befinden zu erkundigen, *kiría astinóme*.« Phaní murmelte etwas und bedankte sich.

»Aber nun, da Sie kräftig genug sind, um in der Stadt herumzuspazieren, muss ich Ihnen unbedingt etwas berichten.« Phaní wurde stutzig und schaute um sich. Photeas fuhr fort:

»Ich habe das zwar schon Ihrem rüpelhaften Kollegen aus Athen, der Sie vertreten hat, mehrere Male gesagt, doch diesem war die Luft hier im Süden wohl zu sauber und er wollte schleunigst in den Großstadtdschungel zurück.« Phaní fand die Bemerkung schon fast lustig. Sie wurde neugierig.

»*Iatré* Photea. Sie hätten Kriminalromane schreiben sollen, so wie Sie es verstehen, die Spannung auf die Spitze zu treiben.« Am anderen Ende vernahm Phaní ein leises Lachen.

»*Kiría astinóme*, Sie und Ihre direkte Art haben mir tatsächlich gefehlt, das wird mir jetzt bewusst.« Er machte eine Pause und fuhr in ernstem Ton fort:

»Denn diese Direktheit kommt einher mit einer Hingabe an den Beruf und einem inneren Gefühl der Verpflichtung, der Wahrheit auf den Grund zu gehen. Beides tritt heutzutage leider immer seltener auf.«

Photeas räusperte sich und Phaní war sprachlos. Sie vergaß beinahe, dass er ihr etwas mitteilen wollte und schluckte trocken. Sie war es nicht gewohnt, Komplimente zu erhalten. Doch bevor die Stille zu peinlich wurde, sprach Photeas weiter:

»Ich dachte, dass ich Ihnen dies sagen sollte, nachdem Sie ...« Er räusperte sich.

»Also, um darauf zurückzukommen, weswegen ich Sie sprechen wollte: Wie schon erwähnt, habe ich in Athen den Mageninhalt von *kiría* Nikolakea genauer untersuchen lassen. Nun konnten darin eindeutig geringe Spuren eines starken Schlafmittels nachgewiesen werden. Die Vermutung liegt nahe, dass sie das Mittel mit bereits erwähntem Kräutertee eingenommen haben muss. Wie dem auch sei, der Zeitpunkt der Einnahme konnte ziemlich sicher auf etwa eine Stunde vor Eintritt des Todes festgelegt werden.« Photeas' Stimme war wieder gewohnt sachlich und Phaní versuchte sich einen Reim auf das soeben Gehörte zu machen. Sie wusste nicht recht, was sie mit dieser Aussage anfangen sollte, was wohl daran lag, dass ihr Kopf immer noch etwas benommen war.

»Was wollen Sie damit sagen, *iatré* Photea ...«

»Aber das müsste Ihnen doch klar sein«, erwiderte Photeas aufgebracht, »es soll heißen, das die Ermittlungsergebnisse dieses Rüpels aus Athen unbrauchbar sind. Aber er hat ja auch nie zugehört, hat meine gerichtsmedizinischen Erkenntnisse einfach ignoriert, sich sogar erdreistet, hinter meinem Rücken eine zweite Untersuchung eines Gerichtsmediziners anzuordnen. Dieser soll mit ihm befreundet sein, und hat dessen hanebüchene Theorie bestätigt!« Phaní schluckte erneut trocken, da sie beim letzten Fall doch genauso gehandelt hatte. Sie versuchte ihn etwas zu bremsen:

»*Iatré* Photea, ich bin eigentlich noch krankgeschrieben und über die Ermittlungsergebnisse des Athener Kollegen nicht auf dem Laufenden.« Sie hörte ein leises Räuspern am anderen Ende.

»Bitte verzeihen Sie mir meinen Ausbruch, er war keineswegs gegen Sie gerichtet. Also, der Athener *astinómos* hat, gestützt auf das Gutachten seines Gerichtsmediziners, bezweifelt, dass *kiría* Nikolakea an einer Kaliuminfusion gestorben ist. Man habe schließlich keine ungewöhnliche Konzentration dieser Substanz im Körper feststellen können, war seine Begründung. Er hingegen ist der Meinung, sie sei erstickt worden, aufgrund der Fasern von schwarzem Wollstoff, welche an Nase und Mund gefunden wurden.« Phaní's Denkapparat lief langsam wieder an und sie versuchte sich den Tathergang gemäß dem Athener Rüpel vor Augen zu führen: Mirko bricht in das Haus ein, trifft im ersten Stock auf die liegende Nana und erstickt sie mit schwarzem Wollstoff. Wann kam der Tee mit dem starken Schlafmittel ins Spiel? Wieso sollte Nana dieses Schlafmittel zuvor eingenommen, oder warum sollte Mirko es ihr verabreicht haben?

»Das ergibt hinten und vorne keinen Sinn!«, folgerte Phaní langsam.

»Genau!«, bemerkte Photeas kurz.

Phaní ließ das Telefon sinken und schaute Panos verblüfft an, dieser wiederum blickte fragend zurück.

Photeas hatte recht, Nana's Tod war auch weiterhin nicht gelöst. Es gab zu viele Fragezeichen. Da hilft nur eins, dachte Phaní, sie musste den Fall nochmals neu aufrollen.

20

Phaní bemerkte erst, als Photeas hüstelte, dass dieser immer noch am Telefon war. Sie bedankte sich schnell und wollte schon auflegen, als ihr noch eine Frage durch den Kopf schoss:

»Woher wissen Sie eigentlich, dass ich in der Stadt herumspaziere?« Photeas lachte am anderen Ende.

»Schauen Sie einmal zum Café auf der gegenüberliegenden Straßenseite.« Phaní reckte den Hals und konnte schwach hinter der Scheibe des anderen Cafés jemanden erkennen, der ihr zuwinkte. Phaní musste lachen. Sie verabschiedete sich von Photeas und legte auf.

Obwohl sie und Photeas sich anfangs gar nicht gemocht hatten, und Phaní auch nicht glaubte, von ihrer Seite hätte sich da irgendetwas geändert, machte ihr dieser distinguiert wirkende, ältere Herr gerade eben ein unglaublich schmeichelhaftes Kompliment. Phaní war gerührt. Sie senkte ihren Kopf und nippte am inzwischen kalten Tee, um Panos nicht merken zu lassen, was in ihr vorging. War dies etwa die Wirkung der Medikamente, dass ein solches Kompliment sie plötzlich aus der Fassung brachte? Es musste wohl daran liegen, oder an der Tatsache, dass sie noch angeschlagen war. Sie versuchte die Rührung mit einem Taschentuch wegzuwischen. Vielleicht hatte der Alte sich ja auch einen Witz mit ihr erlaubt.

Nach ihrem gefühlsduseligen Anfall richtete Phaní sich kerzengerade auf und erzählte Panos, was Photeas ihr gerade berichtet hatte und beschränkte sich natürlich nur auf das Wesentliche.

»Ich muss morgen mit *dievthintís* Dragoumis sprechen.

Der Fall Nikolakea muss wieder aufgenommen werden. Du überprüfst am besten die Alibis der Jünger von *kiría* Chronopoulou.« Panos schien nicht glücklich darüber. Phaní wiegte den Kopf hin und her.

»Ich weiß, ich weiß. Aber wir müssen unsere Arbeit machen, auch wenn wir nicht an deren Schuld glauben.« Nach einem Moment fragte sie:

»Wer hat denn nun eigentlich Dragoumis so viel Druck gemacht und *kiría* Chronopoulou bezichtigt?«

»Die Frau von Roussopoulos«, antwortete Panos kurz. Phaní nickte, denn sie wusste, wer Roussopoulos' Frau war: Jianna Roussopoulou-Demiri. Sie war eine sehr erfolgreiche Immobilienmaklerin mit Sitz in der Hauptstadt, und seit Kurzem auch Bauunternehmerin, mit ausgezeichneten Beziehungen zu hohen Abgeordneten der Regierungspartei. Es war naheliegend, dass sie auch am Bau der geplanten Ferien- und Golfanlagen maßgeblich beteiligt sein würde, wenn ihr Mann schon der hiesige Geschäftsführer von Kanellopoulos war. Phaní seufzte.

»Fährst du mich noch zum AB Supermarkt?«, fragte Phaní und stand mit einem Ruck auf, rief die Kellnerin heran und bezahlte. Als Panos ihr einen Fünfeuroschein hinhielt, schaute sie ihn empört an:

»*Áde, sópa re* – komm schon!«

Draußen hatte bereits die Abenddämmerung eingesetzt und der Regen inzwischen aufgehört. Phaní warf einen kurzen Blick in das Café gegenüber, aber es war leer. Sie schmunzelte. Sie gingen zum Auto zurück. Panos setzte Phaní vor dem Supermark ab. Sie verabschiedete sich und schaute ihm noch nach, wie er davonfuhr. Sie kaufte schnell ein paar Kleinigkeiten ein und schlenderte danach mit hochgeschlagenem Kragen zur Pharon und diese entlang. Sie blieb einen Moment vor Nana's

Haus stehen und betrachtete es. Nirgends brannte Licht, außer in einem Zimmer im oberen Stock. Leise ertönte Musik, ein altes Volkslied. Es hörte sich so an, als ob Curwen Platten seiner Frau abspielte. Phaní musste an die Worte der ehemaligen Haushälterin denken, denen zufolge Curwen es nicht mochte, wenn seine Frau die alten Volkslieder sang. Tja, alles ist relativ, dachte Phaní.

Sie ging zu Fuß die Pharon weiter nach Norden. Die Luft war kalt, aber zum Glück wehte kein Wind. Im Zickzackkurs marschierte sie zügig durch die engen Straßen und hüpfte manchmal zur Seite, wenn sich ein Auto von hinten näherte. Sie kam am Schaufenster einer Apotheke vorbei, wo ein vergilbtes Plakat für Sonnencreme warb. Phaní blieb kurz stehen. Sie sehnte sich nach Frühling und Sommer, wenn sie endlich wieder die wärmenden Strahlen der Sonne auf ihrer Haut spüren würde. Sie merkte, wie schon der Gedanke allein sie von innen her aufwärmte. Sie schloss die Augen und sah die gleißende Sonne vor sich.

Phaní ging weiter. Es fing wieder sachte an zu regnen. Sie schritt durch die *odós* Aristomenous, ließ alle Geschäfte, die Winterschlussverkauf hatten, links liegen, ging bald die Straße zur Ipapandi Kirche hinauf und war fünf Minuten später zu Hause. Erleichtert schlug sie die Tür hinter sich zu und drehte gleich die Heizkörper etwas auf. Das würde ihr jetzt gerade noch fehlen, sich eine Erkältung einzufangen. Sie brühte sich eine große Tasse heiße Suppe auf und ließ sich ins Sofa fallen, löffelte vorsichtig das dampfende Gebräu und legte anschließend die Beine hoch. Sie musste an das dunkle Haus von Nana denken und stellte sich Curwen vor, wie er allein in seinem Sessel saß und mit geschlossenen Augen der Musik seiner Frau lauschte. Phaní kam der kleine Gedichtband von Ritsos in den Sinn, den sie aus

Nana Nikolakea's Haus mitgenommen hatte, und welchen Curwen sicherlich zurückhaben wollte. Das wäre doch ein guter Vorwand, bei ihm vorbeizuschauen und mit ihm zu sprechen. Phaní stand auf. Seit dem ersten Tag der Ermittlungen hatte sie nicht mehr an das Buch gedacht. Es musste aber irgendwo hier liegen. Sie durchsuchte die geordneten Haufen und fand nur alte Werbeprospekte, ausgelesene Zeitungen und ein paar Romane, die sie sich auf Anraten einer Freundin gekauft hatte, aber nie auch nur angefangen hatte zu lesen. Das musste ihre Freundin ja nicht unbedingt erfahren.

Langsam wurde Phaní etwas nervös. Eigentlich hatte sie gleich morgen früh Curwen aufsuchen wollen. Sie wurde es leid zu suchen und überlegte, ob sie ihre Mutter anrufen sollte. Phaní hatte den sicheren Verdacht, diese wüsste, wo sich das Büchlein befand, da sie es sich ja nicht hatte verkneifen können, bei Phaní überall gründlich aufzuräumen. Aber sie entschied sich dagegen, da sie befürchtete, das Gespräch könnte sich in die Länge ziehen.

Dann rief sie Dimitris an. Sie brauchte im Moment Zuspruch und wollte etwas bedauert werden. Zunächst wechselten sie die üblichen Worte, und Phaní wollte schon ihrer momentanen Stimmung Ausdruck verleihen, als Dimitris nicht mehr aufzuhalten war, über seine Studenten und sein Los als neu gewählter Assistenzprofessor zu wehklagen. Sie saß kraftlos auf der Kante des Sofas und brachte es nicht fertig, Dimitris zu unterbrechen, ein sicheres Zeichen dafür, dass sie gesundheitlich noch nicht auf dem Damm war. Nachdem Dimitris sich darüber ausgelassen hatte, dass einige Studenten im zweiten Jahr noch nicht einmal die fünf Punkte von Le Corbusier aufsagen konnten, jedoch das neueste Programm zur Erstellung von dreidimensionalen Computermodellen – meistens wurden bunte blasenartige Gebilde in allen Schattierungen dargestellt – bis zur Perfektion beherrschten, war Phaní völlig erschöpft und frustriert. Dimitris' plötzlicher Redefluss brachte sie in zweierlei Hinsicht in Rage, einmal interessierten sie Le Corbusier und Blasenmodelle in ihrem jetzigen Zustand überhaupt nicht und sie wollte stattdessen lieber ins Bett gehen, zum Zweiten hätte sie sich gewünscht, Dimitris würde einen solchen Enthusiasmus an den Tag legen, wenn es um die Probleme ihrer Ehe ging.

Nachdem sie das Gespräch etwas abrupt beendet hatte, schlurfte sie ins Badezimmer, um sich die Zähne zu putzen. Als sie die Toilette spülte, blubberte immer noch Wasser aus dem Ablauf zu ihren Füßen. Phaní verfluchte das Abwassersystem von Kalamata mitsamt Jiorgos, dem Klempner, und hätte ihn am liebsten gleich noch angerufen. Doch sie ließ auch das bleiben. Sie war nur müde. Trotzdem setzte sie sich noch einmal aufs Sofa, hüllte sich in eine Decke und schaltete den Fernseher ein. Bei den Elfuhrnachrichten schlief sie bereits.

Als Phaní am nächsten Morgen erwachte, fühlten sich ihre Glieder etwas steif an. Die morgendliche Sonne strahlte noch verhalten durch die Scheiben der Balkontür. Endlich, dachte Phaní, sind diese bedeckten, wolkenverhangenen Tage vorbei! Sie realisierte, dass nicht nur ihr persönliches Abenteuer mit der Schussverletzung, sondern auch das ewig bedeckte Wetter ihr aufs Gemüt geschlagen hatte. Das bisschen Sonne wirkte bereits Wunder und Phaní's Stimmung hellte sich auf. Sie erhob sich vom Sofa und riss die Vorhänge auseinander, sodass noch mehr Sonne einfallen konnte. Sie ließ die Strahlen auf ihr Gesicht fallen und schloss die Augen. So blieb sie mehrere Minuten lang stehen und spürte, wie die Sonne ihre Haut wärmte. Nur schwer konnte sie sich von diesem Genuss losreißen. So sehr sie Sonnenbaden am Strand im Sommer hasste und einfach nicht die Geduld dafür hatte, stundenlang in der Hitze zu brüten, so liebte sie diese kurzen, unerwarteten Momente des Sichverlierens, wenn die Sonne sie äußerlich und innerlich erwärmte.

Mit Elan verließ Phaní kurz darauf ihre Wohnung und schwang sich ins Auto. Beim Zurücksetzen passte sie auf, keinen Priester zu überrollen und fuhr direkt zu Nana Nikolakea's Haus an der Pharon. Auch wenn diese nicht mehr lebte, wurde das Haus allgemein immer noch als das ihre betrachtet.

Eine ihr unbekannte Frau öffnete die Tür. Sie stellte sich auf Englisch als Curwens Nichte aus Chicago vor. Unaufgefordert erzählte sie Phaní, dass sie sich um ihren Onkel gesorgt habe und nun auf ihn aufpassen wolle, um sicher zu sein, es gehe ihm gut. Die Frau führte Phaní in den ersten Stock. Zum ersten Mal fiel Phaní der wunderschöne Blick vom Fenster der Treppe in den Garten auf. Die Mandelbäume begannen schon zu blühen. Das ganze Haus erschien ihr irgendwie verändert, anders als sie es in Erinnerung hatte. Der Einfluss des schönen Sonnentages spielte vermutlich eine Rolle, wie auch der neue Schwung, den Curwens Nichte mitgebracht hatte. Waren das die sogenannten alkyonischen Tage, von denen ihre Mutter immer erzählt hatte, und die auf dem Lande so viel intensiver zu spüren waren? Vorboten des Frühlings hatte sie diese Tage stets genannt.

Curwen saß in seinem Arbeitszimmer und lauschte Liedern seiner Frau, die von einem Plattenspieler ertönten. Er schaute auf, als Phaní das Zimmer betrat, erhob sich mit etwas Mühe und bat sie, Platz zu nehmen. Die Nichte blieb im Hintergrund und stellte den Ton leiser. Phaní fühlte sich etwas unwohl, eingequetscht zwischen den beiden und stellte fest, dass sie sich auch keine Fragen für Curwen zurechtgelegt hatte. Sie fühlte sich in die Zeit an der Polizeiakademie zurückversetzt. Damals wurde sie regelmäßig vom Instruktor für Verhörtechnik angepfiffen, weil ihre Methode nicht professionell sei, sie sich für die Verhöre nicht genügend vorbereitet habe und diese immer zu früh abbreche. Aber wozu sollte sie auch weiter Fragen stellen, wenn sie genau spürte, dass aus dem Gegenüber nichts mehr herauszuholen war? Phaní merkte, dass ihr warm und etwas schwindelig wurde. Doch sie riss sich zusammen.

»*Kírie* Curwen, ich bin in inoffizieller Funktion hier«, begann sie zaghaft und merkte, dass ihr das Denken immer noch etwas schwer fiel. Diese verdammten Medikamente, fluchte sie innerlich, brachten den ganzen Organismus durcheinander und machten einen nur abhängig. Sie überlegte ihre erste Frage, doch Curwen kam ihr zuvor.

»Ich nahm an, die Untersuchungen seien abgeschlossen, wurde ich doch von Ihrem jungen Kollegen darüber unterrichtet, dass die Umstände des Todes meiner Frau geklärt seien.« Dann lächelte Curwen verlegen.

»Bitte entschuldigen Sie meine Manieren, aber wie geht es Ihnen denn nach dieser hässlichen Geschichte? Sogar in der englischsprachigen Athener Zeitung wurde darüber berichtet.« Phaní war aus dem Takt gebracht und stammelte ein paar Worte:

»Oh, das. Es geht schon viel besser, danke.« Sie versuchte ihre Gedanken zu ordnen.

»*Kírie* Curwen, es gibt da noch ein paar Ungereimtheiten, die ich klären möchte. Dazu hätte ich gerne den Umweltbericht ihrer Frau eingesehen, den sie über den Küstenstreifen von Skala zusammengestellt hatte.« Curwen sah sie überrascht an.

»Es tut mir leid, ich dachte das wüssten Sie. Ich konnte den Bericht nirgends finden. Eigentlich hätte er im Haussafe verwahrt sein müssen, doch dort war er nicht. Das habe ich aber dem anderen Herrn, dem *astinómos*, der letzte Woche hier war, schon alles berichtet. Er schien sich dafür jedoch nicht besonders zu interessieren.«

»Könnte Ihre Frau ihn irgendwo anders deponiert haben?«

»Das habe ich mir auch schon überlegt und bin zur Bank gegangen, aber auch dort war er nicht hinterlegt.« Phaní dachte nach.

»Wo glauben Sie, könnte der Bericht denn geblieben sein?« Curwen zuckte die Schultern.

»Ich habe keine andere Erklärung, als dass er gestohlen worden sein muss.« Curwen nickte. Phaní stutzte.

»Wer wusste denn außer Ihnen, wo der Bericht aufbewahrt wurde?«

»Unser Anwalt, Adamopoulos ...«, antwortete Curwen ohne zu zögern, doch dann hielt er abrupt inne. Seine Augen funkelten leicht.

»Glauben Sie, dass er ...?« Phaní schob das Kinn vor.

»Das wäre schon möglich. Wie wir erfahren haben, hat er sich immerhin ja auch von den Planern dieser Ferienanlage bei Skala bezahlen lassen.« Curwen schüttelte ungläubig den Kopf.

»Ich konnte es kaum glauben, als ich dies hörte.« Curwen stöhnte. »Aber wann sollte er den Bericht an sich genommen haben? Außerdem kennt er die Kombination zu unserem Safe nicht.« Damit war die Frage, die Phaní sich gerade gestellt hatte, beantwortet.

»Ist Adamopoulos an jenem Montag vor der Tat mit Ihnen nach Athen gefahren, oder war er bereits dort, als Sie ankamen?«

»Nein, mit mir ist er nicht gefahren. Ich habe ihn jedenfalls erst zur öffentlichen Stellungnahme am Mittwoch gesehen.« Phaní merkte, dass sie nicht weiterkam. Während der ganzen Unterhaltung hatte die Nichte regungslos im Hintergrund gesessen. Phaní erhob sich. Sie bedankte sich und wollte schon gehen, als sie Curwen noch eine letzte Frage stellte:

»Halten Sie es für möglich, dass Na..., na der Bruder Ihres bulgarischen Hausmädchens tatsächlich Ihre Frau getötet haben könnte?« Curwen schwieg eine Weile.

»Ich weiß es nicht. Ich habe ihn nie kennengelernt. Ich würde es für unmöglich halten, wenn er seiner Schwester ähnlich ist, denn sie ist ein sehr liebes Mädchen, äußerst zuverlässig und vertrauenswürdig. Aber was weiß ich schon, die Welt um mich hat sich so verändert, alte Werte zählen heute nicht mehr.« Phaní wusste, dass es Zeit war zu gehen und verabschiedete sich.

Draußen setzte sie sich in ihr Auto, fuhr geradewegs zur *Diévthinsi*, parkte ihren Xsara neben einem schrottreifen Unfallwagen an der Hauptstraße, marschierte strammen Schrittes die hundert Meter zum aprikosenfarbenen Gebäude, meldete sich an und eilte in den ersten Stock. Als sie die Tür zu ihrem Büro aufstieß, zuckte Panos zusammen und ließ beinahe den Telefonhörer fallen. Phaní entschuldigte sich und wartete, bis Panos auflegte.

»Hier bin ich! Etwas Neues, was *kiría* Chronopoulou und ihre Schar anbelangt?« Panos schnalzte verneinend und hob den Kopf. Phaní überlegte kurz. Dann erzählte sie, dass sie soeben erst bei Curwen vom verschwundenen Umweltbericht erfahren hat.

»Hat dich unser lieber Athener Kollege darüber unterrichtet?« Panos verneinte.

»Hast du eigentlich mal das Alibi von Adamopoulos überprüfen können?« Panos blätterte in seinen Notizen.

»Hier steht es: Es ist mir nicht gelungen, irgendeinen Zeugen aufzutreiben, der mit Sicherheit sagen kann, ob sich Adamopoulos an dem fraglichem Abend noch in Kalamata aufgehalten hat.«

»Mist!«, fluchte Phaní leise.

»Aber, da sind mir die *diódia*, die Autobahnmautstellen in den Sinn gekommen.« Phaní's Stimmung hellte sich bereits auf.

»Er muss unweigerlich eine davon passiert haben, auf seinem Weg von hier nach Athen, und wenn wir etwas Glück haben, besitzt er einen Elektropass und wird automatisch registriert. Ich habe die Kollegen von der *Trochéa* der jeweiligen Bezirke darauf angesetzt.«

»*Brávo* Pano *mou*! Ausgezeichnet!«

Phaní knuffte Panos gegen die Schulter.

»Noch was: Wo finde ich die Akte zum Fall Nana Nikolakea?«

»Die müsste Gogo, die Sekretärin des Chefs in Verwahrung genommen haben, bis sie ins Archiv wandert.«

»Ich bin gleich zurück!« Phaní eilte in den zweiten Stock und zum Glück war Gogo dabei, Papiere zu ordnen. Als diese Phaní sah, sprang sie auf und kam ihr freudig entgegen.

»*Kiría astinóme* Papadea! Wie schön Sie zu sehen! Wie geht es Ihnen?« *Kiría* Gogo war über fünfzig und hätte eigentlich ihren Dienst bei der Polizei schon quittieren und in Pension gehen können, was sie jedoch nicht wollte. Böse Stimmen im Revier meinten, es hätte damit zu tun, dass ihr Mann sie sitzengelassen hatte. Doch Phaní hielt nichts vom Revierklatsch – meistens jedenfalls. *Kiría* Gogo war die gute Seele der Abteilung um *dievthintís* Dragoumis, und ihre Erscheinung, mit ihrem kurzen grauen Haar, Brille und dem korrekten Plisseerock mit dazu passender Jacke, gebot etwas Respekt. Doch ehrlich gesagt wusste Phaní nicht recht, wie sie Gogo einschätzen sollte. Phaní lächelte.

»Danke, viel besser.« Sie machte eine Pause.

»Der *dievthintís* ist nicht da, falls Sie ihn ...«

»Das macht nichts, ich muss ihn nicht unbedingt heute sprechen. Ich bin auch eigentlich wegen einer anderen Sache gekommen.« *Kiría* Gogo schaute Phaní neugierig an.

»Ich brauche die Akte Nana Nikolakea noch einmal. Ich möchte mir den Bericht, den mein Kollege aus Athen abgegeben hat ...«

»Ich weiß nicht, ob das korrekt ist«, unterbrach *kiría* Gogo sie. »Ich müsste da schon Rücksprache mit dem *dievthintís* halten.«

»Er müsste aber eigentlich davon gar nichts erfahren. Ich bin nur neugierig und offiziell ja auch noch nicht zurück im Dienst ...«

»Ja, aber dann ist es ja noch schwieriger. Wie soll ich das denn verantworten?« *Kiría* Gogo schaute Phaní gequält an, diese verlor langsam die Geduld.

»Hören Sie, *kiría* Gogo, wenn außer uns beiden niemand davon erfährt, dass ich die Unterlagen geholt habe, was gibt es denn da zu verantworten?« Phaní setzte ihr liebenswürdigstes Lächeln auf. Doch *kiría* Gogo bekam nun einen etwas herben Zug um den Mund und sah nicht glücklich aus. Dann schüttelte sie entschieden den Kopf.

»Nein, das würde bedeuten, dass ich *dievthintís* Dragoumis hintergehe ...« Nun sah Phaní nicht glücklich aus und verlor endgültig die Geduld:

»*Kiría* Gogo, ich bin immer noch Kommissarin in diesem Revier und Leiterin der *Asphália*! Eigentlich bin ich nicht befugt, Ihnen diese Information weiterzugeben, aber neue Anhaltspunkte machen es sehr wahrscheinlich, dass der Fall noch einmal aufgerollt werden muss. Sie behindern meine Ermittlungen, wenn Sie mir nicht sofort diese Unterlagen aushändigen!« Phaní's Ton war wohl etwas schärfer geraten, als sie gewollt hatte, *kiría* Gogo schaute sie erschrocken an und hielt sich die Hand vor den Mund. Darauf eilte sie flink zu einem Wandschrank, zog einen dicken Stapel Papiere heraus, welcher zwischen zwei Kartondeckeln klemmte und zusammengebunden war, und drückte ihn Phaní wortlos in die Arme.

»Danke, *kiría* Gogo. Und Dagoumis muss noch nichts davon wissen, er soll es von mir erfahren, falls der Fall wieder aufgerollt wird.« *Kiría* Gogo nickte und sagte kein Wort mehr. Phaní versuchte zu lächeln, sah, dass es keinen Zweck hatte und ging die Treppe hinunter.

Sie stürmte wieder in ihr Büro, doch diesmal schien Panos darauf gefasst gewesen zu sein. Wortlos setzte sich Phaní an ihren Schreibtisch und löste die Schleife des Bündels, öffnete den Deckel und begann sich die Unterlagen genau anzusehen. Unterdessen rief Panos immer wieder Angehörige der Gruppe um *kiría* Chronopoulou an, schien aber nichts Interessantes herauszufinden. Von Zeit zu Zeit schaute er zu Phaní, neugierig darauf, ob sie etwas entdeckt hätte. Doch Phaní blieb ungewöhnlich still und Panos wählte wieder eine neue Telefonnummer.

Als Erstes sah sich Phaní die Fotos des Tatorts nochmals genau an. Die Bilder zeigten jedoch nur das Übliche, wie Position der Leiche aus mehreren Winkeln, Ansichten des Zimmers, worin sie gefunden wurde, und einige Nahaufnahmen. Phaní erinnerte sich noch genau an den Tag, an dem die Tote gefunden worden war. Thomaidis, der Polizeifotograf war ihr gehörig auf die Nerven gegangen, da er von jedem noch so unbedeutenden

Detail gleich mehrere Fotos gemacht hatte und immer im Weg herumstand. Die Aufnahmen hatten zugegebenermaßen eine gewisse Dramatik, was Ausschnitt und Belichtung anbelangten. Sie suchte den Stapel weiter durch und fand bald eine CD, beschriftet mit: 'unwichtigere Tatortfotos'. Phaní schob die Scheibe in ihren Computer und öffnete die CD. Eine Liste mit Hunderten von Fotos erschien auf ihrem Bildschirm.

Sie stöhnte lauthals, sodass Panos sich gleich zu ihr drehte. Phaní reagierte jedoch nicht und öffnete wahllos einige Bilddateien. Thomaidis hatte wirklich ganze Arbeit geleistet, kein Detail war seiner Kamera entgangen. Er musste jedes Zimmer des Hauses systematisch fotografiert haben, nicht einmal vor den Schuhregalen im Ankleidezimmer, den Einmachgläsern in der Speisekammer und den Oberschränken der Küche hatte er Halt gemacht. Deutlich war zu erkennen, dass Teller, Gläser und Tassen mit pedantischer Ordnung in feinsäuberlichen Reihen standen, die Henkel der Tassen alle nach rechts vorne gerichtet. Phaní schüttelte den Kopf, aber nicht nur über Thomaidis' Fotografiermanie, sondern auch über die Ordnung. Bei ihr zu Hause sah es da viel chaotischer aus.

Nach einer Weile begannen Phaní's Augen zu brennen und zu tränen. Sie drehte sich in ihrem Bürostuhl herum, lehnte sich zurück und betrachtete die schneebedeckten Gipfel des Taïgetos, um ihre Augen zu entspannen. Doch plötzlich richtete sie sich wieder auf und drehte sich abrupt zurück.

»Wo ist eigentlich die Tasse geblieben?«

»Welche Tasse? Die steht doch vor ...«

»Nicht diese Tasse, *chasé*, du Schussel! Die Tasse, aus der Nana kurz vor ihrem Tod noch den Tee mit dem Schlafmittel getrunken hat?«

»Ah, diese Tasse. Stimmt, am Tatort wurde keine gefunden.«

»Genau! Der einzige Ort, wo Tassen gefunden wurden, ist die Küche.« Phaní rieb sich die Stirn.

»Hat Nana den Tee in der Küche getrunken, die Tasse gleich abgewaschen und sich dann oben schnell aufs Bett gelegt?« Beide schoben fragend das Kinn etwas vor.

»Oder hat der Täter, Mister X, Nana mit dem Tee ruhiggestellt und dann die Tasse verschwinden lassen?«

»Oder er hat sie abgewaschen, abgetrocknet und weggeräumt«, mutmaßte Panos.

Phaní winkte ab.

»Lass den Quatsch, *re* Pano!« Doch dann wurde Phaní nachdenklich.

»Aber vielleicht hast du auch recht.« Ihre Haltung straffte sich.

»Ruf Michalopoulos an und frag ihn, ob er nach drei Wochen noch feststellen kann, aus welcher Tasse das Schlafmittel getrunken worden ist, auch wenn diese inzwischen abgewaschen wurde. Ich mach hier noch etwas weiter.« Panos griff zum Hörer und Phaní klickte wieder Bilder an, in der Hoffnung, auf etwas Auffälliges zu stoßen. Bei einem Foto des Treppenhauses – warum dieses auch immer aufgenommen wurde, war Phaní wiederum schleierhaft – schien ihr etwas aufzufallen. Sie hielt inne. Erst heute Morgen war sie noch diese Treppe hinaufgegangen und hatte die Aussicht aus dem Fenster bewundert.

»Pano, weißt du noch, wie die Wetterverhältnisse waren, als wir zum ersten Mal zu Nana's Haus gefahren sind?« Panos schaute von seinem Schreibtisch auf und überlegte.

»Hast du das nicht in dein Büchlein geschrieben?«, fragte Phaní etwas schnippisch.

»Mir war nicht bewusst, dass dies von Bedeutung sein könnte, für die Untersuchung«, konterte Panos.

»Ist es vielleicht auch gar nicht. Überleg doch noch mal?«

»Ich glaube, es war regnerisch, der Himmel wolkenverhangen.« Phaní nickte.

»Du hast recht. Ich erinnere mich. Ich dachte schon, mir wäre etwas aufgefallen. Aber in dem Fall ...«

»Was ...?«, konnte Panos nur noch fragen, denn in diesem Moment läutete das Telefon auf Phaní's Schreibtisch. Sie erschrak und fuhr hoch.

»Wer weiß denn, dass ich hier bin? Ist das wieder so ein Witz von Photeas, beobachtet er uns von irgendwo?« Phaní griff nach dem Hörer und sagte kurz *›nä‹*. Danach nickte sie nur noch und legte lautlos den Hörer auf.

»Dragoumis. Er will mich sofort sprechen. Er klang nicht gerade freudig darüber, dass ich wieder da bin.« Sie schlug wütend mit der flachen Hand auf die Tischplatte.

»Diese Gogo, diese Petzte hat Dragoumis doch erzählt, dass ich die Akte geholt habe, obwohl ich ihr ausdrücklich sagte, dass sie das unterlassen solle. Diese ...« Phaní fehlten die Worte. Sie stand mit einem Ruck auf, stürmte aus dem Zimmer und schlug die Tür mit einem Knall hinter sich zu.

Ein halbe Stunde später kam Phaní zurück und war in eine Zeitung vertieft. Sie setzte sich wortlos an ihren Tisch. Panos stand auf und stellte sich demonstrativ neben ihren Schreibtisch. Nach einer Weile schaute Phaní zu ihm auf.

»Was gibt's?«

»An dieser Vergiftung könnte doch etwas dran sein«, begann er zögernd.

»Wieso denn?«, wollte Phaní wissen.

»Ein Mitglied der Gruppe, ein gewisser Pavlos Pipheas, Student am *TEI*, neunzehn Jahre alt, hat kein festes Alibi für die Zeit zwischen drei und sechs des besagten Sonntagnachmittags.«

»*Kiría* Chronopoulou hat aber doch gesagt, alle wären an dieser Sitzung gewesen?«

»Wir haben aber nur ihre Aussage dazu. Ein Studienkollege hingegen gab zu Protokoll, Pavlos hätte an diesem Nachmittag gearbeitet, wie er es immer tut, zweimal die Woche.«

Phaní's Miene verfinsterte sich. Nun gab es zum Glück diese kleine Gruppe Umweltschützer in Kalamata, die der Natur eine Stimme geben wollte, und jetzt musste sie tatsächlich gegen einen von ihnen ermitteln, nur weil die Frau des angeblich Vergifteten Einfluss bis nach ganz oben hatte. Manchmal hasste Phaní ihren Job. Panos schien auch nicht glücklich zu sein, aber er war eben auch gewissenhaft, der Arme.

»Und sein Arbeitgeber, der kann ihm kein Alibi verschaffen?« Panos hob die Augenbrauen. Phaní wurde etwas aufgebracht.

»Wieso denn nicht? Wo arbeitet er denn überhaupt, dieser Pavlos?«

»Er arbeitet für ein *fastfoodtzídiko* in der Nähe des Bahnhofs.«

»Na also, dann gibt es Gäste, die bezeugen können, dass er Fastfood serviert hat.« Panos kniff die Lippen zusammen.

»Er arbeitet nicht direkt in der Imbissstube, sondern fährt ein *papáki* und liefert Fastfood-Pakete in ganz Kalamata aus. Eine Bestellung musste er an diesem bewussten Nachmittag auch zur Villa Roussopoulos fahren.«

21

Phaní schluckte trocken. Dann schnappte sie ihre Tasche, stopfte die Zeitung, die sie gerade noch gelesen hatte, achtlos hinein und sprang auf. Sie griff sich ihren Mantel, schritt zur Tür, riss diese auf und schaute auffordernd zu Panos. Dieser begriff und eilte ihr nach.

Sie fuhren zu einem vierstöckigen Wohnblock in der Nähe des alten *KTEL* Busbahnhofs. Da Panos fuhr und es die Zeit des Zweiuhr-Berufsverkehrs war, hatten sie reichlich Gelegenheit sich zu unterhalten.

»Was wollte Dragoumis von Ihnen?« Phaní funkelte Panos an.

»Wie oft soll ich dir noch sagen, du sollst mich duzen!« Sie überlegte kurz. »Nur wenn ich etwas getan habe, was dir nicht gefällt, kannst du wieder ›Sie‹ sagen.« Phaní schaute Panos an, er lächelte zaghaft und schien begriffen zu haben.

»Na ja, Dragoumis war aufgebracht, dass ich entgegen allen Regeln wieder zu arbeiten begonnen habe. Er hat ja auch recht. Wenn mir im Dienst jetzt etwas zustößt, oder ich aus gesundheitlichen Gründen einen Einsatz verbocke, sitze ich im Schlamassel.« Sie machte eine Pause und steckte sich eine Zigarette an.

»Es gefiel ihm auch überhaupt nicht, dass ich nicht direkt zu ihm gekommen bin. Er beruhigte sich aber schnell und sah ein, dass der Fall Nana nach der neuen Erkenntnis von Photeas nicht als abgeschlossen betrachtet werden kann.« Phaní nahm wieder mehrere Züge und stieß den Rauch genüsslich aus.

»Und was machen wir jetzt?«, fragte Panos. Phaní lächelte.

»Wir untersuchen weiter. Bislang soll die Presse nichts davon erfahren. Wir können es nicht zulassen, dass ein zweites Mal gepatzt wird. Diesmal muss der Fall wirklich aufgeklärt werden.« Phaní schüttelte den Kopf und dachte an ihren Kollegen aus Athen, der die Ermittlungen zwischenzeitlich übernommen und aus ihr unbegreiflichen Gründen die Untersuchung als beendet erklärt hatte. *Iatrós* Photeas lag wohl gar nicht so falsch mit seiner Annahme, dem Athener wäre die frische Luft hier nicht bekommen.

Sie stiegen die drei Treppen zu Fuß hinauf, da der Lift irgendwo stecken geblieben sein musste, denn er war nach mehreren Minuten Wartens nicht erschienen. Phaní geriet außer Atem und merkte, dass sie immer noch angeschlagen und geschwächt war. Das durfte Dragoumis nur nicht erfahren, denn ihm hatte sie versichert, wieder ganz und gar auf dem Damm zu sein. Und er verließ sich auf ihr Wort.

Im dritten Stock klingelten sie an jener Tür, die kein Schild führte, denn die übrigen Namen dieser Etage lauteten alle anders. Ein junger, etwas fülliger Mann mit lockigen langen Haaren und Brille öffnete. Er sah Phaní und Panos nur fragend an.

»Bist du Pavlos Pipheas?«, wollte Phaní wissen. Keine Antwort, nur ein Nicken.

»Wir sind von der *Asphália*. Können wir reinkommen, wir haben ein paar Fragen an dich.« Der junge Mann zuckte mit den Schultern und trat etwas zurück, um die beiden durchzulassen.

Phaní fiel als Erstes auf, dass die Wohnung groß und sehr ordentlich war. Zudem passten die Möbel, Bilder, Teppiche und die restliche Einrichtung nicht gerade zu einem neunzehnjährigen Studenten. Man wähnte sich eher in der Wohnung von jemandem, der Pavlos' Großvater oder Großmutter hätte sein können. Pavlos sprach zum ersten Mal.

»Was gibt's denn? Ich muss bald zur Arbeit.«

»Wo warst du vorgestern, zwischen drei und sechs Uhr nachmittags?« Phaní stellte die Frage neutral, doch Pavlos schien plötzlich etwas nervös zu werden, auch wenn es kaum zu bemerken war.

»Äh, vorgestern?« Er schien zu überlegen. »Ah ja! Wir hatten eine Zusammenkunft in unserer Gruppe für Umweltschutz, bei *kiría* Chronopoulou. Den ganzen Nachmittag lang.«

Phaní schaute ihn nur abwartend an.

»Sie ist nämlich die Einzige, die sich diesen wahnsinnigen Projekten, den Golfplätzen und dem Scheiß, entgegensetzt. Sie ist die Einzige, die den Mut hat. Sie stellt sich allen entgegen, der Regierung, den reichen Geldsäcken, den korrupten Scheißmedien in diesem Land.« Pavlos begann sich zu ereifern und trat nervös von einem Fuß auf den anderen. Phaní schaute Panos kurz an, und seufzte.

»Dein Chef vom *fastfoodtzídiko* hat uns aber gesagt, du hättest an diesem bewussten Nachmittag Bestellungen ausgefahren, in ganz Kalamata.« Pavlos schaute aufgeregt von Phaní zu Panos, immer wieder hin und her.

Dann sagte er unerwartet:

»Ich muss mal aufs Klo!« Er verschwand im hinteren Teil der Wohnung und knallte eine Tür hinter sich zu. Phaní zuckte die Achseln und sagte, als ob sie sich vor sich selbst rechtfertigen wollte:

»Na ja, wir haben nichts Belastendes gegen ihn in der Hand, wir können ihn nicht daran hindern aufs Klo zu gehen.« Phaní schaute sich etwas um und drehte sich zu Panos.

»Geh ihm nach und pass auf, dass er nicht abhaut.«

»Wie denn? Ich kann ihn ja schlecht beim Pinkeln überwachen.«

»Nun geh schon, und horch an der Tür, ob du die üblichen Geräusche vernimmst. Geh schon!« Panos verschwand schließlich in Richtung Toilette. Phaní schaute sich weiter um und war abermals von der Ordnung und Sauberkeit der Wohnung verblüfft. Sie wollte sich gerade ein paar Fotografien an der Wand genauer ansehen, da kam Panos zurückgerannt.

»Ich glaube, er ist tatsächlich abgehauen! Ich höre nichts mehr.«

Phaní eilte mit Panos zur Toilette.

»Pavle! Bist du noch da drin?« Phaní kam sich blöd vor, als sie das rief. Tatsächlich war es verdächtig still im Örtchen. Phaní rief nochmals nach Pavlos, es kam aber wieder keine Antwort.

»Mach die Tür auf, Pano!« Panos schaute Phaní fragend an.

»Wie denn? Einrammen?« Phaní fing vor Ungeduld an mit den Händen herumzufuchteln. »Ja, in Gottes Namen! Was weiß ich denn! Wir können ja schlecht ein Sonderkommando anfordern!«

Panos nahm Anlauf und stieß mit der Schulter gegen die Tür. Diese knarrte zwar etwas, gab aber nicht nach. Phaní hatte sich inzwischen wieder beruhigt und fand die Situation irgendwie komisch. Beim zweiten Anlauf krachte Panos mit großer Wucht in den kleinen Toilettenraum und fiel beinahe auf Pavlos drauf. Dieser saß auf dem Toilettendeckel und hielt sich an seinem *kinitó* fest. Schuldbewusst schaute er zu Phaní auf.

»Warum meldest du dich denn nicht, wenn wir rufen? Wir dachten, du wärst abgehauen!« Phaní schaute auf das kleine Milchglasfensterchen und kam sich lächerlich vor. Dadurch hätte Pavlos nie und nimmer gepasst.

»Ich sage nichts mehr! Bis *kiría* Chronopoulou hier ist!«, brachte Pavlos trotzig hervor und blieb wie angenagelt auf dem Toilettendeckel sitzen. Phaní fasste sich an den Kopf, denn ein leichter Schmerz machte sich bei ihr bemerkbar. Es gefiel ihr gar nicht, jetzt auch noch warten zu müssen, aber wenn er Beistand wollte, konnte sie ihm diesen nicht verwehren.

»Ich brauche etwas frische Luft.« Panos nickte und massierte sich mit einem unzufriedenen Gesichtausdruck die Schulter. Phaní musste sich das Lachen verkneifen.

Auf den Stufen vor dem Apartmenthaus rauchte Phaní ein oder zwei Zigaretten und schaute in den Himmel. Es war plötzlich ein starker Wind aufgekommen und hatte schwarze Wolken vom Meer herangetrieben. In nur wenigen Minuten schlug das Wetter um und es begann heftig zu regnen. Phaní fluchte und rettete sich schnell in die Eingangshalle des Gebäudes. Nun fielen auch noch erbsengroße Hagelkörner vom Himmel und prasselten mit Wucht auf die Markise des kleinen Kiosks, gegenüber an der Straße. Nach einer Viertelstunde war der Spuk vorbei und die Sonne drückte zuerst schwach, dann kräftiger durch die immer mehr aufreißende Wolkenschicht. Phaní schüttelte den Kopf. Vor dem Eingang des Apartmenthauses hatten sich die Hagelkörner in den Ecken gesammelt, die Glasscheibe war noch glänzend nass vom Regen, und die Sonnenstrahlen blinkten durch die einzelnen Tropfen auf der Scheibe.

In diesem Moment kam *kiría* Chronopoulou die Stufen heraufgeeilt. Als sie Phaní sah, fragte sie gleich vorwurfsvoll:

»Wo ist er? Was habt ihr mit ihm gemacht?« Phaní blieb erstaunlich gelassen. Sie überlegte sich sogar kurz einen blöden Witz zu machen, wie ›wir haben ihn mit

Nadeln gequält und heißem Öl übergossen!‹. Sie blieb aber professionell und fauchte zurück.

»Warum sollten wir ihm denn etwas angetan haben? Nur weil er nicht redet?« Phaní trat die Zigarette auf dem Marmorboden aus und eilte hinauf. In der Wohnung angekommen führte sie *kiría* Chronopoulou zur Toilette.

»Ich lass euch etwas Zeit. Aber in zehn Minuten will ich eine Aussage, sonst bring ich euch beide aufs Revier. Ich verliere hier langsam die Geduld!« Die Frau funkelte Phaní an und wandte sich dann Pavlos zu. Phaní und Panos zogen sich ins Wohnzimmer zurück. Sie schaute lächelnd zu Panos.

»Wie geht's der Schulter?« Er winkte nur ab.

Nach einer Weile waren laute Worte von der Toilette her zu hören, *kiría* Chronopoulou war eindeutig aufgebracht. Sie schien auf Pavlos einzureden. Er antwortete leise, und nach einer kurzen Stille kamen beide ins Wohnzimmer. Pavlos sah verstockt aus und *kiría* Chronopoulou konnte ihren Unmut nicht verbergen.

»Los, erzähl ihnen, was du mir gerade gebeichtet hast!«, sagte die Frau in befehlendem Ton. Pavlos begann Phaní leidzutun. Langsam fing er leise an zu sprechen.

»Es stimmt, ich habe ein Essenpaket zur Villa Roussopoulos gefahren. Als die Bestellung an diesem Nachmittag hereinkam, schien sie mir wie ein Wink. Ich musste doch etwas tun!« Jetzt redete er viel bestimmter.

»Ich wollte ein Zeichen setzen, diesen Leuten einen Denkzettel verpassen! Sonst tut ja keiner etwas!« Die Frau ging zu Pavlos und gab ihm eine schallende Ohrfeige. Phaní und Panos erschraken.

»Du hast überhaupt nicht begriffen, worum es in unserer Organisation geht«, schimpfte die Frau. »Wir gehen nicht hin und versuchen Leute zu vergiften. Wir müssen uns bemühen, die Umweltzerstörung auf legalem Wege zu verhindern, mit den Mitteln, die uns vom Gesetz her zur Verfügung stehen!«

»Aber es war doch nur eine schwache Dosis Gift, er wäre nie daran gestorben, es sollte nur ein Denkzettel sein«, versuchte Pavlos sich zu verteidigen.

»Woher willst du denn das so genau wissen? Studierst du etwa noch Pharmazie nebenbei? Das hätte gehörig schief gehen können, bist du dir darüber im Klaren?« *Kiría* Chronopoulous Tonfall war scharf und vorwurfsvoll. Phaní bemerkte ruhig:

»Das würde mich auch interessieren.« Pavlos schaute kurz auf, dann wieder auf seine Hände. Er beharrte:

»Nein. Es konnte nichts passieren. Das Gift war zu schwach! Dessen bin ich mir absolut sicher!« *Kiría* Chronopoulou schlug die Hände über ihrem Kopf zusammen. Sie kramte in ihrer Tasche und zündete sich eine Zigarette an. Pavlos schaute auf:

»Bitte, rauchen Sie nicht hier drin! Das hat sie nicht gern!« Die Frau funkelte Pavlos an.

»Pavle, hat dir jemand bei der Dosierung des Gifts geholfen? War da noch jemand beteiligt?« Pavlos gab keine Antwort auf Phaní's Frage. Sie drehte sich zu der Frau.

»Wissen Sie, wer ihm geholfen haben könnte?« Die Frau überlegte, dann schnalzte sie kurz und hob die Augenbrauen.

»Pavlos ist erst seit ein paar Wochen bei uns. Ich kenne niemanden seiner Verwandten oder Freunde.« Sie fing mit der immer noch brennenden Zigarette an zu spielen. »Es tut mir leid, dass ich Ihnen nicht gesagt habe, dass Pavlos nicht bei unserer Versammlung vorgestern war. Es ist mir nicht eingefallen, die übrigen Mitglieder kenne ich alle gut, aber wie gesagt, er ist noch neu.«

Phaní nickte, dann wandte sie sich wieder Pavlos zu.

»Pavle, es ist besser, wenn du uns alles erzählst. Wenn

dich jemand zu der Tat angestiftet hat, dann sag uns das jetzt. Sonst musst du für ihn büßen. Willst du das?« Pavlos schüttelte den Kopf.

»Niemand hat mich angestiftet, und würden Sie bitte die Zigarette ausmachen. Sonst stinkt nachher alles! Das riecht man!« *Kiría* Chronopoulou war verblüfft und ging in die Küche, um die Zigarette auszudrücken. Phaní schaute sich um.

»Wem gehört diese Wohnung, Pavle? Die hast du doch sicher nicht so eingerichtet?« Pavlos schwieg. Vom Flur her winkte *kiría* Chronopoulou Phaní heran. Diese folgte ihr in die Küche.

»Ich muss unbedingt noch eine rauchen, das mach ich lieber hier«, erklärte *kiría* Chronopoulou.

»Wissen Sie, wem die Wohnung gehören könnte ...«, begann Phaní, die Frau schnalzte wieder verneinend.

»Ich hab Ihnen doch schon gesagt, ich weiß sehr wenig über den Jungen. Ich kann nur sagen, dass seine Familie aus einem kleinen Dorf in der Mani stammt, und dass er seit letztem Herbst an der Technischen Lehranstalt in Kalamata studiert.« Die Frau steckte sich ihre Zigarette an, schaute jedoch zuvor kurz verstohlen in Richtung Wohnzimmer.

»Und Sie haben auch keine Ahnung, wer ihm mit dem Gift geholfen haben könnte? Das verlangt doch eine gewisse Kenntnis, der Umgang mit ...«

»Nein, *panagía mou*, ich hab's Ihnen doch schon gesagt!«, erwiderte die Frau ungeduldig. Die ist ja fast so schlimm, wie ich, dachte Phaní.

»Pavlos ist ein guter Junge«, fuhr die Frau etwas ruhiger fort. »Er ist lediglich zu übereifrig. Ich hatte schon viele solche jungen Leute in meiner Arbeitsgruppe. Bisher konnte ich sie immer zügeln.« Die Frau zog an ihrer Zigarette und Phaní zündete sich auch eine an, weil *kiría* Chronopoulou ihr den Rauch ohnehin immerzu ins Gesicht blies.

»Ich werde versuchen, den Vorfall diskret zu behandeln, und will mal sehen, dass die Strafe nicht so ...«

»Um Himmels Willen, nein!«, krähte die Frau laut und riss die Augen auf.

»Ich will keine Sonderbehandlung! Ich will eurem Verein nichts schuldig sein und meiner Organisation nichts vorwerfen lassen. Unser Ruf muss tadellos bleiben, sonst können wir nicht überleben! Wenn ich anfange Gefälligkeiten zu akzeptieren, bin ich ja keinen Dreck besser, als all die korrupten Beamten und Geldsäcke, die unser Land so versumpfen lassen. Stellen Sie sich vor, das würde jemand, gegen den wir vorgehen, herausfinden, wir wären im Nu vernichtet. Nein, auf gar keinen Fall!« Phaní erschrak etwas über den Ausbruch von *kiría* Chronopoulou, ärgerte sich aber auch gleichzeitig, ihr den Vorschlag gemacht zu haben. Sie hätte sich denken können, dass die Frau so reagieren würde, und zu allem Überfluss hatte sie auch noch recht.

Kiría Chronopoulou drückte ihre Zigarette aus und eilte ins Wohnzimmer zurück, wo Pavlos, inzwischen sitzend, immer noch seine Hände betrachtete und Panos die Decke inspizierte. Die Frau stellte sich neben Pavlos und sagte in einem professionellen Tonfall:

»Pavlos wird ein komplettes Geständnis ablegen, und ich werde ihn vor dem *isangeléas* vertreten, falls es zur Anklage kommt!« Phaní und auch Pavlos sahen die Frau überrascht an, nur die jeweiligen Gründe waren unterschiedlich.

»Ich bin zugelassene Rechtsanwältin«, schob die Frau etwas süffisant nach.

»Wird Pavlos auch die Person nennen, die ihm geholfen hat?«, fragte Phaní. Die Frau schaute zu Pavlos.

»Das wird sich zeigen.« Phaní nickte. Was sollte sie im Moment auch dazu sagen. Abschließend setzte Phaní noch hinzu:

»Es wäre ja auch möglich, dass er sich die Dosierung des Giftes im Internet beschafft hat. – Also steh auf, Pavle, du musst erst einmal mitkommen!« Der junge Mann blickte Hilfe suchend zu *kiría* Chronopoulou, während diese ihm mit ihrem Gesichtsausdruck deutlich zu verstehen gab, dass er sich das selbst eingebrockt habe. Als Pavlos langsam und zögernd aufstand, legte die Frau ihm die Hand auf seine Schulter.

»Das muss sein, mein Junge. Aber ich helfe dir, so gut ich kann.« Phaní gab Panos ein Zeichen, und er führte den Jungen aus der Wohnung. Die Frau folgte mit Abstand. Phaní schaute sich noch einmal um und entdeckte eine Reihe Fotos, die auf einer altmodischen Anrichte aus dunklem Holz standen. Auf einer der Aufnahmen waren zwei ältere Frauen ganz in Schwarz zu sehen, beide glichen sich sehr. Die Frauen saßen im Schatten eines alten Olivenbaums und ihre Gesichter waren schlecht zu erkennen. Die eine hätte glatt die Frau vom Gemüsestand hinter der Agii Apostoli Kirche sein können. Oder hatte sie das Gesicht sonst schon einmal gesehen?

Phaní seufzte und verließ die Wohnung.

Unten auf der Straße wurde vereinbart, dass man die labortechnische Untersuchung von Roussopoulos' Mageninhalt abwarten müsse, bis bewiesen war, dass sich Spuren eines Gifts im Club-Sandwich mit *patátes* und Orangensaft befanden, denn dieses Essenpaket hatte Pavlos an bewusstem Nachmittag zur Villa Roussopoulos geliefert. Nur eine Formalität, da Pavlos in Anwesenheit seiner Anwältin gestanden hatte. Der Termin, an dem Pavlos dem *isangeléas* vorgeführt werden sollte, würde in den nächsten Tagen festgelegt werden.

Nachdem *kiría* Chronopoulou gegangen war, schickte Phaní Panos zum Revier, um Pavlos abzuliefern. Sie hatte keine Lust, nochmals ins Büro zu gehen und wollte einfach nach Hause, vielleicht vorher etwas durch die Altstadt streifen. Der Wind hatte sich gelegt, die Sonne schien noch stark aber schräg, und es war kalt. Tief in ihren Mantel vergraben schritt Phaní über eine Brücke zu einem kleinen Platz, an dem noch alte *kafenía*, Souvlaki-Buden, eine Bäckerei mit Holzofen und auch eine Metzgerei lagen. Es war Nachmittag und die Altstadt wirkte verlassen. Langsam ging Phaní durch eine der Gassen und kam an ihrem Gemüseladen vorbei, der geschlossen hatte, die Auslagen waren mit Planen bedeckt. Sie dachte an die Fotografie in Pavlos' Wohnung, und dass die Gemüsefrau vielleicht wirklich eine der zwei Frauen darauf sein könnte. Phaní merkte, dass ihr das Denken wieder leichte Schwierigkeiten bereitete. Das kam wohl noch von der Gehirnerschütterung, die sie sich eingehandelt hatte, nachdem sie angeschossen mit dem Kopf auf einen harten Gegenstand geschlagen war. Ein Schauder lief Phaní über den Rücken. Mit dem ganzen Trubel nach dem Unfall und wegen der Schmerzmittel, die sie seitdem nahm, hatte sie noch nie die Möglichkeit gehabt, sich über die damalige Nacht wirklich Gedanken zu machen. Die Tatsache, dass sie dem Tod noch einmal knapp davongekommen war, wurde ihr erst allmählich bewusst, und der Schrecken, so nahe an der Klippe gestanden zu haben, überfiel sie nun unerwartet.

Phaní schüttelte energisch den Kopf, um diese Vorstellung loszuwerden. Sie steuerte geradewegs auf eines der Cafés zu, die um die Ecke der kleinen Agii Apostoli Kirche lagen, und setzte sich an einen Tisch neben einem der hohen Gasheizstrahler, um warm zu bleiben. Trotz Kälte wollte sie nicht drinnen sitzen, sie wollte die Sonne genießen. Sie bestellte einen heißen Tee – eigentlich konnte sie das Zeug nicht ausstehen und wunderte sich, dass sie es in letzter Zeit so oft trank – und beobachtete die wenigen Leute, die um diese Zeit unterwegs waren. Eine alte Frau betrat die kleine Kirche und bekreuzigte sich vorher lebhaft, ein korpulenter Mann fuhr lärmend mit einem alten Motorroller quer über den kleinen Platz und ließ eine Abgaswolke zurück.

Dann schlenderte einer der schwarzen Straßenhändler herbei, und als er Phaní unter der Markise sitzen sah, steuerte er direkt auf sie zu. Ausgezeichnet, dachte Phaní, das wird mich auf andere Gedanken bringen. Sie winkte ihn zu sich heran und betrachtete den Trödel, den er mit sich herumschleppte. Er zeigte ihr Regenschirme, Plastikumhänge, ganz auf die Jahreszeit abgestimmt, aber auch Sonnenbrillen. Phaní kramte sich ein paar Modelle heraus und schaute sie sich genau an. Sie wusste, dass sie keine kaufen würde, denn diese waren zu billig und der Lichtschutz für die Augen ganz bestimmt ungenügend. In ihrem Freundeskreis war Phaní dafür bekannt, sich immer neue und teure Sonnenbrillen zu kaufen. Dimitris verdrehte jedes Mal die Augen, wenn sie wieder ein neues Modell erstanden hatte, und auch eine kleine spitze Bemerkung konnte er sich nicht verkneifen. Phaní probierte die eine oder andere Sonnenbrille aus und prüfte ihre Stärke gegen das Licht. Sie musste reflexartig blinzeln. Als sie ein besonders stromlinienförmiges Modell mit silberfarbenen Bügeln gegen das Sonnenlicht hielt und den Unterschied zwischen hellem und abgedunkeltem Sichtfeld betrachtete, fiel ihr plötzlich etwas ein. Sie ließ die Brille langsam sinken und hörte nicht mehr, was der Verkäufer ihr sonst noch alles anzudrehen versuchte. Sie sah jetzt ganz klar vor sich, was ihr heute Morgen – im Unterschied zum ersten Besuch im Haus von Nana Nikolakea – aufgefallen war: Das Haus war hell und lichtdurchflutet, an jenem bewussten Tag, als die Tote gefunden wurde, hingegen dunkel. Damals waren alle Läden verschlossen und kein Lichtstrahl drang ins Innere. Zudem erinnerte sie sich an etwas, das Jiorgos, der Klempner, erzählt hatte: Er habe während einer Reparaturarbeit in der Villa Nana kennengelernt, und es sei ihm als sonderbar aufgefallen, dass sie in der dunklen Küche eine Sonnenbrille trug, dazu ein langärmeliges hochgeschlossenes Kleid, trotz des heißen Sommertages.

Phaní kramte ihr Portemonnaie aus der Tasche, legte ein paar Euromünzen auf den Tisch und sprang auf, sodass der arme Straßenverkäufer erschrocken einen Schritt zurücktrat, um sie vorbeizulassen. Phaní war mit ihren Gedanken bereits ganz woanders. Sie eilte durch eine schmale Gasse in Richtung Ipapandi Kathedrale und die Treppen hinauf zu ihrer Wohnung. Zum Glück hatte sie Curwen den kleinen Gedichtband, den sie auf dem Nachttisch neben der Toten gefunden hatte, noch nicht zurückgegeben. Es hatte also auch etwas Gutes, dass ihre Mutter mit ihrem Aufräumen den Band irgendwo hingestellt hatte, wo Phaní ihn gestern nicht finden konnte. Denn vorhin, als sie sich den Tag, an dem Nana gefunden wurde, nochmals vor Augen führte, war ihr erneut das kleine Buch von Ritsos in den Sinn gekommen und vor allem, dass sie es damals bereits einmal durchgeblättert hatte, wobei ihr bei einem bestimmten Gedicht Notizen aufgefallen waren. Dieses Büchlein musste das Letzte gewesen sein, was Nana gelesen hatte, vielleicht hatten die Notizen etwas zu bedeuten. In ihrer Wohnung streifte Phaní achtlos Mantel und Tasche ab und begann aufs Neue zu suchen. Wo hatte ihre Mutter das Buch nur hingetan?

Nach zwanzig Minuten wahllosen und chaotischen Suchens rief sie entnervt ihre Mutter an.

»*Éla mamá*, wie geht's?« Wenigstens dazu konnte sich Phaní noch durchringen. Ihre Mutter freute sich von ihr zu hören, hatte jedoch keine Gelegenheit, dem Ausdruck zu verleihen.

»*Mamá*, du hast es dir doch nicht verkneifen können, bei mir im Wohnzimmer aufzuräumen, als du hier warst.«

»*Phanoúla mou*, es sah bei dir aber auch ...«

»Ja, du hast ja recht. Aber sag mal, kannst du dich daran erinnern, wo du einen kleinen Gedichtband von Ritsos versteckt hast?« Ihre Mutter schien zu überlegen – zu lange für Phaní.

»*Mamá*, es ist wichtig!«

»Ja, ja! Lass mich doch kurz nachdenken! Ah ja! Jetzt weiß ich, ich hab es zu deinen Bildbänden von Griechenland gestellt, du weißt schon, die alten, mit den schönen Schwarz-Weiß-Aufnahmen aus den Sechzigerjahren. Ich dachte, ein Band eines unserer Nationaldichter ...«

»Danke *Mamá*. Ich muss jetzt gehen. Wir reden später wieder.«

»Aber Kind, lass uns doch noch ...«

»*Mamá*, ich muss jetzt aber Schluss machen. *Áde jiá, filiá*!«

Phaní legte auf, ohne dass ihre Mutter noch etwas sagen konnte. Sie schaute zwischen den Bildbänden nach und fand, etwas nach hinten geschoben, das kleine Büchlein. Sie schlug es auf und blätterte schnell bis zu der Seite, wo am Rand einer Strophe Notizen und auch Kritzeleien zu sehen waren. Phaní setzte sich an den Tisch in der Küche und schaute sich die Seite genau an.

Es ging um eine Passage aus Ritsos' *Epitáphios*, einem seiner bekanntesten Gedichte, wohl auch, weil es von Mikis Theodorakis vertont worden war. Aber warum könnte ein Gedicht, das zum Anlass des Todes eines Kindes beim Arbeiteraufstand in Thessaloniki 1936 geschrieben worden war und vom Kummer seiner Mutter handelte, für Nana wichtig gewesen sein? Phaní stöhnte und lehnte sich im Stuhl zurück. Sie strich sich die welligen Haare mit beiden Händen straff nach hinten und überlegte. Hatte sie sich etwa wieder verrannt und gehofft Zusammenhänge zu finden, wo es gar keine gab? Das war ihr ja schon mehrere Male passiert. ›Du musst Geduld haben‹, sagte sie sich selbst. ›Schau genau hin, vielleicht verrät dir das Gedicht doch etwas!‹

Phaní betrachtete erneut jene Seite des Gedichtbandes, welche die meisten Markierungen aufwies. Es war die Stelle, wo die Mutter sich zum Widerstand gegen die Mörder ihres Sohnes entschließt. Es war eine Kampfansage. Das passte zu Nana, sie war auch dafür bekannt gewesen, eine Kämpferin zu sein. Dazu hatten wohl die Umstände, unter denen sie aufgewachsen war, sie und auch ihre Generation gemacht. Als junge Frau hatte sie den zweiten Weltkrieg und die deutsche Besatzung bewusst miterlebt, ihr Sinn für Gerechtigkeit war geschärft worden. Auch zur Zeit der Militärdiktatur und besonders danach hatte Nana sich immer für das Recht der sozial Schwachen eingesetzt, und zuletzt eben für die Umwelt.

Phaní betrachtete ein weiteres Mal die bewusste Seite. Die meisten Notizen und Markierungen waren mit Bleistift ausgeführt. Phaní konnte die Bemerkungen nicht entziffern, weil sie schon ziemlich schwach und verwischt waren. Es sah so aus, als ob diese vor langer Zeit gemacht worden seien und seitdem Nana's Hände schon oft über das Papier gegangen waren. Doch dann schaute Phaní nochmals hin. Eine Zeile war mit schwarzem Filzstift unterstrichen, und wenn sie sich nicht täuschte, sah es so aus, als ob jemand diese erst kürzlich markiert hätte. Die Zeile lautete:

›... sieh da, schreite ich voran, und hinter meinen Tränen erkenne ich die Sonne‹.

22

Phaní las diese Worte mehrere Male durch, ließ sie auf sich wirken und ging in der Küche auf und ab. Da sie aber nicht herausfinden konnte, wie diese Zeile sie zu irgendeiner neuen Erkenntnis führen sollte, entschloss sie sich kurzerhand eine Dusche zu nehmen, um auf andere Gedanken zu kommen. Mit Elan stieg sie in die Wanne und ließ sich ausgiebig Wasser über Kopf und Körper laufen, die Temperatur hatte sie absichtlich kühl gewählt, um die Durchblutung anzuregen. Nach zehn Minuten riss sie den Vorhang auf, schnappte sich ein Tuch und trat aus der Dusche – wieder in einen kleinen See, der sich im Badezimmer gebildet hatte. Der Abfluss gurgelte unappetitlich. Phaní war entsetzt, dann packte sie die Wut. Nur in das Tuch gehüllt rannte sie ins Wohnzimmer und wählte die *kinitó*-Nummer des Klempners. Er meldete sich zum Glück sofort.

»Jiorgo, komm sofort hierher und repariere endlich den verdammten Abfluss! Ich steh hier wieder knöcheltief im Wasser!«

Jiorgos versprach unverzüglich vorbeizukommen. Phaní beruhigte sich ein wenig. Und tatsächlich, zwanzig Minuten später klingelte es an der Tür. Phaní hatte sich inzwischen etwas angezogen, die Haare waren jedoch noch feucht. Sie winkte Jiorgos schnell herein, da von draußen ein kalter Luftzug in die Wohnung wehte. Sie sah ihn leicht verdutzt an. Er trug ein helles Hemd und eine gute Hose, zudem roch er nach Aftershave – einem billigen, zugegebenermaßen. Phaní betrachtete ihn skeptisch.

»Du weißt ja, wo der Hund begraben ist. Nur zu!« Jiorgos grinste sie seltsam an und verschwand pfeifend im Badezimmer. Von der Küche aus hörte Phaní sein Geklimper und Pfeifkonzert. Sie versuchte sich wieder auf die Zeile in Ritsos' Gedicht zu konzentrieren, aber mit dem schiefen Flöten im Hintergrund ging das nie und nimmer. Kurz darauf kam ein offensichtlich gut gelaunter Jiorgos samt seinem Werkzeugkasten angeträllert.

»Ich hab nochmals eine Flasche Schwefelsäure in die Rohre gekippt. Das wird jetzt sicher ein für alle Mal reichen.«

»Das hast du beim letzten Versuch auch gesagt, wenn ich mich noch recht erinnere«, gab Phaní missmutig zurück. Jiorgos winkte ab.

»Du darfst kein Papier in die Toilette werfen, dafür sind die Rohre zu eng.«

»Das tu ich schon lange nicht mehr!«, verteidigte sich Phaní und kam sich blöd vor, mit dem Klempner über so etwas zu diskutieren. Sie hoffte, er würde jetzt abziehen. Doch den Gefallen tat er ihr nicht.

»Ich habe wieder etwas mitgebracht, du weißt schon, nachdem es dir neulich so gut geschmeckt hat.« Phaní schaute erstaunt auf die Flasche mit lila Likör, die er aus dem Werkzeugkasten zog. Neugierig schnupperte sie an der Öffnung, und der Geruch war noch reiner und etwas schärfer, als beim letzten Mal. Na ja, ein Glas kann nicht schaden.

Beide nippten wortlos an ihren Gläsern. Als Phaní aufschaute, betrachtete Jiorgos sie mit einem verträumten Blick. Sie erschrak.

»Jiorgo, was ist denn los?«

»Es ist mir gerade aufgefallen, dass du eine sehr schöne Frau bist.« Phaní's Alarmglocken klingelten wie wild.

»Jiorgo!«, sagte sie drohend.

»Na ja, ich dachte nur, weil wir uns so gut verstehen. Und zudem ist meine Frau immerzu mit dem Baby beschäftigt und hat gar keine Zeit mehr für ...« Phaní gab ihm eine schallende Ohrfeige. Jiorgos fasste sich an die Wange und schaute sie verdattert an.

»Geh heim zu deiner Frau und den Kindern, die brauchen dich jetzt! Das ist ja unfassbar, so etwas!«, schimpfte Phaní lauthals. Jiorgos' Blick zeigte, dass es ihm peinlich war. Wortlos packte er seine Sachen zusammen und ging zur Wohnungstür. Als er schon beinahe draußen war, hielt Phaní ihn zurück.

»Wart mal!« Jiorgos sah Phaní nun noch verblüffter an, als nach der Ohrfeige.

»Du hast doch erzählt, dass du auch einmal bei Nana Nikolakea Rohre in der Küche reparieren musstest.« Er nickte, wenn auch etwas enttäuscht.

»Wie kam sie dir vor?«

»Sie war sehr schön, damenhaft.«

»Nein, nicht das! In welcher Stimmung war sie?« Jiorgos sah Phaní fragend an.

»War sie fröhlich oder eher traurig?« Jiorgos dachte kurz nach.

»Eher traurig, wenn ich es mir jetzt so überlege.«

»Und sie trug dieses langärmelige hochgeschlossene Kleid, hast du erzählt, obwohl es draußen heiß war.« Er nickte.

»Ja, und auch eine große Sonnenbrille, daran erinnere

ich mich gut. Ich habe mir damals gedacht, vielleicht hat sie geweint und wollte nicht, dass ich es bemerke.« Phaní überlegte und Jiorgos fuhr fort:

»Als ich meiner Frau vom Besuch bei Nana und von ihrer Erscheinung erzählt habe, fasste diese mich am Arm und meinte: Die arme Nana, sie ist sicher schwer krank.« Phaní kam ein Gedanke und sie schlug Jiorgos die Tür grußlos vor der Nase zu. Dieser Gedanke war für sie nicht wirklich neu, unbewusst hatte er als Möglichkeit schon seit dem morgendlichen Besuch bei Curwen in ihrem Hinterkopf geschlummert, nur war er nie fassbar gewesen und nun zum ersten Mal ausgesprochen worden.

Es gab nur eine Person, die ihr in diesem Moment weiterhelfen konnte: ihre Freundin, die Athener Gerichtsmedizinerin Katerina Sikalia. Seit Phaní nach Kalamata umgezogen war, hatten sie sich nicht oft gesehen, und in ruhigen Momenten wurde Phaní auch schmerzhaft bewusst, wie sehr ihr Katerina's Gesellschaft fehlte.

Sie griff zum Telefon, Katerina nahm nach zweimaligem Läuten ab.

»Phaní *mou*, wie geht's? Was gibt's?« Phaní vernahm Geräusche von hupenden Autos im Hintergrund und fragte verwundert:

»Wo bist du? Bist du mit dem Auto unterwegs?«

»Ja, ich stecke im Stau auf der Kifissias fest. Der Verkehr bewegt sich wieder einmal überhaupt nicht.«

»Pass auf, dass dich keiner von der *Trochéa* erwischt, du weißt, seitdem die neue Straßenverkehrsordnung gilt, sind die Bußen saftig.« Katerina lachte.

«Ich weiß, ich weiß. Einmal bin ich ohne Sicherheitsgurt gefahren und musste zweihundert Euro hinblättern. Alles Reden hat nichts genützt. Aber sag mal, was kann ich für dich tun?«

»Wieso glaubst du denn, dass ich nicht einfach so anrufe?« Katerina lachte wieder laut auf, und Phaní musste auch lachen, da sie ebenso gut wie Katerina wusste, dass sie selten zum Telefon griff, und meistens nur, wenn sie etwas brauchte. Also schilderte sie ohne Umschweife Nana's Fall.

»Ich habe da so eine Theorie, Katerina, dass Nana aus gesundheitlichen Gründen die Sonne mied. Sie musste etwas mit den Augen gehabt haben, was meinst du?«

Katerina räusperte sich. Dann fluchte sie plötzlich und Phaní hörte, wie sie jemandem etwas hinterherrief.

»Was ist los? Alles in Ordnung?«, fragte Phaní besorgt.

»Ja, ja. Nur so ein Idiot auf seinem Motorroller ist so knapp an meinem Auto vorbeigebraust, dass er mir den Außenspiegel verstellt hat. Also, um auf deine Frage zurückzukommen: Es ist schon möglich, dass ihre Augen empfindlich auf Sonnenlicht reagierten.« Phaní war sichtlich zufrieden, selbst zu diesem Schluss gekommen zu sein.

»Aber es kann auch ganz andere Ursachen haben«, ergänzte Katerina in gewohnt professionellem Ton. Phaní seufzte etwas enttäuscht.

»Sie kann ganz einfach psychische Probleme gehabt haben, zum Beispiel Scheu vor Menschenmassen oder vor Nähe im Allgemeinen. Oder sie litt an einer dieser seltenen Lichtallergien, die in vielen verschiedenen Formen auftreten können.« Phaní stöhnte.

»Ich hab verstanden, Katerina. Ich muss die Art der Krankheit eingrenzen, dir also exaktere Symptome liefern.«

»Genau.«

»Und wie soll ich das anstellen? Der Witwer wüsste sicher Bescheid, hat aber nie etwas in dieser Richtung erwähnt.«

»Der Hausarzt wäre die beste Anlaufstelle.« Phaní schlug sich mit der flachen Hand gegen die Stirn.

»Ich blöde Gans, natürlich, *iatrós* Lazaris, den habe ich ganz und gar vergessen. Morgen rufe ich ihn als Erstes an. Danke Katerina, du warst wie immer eine unglaubliche Hilfe!«

»Wann kommst du denn mal wieder aus der Provinz gekrochen, in die Hauptstadt?«, fragte Katerina ironisch.

»Ganz bestimmt zu Ostern!« Die beiden Freundinnen verabschiedeten sich noch ausgiebig und Phaní legte auf.

Phaní überlegte, ob sie morgen mit ihrer Theorie zu *dievthintís* Dragoumis gehen sollte. Doch bisher basierte diese nur auf Vermutungen, sie musste erst einmal herausfinden, ob sich Anhaltspunkte dafür finden ließen. Vielleicht bewegte sie sich auf einem Nebengleis und Nana's vermeintliche Krankheit würde im Zusammenhang mit ihrem Tod keine Rolle spielen.

Morgen würde sie Curwen erneut belästigen, der müsste ihr doch in dieser Hinsicht weiterhelfen können. Heute war es dafür eindeutig zu spät, also schaute sich Phaní zuerst einmal den Inhalt ihres Kühlschranks an. Zum Glück hatte ihre Mutter zahlreiche Gerichte in Plastikbehältern eingefroren. Phaní begutachtete kurz die Auswahl und griff sich dann das *kotópoulo me patátes*, stellte es in die Mikrowelle, tippte die Zeit ein und ließ den Behälter rotieren. Sie öffnete eine Flasche Roséwein von einer Messenischen Weinbaugenossenschaft und setzte sich mit einem Glas vor den Fernseher. Die Neunuhrnachrichten waren vorüber, die nächsten erst wieder um elf. Also schaltete sie weiter und landete bei einem alten Schwarz-Weiß-Film, der von Vampiren handelte. Nicht schon wieder! Genau den hatte sie doch erst gesehen. Lichtscheue Gestalten, die nur nachts herumgeistern, waren nicht nach Phaní's Geschmack heute. Beim nächsten Sender lief eine Talent-Realityshow, es ging um einen Tanzwettbewerb. Bewundernd schaute sie den jungen Leuten bei ihren eigenen Tanzkreationen zu und ärgerte sich über das, ihrer Meinung nach, zu harte Urteil der Jury. Sie hatte immer wieder versucht Dimitris zu überreden, mit ihr in Athen zu einem Tanzkurs zu gehen, sei es Tango, lateinamerikanische Tänze, klassische Tänze, was auch immer, Hauptsache Tanz, Bewegung im Rhythmus. Sie liebte die Geschmeidigkeit und das Zusammenspiel zweier Tänzer, die sich gegenseitig ergänzen und somit eine Einheit bilden. Aber Dimitris wollte nicht, entweder hatte er keine Zeit, oder er kam mit der Ausrede, er hätte zwei linke Füße. Entzückt schaute sich Phaní die ganze Sendung an, aß ihr *kotópoulo* und trank beinahe die ganze Flasche Wein leer. Danach ging sie zu Bett und kurz vor dem Einschlafen überlegte sie, ob sie Dimitris von Jiorgos' Avancen erzählen sollte. Vielleicht würde er ja dann etwas eifersüchtig werden. Phaní schmunzelte und schlief ein, mit dem Gefühl der Vorfreude, dass sich im Fall Nana Nikolakea endlich etwas bewegte.

Am nächsten Morgen wachte Phaní mit einem drückenden, einseitigen Kopfschmerz auf. Das musste von diesem Durcheinandertrinken von lila Likör und Wein herrühren. Sie fühlte sich überhaupt nicht für einen Tag voller Ermittlungen gewappnet. Sie stieg langsam aus dem Bett und schimpfte innerlich auf Jiorgos und sein Teufelsgebräu. Trotzdem schaffte sie es, sich anzuziehen, sich einen *ellinikó glikó* zu brauen und loszugehen. Die Sonne schien hell an diesem Morgen und Phaní setzte beim ersten Schritt aus dem Haus ihre Sonnenbrille auf. Sie musste kurz an Nana denken. Beim Parkplatz stutzte sie. Wo war ihr Auto?! Da kam ihr in den Sinn, dass es noch bei der *Diévthinsi* stehen musste. Sie seufzte und rief Panos an, verabredete sich mit ihm in einem kleinen Café bei den Zollgebäuden am Hafen und hielt ein Taxi an.

Phaní war zuerst da und setzte sich an einen Platz im Schatten, Panos kam bald danach. Im Gegensatz zu ihr schien er voller Elan zu stecken.

»Hast du die Telefonnummer von *iatrós* Lazaris mitgebracht?«, fragte sie ohne Umschweife und Begrüßung.

Panos bejahte.

»Sie haben etwas über eine Theorie gesagt, vorhin am Telefon, die Sie gern mit mir besprechen würden.« Phaní hatte nicht einmal die Energie, Panos zum hundertsten Mal zu sagen, er solle sie duzen, ganz im Gegensatz zu ihm, der erpicht schien, ihre sogenannte Theorie zu hören. Na, hoffentlich würde er keinen Lachanfall bekommen. Umständlich und mit für sie untypisch vielen Worten erklärte sie Panos, was sie sich zusammengereimt hatte. Als sie mit ihrem Bericht fertig war, wartete sie seine Reaktion ab. Doch Panos schwieg eine Weile und schien nachzudenken.

»Komm, sag schon was«, forderte sie ihn ungeduldig auf. »Das passt doch alles ins Bild!« Panos nickte abwägend. Langsam ging sein Zögern Phaní auf die Nerven. Sie schaute ihn fordernd an, sodass er anfing zu sprechen:

»Sie haben …«

»Du! Zum Donnerwetter noch mal! Du!«, rief Phaní aus und Panos zuckte zusammen. Sie begriff, dass sie zu launisch war und fasste Panos beruhigend am Arm.

»Tut mir leid. Ich habe nur diese rasenden Kopfschmerzen.« Phaní bestellte bei der Kellnerin schnell Schmerztabletten.

»Zudem habe ich das Gefühl, dass uns die ganze Zeit etwas verborgen geblieben ist, im Zusammenhang mit

Nana's Tod, etwas Tiefgreifendes. Und eine Krankheit würde zu den bisherigen Erkenntnissen passen.«

»Aber bei welcher Krankheit musste sie das Sonnenlicht meiden?«

»Katerina, du erinnerst dich an meine Freundin Katerina, die Gerichtsmedizinerin, also sie meinte, es könnte eine starke Lichtempfindlichkeit der Augen gewesen sein, oder auch psychische Probleme wären möglich, irgendwelche Phobien vielleicht.«

»Müssten wir dann nicht auch Selbstmord in Betracht ziehen?«, mutmaßte Panos zögernd. Phaní nickte nachdenklich. In dem Augenblick brachte die Kellnerin die Tabletten. Hastig schluckte Phaní eine und leerte ein ganzes Glas Wasser in einem Zuge.

»Ja, die Möglichkeit dürfen wir nicht außer Acht lassen.« Phaní nahm ihr *kinitó* vom Tisch.

»Wir müssen noch einmal mit Photeas sprechen. Aber zuerst rufe ich Lazaris an.« Sie wählte die Nummer der Praxis, ließ es unendlich lange läuten und legte auf. Sie schob die untere Lippe und das Kinn etwas vor und drückte damit ihre Ratlosigkeit aus.

»Niemand antwortet. Die Praxis sollte doch bereits geöffnet sein.« Dann schnappte sie sich ihre Tasche und sprang auf. Die plötzliche Bewegung tat ihrem Kopf gar nicht gut und ihre Handlungen verlangsamten sich wieder.

»Komm, wir fahren zu Photeas.« Auf dem Weg zum Auto kam Panos etwas in den Sinn.

»Ah, ich habe endlich eine Antwort des Kollegen bei der *Trochéa* Attikis erhalten.«

»Und, hat er etwas gefunden?«, erkundigte sich Phani neugierig. Panos lächelte.

»Unser lieber Adamopoulos hat tatsächlich einen Elektropass für Mautstellen, da er oft zwischen Kalamata und Athen hin- und herpendelt. Jiannoutsos, ich meine der Kollege ...«

»Ja, ja! Und?«

»Also, für den frühen Morgen vom Mittwoch dem 4. Januar ist Adamopoulos' Passnummer registriert, und zwar bei den Mautstellen ...«

»*Brávo*! Das heißt, ich muss mir sofort Adamopoulos vorknöpfen! Kannst du ein Treffen arrangieren, sagen wir für morgen Vormittag?«, unterbrach ihn Phaní.

»Ich versuche es, denn die Untersuchung gegen ihn läuft immer noch, und er müsste sich in Kalamata zur Verfügung halten.« Phaní fasste Panos an die Schulter.

»Du kriegst das schon hin!« Sie grinste.

»Mein Kollege hat noch etwas gefunden«, teilte Panos wieder mit einem Lächeln mit. Phaní sah ihn überrascht an.

»Und was?«

»Ich habe Jiannoutsos zur Sicherheit noch den Namen von *iatrós* Lazaris überprüfen lassen, und tatsächlich hat auch er in den frühen Morgenstunden jenes besagten Mittwochs die Mautstellen passiert.« Phaní wurde ganz schwindlig. Plötzlich hatte sie gleich zwei mögliche Verdächtige, die für die fragliche Nacht kein nachweisbares Alibi hatten und erst am Mittwoch in aller Frühe nach Athen gefahren waren. Sie griff wieder zu ihrem *kinitó* und versuchte erneut Lazaris in seiner Praxis zu erreichen, aber auch diesmal ohne Erfolg.

»*Típota!* Nichts! Fahren wir!«

Eine halbe Stunde später saßen Phaní und Panos mit Photeas in seinem kleinen Büro. Die Wand hinter ihm war mit nationalen sowie internationalen Diplomen und Auszeichnungen vollgehängt, alle in Gold gerahmt, die ältesten reichten bis in die Sechzigerjahre zurück.

»Ich bin hier, um dasjenige, was Sie mir vor ein paar

Tagen am Telefon gesagt haben, nochmals durchzusprechen«, begann Phaní langsam.

»Ja, der *dievthintís* hat mir auch schon berichtet, dass der Fall nochmals einer eingehenden Prüfung unterzogen wird.« Phaní musste sich das Grinsen wegen der geschraubten Ausdrucksweise verkneifen.

»Das Schlafmittel, welches Nana eingenommen hat, wie stark war das, oder genauer gesagt, wie schnell hat es gewirkt?«

»Die Dosierung war hoch. Nach meiner Schätzung können vom Zeitpunkt der Einnahme bis zum Eintreten der einschläfernden Wirkung nicht mehr als dreißig Minuten vergangen sein.«

»Hm, sie hätte also genügend Zeit gehabt, den Tee in der Küche zu trinken und sich anschließend im ersten Stock aufs Bett zu legen.« Photeas wandte ein:

»Wieso sollte sie den Tee nicht im Schlafzimmer ...?« Er stockte. »Ah, ich verstehe. Dort wurde keine Teetasse gefunden, wenn ich mich recht entsinne.«

Phaní nickte.

»Und wie Sie bereits einmal erwähnt haben, ist es nicht völlig auszuschließen, dass sich Nana die Spritze selbst gesetzt hat.« Photeas' Haltung versteifte sich.

»Ich dachte, ich hätte mich diesbezüglich klar ausgedrückt. In meinem ersten Bericht habe ich darauf hingewiesen, wie äußerst schwierig es für eine Rechtshänderin sein dürfte, sich den rechten Oberarm abzubinden und mit der Spritze dann auch noch die Vene zu treffen.«

Phaní horchte auf.

»Woher wissen Sie, dass sie Rechtshänderin ...«

»Bezweifeln Sie etwa meine professionelle Meinung?!«, brach es aus Photeas heraus und er sprang mit einer unerwarteten Agilität auf. Phaní blickte verdutzt zu Panos. Photeas stand jetzt an der Terrassentür, die vom Büro auf einen mit Blumentöpfen geschmückten Balkon führte. Er begann mit einem anatomischen Modell des menschlichen Kopfes zu spielen und drehte es gedankenlos in seinen Händen.

Photeas wandte sich wieder Phaní und Panos zu und lächelte verlegen. Das war das erste Mal, dass Phaní so etwas wie ein Lächeln auf seinem Gesicht sah. Er stellte den Kopf wieder an seinen Platz und setzte sich hinter seinen Schreibtisch.

»Man könnte sagen, dass ich ein großer Bewunderer der Kunst von *kiría* Nikolakea war, oder besser gesagt, weiterhin bin. Wann immer es mir möglich war, besuchte ich ihre Konzerte, nahm auch gerne die Reise bis nach Athen ohne Weiteres in Kauf. Zu meiner unermesslichen Freude hatte sie jedoch nie ihre Heimatstadt vergessen und war des Öfteren auch hier aufgetreten.« Er hielt inne. »Eine unglaubliche Anziehungskraft ging von dieser Künstlerin aus. Sie zog einen unwillkürlich in ihren Bann. Und wenn sie schließlich zu singen begann, wurde es ganz still und ein jeder lauschte andächtig. Ihre Stimme war nicht ausgesprochen süß oder lieblich, eher das Gegenteil, sie legte jedoch solch tiefe Gefühle in ihre Worte – mir fällt wirklich keine bessere Bezeichnung ein –, sodass man den Eindruck hatte, sie spräche einen selbst an und somit direkt ins Herz.« Photeas schien in Gedanken weit weg zu sein, sein Blick in der Ewigkeit zu verschwinden. Phaní drehte sich hilflos zu Panos.

»Ich kann einfach nicht glauben, dass ein solcher Mensch, wie *kiría* Nikolakea, profanen Selbstmord begeht«, stellte Photeas in den Raum. Er räusperte sich.

»Meine, rein auf Fakten gestützte, Schlussfolgerung ist Ihnen ja bereits bekannt.« Obwohl sich Photeas' Sprache nun wieder sachlich anhörte, klang sein emotionaler

Ausbruch noch spürbar nach, und Phaní versuchte das Thema zu wechseln.

»Kann ich bitte kurz ihr Telefon benutzen, der Akku meines *kinitó* ist beinahe leer.« Photeas zeigte wortlos auf ein altertümliches Modell auf seinem Schreibtisch, welches sogar noch eine Wählscheibe hatte. Phaní musste kurz überlegen, wie sie es handhaben sollte. Sie wählte die Nummer von Lazaris' Praxis, doch lange geschah nichts.

»Nichts, nicht einmal ein Läuten erklingt.« Phaní wollte schon entnervt auflegen, als sie durch die Leitung ein deutliches Schnäuzen vernahm. Ratlos sprach sie in den Hörer:

»Hallo! Ist da jemand?« Nun hörte sie deutlich, wie jemand schniefte.

»Hallo, ich kann Sie doch hören!« Daraufhin war eine ganz zaghafte Stimme am anderen Ende zu vernehmen.

»Hallo?«

»Ist das die Praxis von *iatrós* Lazaris?« Wieder Schniefen.

»Ja.«

»Kann ich den Doktor sprechen. Ich bin *astinómos* Papadea von der *Asphália* in Kalamata.« Unterdrücktes Schluchzen ertönte.

»*Dóxa sto theó*, dass Sie anrufen! Ich weiß nicht was ich tun soll!«

»Was ist denn los, *kiría mou*? Geht es Ihnen nicht gut?«, fragte Phaní.

»Doch, nein! Der Herr Doktor. Er ist verschwunden. Ich kann ihn nirgends erreichen.« Erneutes Schluchzen unterbrach ihre Worte.

»Na, na, beruhigen Sie sich doch erst einmal. Wann haben Sie denn das letzte Mal mit ihm gesprochen?«

»Gestern Morgen war er noch hier in der Praxis, kurz

bevor er aufbrechen musste.« Ein heftiges Schnäuzen dröhnte durch die Leitung, Phaní erschrak.

»Aufbrechen, wohin denn?«

»Er sollte doch heute an einem Kongress in Thessaloniki einen Vortrag halten. Und nun ist er verschwunden. Die Organisatoren des Kongresses haben mich schon angerufen und sich erkundigt, wo er bleibe.« Wieder war nur Schluchzen zu hören.

»Geben Sie mir die *kinitó*-Nummer des Doktors, und wir werden uns darum kümmern. Machen Sie sich keine Sorgen, der Doktor wird sicher wieder auftauchen.«

»Danke!«, stammelte die Frau am anderen Ende leise, gab die Nummer durch und Phaní legte auf. Daraufhin erklang ein durchdringender hoher Piepton. Photeas griff schnell zum Hörer, hob noch einmal ab und legte erneut auf, der Ton verschwand.

»Ich glaube, mit Ihrem Telefon stimmt etwas nicht«, bemerkte Phaní ironisch.

»Nein, nein. Die Dame am anderen Ende hatte noch nicht aufgelegt, dann kann das schon vorkommen«, erklärte Photeas, als wäre es das Selbstverständlichste auf der Welt. Phaní schaute ihn eine Weile nur sprachlos an.

»Was wollen Sie denn von meinem Kollegen, *iatrós* Lazaris?«, erkundigte sich Photeas interessiert.

»Ich habe da so eine Theorie«, brachte Phaní zögernd vor und blickte kurz zu Panos. »Mir ist aufgefallen, dass sämtliche Läden im Haus von Nana Nikolakea verriegelt waren, als wir sie fanden. Zudem hat ein Zeuge berichtet, dass sie im Hochsommer trotz Hitze ein langärmeliges Kleid und lange Hosen trug.« Phaní fand es selbst allerhand, dass sie jetzt schon Jiorgos, den Klempner, als Zeugen anführte.

»Und was schließen Sie daraus?«

»Na ja, dass sie eventuell an einer Krankheit litt, die sie zwang das Sonnenlicht zu meiden, oder dass sie sich vielleicht aus anderen Gründen abschirmte, von der Außenwelt abkapselte.«

»Sie meinen, dass sie psychische Probleme hatte«, folgerte Photeas, Phaní nickte.

»Solch ein Leiden lässt sich bei einer Autopsie natürlich nicht nachweisen«, überlegte er laut.

»Und mir scheint, Ihre Anhaltspunkte sind auch etwas spärlich«, bemerkte Photeas sachlich. Phaní fand ihn sympathischer, als er so ungestelzt und romantisch gesprochen hatte.

»Aber um Ihre 'Theorie' zu überprüfen, sollten Sie eher mit dem Hausarzt von *kiría* Nikolakea sprechen«, fuhr Photeas fort.

»Ja, aber aus diesem Grund will ich doch mit *iatrós* Lazaris reden!« Photeas sah sie verwundert an.

»Das ist aber ungewöhnlich.«

»Was soll daran ungewöhnlich sein?«, fragte Phaní schnippisch.

»Es sei denn, Sie haben recht, und *kiría* Nikolakea litt tatsächlich an einer Krankheit, die sie zwang, das Licht zu meiden und im Haus zu bleiben.« Er hielt inne und schien zu überlegen.

»Doch dann müsste sie eindeutig an einem Hautleiden erkrankt gewesen sein«, fuhr er nachdenklich fort.

»Warum?«

»Weil *iatrós* Lazaris kein Allgemeinarzt ist, sondern ein anerkannter Spezialist für Hauterkrankungen.«

23

Auch wenn Photeas' Bemerkung Phaní's Vermutung, Nana hätte an einer schweren Krankheit gelitten, zu bestätigen schien, kam diese Information überraschend.

»Aber eine Hauterkrankung hätten Sie bei der Autopsie doch festgestellt?«

»Nicht unbedingt. Es gibt zum Beispiel Formen von allergischen Ausschlägen, die nach dem Eintritt des Todes verschwinden.« Phaní schaute Photeas überrascht an.

»Welche Ursachen kann so eine Hauterkrankung gehabt haben? Und wäre in den Medien nicht darüber berichtet worden, das sieht man doch unweigerlich?«

»Das hängt davon ab, an welchen Stellen die Erkrankung auftrat, welcher Art sie war, wie stark und vieles mehr. Ursachen können genetischer Natur sein, oder die Folge einer medikamentösen Behandlung nach einer Operation. Ebenso können umweltbedingte Faktoren als Auslöser in Frage kommen. In unserem speziellen Fall sollten Sie am besten mit meinem Kollegen *iatrós* Lazaris sprechen.« Phaní nickte nachdenklich.

»Gut, vielen Dank, *iatré*! Pano, komm, wir müssen los!« Panos sprang auf und stellte das anatomische Modell eines Fußes, welches er neugierig betrachtet hatte, wieder auf den Schreibtisch zurück, und beide verließen eilig das Büro.

Auf dem Weg nach unten gab Phaní Panos Anweisungen, er solle ein paar Mann losschicken, die sich bei der Sprechstundenhilfe eine Fotografie von Lazaris abholen und dann nach ihm suchen sollten. Vielleicht hatte er die Stadt überhaupt nicht verlassen.

Als beide schließlich in Panos' Dienstwagen saßen,

kehrte ein Moment der Stille ein. Phaní schien über etwas nachzudenken.

»Ich hätte bei Photeas noch die Toilette benutzen sollen. Ich hoffe, ich habe mich nicht erkältet.« Panos schaute sie fragend an.

»Wohin fahren wir jetzt?«

»Natürlich zu Curwen. Der muss es doch gewusst haben, wenn seine Frau eine Krankheit hatte. Los, worauf wartest du?« Panos fuhr etwas zügiger, als für ihn üblich, doch Phaní wünschte sich trotzdem, sie würde selbst am Steuer sitzen.

Eine Viertelstunde später läuteten sie bei Curwen und kurz darauf öffnete die Nichte. Ihr Gesicht verfinsterte sich, als sie Phaní erblickte. Sie trat hastig vor die Tür und versuchte Phaní und Panos nicht ins Haus zu lassen. Ihr Englisch hatte einen starken amerikanischen Akzent, sodass Phaní nicht alles verstand.

»Ich hoffte, dass Sie letztes Mal mit meinem Onkel alles besprochen hätten. Es geht ihm nicht gut. Er braucht unbedingt Ruhe.« Phaní's Englisch hatte auch einen Akzent, aber einen anderen.

»Dann hätte er uns gleich die ganze Wahrheit erzählen sollen.« Das sagte sie absichtlich mit lauter Stimme, in der Hoffnung Curwen würde es auch hören.

»Ihr Onkel hat uns zum Beispiel nichts von der Krankheit seiner Frau erzählt. Warum?« Die Nichte sah überrascht aus und drehte sich halb zur Tür zurück. Kurz darauf ertönte von drinnen eine Stimme, auch auf Amerikanisch:

»Lass sie rein, Margaret!« Die Nichte trat widerwillig zur Seite und ließ die beiden eintreten. Phaní wollte schon die Treppe hochstürmen, doch da fragte sie Margaret, ob sie die Toilette benutzen dürfe. Diese wies ihr den Weg durch die Küche, dann links. Phaní nickte und machte mit ihrem Kopf eine Geste, dass Panos doch schon mal hinaufgehen solle.

Vom Garten her strömte das Mittagslicht wärmend in die Küche. Dort fiel Phaní die Unordnung auf, wild durcheinander stapelten sich Geschirr und Gläser hinter den verglasten Türchen und rund um die Spüle. Mit einem Lächeln musste sie unweigerlich an ihre Mutter denken, diese hätte sich mit Bestimmtheit nicht davon abhalten lassen, hier gleich Ordnung zu schaffen.

Als Phaní kurz darauf das Arbeitszimmer von Curwen betrat, betrachteten sie alle Anwesenden und schienen auf sie zu warten. Im Gesicht von Nichte Margaret spiegelte sich Widerwillen, und Panos sah hilflos aus. Doch Curwens Blick fiel Phaní am meisten auf, er enthielt eine Mischung aus Ärger und Ungeduld. Sie begriff auch schnell warum, denn wie es schien, war Curwen am packen. Stapel von Büchern und Akten lagen frei herum, andere waren bereits in Kisten verstaut. Zudem standen wohl schon fertig gepackte Koffer neben der Tür zum Treppenhaus.

»Wo wollen Sie denn hin?«, fragte Phaní baff und schaute verwirrt auf das Durcheinander. Die Nichte trat vor und ergriff energisch das Wort:

»Mein Onkel kommt mit zu mir nach Chicago. Wir fliegen übermorgen Mittag. Ich habe heute früh mit unserer Botschaft in Athen telefoniert und mir wurde versichert, unserer Abreise stehe nichts im Wege, da das Verfahren offiziell abgeschlossen sei.« Phaní wandte sich an Curwen und ignorierte die Nichte.

»Ich verstehe Sie nicht, das muss ich Ihnen sagen. Glauben sie ernsthaft an das aberwitzige Hirngespinst, dass Ihre Frau mit schwarzem Wollstoff erstickt wurde? Wollen Sie nicht wissen, was wirklich geschehen ist?«

Curwen sah Phaní mit seinen blauen Augen hilflos an.

»Mittlerweile sind Hinweise aufgetaucht, die uns zu der berechtigten Annahme führen, dass Ihre Frau an einer schweren Krankheit litt. Warum haben Sie mir davon nichts erzählt?« Phaní merkte, dass ihre Ungeduld weiter zunahm.

»Dazu möchte ich mich nicht äußern«, antwortete er schließlich beinahe resigniert.

»Es stimmt also, dass Ihre Frau schwerkrank war?«, beharrte Phaní, ihre Stimme wurde immer schärfer.

Curwen sah nun sehr müde aus.

»Ja, das stimmt«, erwiderte er fast unhörbar.

»Und um welche Art von Krankheit handelte es sich? Hat sie in irgendeiner Hinsicht mit dem Tod Ihrer Frau zu tun?«, bohrte Phaní stur weiter.

Curwen schien sich zu winden, er fing heftig an zu atmen, sodass die Nichte ihm zur Seite eilte und versuchte ihn zu beruhigen.

»Haben Sie denn überhaupt kein Taktgefühl?«, fuhr die Nichte sie vorwurfsvoll an. Phaní merkte nun, dass es nicht nur die Verstockheit von Curwen war, die sie in Rage brachte. Da war noch ein anderer Grund, denn plötzlich sah sie eine Parallele, die sie verwirrte. Sie riss sich zusammen und versuchte ihren Tonfall neutral zu halten.

»Wenn Sie sich weiterhin so wehren, uns zu helfen, werden wir vielleicht nie herausfinden, was wirklich geschehen ist. Wollen Sie das?« Curwen schwieg zunächst, dann sagte er leise:

»Natürlich nicht! Aber die Art der Krankheit tut nun mal gar nichts zur Sache. Es mag für Sie unverständlich sein, aber es fällt mir wirklich schwer darüber ...« Curwen war es unmöglich weiterzusprechen.

Phaní erkannte, dass sie zu weit gegangen war und sich wie ein kleiner Kläffer an ihm festgebissen hatte.

Zudem ließ sie dabei völlig außer Acht, dass der Mann schon über achtzig war.

»Dann muss mir *iatrós* Lazaris weiterhelfen, nur dummerweise ist dieser spurlos verschwunden. Wie praktisch für Sie!«, bemerkte Phaní schnippisch, was sie aber sogleich wieder bereute.

»Lazaris ist verschwunden?«

Phaní nickte. Curwen schien aufzuhorchen und zu überlegen.

»Ja, glauben Sie denn, er hat etwas mit dem Tod meiner Frau zu tun?«

»Dafür haben wir bisher keine Anhaltspunkte, ausschließen können wir es aber nicht. Wir müssen ihn unbedingt dazu befragen.« Ihr Tonfall sollte wieder professionell sein, was ihr nicht ganz gelang. Curwen strich sich über das Kinn, dann schwenkte er den Zeigefinger in der Luft, wie ein Lehrer.

»Um Ihnen zu beweisen, dass mir sehr wohl an einer wahrheitsgemäßen Aufklärung gelegen ist, verrate ich Ihnen meine Vermutung, wo Lazaris sich aufhalten könnte. Er hat ein Segelboot in der Marina, hier in Kalamata liegen. Dorthin zieht er sich manchmal zurück, das hat er mir einmal erzählt.« Phaní drehte sich abrupt zu Panos.

»Das müssen wir gleich überprüfen!« Sie war froh um Curwens Hinweis, denn sie musste hinaus aus diesem Haus, aus diesem Gespräch. Wie ein Blitz war ihr vor wenigen Minuten, in der hitzigen Debatte mit Curwen, ein Gedanke durch den Kopf geschossen, der sie kurz lähmte, und es ihr unmöglich machte, sich zu konzentrieren und die Befragung effektiv weiterzuführen. Sie verabschiedete sich schnell und stürmte die Treppe hinunter, Panos folgte. Unten angekommen, hörte sie, wie die Nichte ihr hinterherrief. Phaní drehte sich um und sah nach oben. Die Nichte blieb am Treppengeländer stehen und schaute Phaní nur zornig an.

»Bitte, kommen Sie nicht wieder! Mein Onkel ist in einer schlechten Verfassung! Diese Fragerei regt ihn zu sehr auf!«

»Ich hoffe, das wird auch nicht nötig sein«, antwortete Phaní hastig und verließ das Haus. Draußen blieb sie stehen und atmete tief die kalte Luft ein. Als Panos sie einholte, war der fragende Ausdruck auf seinem Gesicht nicht zu übersehen. Verlegen versuchte sie zu lächeln.

»Ich bin wohl geistig noch nicht so auf der Höhe, wie ich annahm.« Hoffentlich glaubte Panos die Lüge und beharrte nicht auf einer Erklärung für ihr Verhalten eben. Sie merkte Panos an, dass er seine Zweifel hatte, doch zu höflich war, weitere Fragen zu stellen. Langsam fuhren sie die Pharon nach Süden auf ihrem Weg zur Marina. Dieses Mal war Phaní froh, dass Panos am Steuer saß, so konnte sie sich etwas entspannen.

»Pano, vorhin ..., wie kann ich dir das erklären? Es ist auch eigentlich nichts. Doch im Moment bin ich zu erschöpft und verwirrt, ich muss mich erst sammeln.« Panos nickte.

»Gut, das ist in Ordnung. Fühlen Sie sich nicht gedrängt!« Phaní lächelte. Er war wirklich verständnisvoll, sie hatte Glück, ihn zum Partner zu haben – wenn sie ihm nur endlich diese Siezerei austreiben könnte!

Phaní blickte aus dem Fenster und ließ die Gebäude an sich vorbeiziehen. Weshalb war dieser Gedanke nur plötzlich in ihr hochgekommen, und warum war er noch nie zuvor aufgetaucht? Sie musste sich ablenken.

»Gibt es etwas Neues im Fall Roussopoulos? Wurde der Mageninhalt analysiert?« Panos konzentrierte sich gerade auf den Verkehr und bog bei der alten Getreidemühle zur Marina ab.

»Wie? Ah, ja! Nein, aber morgen soll das Resultat der Analyse vorliegen.«

»Und weißt du schon, wem die Wohnung gehört, in der Pavlos lebt?«

»Ich habe eine Beamtin darauf angesetzt und werde heute noch einmal nachfragen.« Phaní seufzte leise. Dieser sogenannte Fall Roussopoulos kam ihr ziemlich lächerlich vor. Nur weil dessen Gattin so viel Wind gemacht hat, müssen mehrere Polizeibeamte dafür abgestellt werden. Doch eigentlich war es gar kein Fall, Pavlos hatte schließlich gestanden. Es würde eine Anhörung beim *isangeléas* geben, Pavlos würde auf die eine oder andere Art dafür geradestehen müssen, und fertig war die Angelegenheit. Doch wie sie das System kannte, würde sich die Untersuchung noch lange hinziehen, alles hundertmal hin und her erwogen, um den Eindruck entstehen zu lassen, unbescholtene Bürger wie Roussopoulos würden gebührend beschützt. Ein krönender Fall für die jährliche Polizeistatistik zur Aufklärungsrate von Verbrechen. Wenn jedoch ein armer Schlucker von Albaner oder Bulgare abgestochen wurde, wofür sich niemand ernsthaft interessierte, verlief die Untersuchung oft im Sande.

Sie war einmal Polizistin geworden, um ... – doch in diesem Moment fragte sie sich ernsthaft, warum sie diesen Beruf ergriffen hatte. Eigentlich hatte sie niemals diese edle Motivation verspürt, die Straßen von Verbrechern zu säubern und das Land sicherer machen zu wollen. Oder etwa doch, aber unbewusst?

In dem Moment hielt Panos den Wagen neben einer kleinen Taverne an. Von dort führte der Weg zur Marina hinunter. Nur wenige Schiffe lagen im Hafengelände. Panos fragte einige Fischer nach dem Liegeplatz von Lazaris' Segelboot und wurde zu einem blauen Einmaster verwiesen. Bevor sie diesen über eine schmale Laufplanke betraten, rief Phaní mehrere Male Lazaris' Namen, es kam jedoch nie eine Antwort. Trotzdem hörten sie rumpelnde Geräusche aus dem Inneren. Also betraten sie kurzerhand das Deck. Phaní nannte laut Rang und Namen, aber es kam auch diesmal keine Antwort. Als sie durch den Niedergang die Kajüte betrat, stolperte Phaní als Erstes über mehrere leere Flaschen *tsípouro*, Wodka und Gin, alle durcheinander. Im vorderen Teil hörte sie etwas murmeln und stöhnen. Eine Wolldecke bewegte sich von Zeit zu Zeit. Phaní ging geduckt zum Bug und hob die Decke hoch. Es bot sich ihr ein jämmerlicher Anblick: *Iatrós* Lazaris, angesehener Spezialist für Hauterkrankungen, döste in zerknittertem Anzug, Hemd und Krawatte vor sich hin.

»Pano, geh doch bitte mal zur Taverne und hol eine Kanne sehr starken Filterkaffee. Das kann hier länger dauern«, rief sie Panos zu, der sich immer noch an Deck befand. Er nickte und ging an Land. Phaní setzte sich neben Lazaris auf die Koje und schüttelte den Kopf. Aus dem war sicher in den nächsten Stunden nichts herauszuholen. Warum hatte er sich nur so zugeschüttet? Warum hat er die Gelegenheit sausen lassen, bei diesem Kongress mit einem Vortrag vor seinen Kollegen zu brillieren? Hatte er private Probleme, oder hatte es am Ende doch etwas mit dem Tod von Nana zu tun? Phaní rüttelte an Lazaris' Schulter, dieser murrte jedoch nur. Das war nichts für Phaní, sie merkte, wie sich der Rest ihrer Geduld aufzulösen begann.

»*Iatré* Lazari, wachen Sie auf! Ich muss mit ihnen sprechen!«, krähte sie mit Absicht sehr laut, direkt in sein Ohr. Lazaris hielt sich den Kopf und fing an zu jammern.

»Wie? Was?« Er erblickte Phaní und brach sofort in ein

klagendes Gewimmer aus. Meine Wirkung auf Männer war auch schon mal besser, dachte Phaní.

»Ich konnte es nicht!«, wiederholte Lazaris weinerlich mehrere Male.

»Was konnten Sie nicht?« Lazaris schaute auf und blickte Phaní kurz an. Er tastete nach ihrem Arm und klammerte sich fest. Er begann zu flehen:

»Ich konnte es wirklich nicht, ich hatte nicht die Kraft dazu!«, lallte er vor sich hin. Phaní versuchte aufzustehen, doch er hielt sie fest, sodass sie mit einem Plumps auf die Koje zurückfiel. Langsam wurde sie wütend. Doch er klagte weiter:

»Weißt du, mein Vater war schon ihr Arzt, und als ich noch ein Kind war, hat ihre Familie jeden Sonntag zum Mittagessen eingeladen, jeder konnte kommen, die Tür stand offen. Wie ich diese Nachmittage liebte!« Phaní schimpfte innerlich und fragte sich, wo Panos mit dem Kaffee blieb.

»Sie war fünfzehn Jahre älter als ich, so etwas wie eine große Schwester. Sie war wunderschön, ihr Haar leuchtete in der Sonne. Alle waren ihr verfallen.« Phaní wurde neugierig.

»Wer? Von wem sprichst du?« Doch Lazaris schenkte ihrer Frage keine Beachtung. Ein fast blödes Lächeln hatte sich nun auf seinem Gesicht breitgemacht, weil er sich an etwas Angenehmes zu erinnern schien.

»Sie war meine erste große Liebe!«

»Meinst du Nana?«, hakte Phaní nach.

»Nana!«, wiederholte er leise. In dem Moment kam Panos den Niedergang herunter, mit vier Bechern Kaffee auf einem Kartontablett. Lazaris schreckte sofort zurück und brach erneut in Schluchzen aus.

»Ich war's nicht! Ich konnte es doch nicht tun! Bitte lasst mich in Ruhe! Niemals hätte ich ihr etwas antun können. Ich habe sie doch immer noch geliebt!« Phaní sah Panos ratlos an und zuckte mit den Schultern.

»Ich glaube nicht, dass wir von dem heute noch etwas Brauchbares erfahren«, bemerkte sie resigniert. Sie trank selber einen der mitgebrachten Kaffees und wiederholte kurz, was Lazaris bis jetzt von sich gegeben hatte.

»Irgendwie begreife ich nichts mehr. Nehmen wir einmal an, an dem, was Lazaris lallte ist etwas Wahres dran, und mit seinem ›ich konnte es nicht tun‹ meinte er, Nana sollte getötet werden. Aber warum? Und wer war es dann?«

»Vielleicht Adamopoulos, weil Nana dahintergekommen war, dass er auch für die Gegenseite arbeitete«, suchte Panos eine mögliche Erklärung. Phaní nickte.

»Demnach spielte Nana's Krankheit doch keine Rolle? Es ist zum verrückt werden!« Phaní schüttelte den Kopf und sprang auf. Lazaris war inzwischen etwas ruhiger geworden, er murmelte unverständliche Worte in die Wolldecke. Plötzlich setzte er sich aufrecht hin, dabei zog er die Decke von seinem Kopf. Beinahe nüchtern sagte er:

»Hat Curwen Ihnen verraten, wo ich bin?« Phaní schaute Lazaris überrascht an, dann nickte sie. Seine Sprache war zwar etwas schleppend und verzerrt, seine Gedanken schienen aber klarer geworden zu sein.

»Das hab ich mir gedacht. Er ist ein Teufel. Er ist einer jener Menschen, die alles und jeden kontrollieren müssen. Aus diesem Grund ist er wohl Stückeschreiber geworden, um seine Figuren zu kontrollieren und zu manipulieren.«

Phaní schaute Panos an. Sie glaubte zu begreifen, was Lazaris sagen wollte. Curwen hatte von sich ablenken und die Spur auf Lazaris richten wollen. Das hatte Phaní sehr wohl erkannt, doch die Ablenkung war ihr in dem

Moment sehr gelegen gekommen, da sie es bei Curwen nicht mehr aushielt. Dann sprach Lazaris weiter, seine Stimme war ruhig und leise. Phaní und Panos hörten ihm zu, wie gebannt.

»Die Welt ist grausam. Ausgerechnet die Frau, die nichts mehr liebte, als die Strahlen der Sonne auf ihrer Haut zu spüren, wurde von ihr zerstört!« Phaní überlegte und wollte sicher sein, richtig zu verstehen, was Lazaris andeutete. Sie startete einen Versuch.

»Wenn ich dich recht verstehe, litt Nana also tatsächlich an einer Lichtallergie?« Lazaris nickte nur monoton.

»Und weil sie nicht mehr damit leben konnte, hat sie vielleicht doch Selbstmord ...«

»Nein!«, schrie Lazaris unerwartet laut. »Sie verstehen aber auch gar nichts!« Phaní zuckte kurz zusammen, wegen seiner vehementen Reaktion, sammelte sich aber schnell wieder.

»Aber wenn es kein Selbstmord war, sondern Mord, wer soll sie dann getötet haben?« Wieder ruhig, zuckte Lazaris mit den Schultern.

»Ich habe keine Ahnung. Ich wollte, ich wüsste es. Irgendeine gnädige Seele muss Mitleid gehabt und sich ihrer doch noch erbarmt haben.«

Phaní setzte sich langsam wieder auf die Koje. Sie ließ die Gesichter aller Beteiligten noch einmal an sich vorbeiziehen. Und jetzt schien es auch offensichtlich zu sein: Niemand hatte sich über den Grund von Nana's Tod geäußert oder an ihrem plötzlichen Ableben gezweifelt, oder war gar daran verzweifelt. Ihr Tod wurde hingenommen, und zwar aus genau dem Grund, weil alle gewusst haben, dass der Tod kommen, und vor allem, wann er eintreten würde. Alle, die ihr nahestanden waren eingeweiht, alle haben den Zeitpunkt gekannt, zu welchem Nana sterben würde, und niemand hat es zu verhindern versucht. Es gab dafür eigentlich nur einen Grund: Ihr Tod war unausweichlich, er war der letzte Ausweg, weil sie nicht mehr weiterleben konnte. Alle waren sich einig. Phaní versuchte sich noch einmal das Haus von Nana vorzustellen, wie sie es das erste Mal betreten hatte, und spürte erneut diese abgeschlossene Atmosphäre und diese Stille, wie in einer Kirche. Die Außenwelt war ausgegrenzt, kein einziger Sonnenstrahl drang in das Innere. Da Nana an einer seltenen Form von Lichtallergie litt, hätte die Sonne ihre Haut verbrannt. Die Krankheit musste mittlerweile sehr weit fortgeschritten sein, sodass Nana das Haus am Tag nicht mehr verlassen konnte. Phaní spürte einen ansteigenden Druck in ihrer Brust. Sie versuchte sich in Nana's Lage zu versetzen, wie es wäre, sich nie mehr mit geschlossenen Augen der Sonne zuwenden und sein Gesicht wärmen lassen zu können. Phaní erschauderte bei der Vorstellung und war dankbar, sich wie die meisten in der Sonne aufhalten zu dürfen. Ihr kam die Zeile von Ritsos in den Sinn, die zwar in einem ganz anderen Zusammenhang geschrieben worden war, aber doch auch irgendwie Nana's Aufbruch zum Ausdruck brachte, als sie sich dem Unausweichlichen stellte. Denn ohne jemals wieder die Strahlen der Sonne auf ihrer Haut zu spüren, konnte sie nicht weiterleben.

Jemand hatte Nana nicht aus Wut, Rache oder anderen niedrigen Gründen getötet, sondern aus Mitleid und Barmherzigkeit. Phaní schaute zu Panos auf und sagte nur ein Wort:

»Sterbehilfe!«

24

Phaní stand am Quai und rauchte eine Zigarette. Langsam stieß sie den Rauch aus und beobachtete, wie er sich in der Luft auflöste. Auch wenn die eben gewonnene Erkenntnis erstaunlich gut zu den Fakten des Falls passte, hatte sie bisher für ihre neue Sicht der Vorkommnisse keinen Beweis. Auf die Hilfe des näheren Umfelds von Nana konnte Phaní nicht zählen, alle waren verstockt und wortkarg. Einzig *iatrós* Lazaris hatte begonnen zu reden, aber nur, weil er verzweifelt und betrunken war. Sobald er nüchtern sein würde, wäre es sicher auch bei ihm mit der Redseligkeit vorbei. Es gab nur einen Weg, sogenannte Beweise zu beschaffen, sie musste jetzt die ›gnädige Seele‹ – wie Lazaris die Person genannt hatte – ausfindig machen.

Phaní trat die Zigarette aus und ging langsam zum Wagen.

Sie beobachtete, wie Panos sich damit abmühte, einen lauthals protestierenden Lazaris auf den Rücksitz zu bugsieren. Die Situation hatte etwas Komisches. Gerade dann, wenn Panos die Tür zuschlagen wollte, sprang Lazaris' Kopf immer wieder aus dem Auto heraus, wie der Teufel aus der Kiste. Diesmal schien sogar Panos' Geduld auf arge Weise strapaziert zu sein, er fluchte leise vor sich hin – bis der Kopf endlich drinnen blieb. Phaní hatte Panos gebeten, er möchte Lazaris zur Ausnüchterung mit zurück in die *Diévthinsi* nehmen. Nachdem Lazaris endlich verstaut war, nickte Panos und versuchte zu lächeln.

»Gut gemacht Pano!«, lobte Phaní schmunzelnd.

»Und vergiss nicht, mich sofort anzurufen, wenn es

etwas Neues gibt, über den Inhaber der Wohnung oder den Mageninhalt.« Panos nickte erneut, stieg ins Auto und fuhr los.

Phaní atmete erst einmal tief durch. Die Luft war etwas wärmer geworden und unglaublich rein. Ihr Blick streifte über die schneebedeckte Gebirgskette des Taïgetos. Wann würde sie es nur endlich schaffen, eine Gebirgswanderung zu unternehmen? Der Frühling wäre die ideale Jahreszeit dafür. Und wieder musste sie an ihren Vater denken und an die Wanderung, die sie vor einer Ewigkeit als kleines Mädchen mit ihm in eben diesem Gebirge unternommen hatte. Warum nur brennen sich ganz bestimmte Erinnerungen so klar erscheinend in das Gedächtnis ein?

Phaní riss sich von ihren Gedanken los und machte sich auf den Weg ins Zentrum. Sie ließ das Wohnquartier nahe der Marina hinter sich, überquerte die Likourgou und ging strammen Schrittes weiter unter Bäumen am einbetonierten Becken des Flusses entlang. Im Winter führte dieser sogar etwas Wasser, leider aber brachte er auch so einigen Abfall mit sich. Phaní seufzte. Sie versuchte sich auf den Fall zu konzentrieren. Sie konnte spüren, dass sie der Lösung sehr nahe war. Aber wieso? Auch wenn sie davon ausgehen konnte, dass es sich um Sterbehilfe handelte, die in Griechenland strengstens verboten ist, so war ihr aber noch völlig unklar, wer diese ›gnädige Seele‹ sein konnte.

Phaní fand, sie hätte genug Bewegung für heute gehabt – sie hatte überhaupt genug für heute. Sie fühlte sich matt und kraftlos, und versuchte eines der vorbeifahrenden Taxis anzuhalten. Beim dritten gelang es ihr schließlich. Als der Taxifahrer sie fragte, wohin sie gebracht werden wolle, kam ihr erneut in den Sinn, dass ihr Auto noch bei der *Diévthinsi* stand. Gedankenlos war sie einfach in Richtung Zentrum marschiert, das war kein gutes Zeichen.

Der Abend war ereignislos, zweimal hatte sie schon den Hörer in die Hand genommen, um ihre Mutter anzurufen, es sich dann jedes Mal wieder anders überlegt. Kurz nach acht fiel sie in einen tiefen Schlaf, aus dem sie – abgesehen von einem schlafwandlerischen Gang zur Toilette – erst wieder am anderen Morgen erwachte. Es war schon hell, doch die Sonne schien fahl hinter einer dünnen Wolkendecke. Heute würde es vielleicht sogar wieder regnen. Phaní schimpfte und mühte sich aus dem Bett. Der Blick in den Spiegel half ihr auch nicht wach zu werden. Ihren Haaren ging's genauso schlecht, wie ihr. Trotzdem quälte sie sich eine Stunde später in die *Diévthinsi*. Dort saß sie meist nur so da, den Kopf auf eine Hand gestützt, den Blick durchs Fenster gerichtet. Panos war kurz ins Büro gekommen, er rannte herum, um Adamopoulos und seinen Anwalt zu überzeugen, hierherzukommen. Um elf steckte er den Kopf durch die Tür und verkündete stolz, sie seien da, Phaní könne sich Adamopoulos jetzt vornehmen.

Die Befragung war wohl eine der frustrierendsten, die Phaní je durchgeführt hatte. Vor ihr und Panos saßen schließlich zwei Anwälte. Der Vorwurf der Anstiftung zur Tötung des alten Stathis wurde sogleich abgeschmettert. Auf die Frage hin, warum er sich an jenem bewussten Abend mit dem Taxifahrer getroffen hatte, kam eine Ausrede, die aber nicht zu widerlegen war. Als Panos nach dem Alibi für die Nacht fragte, als Nana Nikolakea starb, gab Adamopoulos zwar zunächst an, in Athen gewesen zu sein, als ihm aber die Abrechnungen der Mautstellen vorgelegt wurden, erinnerte er sich wieder und änderte seine Aussage. Doch auch daraus war ihm kein Strick zu drehen. Adamopoulos war glatt wie ein Fisch und konnte eine gewisse Überheblichkeit die ganze Zeit nicht verbergen. Nur einmal wurde er etwas unsicher, als Phaní ihn nach dem verschwundenen Umweltbericht von Nana fragte, doch zuletzt behauptete er einfach, er habe den Bericht nicht an sich genommen. Kurz kam Phaní der Gedanke, ob das nicht vielleicht sogar stimmte.

Nach dieser ergebnislosen Befragung fühlte sie sich noch kraftloser als zuvor. Sie nahm eine Schmerztablette. Auch Panos war die Enttäuschung anzusehen, als er ihr im Büro wieder gegenübersaß, er hatte wohl gehofft, dass wenigstens die Umstände um Stathis' Tod aufgeklärt würden.

»Was ist das eigentlich für ein popeliger Anwalt, den sich Adamopoulos da genommen hat?«, wollte Phaní wissen, Panos lächelte.

»Dieser popelige Anwalt ist einer der schärfsten Hunde in Kalamata, wie ich gehört habe. Aber für den eigentlichen Prozess hat Adamopoulos es geschafft, einen gewissen Demiris zu engagieren.« Phaní schob das Kinn fragend vor.

»Demiris ist einer der Topanwälte in Athen, vertritt nur ganz große Tiere. Zudem ist seine Schwester mit Roussopoulos verheiratet, und dieser wiederum arbeitet für ...«

»Kanellopoulos!«, vervollständigte Phaní den Satz. Sie musste an ihr Gespräch mit Kanellopoulos auf seiner Yacht denken, vor allem an das Telefonat am darauffolgenden Tag, und wie er ihr versichert hatte, wenn einer seiner Mitarbeiter Dreck am Stecken hätte, müsse das gesühnt werden. Phaní schüttelte den Kopf und fing an zu lachen, Panos sah sie nur verdutzt an.

»Pano, gibt's was Neues bezüglich dieser Wohnung von Pavlos?«, fragte Phaní, wieder ernst.

»Ja, ich habe endlich vom Grundbuchamt Name und Adresse der Besitzerin erfahren: Es ist eine gewisse Eleni Karlaki, sie ist seine Tante. Außer der Wohnung in der Stadt hat sie ein kleines Häuschen in dem Ort Diasella. Wenn ich mich nicht irre, muss man die Straße in Richtung Mani nehmen, und bald links in die Hügel abbiegen. Ich glaube sogar, es weist ein Schild dorthin. Mit dem Auto braucht man etwa eine halbe Stunde.«

»Ich fahr heute Nachmittag gleich mal dorthin und überprüfe das. Und die Ergebnisse der Mageninhaltsuntersuchung unseres vermeintlich Vergifteten?«

»Die sollten eigentlich schon vorliegen ...«

»Kannst du denen etwas Dampf machen?« Panos zeigte sich einverstanden.

Eine gute Stunde später fuhr Phaní aus Kalamata hinaus in die Hügel nordöstlich der Stadt. Wie schon der ganze Tag, kam ihr auch die Fahrt seltsam unwirklich vor. Sie fühlte sich wie in Watte gepackt und fürchtete, sich eine Erkältung zugezogen zu haben. Trotzdem fand sie ohne Weiteres die Abzweigung, von der Panos gesprochen hatte. Sie schraubte sich mit dem Auto auf der engen Straße einen Ausläufer des Taïgetos hinauf, zwischen alten Olivenbäumen und saftig grünen Wiesen.

In diesem Augenblick fing in Phaní's Manteltasche ihr *kinitó* an zu vibrieren und klingeln. Phaní hielt mitten auf der Straße und zog das Telefon unter Handschuhen und Schal hervor. Es war ihre Mutter.

»*Nä, mamá*, was gibt's?«

»Ach, Phaní, ich habe nur gerade die gespeicherten Nummern in meinem *kinitó* ausprobieren wollen, und hab deinen Namen dabei erwischt. Ich will dich nicht lange stören ...«

»Woher weißt du denn, wie man Nummern speichert und danach abruft?«

»Dein Bruder hat es mir gezeigt.«

»Aha!« Phaní's Gesichtsausdruck zeigte etwas Missfallen. Sie kniff den Mund zusammen.

»Also, ich will dich nicht von der Arbeit abhalten ...« Ihre Mutter wollte schon wieder auflegen.

»Nein, *mamá*, du hältst mich von gar nichts ab, ich mach im Moment sowieso eine Pause.« Sie schluckte trocken und überlegte.

»Wie geht's denn Stelios so? Hat er einen Job?« Die Verblüffung ihrer Mutter war durch das Telefon spürbar.

»Phaní?«

»Ja?«

»Was ist los? Geht es dir nicht gut?«

»Doch, noch etwas angeschlagen, aber warum fragst du?«

»Weil du dich sonst nie nach deinem Bruder erkundigst.«

»Das ist doch nicht wahr! Sicher habe ich schon nach ihm gefragt! Und, wie geht es ihm?«

»Gut. Er hat eine neue Freundin ...« Phaní hörte gar nicht zu.

»*Mamá*, ich wollte dich da noch etwas fragen.« Ihre Mutter antwortete nicht.

»Ich, äh ..., na ja, mir ist da so ein Gedanke gekommen, als ich einen Zeugen vernommen habe ...«

»Arbeitest du an einem neuen Fall?«

»Das tut doch nichts zur Sache«, erwiderte Phaní etwas gereizt.

»Also, im Laufe unserer Ermittlungen sind wir auf die Möglichkeit gestoßen, dass es sich eventuell um Selbstmord handeln könnte ...«

»Das ist aber nicht immer noch der Fall Nana, oder?«

»*Mamá*, könntest du mir einfach nur zuhören? Das ist nicht leicht für mich!«

Phaní holte tief Luft und gab sich einen Ruck.

»Ich, na ja, ich dachte, ob vielleicht, ob es möglich wäre, dass *babás* sich das Leben ...« Nun stieß Phaní's Mutter einen tiefen Seufzer aus und unterbrach Phaní damit.

»Phaní *mou*, hör bitte auf! Kannst du die alten Geschichten nicht ruhen lassen? Ich möchte mich nicht mehr damit befassen, es ist lange her und vorbei. Ich musste euch großziehen und nach vorne schauen. Was bringt es mir, immer über die Vergangenheit nachzugrübeln? Es hat sehr wehgetan, als dein Vater Spiros damals gestorben ist. Ich will diesen Schmerz nicht immer wieder erleben!« Phaní war erschüttert. Sie hatte ihre Mutter noch nie so sprechen gehört. In ihrer verbohrten Art hatte Phaní nie darauf Rücksicht genommen, was ihre Mutter empfinden könnte. In diesem Moment tat es ihr unendlich leid. Sie wusste nichts zu sagen. Da fügte ihre Mutter noch leise hinzu:

»Ich glaube nicht, dass er uns das angetan hätte. Er hing so an euch Kindern, besonders an dir.« Phaní's Hals schnürte sich zu. Sie musste wieder trocken schlucken und versuchte gegen die Tränen anzukämpfen, die unaufhaltsam in ihre Augen stiegen.

»*Mamá*, ich ..., es tut mir leid. Ich hätte nicht fragen sollen. Aber trotzdem, danke! Ich ruf später wieder an.«

»Phaní, pass auf dich auf. *Filiá, agápi mou.*«

Phaní stieg aus dem Wagen und setzte sich auf ein niedriges Mäuerchen in der Nähe. Sie war auf sich selbst wütend. Nervös versuchte sie ein Taschentuch aus ihrer anderen Manteltasche zu ziehen und fluchte, als sie es nicht sogleich schaffte. Sie ärgerte sich, das Thema überhaupt angeschnitten zu haben. Trotzdem hatte ihr die letzte leise Bemerkung ihrer Mutter gut getan. Sie fühlte eine starke Erleichterung. Auch wenn sie sich seit gestern öfter selbst gesagt hatte, dass es unwahrscheinlich war, ihr Vater hätte sich das Leben genommen, so hatte sich der Gedanke wie ein Teufelchen in ihr festgesetzt, und sie hatte ihn nicht loswerden können. Jetzt war er entschärft und weniger bedeutend.

Als sie laut in das Taschentuch schnäuzte, sich die Tränen abtrocknete und versuchte, sich etwas zu beruhigen, läutete wieder ihr *kinitó*. Diesmal war es Panos. Phaní räusperte und schnäuzte sich noch einmal, bevor sie abnahm. Er berichtete, dass die Ergebnisse für die Analyse erst am späten Nachmittag bereit seien. Er fahre dann hin und hole den Bericht selbst ab. Phaní bedankte sich etwas wortkarg, ihre Stimme überschlug sich leicht.

Auf der Fahrt weiter zu dem kleinen Ort in den Hügeln drehten sich ihre Gedanken wieder um das Gespräch mit ihrer Mutter. Sie merkte, wie ein seit langem anhaltender innerer Druck langsam anfing sich zu lösen, und ein Entschluss, der eigentlich längst überfällig gewesen war, begann in ihr zu reifen.

Die Straße war schlecht und große Steine waren als Abgrenzung am Rand aufgehäuft. Normalerweise hätte Phaní um ihr Auto gebangt, doch jetzt glitt sie unbekümmert und unbeschadet über Schlaglöcher und sonstige Widrigkeiten, welche der verwitterte Asphaltbelag zu bieten hatte, und hing ihren Gedanken nach. Diese Stelle der Leere, die der Tod ihres Vaters bei ihr hinterlassen hat, würde niemals wieder aufgefüllt. Sie würde immer ein Stück Trauer in sich tragen. Damit musste sie sich abfinden. Ihre Mutter hatte recht! Sie musste nach vorne schauen und es aufgeben, irgendwelchen quälenden Erinnerungen nachzurennen, musste akzeptieren, dass sie niemals die Begebenheiten von damals ganz begreifen und niemals lückenlos herausfinden würde, warum ihr Vater mit der gesamten Familie vor dreißig Jahren Kalamata so plötzlich verlassen hatte.

Sie musste heute Abend unbedingt Dimitris anrufen.

Ihren Kopf von diesen Gedanken umhüllt, erreichte sie tatsächlich nach einer halben Stunde den kleinen Ort. Bei einer Weggabelung, wo sich ihr das Dilemma auftat, ob sie links oder rechts abbiegen sollte, kam ihr ein Pritschenwagen wie gerufen entgegen, dessen Fahrer sie nach dem Standort des Häuschens fragen konnte, und der ihr auch sehr freundlich Auskunft gab.

Schnell fand Phaní am Rand des Dorfes das kleine Haus und stellte ihren Wagen vor dem tadellos gestrichenen Gartentor ab. Sie stieg aus, schaute sich etwas um und betrat schließlich das Grundstück. Sie ging einen schmalen Plattenweg an einer Seite des einstöckigen Häuschens entlang. Als sie um die Ecke bog, erblickte sie sorgfältig angelegte Reihen von verschiedenen Gemüsepflanzen. Dann sah sie das Hinterteil einer Frau in einem schwarzen Rock zwischen Beeten herausragen. Die Alte war wohl am Unkraut jäten, oder was man sonst so in einem Garten tun kann, dachte Phaní. Sie räusperte sich laut:

»*Signómi, kiría* ...« Bevor sie weitersprechen konnte, sah Phaní nur, wie ein Kopf hinter den Pflanzen hochschoss und die Alte sie erschrocken mit rotem Gesicht ansah. Phaní ihrerseits war sichtlich überrascht, denn sie kannte die Frau. Ihre Sinne fingen an wieder wacher zu werden.

»*Kirá* Leni!«, war das Einzige, was Phaní imstande war zu sagen. Die Frau beruhigte sich schnell, als sie Phaní erkannte.

»Ah, *kiría astinóme*. Sie kommen mich besuchen. Das ist aber nett von Ihnen, was für eine Freude!« *Kirá* Leni kam auf Phaní zu, zog einen Handschuh aus und reichte ihr die Hand, zugleich entschuldigte sie sich, so verdreckt von der Gartenarbeit zu sein.

»Kommen Sie doch erst einmal hinein. Kann ich Ihnen einen Tee anbieten, *kiría astinóme*?« *Kirá* Leni ging bereits voraus, in Richtung Terrassentür, Phaní jedoch blieb wie angewurzelt stehen. Das Einzige, was ihr in diesem Moment durch den Kopf schoss, und sie schließlich auch aussprach, war:

»Sie sind Pavlos' Tante?« Die Frau hielt inne, drehte sich abrupt um und schaute Phaní fragend an.

»Pavlos? Ist etwas mit Pavlos passiert? Sind Sie deshalb hier?« Phaní erkannte aufrichtige Besorgnis im Gesicht der Alten.

»Nein, ich meine ja! Also, es geht ihm gut, es ist ihm nichts passiert«, stotterte Phaní, um die Frau zu beschwichtigen. Diese atmete erleichtert auf.

»Gott sei Dank! Wissen Sie, Pavlos ist ein guter Junge. Er hat es nicht einfach. Als seine Mutter, meine Schwester starb, habe ich ihr versprochen auf ihn aufzupassen. Zu seinem Vater hatte er nie ein gutes Verhältnis, der ist zu autoritär. Der Junge braucht Freiraum.« Während *kirá* Leni ununterbrochen redete, begann sie geschäftig ihr Gartenwerkzeug aufzuräumen und in einem kleinen Geräteschuppen zu verstauen. Zuletzt stellte sie eine Flasche mit Unkrautvernichter auf eines der säuberlich aufgeräumten Regale und schloss den Schuppen ab.

»Eigentlich bin ich hier ...«, versuchte Phaní endlich einen Satz dazwischen zu schieben. Wieder drehte sich die Frau fragend zu ihr.

»Geht es immer noch um *kiría* Nikolakea? Ich habe gelesen, dass ihr Tod aufgeklärt sei, es wäre allem Anschein nach ein Bulgare gewesen.« Die Frau schüttelte hastig den Kopf.

»Ich kann das einfach nicht glauben, dass diese wunderbare Frau, für die ich jahrzehntelang so gerne gearbeitet habe, so ein Ende nehmen musste.« Sie machte eine Pause und hielt in ihren Bewegungen kurz inne, ihr Blick wurde ernster.

»Ich glaube ja, dass dieser Curwen sich zu wenig um sie gekümmert und sie zu viel alleine gelassen hat.« Sie zupfte hier und da energisch einen Grashalm aus und pflückte behände einige verdorrte Blüten von einem Rosenbusch. Phaní war fasziniert von der Fingerfertigkeit der Frau und dadurch abgelenkt. Sie versuchte ihre Gedanken wieder zu sammeln.

»Wir sind unterdessen auch davon überzeugt ...«, versuchte Phaní zu bemerken. Da schaute die Frau sie fast herausfordernd an und unterbrach sie erneut.

»Wie geht es denn Curwen? Jetzt ist er ganz allein in dem großen Haus.« Phaní antwortete reflexartig:

»Nein, seine Nichte aus Amerika ist zu Besuch, und mit ihr verreist er morgen für einige Zeit in die Vereinigten Staaten, so wie ich das verstanden habe.«

»Er fährt weg?«, wunderte sich *kirá* Leni mit einem geistesabwesenden Gesichtsausdruck. Plötzlich begann sie verlegen zu lächeln.

»Was bin ich nur für eine Gastgeberin. Ich habe Ihnen ja schon lange einen Tee versprochen. Kommen Sie mit hinein.«

Mit schnellen Schritten eilte die Frau die wenigen Stufen zur Terrasse hinauf. Vor der Tür hielt sie abrupt an, zog ihre schmutzigen Schuhe aus und schlüpfte in ein Paar Pantoffeln. Sie wies Phaní mit wenigen Handzeichen darauf hin, sich die Schuhe gut abzutreten, bevor sie ins Haus kommt. Danach verschwand die Frau im Inneren. Phaní brauchte einen Moment, ihr zu folgen. Von der Terrasse betrat sie das Wohnzimmer, welches ähnlich wie Pavlos' Wohnung altmodisch eingerichtet und zugleich unheimlich ordentlich war. Phaní musste wieder kurz an ihre Mutter denken, und dass diese, was den Ordnungsgrad betraf, entzückt wäre. Ein Lächeln huschte über ihr Gesicht. Phaní hörte aus einem Raum auf der anderen Seite eines kurzen Flurs Klappern, dort musste die Küche sein. Sie sah sich weiter im Wohnzimmer um. Auf einer Kommode standen zahlreiche Fotos, auf denen sie einmal Pavlos und ein anderes Mal Nana Nikolakea wiedererkannte. In dem Moment kam *kirá* Leni ins Wohnzimmer, stellte das Teegeschirr ab, eilte zurück in die Küche und brachte von dort noch eine Kanne und auch Gebäck mit.

»Setzen Sie sich!«, forderte sie Phaní energisch auf. Diese gehorchte und nahm auf einem weichen, mit kleinen Deckchen übersäten Sofa Platz. *Kirá* Leni servierte Tee, drückte Phaní die Schale mit Gebäck in die Hand, mit der Aufforderung sie solle sich bedienen, und plumpste schließlich gegenüber in einen Sessel.

»Weswegen sind Sie nun eigentlich gekommen?«, fragte die Frau dann neugierig. Phaní schluckte den trockenen Keks mit Mühe und mit Hilfe von etwas Tee hinunter. Sie räusperte sich.

»Also, es geht um Pavlos.« Wieder schreckte die Frau auf.

»Wie gesagt, es geht ihm gut. Wir mussten ihn jedoch in Untersuchungshaft nehmen.«

»Ja wieso denn das, um Himmels Willen?«

»Wegen ...« Phaní überlegte, wie sie den Sachverhalt möglichst schonend vorbringen konnte.

»Wegen Angriffs auf Leib und Leben. Er hat bereits gestanden.« Die Frau war zum ersten Mal sprachlos. Schließlich fragte sie aber doch zaghaft:

»Angriff gegen wen?«

»Gegen den hiesigen Geschäftsführer der Firma ZETEM, Roussopoulos.«

»Wer?«, fragte die Frau ungläubig.

»Er ist der Chef der Firma, die hier einige große Ferien- und Golfanlagen plant. Sie kennen ihn wahrscheinlich nicht.«

»*Pápapap*!«, protestierte die Frau und winkte energisch ab. »So was würde Pavlos niemals tun! Die versuchen ihm doch etwas anzuhängen!« Der Frau kam ein Gedanke.

»Und wie soll er diesen Herrn Roussopoulos angegriffen haben? Mit den Fäusten? Haben Sie Pavlos' Hände gesehen? Die sind nicht kräftig genug für einen Fausthieb. Nein, nein, das ist unmöglich!« Phaní schluckte ihren Tee hinunter und bemerkte:

»Er hat versucht ihn zu vergiften.«

Die Frau wurde sichtbar bleich und fasste sich plötzlich an die Brust. Sie fiel schlaff im Sessel zurück. Phaní war zunächst unfähig, etwas zu unternehmen, dann sprang sie doch auf und eilte der Frau zur Seite, die leise stöhnte. Sie versuchte diese zu beruhigen und hielt ihre Hand.

»*Kirá* Leni! Um Himmels Willen! Ich bring Sie zu einem Arzt!« Die Frau winkte ab und holte ein paar Mal tief Luft.

»Nein, nein, es ist nichts, mir wurde nur leicht schwindlig. Der Kreislauf, wissen Sie.«

»Kann ich denn sonst etwas für Sie tun?«, fragte Phaní hilflos.

»Wenn Sie so lieb wären und mir aus der Küche ein Glas Wasser bringen könnten.« Die Alte wies mit einem Arm zur Küche. Phaní eilte dorthin, sah sich kurz um, öffnete einen der Oberschränke und griff sich eins der sorgfältig nach Größe eingeordneten Wassergläser. Sie füllte das Glas mit kaltem Wasser aus dem Hahn und erstarrte in ihrer Bewegung. Sie merkte nicht, wie das Glas längst überlief. Langsam löste sich Phaní von der

Spüle und trat einen Schritt zurück, das randvolle Glas immer noch in der Hand. Sie hob ihren Blick und betrachtete nun bewusst und genau den Oberschrank. Gläser, Tassen und Teller waren in penibler Ordnung und in exakten Reihen nebeneinander eingeräumt, die Henkel der Tassen wiesen alle genau nach vorne rechts. Einen dermaßen ordentlichen Schrank hatte Phaní bisher nur einmal gesehen, und das war nicht bei ihrer Mutter. Phaní schossen die Tatortfotos durch den Kopf, die sie sich ein paar Tage zuvor am Computer angesehen hatte, die Fotos des übereifrigen Polizeifotografen, der auch jede noch so unwichtige Einzelheit für die Ewigkeit festgehalten hatte – mit eingeschlossen die Oberschränke aus Nana's Küche, die er am Morgen nach der Tat aufgenommen haben musste.

Phaní hörte nicht, wie *kirá* Leni mehrere Male aus dem Wohnzimmer rief, wo sie bleibe, und erschrak so heftig, als die Frau in der Küche plötzlich neben ihr stand, dass sie das Glas Wasser fallen ließ.

25

Phaní fuhr die enge, von Steinmäuerchen und Olivenbäumen gesäumte Straße eindeutig zu schnell hinunter, zurück nach Kalamata. Auch dieses Mal fielen ihr die Schlaglöcher und die Gefahren für ihr Auto nicht auf, denn wieder war sie in Gedanken gefangen. Sie ärgerte sich im Nachhinein über ihren plötzlichen Aufbruch bei *kirá* Leni. Hastig hatte sie dieser noch geholfen, Wasser und Scherben zusammenzuwischen und sich dann unter irgendeinem Vorwand schnell verabschiedet. Phaní hoffte, dass ihr Verhalten nicht allzu durchschaubar gewesen sei, sodass *kirá* Leni Verdacht schöpfen würde. Phaní hätte sich selbst ohrfeigen können, wie eine Anfängerin hatte sie sich aufgeführt.

Sie musste unbedingt mit jemandem über ihre Vermutung sprechen. Vielleicht hatte sie während ihres Denkprozesses wieder einmal ein paar Schritte übersprungen und war voreilig zu ihrem Schluss gekommen. Hoffentlich war Panos im Büro!

In Rekordzeit gelangte sie zur *Diévthinsi*, hielt den Wagen so abrupt an, dass die Reifen knirschten. Sie eilte in das Gebäude, stürmte in ihr Büro und fluchte leise, als sie sah, dass es leer war. Sie schritt zu ihrem Schreibtisch und fand eine Notiz von Panos vor, die besagte, er sei bei der Gerichtsmedizin, um die Untersuchung von Roussopoulos' Mageninhalt zu beschleunigen. Phaní zerknüllte den Zettel und warf ihn in eine Ecke. Sie überlegte kurz, dann beugte sie sich über ihren Computer. Ungeduldig suchte sie den Ordner mit den Polizeifotos von Nana's Haus, klickte nervös und schüttelte die Computermaus, was auch nicht half, ihre Suche zu beschleunigen, bis sie endlich das gewünschte Bild vor sich hatte. Tatsächlich hätte die Aufnahme vom Oberschrank in Nana's Küche ebenso gut aus der Küche von *kirá* Leni stammen können, die Übereinstimmung in der Anordnung des Geschirrs war frappant. Das konnte doch unmöglich ein Zufall sein!

Phaní zog ihren Mantel aus, warf ihn über eine Stuhllehne, ging aus dem Büro und kam zehn Minuten später mit einem Becher Kaffee zurück. Sie plumpste in ihren Stuhl und seufzte laut. Sie trank ein paar Schlucke vom heißen Getränk und blickte aus dem Fenster zu den Ausläufern des Taïgetos, die bereits im Halbdunkel des Abends verschwanden. Irgendwo dort oben lag das kleine Dorf, wo sie noch vor etwa einer Stunde gewesen war. Wie nahe doch die verschiedenen Zeiten nebeneinander lagen. Dort lebten die Leute noch wie vor fünfzig Jahren, hier in der Stadt war man schon fast in der Moderne angelangt, aber eben auch nur fast. Dort lebte eine Frau, *kirá* Leni, welche ihre Handlungen noch nach Maßstäben richtete, die heute vielen veraltet vorkommen mochten; für welche Loyalität und Treue zur Familie, oder eben dem verehrten Arbeitgeber gegenüber, noch bedingungslos zählten; welche bereit war, Opfer zu bringen, auch wenn das bedeutete, eigene Moralvorstellungen zu überwinden.

Ja, Phaní war sich unterdessen ziemlich sicher, dass es sich bei *kirá* Leni um eine solche bedingungslos treue, oder auch ›gnädige Seele‹ handelte.

Phaní's Gedanken kehrten zu ihrer gegenwärtigen Situation zurück. Sie erhob sich von ihrem Stuhl und ging im Büro auf und ab. Plötzlich zog sie ihr *kinitó* aus ihrer Tasche und schaute auf die Zeitanzeige, es war schon fast sechs Uhr. Nervös biss sie sich auf die Unterlippe und entschied noch etwas zu warten, in der Hoffnung, Panos käme jeden Augenblick zur Tür herein. Nach fünfzehn Minuten, die ihr jedoch wie zwei Stunden vorkamen, wählte sie Panos *kinitó*-Nummer. Es klingelte ewig, und schließlich erwischte sie nur seine Mailbox.

»Pano, wo bist du?«, fragte Phaní vorwurfsvoll. Sie zwang sich zur Sachlichkeit.

»Also, hör zu: Wenn du diese Nachricht abhörst, ruf mich sofort an. Der Bericht der Mageninhaltsuntersuchung ist im Moment nicht mehr so wichtig. Ich hab da eine neue Theorie. Vielleicht haben wir unsere gnädige Seele gefunden. Ich möchte mit dir darüber sprechen, und wir müssen noch einiges überprüfen. Also, ruf mich an, damit wir uns treffen können, am Telefon ist es zu kompliziert, um ...« Sie wurde von einem nervenden Piepton unterbrochen. Phaní schimpfte, legte frustriert auf und setzte sich.

Sie lehnte sich in ihrem Stuhl zurück und wiegte ihr *kinitó* in der Hand. Die Dunkelheit hatte sich unterdessen über die Stadt gelegt, Lichter flackerten auf. Im Hintergrund war das beeindruckende Gebirgsmassiv nur noch zu erahnen. Phaní versuchte sich zu konzentrieren. Wer könnte ihr jetzt weiterhelfen? Sie brauchte Beweise, ein ordentlich aufgeräumter Küchenschrank war schließlich keiner.

Plötzlich sprang sie auf, sie hatte einen Entschluss gefasst. Alles Überlegen nützte nichts, ihr kam niemand anders in den Sinn, als der alte Herr, auch wenn sie einen weiteren Besuch bei ihm gern vermieden hätte. Curwen müsste *kirá* Leni doch am besten kennen, schließlich hatte sie mehrere Jahrzehnte den Haushalt von Nana geführt. Phaní kritzelte etwas auf einen Zettel und legte ihn Panos auf den Schreibtisch. Sie wollte sich nicht noch einmal mit dieser blöden Mailbox abgeben. Wo steckte Panos nur? Wahrscheinlich war er im Auto unterwegs, vermutete Phaní. Ihr war aufgefallen, dass er diese idiotische Angewohnheit hatte, das *kinitó* während des Fahrens nicht zu benutzen. Sie musste ihm unbedingt so einen Kopfhörer mit Kabel für sein Mobiltelefon kaufen. Mit diesem Durcheinander an Gedanken im Kopf griff sie ihren Mantel, streifte ihn über, schnappte ihre Tasche und verließ hastig das Büro.

Zu Phaní's Leidwesen war der Verkehr auf der Likourgou und auch weiterhin auf der Kritis stockend. Um den großen Supermarkt standen Autos eng nebeneinander, wie müde Schafe an einem heißen Sommertag um den schattenspendenden Baum. Wahrscheinlich wollten viele Leute zu dieser Stunde noch schnell etwas für den Abend einkaufen.

Endlich bog Phaní links in die Pharon ein und war auch schon bald bei der Villa. Das große Haus war dunkel, nur im oberen Stock des hinteren Teils brannte Licht, es musste aus Curwens Arbeitszimmer kommen, wenn Phaní sich nicht irrte. Sie eilte die wenigen Stufen zur Haustür hinauf und klingelte ungeduldig. Als nach ein paar Minuten immer noch niemand öffnete, hämmerte sie laut mit der Faust gegen das massive Holzblatt. Trotzdem rührte sich nichts im Haus. Phaní kamen Zweifel über ihr Vorhaben und sie überlegte kurz, ob sie nicht besser nach Hause fahren und sich etwas Gutes kochen sollte. Sie hatte ohnehin Dimitris anrufen wollen, vielleicht lief im Fernsehen zur Abwechslung sogar ein guter Film. Phaní verwarf diese Gedanken sofort wieder, da sie genau wusste, dass sie sich schon zu stark festgebissen hatte. Sie wollte jetzt mit Curwen sprechen und seine Meinung zu ihrer Theorie hören. Morgen wäre es dafür zu spät, schließlich fuhr er weg.

Phaní ging an der Außenmauer entlang und betrat den Garten durch das kleine Tor. Sie suchte sich im Dunkeln den Weg zum Sitzplatz im Freien und konnte nun hören, dass aus Curwens Studierzimmer Musik erklang. Er lauschte wieder den Liedern seiner Frau, und Phaní würde ihn am letzten Abend vor seiner Abreise dabei stören. Aber es musste sein.

Sie versuchte die Tür zu öffnen, die direkt in die Küche führte, und zu Phaní's Überraschung war sie nicht verschlossen. Sie vermutete, dass Leute, die der älteren Generation angehörten, immer noch nicht auf den Gedanken kamen, dass irgendwelche Drogenabhängige schnell in ein verlassen wirkendes Haus eindrangen, um sich Geld für ihren nächsten Schuss zu klauen.

Die Küche war dunkel. Phaní hörte leise Kratzgeräusche, die von einem Schrank oder Abstellraum hinter einer Tür zu kommen schienen. Ihr lief ein Schauder über den Rücken. In diesen alten Häusern wimmelte es sicherlich von Ungeziefer und größeren Plagegeistern, und das Letzte, was sie jetzt in der Dunkelheit brauchte, war eine riesige Ratte, die ihr um die Füße sauste. Schnell eilte sie weiter und orientierte sich an dem schwachen Lichtschein aus dem Treppenhaus. Dort angelangt rief sie so laut sie konnte:

»Hallo! Ich bin's, *astinómos* Papadea. Ich müsste unbedingt noch etwas mit ihnen besprechen!« Auch diesmal kam keine Reaktion. Geräuschvoll stieg sie die Holztreppe hinauf. Sie wollte schließlich weder die Nichte noch den alten Mann zu Tode erschrecken, auch wenn sie beide nicht sonderlich mochte.

»Hallo! Ist niemand zu Hause?« Phaní wurde die Situation zu blöd. Doch plötzlich kam ihr der Gedanke, dass Curwen und seine Nichte vielleicht schon nach Athen gefahren seien, da sie morgen in die Staaten fliegen wollten. Aber warum hätten sie dann die Musik laufen lassen? Langsam beschlich Phaní ein mulmiges Gefühl. Zudem erinnerte sie sich, dass sie in der Küche etwas bemerkt hatte, was jedoch sofort durch den Gedanken an die vermeintliche Ratte verdrängt wurde. Es war wichtig gewesen, das spürte sie noch. Sie wollte umdrehen, in die Küche zurück, als eine feste Stimme, die vom Treppenabsatz über ihr kam, sie zusammenzucken ließ.

»Was wollen Sie denn schon wieder? Wie sind Sie überhaupt hereingekommen?« Curwen fauchte Phaní von oben an, sie musste sich erst einmal sammeln.

»Das ist Hausfriedensbruch! Könnt ihr von der Polizei euch eigentlich alles erlauben? Ich werde mich beschweren!«, herrschte er sie weiter an.

»Beruhigen Sie sich, *kírie* Curwen. Die Außentür zur Küche war unverschlossen.«

»So ein Unsinn! Margaret hat sie sicher abgeschlossen. Sie ist sehr zuverlässig in solchen Dingen.«

»Wo ist Ihre Nichte?«, fragte Phaní und ging langsam die Treppe weiter hinauf. Curwen stöhnte nur und kehrte mühsam in sein Studierzimmer zurück. Phaní folgte ihm.

»Margaret hat sich nach den leidvollen Ereignissen der letzten Tage etwas verwöhnen lassen wollen und ist zum Friseur und zur Maniküre gegangen. Reicht Ihnen das als Antwort?«

Curwen ging langsamen Schrittes zu seinem Sessel.

«Warum sind Sie denn schon wieder hier? Ich habe Ihnen alles gesagt, was ich weiß«, presste Curwen vorwurfsvoll heraus, während er sich wieder in seinen Sessel niederließ. Phaní blickte den alten Mann fragend an, dieser schaute weiterhin missbilligend.

»Also, machen Sie schnell. Fragen Sie, was Sie fragen müssen. Ich möchte, dass Sie gehen, bevor Margaret zurückkommt. Sie regt sich über Ihre Unverfrorenheiten noch mehr auf als ich.«

»Sie sind also ganz alleine hier?«, erkundigte sich Phaní misstrauisch. Erst jetzt merkte sie, dass die Musik aufgehört hatte zu spielen. Es war unheimlich still. Curwen lachte spöttisch.

»Sie haben wirklich eine lange Leitung.« Curwen fiel Phaní's Gesichtsausdruck auf.

»Es sieht beinahe so aus, als ob Sie sich Sorgen um mich machen würden. Rührend.« Curwen schüttelte leicht den Kopf. «Aber keine Angst, der Blitz schlägt niemals zweimal an derselben Stelle ein, wie wir so schön zu sagen pflegen. Und abgesehen davon, wer sollte mir schon etwas antun wollen?«

»Wie war das? Was haben Sie gerade gesagt?«, stotterte Phaní. Ihr Blick erstarrte. In Gedanken spielte sie ihr Gespräch mit *kirá* Leni nochmals durch. Dann erinnerte sie sich an das Scharren und dumpfe Klopfen vorhin unten in der Küche und noch an ein anderes Geräusch, das sich – wenn sie genau überlegte – wie ein ersticktes Niesen angehört hatte. Phaní erschauderte, sie schlug sich mit der flachen Hand gegen die Stirn.

»Ich blöde Gans! Das hätte mir nicht passieren dürfen!« Curwen sah sie verständnislos an und schien überhaupt nichts zu begreifen.

»Ich muss Verstärkung rufen. Bleiben Sie ruhig und rühren Sie sich nicht von der Stelle«, versuchte Phaní den alten Mann zu beschwichtigen.

»Wie soll ich ruhig bleiben, wenn Sie mir mit Ihren Andeutungen einen solchen Schrecken einjagen? Was ist denn plötzlich in Sie gefahren?«, protestierte Curwen.

»Sie ist wahrscheinlich schon hier im Haus.«

»Wer denn, um Himmels Willen?« Phaní hörte Curwen nicht mehr und hämmerte Panos' Nummer in ihr *kinitó*. Es läutete und schließlich nahm er ab.

»Pano! *Sto diávolo,* wo bist du?« Seine Stimme am anderen Ende war zerhackt. Phaní schaute auf ihr Display und erkannte, dass der Empfang schlecht war.

»Moment, ich kann dich schlecht hören, ich versuch es im Treppenhaus!« Phaní stellte sich auf den oberen Treppenabsatz und konnte Panos' Stimme etwas besser verstehen.

»Pano, komm sofort ...« In diesem Moment hörte Phaní aus Curwens Richtung einen lauten verzweifelten Aufschrei auf Amerikanisch:

»Watch out! Behind your back!« Erschrocken drehte sie sich um und erkannte zu spät die kleine Frau in Schwarz, die ihr einen schweren Gegenstand mit aller

Wucht über den Kopf schlug. Phaní's letzter Gedanke vor dem Schlag war: Wo ist die nur hergekommen?

Als Phaní langsam zu Bewusstsein kam, fand sie sich am Boden wieder. Sie musste husten, da sich Speichel in ihrem Mund angesammelt hatte. Blinzelnd öffnete sie die Augen. Die Umgebung erschien ihr noch unklar, doch sie erkannte das Studierzimmer und wenige Meter vor ihr Curwen, der zusammengesackt in seinem Sessel saß. Er hing in Fesseln und schien bewusstlos zu sein. Phaní drehte den Kopf und versuchte sich zu bewegen. Ihr waren jedoch nicht nur Hände und Füße gebunden, nein, zu allem Überfluss waren sie auch noch auf dem Rücken fest zusammengezogen. Phaní kam sich vor wie ein gefesseltes Osterzicklein kurz vor dem festlichen Schlachten. Sie verdrängte den Gedanken schnell. Erst jetzt vernahm sie Geräusche, die aus dem Erdgeschoss zu kommen schienen, gedämpftes Klappern von Geschirr. Leise versuchte sie Curwen anzusprechen, in der Hoffnung er würde wach werden.

»Pssst, *kírie*! Wachen Sie auf!« Doch er regte sich nicht. Phaní versuchte zu erkennen, ob sich sein Brustkorb hob und senkte, ob er noch atmete, was sie aber nicht ausmachen konnte. Vielleicht war er schon tot.

Phaní dachte an ihr *kinitó*, das ihr aus der Hand geflogen sein musste, als sie den Schlag erhalten hatte. Sie blickte so weit, wie es ihr möglich war um sich, konnte es aber nirgends entdecken. Frustriert erinnerte sie sich daran, dass sie Panos nicht mehr hatte sagen können, wo sie war. Wie sollte er hierherfinden? Als sie langsam die Ausweglosigkeit ihrer Situation erfasste, wurde Phaní wütend. Sie zerrte an den Schnüren und versuchte sich von der Stelle zu bewegen, was ihr jedoch nur ein Stück weit glückte. Da hörte sie das Knarren der Holztreppe und Schritte. Kurz darauf ging vor ihrem Gesicht jemand mit flachen schwarzen Schuhen und schwarzen Strümpfen vorbei. Phaní blickte mühsam hinauf. Es war, wie sie vermutet hatte, *kirá* Leni. Wieder fluchte Phaní innerlich und ärgerte sich über sich selbst. Denn sie war überzeugt, dass ihre eigene Bemerkung, dass Curwen abreisen wolle, bei *kirá* Leni den Entschluss zu dieser Handlung ausgelöst hatte.

Kirá Leni stellte fein säuberlich ein Tablett mit einer Kanne und zwei Tassen neben Curwens Sessel auf einen kleinen Tisch. Sie stellte die Tassen auf, goss jedoch noch nicht ein.

»*Kirá* Leni! Was haben Sie vor? Was haben Sie mit Curwen gemacht?«, krächzte Phaní. Die Frau drehte sich um und schaute zu ihr hinunter.

»Ach, *kiría astinóme*. Sie sind wach. Es tut mir so leid, dass Sie in diese Angelegenheit verstrickt worden sind. Das war nicht meine Absicht. Ich habe nicht mit Ihrem Erscheinen gerechnet, obwohl sie schon etwas übereilt gegangen waren, heute Nachmittag.« *Kirá* Leni wandte sich Curwen zu und tätschelte leicht seine Wangen, damit er zu sich käme. Als das nicht wirkte, verpasste sie ihm eine schallende Ohrfeige. Phaní erschrak und Curwen zuckte auf. Er sah mitgenommen aus und schaute ungläubig um sich. Flehend blickte er Phaní an, erkannte jedoch, dass sie zum Handeln unfähig war. Sein Gesicht spiegelte Resignation wieder.

Kirá Leni ging im Raum umher und zog alle Vorhänge zu. Danach setzte sie sich auf einen Stuhl neben dem kleinen Tisch. Sie faltete ihre Hände und stöhnte leise. Plötzlich legte sich Trauer über ihr Gesicht. Sie nahm nun die Kanne und goss eine Flüssigkeit, die wie Tee aussah, in beide Tassen. Sie sprach sehr leise.

»Ich habe noch etwas Zeit. Der Tee ist noch zu heiß zum Trinken.« Sie legte die Hände übereinander.

»Ich hoffe, der Herr wird mir vergeben.« Sie bekreuzigte sich über ihrer Brust. »Ich habe jedoch nur aus gutem Glauben gehandelt. Nun aber habe ich zu viel Schuld auf mich geladen. Ich kann so nicht weiterleben.« Sie seufzte und fing leise an zu weinen, nahm ein weißes Taschentuch hervor und tupfte sich schniefend die Nase ab.

»Vielleicht ist es gut, dass Sie auch hier sind, *kiría astinóme*. Ich möchte, dass Sie verstehen, was ich getan habe.« Sie schaute Phaní eindringlich an, als ob sie eine Bestätigung erwarte. Phaní bekam einen starren Nacken, da sie immerzu ihren Kopf anheben musste. Sie versuchte sich zu drehen um wenigstens zu sitzen. *Kirá* Leni erkannte ihre Bemühungen, sprang auf und half ihr, sich gegen die Wand zu lehnen. Sie sagte nur leise:

»Es tut mir so leid.« Phaní versuchte zu lächeln, was ihr aber nicht gelang. Dann ging *kirá* Leni zu ihrem Stuhl zurück. Sie schaute zu Phaní, mit einem schuldbewussten Ausdruck im Gesicht. Sie seufzte tief.

»Also: An jenem betreffenden Abend rief mich *kiría* Nikolakea an. Ihre Stimme klang tränenerstickt, sie stotterte, ich konnte gar nicht richtig verstehen, was sie mir sagen wollte. Nur, dass ich kommen möchte. Also fuhr ich sofort zu ihr, ich war sehr beunruhigt. Was konnte nur geschehen sein? Es war schon spät in der Nacht. Dort angekommen, war das Haus leer und still, nur *kiría* Nikolakea's Schluchzen war aus dem ersten Stock zu vernehmen. Ich ging hinauf. Sie saß neben ihrem Bett auf dem Boden. Ihr Make-up war von den Tränen verschmiert. Als sie mich erblickte, freute sie sich. Ich sah sogleich die große Spritze auf ihrem Nachttisch liegen. Ich half ihr aufs Bett und setzte mich zu ihr, versuchte sie zu trösten. Sie beruhigte sich ein wenig. Sie sagte, sie sei nun ganz allein. Alle hätten sie in ihrer schwersten Stunde verlassen. Nur ich wäre ihr noch in den Sinn gekommen. Wieder fing sie an zu schluchzen. Sie erzählte von ihrer Krankheit, die sie vor der ganzen Welt verheimlicht hatte. Nur wenige wussten Bescheid. Sie beschrieb die Qualen, die ihr diese Krankheit bereitete. Sie könne das Sonnenlicht nicht mehr ertragen, die Sonne würde ihre Haut verbrennen. Ausgerechnet sie, die es liebte ihr Gesicht ins Licht zu halten, die Wärme zu spüren. Stellen Sie sich das vor!«

Kirá Leni schaute wieder Phaní an, als ob sie hoffte, diese würde sich äußern. Doch Phaní sagte nichts. *Kirá* Leni blickte auf ihr Taschentuch und fuhr fort:

»Danach schwieg sie eine Weile, bis sie sehr ruhig und gefasst sagte, dass sie beschlossen habe, ihrem Leidensweg ein Ende zu setzen. Sie könne so nicht weiterleben. Doch sie habe zu große Angst gehabt und *iatrós* Lazaris, einen alten Freund der Familie, angefleht ihr zu helfen. Nach langem Winden habe er sich einverstanden erklärt. Diese Nacht war als Zeitpunkt vereinbart gewesen. Ihr Mann habe sich geweigert, anwesend zu sein. Gekränkt sei er nach Athen gefahren, obwohl er einsah, dass es für sie keinen anderen Ausweg gab.« *Kirá* Leni warf Curwen einen verachtungsvollen Blick zu.

»Ihre Frau hätte Sie an ihrer Seite gebraucht!« Curwen sah elend aus. Trotzdem versuchte er sein Handeln zu rechtfertigen.

»Wir hatten es so vereinbart. Nana war einverstanden, sonst wäre der Verdacht sogleich auf mich gefallen.«

»Schweigen Sie! Vielleicht hat sie das gesagt, aber gleichzeitig gehofft, Sie würden an ihrer Seite bleiben!«, brach es aus *kirá* Leni wutentbrannt heraus.

»Sie haben sie im Stich gelassen, als *kiría* Nana Sie am meisten brauchte! Sie haben diese wunderbare Frau nie verstanden. Sie hätten auch niemals das getan, was ich für sie tat!«

Kirá Leni schaute auf das zerknüllte Taschentuch in ihren Händen. Mit unterdrücktem Zorn presste sie die folgenden Worte heraus:

»Weil Lazaris letzten Endes doch zu feige war, ihr zu helfen und winselnd abgehauen war, rief sie mich an. Ich habe ihr dann den Tee gegeben, damit sie nichts spürt von dem Gift. Als sie bereits schlief, habe ich ihr den Arm abgebunden, damit ich die Vene treffe, und ihr die Spritze gegeben.« Nach einer Weile der Ruhe fuhr *kirá* Leni fort:

»Ich habe mich neben sie aufs Bett gesetzt und ihre Hand gehalten. Mehrere Stunden saß ich da und wartete. Die ganze Zeit habe ich ihr ein Liedchen gesungen. Als es vorüber war, habe ich sie an mein Herz gedrückt und mich verabschiedet.« *Kirá* Leni schluchzte leise vornübergebeugt in ihr Taschentuch.

Plötzlich wischte sie sich energisch die Tränen aus dem Gesicht.

»Ja, so ist es gewesen, so wahr mir Gott helfe! Und jetzt ist es Zeit, der Tee ist sicher nicht mehr zu heiß.«

Kirá Leni richtete sich in ihrem Stuhl auf und nahm eine der Tassen. Sie hielt diese Curwen an den Mund.

»Hier, trink!« Curwen drehte den Kopf weg.

»Nein, niemals! Sie wollen mich doch nur vergiften!«

»Und ob ich das will! Du bist Schuld an *kiría* Nana's Tod! Du hast sie so weit gebracht, krank zu werden!«

»Ich, aber wie denn?«, fragte Curwen stotternd.

»Ja, du! Sie war so ein lebenslustiger Mensch, kannte keine Angst und hatte keine Komplexe. Erst nachdem sie dich kennengelernt hatte, hat sie sich verändert. Sie solle nicht nur diese Volkslieder singen, sondern auch etwas Anspruchvolleres!« *Kirá* Leni äffte Curwens gestelzte Redensweise nach, als sie das sagte.

»Ich habe gelesen, dass eine Sonnenallergie auch seelische Ursachen haben kann. Du hast sie seelisch kaputt gemacht mit deiner Nörgelei!«

»*Kirá* Leni …«, versuchte Phaní etwas einzuwenden.

»Was?« *Kirá* Leni's Augen funkelten vor Hass.

»Ich … ich glaube, dass diese Allergie andere, genetische Ursachen hatte«, wollte Phaní ablenken.

»Das glaube ich nicht! Sie war zuletzt nicht mehr sie selbst. Er hat sie zermürbt.«

»Nein, das war die Krankheit!«, schrie Curwen nun verzweifelt. *Kirá* Leni drehte sich wieder zu ihm.

»Trinkst du jetzt oder nicht? Ich gehe nämlich nicht von dieser Welt ohne dich mitzunehmen! Also trink, sofort!« Curwen schüttelte heftig den Kopf und wandte ihn ab. *Kirá* Leni sprang auf, nahm erneut die Tasse und versuchte sie an seinen Mund zu setzen. Curwen presste die Lippen zusammen und bewegte seinen Kopf heftig, sodass der Tee verschüttet wurde. Entnervt goss *kirá* Leni Tee nach, hielt Curwen mit einer Hand an seinen Haaren fest und drückte mit der anderen die Tasse an seinen Mund.

»Halt!«, schrie Phaní, die wieder an ihren Fesseln zerrte und sich zu bewegen versuchte.

»*Kirá* Leni! Sie sind doch keine Mörderin! So wie Sie uns die Begebenheiten dieser Nacht schilderten, haben Sie mit dem Einverständnis von Nana gehandelt. Sie werden nicht wegen Mordes verurteilt werden! Wenn Sie jetzt aber den alten Mann töten, dann ist das unwiderlegbar Mord!« Phaní erkannte, dass *kirá* Leni nachzudenken schien. Diese stellte sogar die Tasse ab. Phaní glaubte auf dem richtigen Weg zu sein.

»Sie haben doch Ihrer Schwester versprochen, auf Pavlos aufzupassen. Wie wollen Sie das Versprechen halten? Er braucht Sie jetzt mehr denn je!«

Da fing *kirá* Leni plötzlich heftig an zu brüllen, wie ein

verletztes Tier. Aufgeregt lief sie im Kreis herum und begann unkontrolliert zu weinen. Phaní erschrak und begriff nicht, was diese Reaktion ausgelöst hatte.

»Aber ich bin doch schuld daran!«, schrie *kirá* Leni verzweifelt. »Ich habe ihn ins Gefängnis gebracht! Ich verfluche diesen Tag und diese Lippen, die ihm die unbedachten Worte gesagt haben!« *Kirá* Leni zeigte dabei zitternd auf ihren Mund. Phaní sah Curwen fragend an. Dieser hing ausdruckslos in seinen Fesseln.

»Achtlos habe ich Pavlos an einem Tag im letzten Herbst die Wirkungsweise von Pflanzen- und Rattengiften erklärt. Sogar die Dosierung habe ich ihm genau angegeben. Ich dachte, diese Information könnte nützlich sein. Aber um Pflanzen oder Ratten, aber nicht Menschen zu vergiften. Es ist meine Schuld!« Schluchzend sank *kirá* Leni auf den Stuhl.

»Er hätte sich diese Information aber auch sonst wo geholt haben können, vielleicht aus dem Internet. Wo ein Wille ist, ist auch ein Weg!«, versuchte Phaní die Frau zu beschwichtigen.

»Nein, ich bin schuld!«, schrie *kirá* Leni. »Ich! Und deshalb will ich nicht weiterleben!« *Kirá* Leni stand nun entschlossen auf, nahm ein weiteres Mal die Tasse und drückte sie an Curwens Mund. Phaní konnte sehen, wie sein Widerstand gebrochen war und er nicht mehr die Kraft hatte, seine Lippen zusammenzupressen.

»Trink und fahr zur Hölle!«, zischte *kirá* Leni und neigte die Tasse, sodass der Tee gegen seine Lippen floss. Es war sehr still. Phaní musste ihre Wut und ihre Tränen bekämpfen.

Da zerschlug ein lautes Krachen die Stille, Holz splitterte. Stimmen waren vor der Haustür zu hören, zugleich auch Schritte in der Küche. *Kirá* Leni erstarrte. Eine Sekunde war sie ratlos. Doch dann setzte sie die

Tasse an den eigenen Mund und trank hastig. Ihr Gesicht verzerrte sich zu einer Grimasse. Zitternd goss sie nach und schluckte auch diesen Tee sich ekelnd hinunter. Danach stellte sie die Tasse fein säuberlich zurück, auf das Untertellerchen.

Panos stand plötzlich in der Tür. Er zögerte kurz wegen des Anblicks, der sich ihm bot.

»Ruf eine Ambulanz! Sie hat irgendein Gift eingenommen!«, schrie Phaní hysterisch. Panos kniete neben ihr nieder und versuchte sie loszubinden.

»Nein! Zuerst die Ambulanz! Sie stirbt sonst!« Phaní fing an zu zittern und schließlich auch zu schluchzen.

Die ist schon ...«, fing Panos den Satz an, als unüberhörbares Sirenengeheul sich dem Haus näherte. Lautes Trampeln war auf der Treppe zu vernehmen und bald darauf stürmten Sanitäter in das Zimmer und beugten sich über *kirá* Leni, die nach Luft schnappte und spastisch zu zittern begann. Sie wand sich in Krämpfen, zugleich brabbelte sie ständig dasselbe Gebet. Mit Mühe banden die Sanitäter sie auf eine Bahre und schafften sie schnell hinaus.

Phaní zitterte immer noch. Sie versuchte aufzustehen, doch ihre Beine versagten. Auf den Knien rutschte sie zu Curwen, der sie aus einem aschfahlen Gesicht ansah. Seine leuchtend blauen Augen hatten an Glanz verloren. Und trotzdem schien er sie sanft anzulächeln. Er stammelte ganz leise:

»Thank you.«

Mit Müh und Not und Panos' Hilfe hatte Phaní es schließlich geschafft, auf die Füße zu kommen. Wankend und auf Panos gestützt verließ sie das Studierzimmer. Curwen wurde unterdessen von einem der Sanitäter untersucht. Auf dem Treppenabsatz blieb Phaní stehen und schaute sich um. In der dunklen Ecke stand ein antiker Schrank mit Vitrine, dahinter musste sich die Alte versteckt haben, bevor sie zuschlug. Phaní schüttelte leicht den Kopf und fasste sich an die Stelle, wo sie getroffen worden war. Eigentlich hatte sie für *kirá* Leni Mitleid empfunden, auch noch die ganze Zeit über, wo Phaní gefesselt die Beichte der Frau anhören musste. Eines konnte sie ihr jedoch nicht verzeihen, dass diese genau dieselbe Stelle an ihrem Kopf getroffen hatte, wo Phaní vor knapp zwei Wochen beim Schusswechsel mit dem Taxifahrer schon einmal auf einen Stein geschlagen war. Dadurch war sie für die Alte eine leichte Beute gewesen. Ihr Schädel brummte immer noch entsetzlich, trotz der Schmerztablette vom Sanitäter.

Phaní horchte plötzlich auf.

»Was waren das für Töne?«, fragte sie unsicher, weil vielleicht nur sie das Geräusch in ihrem Kopf vernommen hatte. Doch auch Panos schien etwas gehört zu haben. Als der Akkord nochmals zu vernehmen war, ging Panos auf die Knie, schaute unter den Schrank und angelte mit größten Schwierigkeiten etwas hervor. Phaní musste wegen seiner Verrenkungen schmunzeln. Mit hochrotem Kopf hielt ihr Panos schließlich ihr *kinitó* entgegen. Als er Phaní grinsen sah schien er zunächst verärgert. Sie strich ihm über die Schulter.

»Danke, *re* Pano!« Sie schaute auf ihr *kinitó*, das nun den Geist aufgegeben hatte, weil der Akku leer war.

»Und ich meine nicht nur dafür, dass du mein Telefon gefunden hast, sondern für alles, vor allem dafür, dass du rechtzeitig gekommen bist.« Panos schaute verlegen zu Boden und nickte.

Da kam Phaní etwas in den Sinn, und sie blickte ihn fragend an.

»Wie hast du eigentlich herausgefunden, wo ich bin?«

»Oh, das war gar nicht so schwierig. Als ich mit Ihnen,

äh, mit dir telefoniert habe, hörte ich im Hintergrund einen Aufschrei auf Englisch«, erzählte Panos nicht ohne Stolz. Phaní war schon wieder ein anderer Gedanke gekommen.

»Apropos Englisch, habt ihr die Nichte von Curwen gefunden?« Panos schaute Phaní verwirrt an.

»N-nein ...«, stammelte er.

»Ach, die Arme! Die sitzt dann wohl immer noch gefesselt in der Speisekammer. Habt ihr denn das Haus nicht durchsucht?«, rief Phaní vorwurfsvoll und stürmte schon wieder ganz fit die Treppe hinunter. Panos eilte ihr nach.

»Doch, natürlich haben wir das! Da war niemand!«, verteidigte er sich.

Phaní rannte in die Küche geradewegs zur Tür, hinter der sie eine knappe Stunde zuvor die Geräusche gehört hatte und riss sie auf. Sie ertastete den Lichtschalter, und im nun beleuchteten Kämmerlein konnte sie gerade noch sehen, wie drei große Ratten unter einem der Gestelle verschwanden. Ekel spiegelte sich in ihrem Gesicht wider. Abgesehen davon war die Kammer bis auf ein paar wenige Konservendosen im Regal leer. Phaní schaute Panos verdutzt und mit offenem Mund an. Nun schien er leicht zu grinsen.

In diesem Moment zerriss ein lauter Schrei die wieder eingekehrte Ruhe im Haus. Phaní blickte zum Eingangsbereich und sah, wie Nichte Margaret wütend über die Überbleibsel der eingeschlagenen Haustür stieg und nach ihrem Onkel schrie. Da erblickte sie Panos und Phaní in der Küche und kam schnaubend auf die beiden zugerannt, während sie irgendwelche Verwünschungen auf Englisch ausstieß, die Phaní beim besten Willen nicht verstand, und die auch so gar nicht zu ihren frisch frisierten Haaren, dem schicken Mantel und den halbhohen teuren Schuhen passten. Phaní musste unweigerlich an eine Szene aus einem Doris Day-Film denken.

Nachdem Panos der Nichte den Sachverhalt in einem holprigen Englisch genau erklärt hatte, beruhigte sich die Nichte und wollte ihren Onkel ins Krankenhaus begleiten. Phaní überkam große Erschöpfung.

»Fährst du mich bitte nach Hause?«, brachte sie nur noch hervor, Panos nickte verständig. Als Phaní beim Verlassen der Küche noch schnell einen Blick auf den verglasten Geschirrschrank warf, sah sie, dass alle Gläser, Teller und Tassen erneut in Reih und Glied standen und die Henkel der Tassen im gleichen Winkel nach rechts vorne gerichtet waren.

26

Zittrig fand Phaní das Schlüsselloch und öffnete die Tür zu ihrer Wohnung. Sie winkte Panos zum Abschied und drinnen sank sie erst einmal aufs Sofa. Nach einer Weile schleppte sie sich ins Bad und ließ warmes Wasser in die Wanne einlaufen. Sie streute zwei Handvoll einer uralten Kräutermischung hinein, die entspannend wirken sollte, und stieg in die Wanne. Dort saß sie und versuchte Ruhe zu finden. Zu ihrem Erstaunen blieb sie wach.

Nach dem Bad stapfte sie im Bademantel in ihr Schlafzimmer, während das Wasser wieder ablief. Sie schaute auf ihr *kinitó*, welches am Ladegerät hing, und erinnerte sich, dass sie doch Dimitris anrufen wollte. Aber nicht mehr heute Abend, dachte Phaní. Zudem war eine Nachricht eingetroffen. Sie war von Panos. Phaní öffnete sie und las, dass *kirá* Leni auf dem Weg zum Krankenhaus gestorben war, die Dosierung des Giftes sei zu hoch gewesen. Phaní stöhnte und empfand Trauer, denn sie hatte die Verzweiflung der alten Frau bis zu einem gewissen Punkt verstanden, nur die Handlungen, die auf die Verzweiflung folgten, konnte Phaní nicht gutheißen.

Missmutig schmiss sie das Telefon aufs Bett, legte sich daneben und versuchte sich zu entspannen. Sie musste doch kurz eingenickt sein, als ein ohrenbetäubender Lärm durch die ganze Wohnung hallte, ein Geräusch, das sich wie der Urschrei eines wütenden Drachens anhörte. Phaní sprang auf und versuchte die Quelle des Lärms auszumachen. Er kam aus dem Bad, ganz bestimmt. Phaní spähte durch die Tür und fasste sich an den Kopf. Sie hatte den Abfluss ganz vergessen! Die volle Ladung der Badewanne hatte den Bodensiphon wieder zum Überlaufen gebracht, doch nun verschwand das ganze Wasser erstaunlich schnell aus der Wanne und vom Boden, begleitet von diesem laut tosenden Gurgelgeräusch. Danach war es still. Vorsichtig pirschte sich Phaní an den Ort des Geschehens und betrachtete skeptisch den Abfluss. Er musste wieder frei sein! Die leidige Geschichte war endlich vorbei. Phaní setzte sich auf den Rand der Badewanne und atmete aus tiefstem Innern auf.

Am nächsten Morgen kam Phaní spät ins Büro. Sie sorgte dafür, dass Mirko, der Bruder von Nadejda, wieder auf freien Fuß gesetzt wurde. Phaní war neugierig und wollte von ihm wissen, ob er der anonyme Anrufer gewesen sei, der die Polzei über Nana's Tod informiert hatte. Nach anfänglichem Ausweichen gab er es schließlich zu. Nachdem seine Schwester die Tote am Mittwochmorgen gefunden habe, rief sie ihn verzweifelt an, und er habe ihr geraten sofort aus dem Haus zu verschwinden und die Haustür angelehnt zu lassen, damit es nach einem Einbruch aussähe. Phaní schmunzelte und hatte genug gehört.

Am Nachmittag wurden die Aussagen von Curwen und auch von ihr selbst zu Protokoll gebracht.

Phaní saß hinter ihrem Schreibtisch und betrachtete Curwen und seine Nichte, die ihr gegenüber saßen. Keiner sagte für eine Weile ein Wort. Auch Panos verhielt sich still und spielte mit seinem Kugelschreiber. Da klopfte es ein Mal und *dievthintís* Dragoumis betrat den Raum. Er begrüßte alle und setzte sich unauffällig auf einen Stuhl. Panos berichtete ihm kurz, dass die Aussagen aufgenommen worden seien. Dragoumis nickte.

Phaní überlegte einen Augenblick.

»Was werden Sie jetzt machen?«, fragte sie Curwen. Dieser schaute auf und sah sie an, etwas Versöhnliches lag in seinem Blick.

»Meine Nichte und ich werden für eine Weile in die Staaten fliegen, wie wir es vorgehabt haben. Das wird mir guttun.«

»Werden Sie an die Öffentlichkeit gehen?«, wollte Phaní wissen. Curwen überlegte.

»Vielleicht nach ein paar Wochen. Ich werde die Sachlage schildern, wie sie war. Allzu lange habe ich versucht, die Begebenheiten für die Öffentlichkeit zurechtzurücken, damit das Ansehen von Nana keinen Schaden erleidet, so dachte ich. Das hatte keinen Sinn. Hierbei handelte es sich nicht um ein Stück, das Leben ist kein Theaterstück.« Curwen sah seine Nichte an.

»Ich werde erzählen, dass Nana an einer furchtbaren Krankheit litt und niemand den Mut hatte, ihr zu helfen und ihrem Leiden ein Ende zu setzen. Mich eingeschlossen. Nur *kirá* Leni hat letztendlich zu ihr gehalten. Trotz der Ereignisse von vergangener Nacht, werde ich ihr dafür immer dankbar sein. Ich schäme mich zutiefst für meine eigene Feigheit.« Seine letzten Worte waren kaum hörbar gesprochen, seine Stimme zittrig vor Ergriffenheit. Margaret nahm seine Hand. Tränen rannen über die Wangen des alten Mannes.

Phaní fand, dass alles gesagt war, was gesagt werden musste. Obwohl Sterbehilfe in Griechenland eine Straftat ist, die Täterin jedoch nicht mehr lebte, bestand für die Polizei keinerlei Anlass weitere Schritte zu unternehmen.

Die Worte von Curwen rührten sie, ein kleiner Zweifel jedoch blieb, ob er die Ereignisse wirklich so selbstkritisch darstellen würde, wenn der Zeitpunk gekommen war. Doch das war ihr im Moment egal. Sie wollte nur raus aus dem Büro und ans Meer, sich vom Wind durchblasen lassen, damit die vielen Gedanken in ihrem Kopf wegfliegen konnten.

Epilog

Fast unbewusst hatte sie ihr Auto aus Kalamata hinaus in Richtung Messini gesteuert, fuhr die Küstenstraße gen Süden durch Petalidi und weiter nach Skala. Sie fühlte sich befreit, konnte schon das nahe Meer riechen. Zudem war heute ein sonniger Tag, es schien beinahe, als hätte nun der Frühling begonnen. Das war natürlich viel zu früh für Ende Januar, es würde sicherlich nochmals kalt, auch Regen müsste noch kommen, damit der Sommer nicht zu trocken wird.

Erst jetzt merkte sie, wie die Betroffenheit aller Beteiligten am Fall auch ihr zu schaffen gemacht hatte. Langsam löste sich ihre Anspannung. Sie hatte jetzt auch das Gefühl, sie könne ihren Vater ruhen lassen. Siedendheiß kam ihr in den Sinn, dass sie Dimitris anrufen wollte. Das würde sie am Strand sofort machen. Sie freute sich darauf mit ihm zu sprechen.

Doch zuerst wollte sie ans Meer! Sie erinnerte sich an die Stelle, wo sie mit Panos vor ihrem ersten Besuch bei *bárba* Stathis einen Spaziergang am Strand gemacht hatte, wo kilometerweit wild verwachsener, mannshoher Bambus zu sehen war, und hier und da Tamarisken verstreut im Sand wuchsen.

Als sie sich unterhalb Skala befand, wurde sie auf einmal unsicher. Sie fand die Zufahrt zu dem kleinen Haus von Stathis, wo die Hühner und Ziegen frei herumgelaufen waren, kaum wieder. Der einstmals enge Weg zwischen Büschen war nun breit ausgewalzt. Tiefe Reifenspuren hatten sich in den weichen Sand gegraben. An der Stelle, wo sie glaubte, dass das Häuschen gestanden hatte, war ein leeres flach gewalztes Feld. Als sie in Richtung Meer sah, bot sich ihr ein enttäuschender Anblick. Das ganze Land, welches sich bis fast zum Wasser erstreckte, war eingeebnet und mit Walzen und Bulldozern ausgeglichen worden. Die prächtige Wildnis, wie die Natur sie hatte wachsen lassen, bestehend aus Büschen, Bambusstauden und großen Bäumen, war zerstört worden. Von den Hunderten von alten Olivenbäumen, die rund um *bárba* Stathis' Häuschen gestanden hatten, war nicht mehr viel übrig, nur knorrige Wurzelgebilde lagen noch skurril umher. Auf dem weiten, nackten, sandfarbenen Gelände ruhten vereinzelt, wie riesige Ungeheuer, mehrere Lastwagen, Bagger und Bulldozer. Nichts war von dem Charme des naturbelassenen Fleckens übrig geblieben. Keine Vögel stiegen auf, als sie sich mit ihrem

Wagen näherte, im Gegensatz zu damals, als sie das erste Mal hier gewesen war.

Der trostlose Anblick gab Phaní einen Stich ins Herz. Sie musste an Nana denken, die sich so bemüht hatte, wenigstens den Küstenstreifen zu schützen, doch die Hoffnung auf Rettung war mit ihr gestorben. Phaní hielt neben einer Anzeigetafel an, auf der in grellen Farben eine riesige Ferienanlage dargestellt war. In großen Lettern wurde angepriesen, dass Hotels, ein Kongresszentrum, Bungalows mit Swimmingpools und ein Golfplatz hier einmal den Besucher erwarten würden.

Trotzdem stieg Phaní aus. Betrübt schritt sie über das riesige leere Feld, ging an den Baumaschinen vorbei und suchte den Strand. Auf Umwegen fand sie schließlich ans Meer. Es war versteckt hinter gewaltigen Kieshaufen, die – aus welchem Grund auch immer – dort aufgeschüttet worden waren. Doch das Licht der Sonne ließ sogar diese an eine Wüste erinnernde Sandebene etwas freundlicher erscheinen. Phaní setzte sich an den Strand und hielt ihr Gesicht in die Sonne. Sie versuchte das, was hinter ihr lag zu vergessen.

Dann wühlte sie ihr *kinitó* aus der Manteltasche und wählte Dimitris' Nummer.

»*Korítsi mou*, ich habe mir schon Sorgen gemacht!« Dimitris' Stimme und seine Worte wärmten sie in diesem Moment noch mehr als die Sonne. Phaní lächelte und zeichnete mit einem Hölzchen Figuren in den feuchten Sand.

»Das ist lieb von dir. Du Dimitri, ich habe einen Entschluss gefasst. Aber wir schaffen das nur zu zweit!«

Phaní lachte, als sie das sagte.

Glossar:

(Astinomikí) Diévthinsi	Polizeihauptquartier
Asphália	Kriminalpolizei
dievthintís/ dievthintá	Polizeidirektor/ (Anrede)
astinómos/ astinóme	Kommissar(in)/ (Anrede)
ipastinómos	Unterinspektor
iatrós/iatré	Arzt/ (Anrede)
iatrodikastís	Gerichtsmediziner
kírios/kiría, kirá	Herr/ Frau
kírie/kiría	(Anrede)
bárbas	der Alte, Onkel
isangeléas	Staatsanwalt
dikigóros	Anwalt
Trochéa	Verkehrspolizei
Símansi	Spurensicherung
kinitó	Mobiltelefon
odós	Straße
platía	Platz
kafenío	Café
ellinikó glikó	Griechischer Kaffee, süß
flitsanáki	Tässchen
pópopo!	O weh, o weh!
kaliméra/ jiá	guten Tag/ hallo, tschüss
ti kánis?	was machst du/ wie geht's?
na pas sto kaló!	mach's gut!
dóxa sto theó!	Gott sei Dank!
panagía	Muttergottes
treláthikes endelós!	bist du verrückt geworden!
kotópoulo me patátes	Huhn mit Kartoffeln
pastítsio	Nudelauflauf
papáki	Motorroller
strémma, -ta (Plur.)	entspricht 1000 m^2
E.E.	EU

Anmerkungen:

• Bei griechischen Vor- und Nachnamen entfällt das End-s in der Anrede, wie z.B.:
Dimitris - Dimitri, Panos - Pano, Thomaidis - Thomaidi
• Bei einigen griechischen Vornamen auf -os wird die Anrede mit -e ausgedrückt, wie z.B.:
Pavlos - Pavle, Michalopoulos - Michalopoule

• Bei weiblichen griechischen Namen, die auf -i oder -a enden, wurde der Genetiv-s zum besseren Verständnis mit Apostroph abgetrennt, da der Name ohne Apostroph männlich klingen würde, wie z.B.:
Phaní - Phaní's (denn Phanis wäre ein männlicher Vorname)

• Bei der Transskription des griechischen φ wurde f oder ph nach eigenem Schönheitsempfinden verwendet.

Phaní Papadea hat auch schon vorher ermittelt

Rafael Navarin
Tiefe Schatten des Olivenbaums
Kriminalroman
317 Seiten
ISBN 978-3-033-01511-1

»Warum habe ich mich nur dazu überreden lassen?«, stöhnt die Kommissarin Phaní Papadea auf dem Weg zu einem Todesfall in der Provinz, fernab von Athen, im Süden Griechenlands.
Der Fall – ein Toter auf der Baustelle eines deutschen Ehepaares – erweist sich als zäher, als sie gehofft hatte, und bald stellt nicht nur die Hitze des Hochsommers ihre Geduld auf eine harte Probe, sondern auch die Verstocktheit aller Beteiligten.
Zudem tauchen noch Gespenster aus der eigenen Vergangenheit auf ...
Phaní will nur noch eines: wieder heim nach Athen!